SHAN
ZAIHOU

山在后

董新铎 著

中国文史出版社

内容简介

　　小说以平煤神马集团为创作原型，展现了一个大型国有煤炭企业自新中国成立初期从无到有、从小到大数十年极为艰辛的创业历程，描述了三个家庭三代矿山人催人泪下的感人故事、执着内敛的情感轨迹、苦辣酸甜的人生况味，塑造了罗贵、刘士超、宋彦、罗俊林、罗俊涛、周倩、钱娅丹等一系列血肉丰满性格鲜明的人物形象。贯穿通篇的是真情，是厚爱。

目录

2

第 一 章

闷罐车哆嗦两下后，被搁在一个荒凉的小站上。临近拂晓，载满木材的列车逶迤远去，拉出两道长长的银光。这节黢黑的闷罐车孤零零地蹲在银光中，与西弦月隔空相望。

自车厢顶部的角落里伸下一根坚硬的铁丝，铁丝头上钩着一盏昏黄的马灯，马灯的暗光下，并排躺着三十个人。秸秆铺就的地铺上，隐约透出庄稼地里常有的清香。罗贵翻了个身，瞟一眼斜上方灯罩内豆大的火苗，重又发出如雷的鼾声。这鼾声与磨牙声、梦呓声交织，塞满闷罐车的沟沟缝缝。

罗贵被一种沉闷的响声弄醒，见一个人的裤裆耷拉在他的鼻尖上头，他闻到了一股怪异的味道。为了让那另一条腿及早迈过自己，他伸手扒拉一把，嘟囔着自己也听不清的话语。他侧目看时，见闷罐车笨重的门子已被人推开，车厢内早已填满青色晨曦。他听见车外有人在大声嚷嚷："喂，喂，这是弄啥哩，怎么掏出来就尿！总得背背人吧？"

罗贵爬起身，揉着眼摇摇晃晃走到车厢门口，见不远处的站台上站着一位身着蓝色制服的中年人正对着闷罐车的方向吆喝，中年人左手提着一盏能发出红绿两色的信号灯，右手的食指指向这边，食指伸得跟铅笔一样直。他的阻止生效后，转过身去，背手走向值班室。信号灯尾巴似的在他屁股后摇来晃去。临进值班室，他扭头看向闷罐车，先是一惊，接着皱皱眉，随后摇摇头，一脸无奈。闷罐车里的人既然都在铁道上小解，罗贵也如法炮制。他忽觉酣畅淋漓，通体舒坦。最后，打了个寒战，匆匆爬进车厢，重又钻入被窝。

天色大亮时，临时带队的队长刘士超忽然扯着嗓门喊："起来，起

1

来，都起来，带上行李，去站台上集合，接站的人来了。"刘队长说着，时不时向站台上张望。

罗贵正揉眼，被身边的宋彦蹬了一下屁股。宋彦说："你快点儿吧，罗贵，真是个瞌睡虫，一倒下就打呼噜。"

"宋彦，你离我远一点儿吧，你那裤裆臭死了。"罗贵捂着鼻子说。

"你们两个嘟囔什么呢？还不快点儿，磨磨叽叽的。"刘队长不耐烦地嚷嚷着。

下饺子一般，三十号人依次扑通扑通跳下闷罐车，踩着铁轨边的碎石块，先后登上站台。罗贵见一位身着中山装的干部模样的人正与刘士超说话："欢迎来自鹤岗的同志们！大家一路辛苦了！我叫李子生，受矿区领导委派，专程来车站迎接大家。服务不周，或者言语不当处，还望担待。先用早饭吧。赵师傅，把早饭挑过来。对了，车站的厕所就在那棵柳树下，树下有个水龙头，没洗脸的同志去洗把脸再吃。"

刘队长看一眼箩筐说："我叫刘士超，出发前受领导指派，临时给大家当当领队。李同志，我这里可是三十号人呢。"

李子生呵呵一笑说："够，够，保准够，那边还有呢。赵师傅，把那副担子也挑过来。"说罢指指墙角。墙角那里站着赵师傅的徒弟，这个老实巴交的孩子手抓黑黢黢的扁担，一直等着这边的人发话。

刘士超对李子生的热情和客气很是满意，他谢过对方后，上前掀开箩筐上一层不甚干净的白布，见光溜溜的馒头正腾起热气，回身对着工友说："自己拿吧，能吃几个拿几个，都别浪费。"

等赵师傅的徒弟将另外一副担子挑过来，刘士超掀开盖布说："粥和咸菜在这里，喂饱肚子就行，可别贪吃。"说罢，自己蹲在一边，掰着馒头往胡子拉碴的嘴里塞。

见远道而来的同志都吃上饭了，李子生匆匆来到箩筐旁，胡乱吃了几口。而后掏出一卷皱巴巴的钱，小心翼翼给送早餐的赵师傅结账。赵师傅将饭钱塞进胸口后，摸出一根铅笔头，在一张烟盒纸的背面写了收据，随后将收据递到李子生手里。

望着赵师傅和徒弟将碗筷悉数装进箩筐，而后离去，李子生对着刘士超说："刘队长，我们走吧？"

刘士超说："好吧。多远？"

李子生说："一百里。"

刘士超问："车在哪里？"

李子生说："没有车。"

刘士超吃惊地问："没有车？你是怎么来的？"

李子生说："走路。"

刘士超不解地问："矿上连一辆卡车都没有吗？"

李子生说："有一辆嘎斯车，昨天趴窝了，司机师傅正忙着修车呢。"

刘士超说："马车也行啊，再不然，来两驾驴车也成。"

李子生说："没有。真是怠慢大家了。"

人们七嘴八舌，议论纷纷，罗贵和宋彦的声音稍微突出。罗贵说："走就走呗，多大个事啊。车子坏了怨得了谁呀，人家不也是走路来的嘛！"

宋彦不冷不热地说："看人家罗贵，就是会说话，更会当好人。丁点儿东西不带，甭说走一百里，二百里又咋样？我们可是背着几十斤重的行李呢！"

罗贵说："宋彦，我没有当好人。来的时候，上面说得再清楚不过了，我们来是奉献的，不是来享受的。"

刘士超转身喊道："都给我住嘴！别说一百里地，八百里也得走，谁让我们是鹤岗人呢，走！"

李子生被感动得眼含泪光，他低下头默不作声。随后，与刘士超并肩，大步走在队伍前头。

来自关外的一行人，各自背负行李，疾步行走在1955年的中原大地上。沿途高岗起伏，荆棘遍布，茅屋简陋，村舍稀疏，沼泽若隐若现于荒草中，瘴气时聚时散在树林间。虽是白天，他们一路上看见的野兽动物，大大稠于人烟。

出车站走出数十里地，他们的前方就有连绵起伏的群山。山不高，峰与峰有着默契一般，虽高低不一，却彼此神合，互为照应，即便个别山峰一不小心长高一些，也并没高出太多，并不显得突兀和另类。放眼

3

望去，远山植被茂密，参天大树依稀可见。

斜阳西下时，一处工地遥遥在望。罗贵仔细看了看，见工地距山脚不远，岩石裸露，工棚昏暗，与周遭的绿色极不搭配，让他一时想起四叔大腿上那块褐色的疤痕来。高高的山顶极为平整，东西绵延数里地，不见一座山峰。

"刘队长，我们到矿上了。"大约是圆满完成了矿领导交办的任务，李子生面露微笑。

"矿上？李同志，这里是矿上啊？"刘士超一脸茫然。

"是矿上，属于筹建矿井。"李子生面带尴尬。

刘士超一时无语。他登上一块个头比黄牛还大的岩石，环顾左右。能看见的地方，没有煤楼，没有井架，甚至连一栋像样的房舍都没有。有人在工地上劳作，简易工棚里不时有人进进出出。刘士超失望地跳下岩石，望着工友们灰暗的脸色，听他们窃窃私语。

只片刻，刘士超重又登上那块褐色岩石，对着工友们大声说道："同志们，都别嚷嚷了，我懂大家的心。我们远离家乡，远离爹娘，为了什么？不是为了贪图富贵，不是为了寻求安乐，为的是为国家建设增砖添瓦，为的是让自身发光发热，就像乌黑的煤炭一样。领导为什么从众多工友中挑选我们来这荒僻之地？还不是因为老领导相信我们！相信我们的身上会发光，能发热，属于有用之才。看看我脚下的这块岩石吧，它个头儿一点儿不小，可它派不上什么用场，别说是坐闷罐车了，除了给我垫脚，恐怕再不会有别的用处。"

见不远处有三个人正朝这边走来，刘士超赶忙住了嘴，正迟疑着要不要跳下岩石，不想，脚下一滑，哧溜一声，坐了滑梯一般，整个身子顺着光溜溜的岩石表面急速滑下，重重砸在细碎的沙土上。

有人窃笑，有人担忧，有人赶忙去拉刘士超。刘士超爬起身，拍着屁股，走近李子生。他正要问话，李子生却抢先对他说："刘队长，你没事吧？赵书记过来看望大家了。"

刘士超将双手在腋下胡乱擦拭几下，见赵书记的手已伸向自己，他赶忙握住对方温暖有力的手，显得极不自在。李子长拘束地说："这是矿区筹备处的赵书记。这位是来自鹤岗的刘队长，刘士超。"

赵书记微笑着说:"是条真汉子!刘队长刚才的讲话我都听见了,讲得好,讲得好。不过,何必这么急着下来呀?一眨眼的工夫,你就不在岩石上了。"

赵书记的话引起众人一阵哄笑。见刘士超挠着头没有接话,赵书记登上方才刘士超站过的岩石,微笑着对大家说:"欢迎来自东北的同志们!大家远道而来,一路辛苦了!我们的队伍正逐日扩大,有本地的,有来自西北的,也有来自江南的,大家各怀激情,各持所长,这是煤矿顺利开工的前提和保证。各位初来乍到,不免心存疑虑,国家为何要在这荒僻之地开建煤矿呢?我来讲给各位听。抗美援朝胜利后,自上而下深有感触,我们的武器装备,我们的工业基础,与美帝国主义相比,确实存在不小的差距。既然有差距,就得迎头赶超,就得大力发展重工业。如何发展?首先得大幅提升国内的钢铁产能。而决定钢铁产能的基础是煤炭,准确地讲,是优质的冶金煤炭。当然,电煤是必不可少的,没有电煤支撑发电,一切都是空谈。经相关部门数年来精心勘探,得出准确结论,山平周边的煤炭储量十分丰富,且煤种齐全,煤质优良,又邻近南方缺煤省区,交通地理位置非常优越,开掘前景相当可观。"

见众人听得极为专注,赵书记谈兴更浓,他望一眼远山,而后对着大家说:"眼下这里还没有出煤,甚至于连出煤的基本条件都不甚齐备。这也正是邀请大家赶来的原因,也是大家施展身手的绝好机会。你们看,远处满目苍翠,少有人烟,其实,这里早已被我们的祖先开采过,此地的煤炭开采历史可追溯至唐宋时期。不过,只是零星的土法开采的小煤窑,无非是挖个斜井下去,然后靠苦力背扛肩挑,谈不上技术,更谈不上规模。所以,历经数代,这里依旧是人烟稀少、野兽横行的荒山野岭。既然国家下大力气在此地建设煤田,而我们有幸共聚于此,那就该撸起袖子,同舟共济,为祖国建设挥汗出力。唯有如此,方不枉此生。你们说呢?"

赵书记的讲话,让在场的人无不动容。一时群情激奋,呼号声此起彼伏,引得工地那边的人时不时向这边观望。这呼号声浑厚苍劲,漫过工地,散于林间。

既然赵书记如此诚恳,刘士超必须得有个态度,不然有失礼仪。他

5

频频点头，随后大声说："同志们，赵书记在百忙中赶来迎接我们，又给我们讲了这么多掏心窝子的话，我们除了感动，剩下的就是埋头苦干，让煤矿早出煤，出好煤，服务国家建设，给老领导争光，为鹤岗人增辉。"

众人见刘队长满脸红晕，恨不得此时就丢下包袱，奔赴工地。罗贵和宋彦不由自主地对视一眼，各自眼里闪着亮光。

赵书记见状，微笑着对李子长说："小李，你领大家去工棚吧，今后你跟来自鹤岗的同志们住在一起。我去食堂安排一下，为远道而来的同志们加道菜。"

李子生满口答应："好的，赵书记，我这就落实。"

刘士超不好意思地说："赵书记，加菜的事还是算了吧，我们不能搞特殊。"

赵书记说："也就是多个土豆丝，别的咱们也没有。刘队长，你可别往山珍海味那里想。"

三个人开怀大笑。

临时搭就的"人"字形工棚，看上去极为简陋，茅草为顶，木棍为墙，聊以遮雨避风。宽窄厚薄不一的木板，拼在一起就是床板，将床板搭在两头垒砌的石凳上，即为床铺。夜深后，一帮人各自将铺盖铺开，睡得倒也安稳。

午夜时分，一阵咣咣的声响打破了秋夜的宁静。宋彦被惊醒后，拍拍邻铺上的罗贵，轻声说："罗贵，你醒醒，听听外边是怎么了，像是有人在敲打破脸盆子。"

罗贵不耐烦地嘟囔几句："睡你的吧，你做梦了吧？谁吃饱撑的没事干，半夜三更的敲脸盆子！哪有什么声音？反正我是没听见。"说罢，拉拉被头，重又睡去。

那咣咣声又响几下，而后停息了，声音分明就在工棚外的不远处。宋彦爬起来，扭头看向外边。见浅雾中，一堆篝火在工地正中腾腾燃烧，火焰蹿出一人来高。除此之外，未见异常。这让宋彦很是纳闷，莫非他真的听错了，抑或是身处梦境之中？

"睡吧，宋彦，那声音是值夜的同志在敲打破脸盆，肯定是他们发现了野狼，或者是野猪，吓唬野兽呢。没事的，安心睡觉吧。"一旁的李子生揉着眼，小声说道。

"李同志，你可别吓唬我，我这人天生胆小。外边真的有野狼？"宋彦哆嗦着将头缩进被子里。

"宋彦，我说的是真的。不过，没关系，有值夜的。"李子生淡淡地说。

"那堆篝火有什么用？"宋彦不解地问。

"也是吓唬野兽的。篝火不熄，野兽是不敢进来的，它们顶多是在篱笆墙外瞎逛游。我敢断定，脸盆声一响，野兽肯定撒腿就跑，不信我陪你去外边看看。"李子生说。

"你还是算了吧。"宋彦说罢，蒙着头没再吱声。

李子生小声嘀咕几句："别看你是东北汉子，长得五大三粗的，可论起胆子来，还差着一大截子呢！"说罢，拉拉被头，闭眼睡去。

清晨，雾霭低沉。没有人知道，秋露几时已将棚顶打湿，豆大的露珠密密麻麻覆满茅草。望棚外，远山不见。

罗贵一早醒来，呆呆地望着外面，恍然间弄不清身在何处。他见李子生的床铺上没人，正寻思，见李子生和刘士超一前一后走进工棚。刘士超瓮声瓮气地说："都醒醒吧，该起床了。一会儿吃过早饭，大家哪里都别去，就在工棚里等着，会有人拿着花名册过来要人。你们各自有什么特长，花名册上写得一清二楚。谁分到哪个部门，我不清楚，也不便过问。今天，我这临时队长也就当到头了，感谢大家一路上听我招呼，让我顺利完成了带队任务。"

宋彦爬起来问："刘队长，你是说，我们这帮人今天全都给打散了？今后不在一起工作？"

刘士超一笑说："什么打散！说分散好不好？矿区即将开工的远不止这一个煤矿，还有三矿、四矿和五矿，还有与之配套的大营电厂，全国各地不同类型的技术人员正络绎不绝地赶往这里。大家还不知道这里叫什么名字吧？都记好了，方便日后给家里人写信，这里叫山平矿区。"

罗贵眨眨眼问："山平矿区？是不是后边的那座山看上去很平，因此取名为山平矿区?"

刘士超说："可能是吧，我也不清楚。不过，李同志一定知道，他是这里的老人。"

李子生笑着说："老人? 刘队长，我可一点儿都不老，我才成家不久，儿子还没出世呢。"

听见有人在笑，刘士超尴尬地说："李同志啊，我可不是这个意思，我的意思是你比我们来得早，属于名副其实的先行者，将来会被列入元老级人物名单的。"

李子生呵呵一笑，说："开个玩笑，开个玩笑。刘队长说得很对，国家十分重视山平矿区的建设，正征调全国各地的人力物力支援这里。不但电厂即将开建，铁路也会铺到矿山门口，用不了几年，这里就不再是荒山野岭了，一个新兴的工业城市很快就会在中原大地绽放异彩，到时候，我们大家都是创业者，都属于矿山元老级人物。大家此时把血汗留在这里，将来，荣耀的光环必定陪伴各位一生。"

刘士超兴奋不已，盯着李子生问："李同志，你是知识分子吧? 说话文绉绉的。"

李子生说："刘队长，你抬举我了。我是穷苦出身，没有上过学，老婆孩子还在乡下老家呢。只不过，小时候跟着一个从城里回乡的邻居认识一些字，读过几本书。来到矿上后，多听多记领导的讲话，慢慢地也就能说上几句了。"

宋彦听罢两人的话，惊叹不已："我们新中国太厉害了! 在山平矿区这一个地方，一家伙就建这么多煤矿! 还要修铁路，还要建电厂，这得花多少钱啊! 厉害，厉害! 将来这里不得了。罗贵，看来我们是来对了，回头你得请我吃一顿，我是好说歹说才说服你一道过来的。"

罗贵说："说吧，你想吃什么? 野猪肉行不?"

宋彦哆嗦一下说："算了，算了，真抠门儿。"

笑声爆棚。

趁大伙儿忙着洗漱，刘士超把李子生拉出工棚，低声问他："李同志，我跟你接触虽然时间不长，但是感觉很对脾气，你属于哪个部门? 今后你我能一起工作吗?"

李子生懂刘士超的意思，忙说："刘队长，不瞒你说，我也不知道我属于哪个部门，我也才来不久，矿上还没有具体安置我，让我干啥就干啥，哪儿需要就去哪儿。依我看，在哪里工作都一样，反正都属同一矿区。"

刘士超说："李同志，你说的是这个理。"说罢，领上大家，列队去了饭堂。

早饭后，望着这批来自东北的工友被人分别领往不同的岗位，而床铺不动，李子生一阵懵懂，他不知道矿区领导为何这么安排。既然这些工友技术类型有别，将来注定不属于同一个部门，那何不让同一部门的人住在一处呢？同吃同住，不仅作息时间趋于一致，也便于日常管理。

忽然想起赵书记曾经说过的一句话：管理工作一定要讲究人性化。李子生豁然开朗，矿区领导一定是担心来自同一个地方的工友被忽然分开而难以适应，进而产生孤独感，而一旦有了孤独感，思乡之情在所难免。安排李子生和这些工友同住，大约也是出于同样的考虑。

可李子生的工作属于非技术类型，跟别的工作比起来，可能跑腿的活儿多些，似乎属于后勤，也与劳资对口，总之，去车站接人，去各村招工之类的工作，他都干过。前些天，还跟随相关人员去邻近县里招了些工人。接下来，矿上的卡车趴窝了，外出招工的事就此搁置。

"李子生，发什么呆呀，想家了吧？"卡车司机的声音从身后传来。

"没有。王师傅，车子修好了？"李子生回过神来。

"修好了。张主任叫你呢，算了，你别去见他了，收拾一下，跟我一起去车上吧，他很快就过来。"王师傅说。

"干什么？又要去招工？"李子生说。

"没错，这次去得比较远，你最好多带件衣物。"王师傅说时，摸摸腰间的挎包。

"王师傅，这次要去哪里招工啊？"李子生问。

"遂平。"王师傅挤挤眼。

"遂平？得有两百里地吧？为什么要跑那么远招工？附近的县还没跑遍呢。"李子生不解地问。

"近处人少地多，吃喝不愁，没几家愿意让家里人来井下挖煤。我听张主任说，去远点儿穷点儿的地方招工，一是好招，二是招来的人好管。你想啊，离家有几百里地，省得他们时不时地往家里跑。"王师傅挤挤小眼接着说，"不过，要想老婆了，那可得干熬着。"

"看你说的什么呀！"李子生怪道。

"开个玩笑，找个乐子，过过嘴瘾。子生啊，我不是有意说你的，我知道你跟你老婆是两地分居。我还不是一样吗？我老婆也在老家呢。"王师傅说罢，像是喝了几杯老酒一样，脸上一副舒坦相。

"看你那出息吧，一提起女人就眼里放光。"李子生说时，不经意间，一阵伤感拂过心田。

"子生啊，几乎每天都有来自全国各地的人来这里，参加矿区建设，我们为什么还要去乡里招工啊？"王师傅像是明知故问。

"你是真不懂还是假不懂？国家派往这里的人都是各方面的技术人员，让这些技术人员去一线抢起铁锹挖煤，无异于酒店高薪请大厨，让大厨干些择菜、擦桌子之类的活儿，这不是大炮打蚊子——大材小用嘛。"李子生说得有板有眼。

两人正说时，张主任提着一个黑包急匆匆走来，边走边说："走走走，路远，别磨蹭。"

王师傅一早就将嘎斯车预热完毕，三人上车后，车子一打就着火，而后一点儿蓝烟不冒地驰向大门。恰逢刘士超和罗贵、宋彦扛着笨重的工具走向井口，三个人停下脚步，不无艳羡地望着嘎斯车卷起轻尘，一路远去。

宋彦笑嘻嘻地说："刘队长，刚才听人说这辆嘎斯车是去外地招工，也不知道招不招女工，年轻点儿的。"

刘士超盯一眼宋彦说："宋彦，今后别叫我队长了，我只是路途上的队长，到了矿上就什么都不是了。就你小子心眼儿多，招女工干吗？还年轻点儿的，煤矿属于在建阶段，都是些硬性活儿，女工能吃得消吗？"

宋彦说："我跟罗贵一般大，今年都二十一了，在老家时本来正有人给我提亲呢，这下可好，一家伙穿越几个省份，哪个媒人愿给一个几千里以外的人提亲啊！矿上不招女工，我们这些单身汉将来怎么办？"

老实巴交的罗贵眨眨眼问:"不对呀,宋彦,你不是有对象吗?我们出发前,你对象不是还去你家为你送行了吗?你今天是怎么了?"

宋彦面色一红说:"哪有这种事呀!你听谁瞎说的?"

见罗贵一时无语,刘士超看看两人说:"有也好,没有也罢,矿上是不会让你们年轻人一直当光棍的。宋彦啊,矿上眼下不大需要女工,一点儿不代表将来不需要,到时候,光鲜靓丽的女孩子一定多得让你看花眼,不信走着瞧。再说了,附近也不是没有人烟呀,那不,南面不远处就有个小村子,有村子就不会没有女孩子,像你和罗贵这么帅气的小伙子,将来一定会是抢手货。"

临时队长刘士超的话让宋彦和罗贵乐得一时合不拢嘴。罗贵捂住嘴,不好意思地扭头看向远方。宋彦半眯着眼,回味着刘士超话里那最为诱人的一句,兴奋得不知该如何开口。他望一眼不远处那灰暗的小村庄,不由得想入非非。此时,包括宋彦在内,没有人知道,在那仅有百十口人的村子里,日后会生出诸多让人意想不到的故事来。

"这么几句顺耳话,就把你俩给折腾成这样,看你们那点儿出息吧,快点儿干活去。"刘士超笑着说。

"刘队长,出来都这么多天了,你就不想老婆吗?相隔这么远,你们将来怎么办呀?"宋彦担忧地问。

"你放心吧,将来组织上一定会考虑夫妻两地分居的问题。干活,干活。"刘士超信心满满。

大家心系家国,怀揣梦想,在这荒僻之地开启了全新的征程,各自书写着不一样的人生。

第 二 章

　　嘎斯车在弯曲的小路上疾行，卷起的尘烟渔网一样张在后头。临近初冬，农民播下的麦子，如今已长出幼嫩的麦苗，一望无际的麦苗与天际相连。

　　司机王师傅按着张主任的指引，忽而走大路，忽而上小路，车子时而剧烈颠簸，时而左右倾斜，弄得他头脑昏沉，忍不住问张主任：“张主任，这么远的路，岔道又多，职业司机走上一两次都不一定记得住，你是怎么记住的？”

　　张主任笑着说：“王师傅，你是不知道，我来矿区以前，是在政府的赈灾部门工作。我们今天要去的地方，地势低洼，河道较多，一旦老天爷降水时疏忽大意，不加节制，这里就成了泽国，附近好几个镇都得受灾。每次遇上水灾，农民兄弟的日子简直没法过下去。而每次有了灾情，我都得跑来赈灾。是个傻子，跑得多了，也会记住路的。”

　　王师傅大笑，一手离开方向盘，抹一把嘴角说：“怪不得张主任对这里这么熟悉，怪不得要来这里招工。临行前，我还跟子生嘀咕这事呢。照张主任这么说，这里的自然条件很差，愿意外出工作的人一定不少，我们招工的事就不用发愁了，这次应该能拉走一大车人。”

　　李子生接话说：“要是这样的话，我们下次招工还来这里，山平矿区将来要建那么多煤矿，还有电厂、水泥厂什么的，这得需要多少人啊。”

　　张主任信心满满地说：“栽下梧桐树，还怕没有凤凰来？放心吧，山平矿区眼下还处于筹建阶段，它该有的光鲜和亮丽还不为外人所知。比如传说中的凤凰，它的羽毛还没长出时，自然不很养眼，等它羽翼丰满时你再看，一定是令人沉醉。到时候，根本用不着我们开着车四处招工了，前来应聘的人会把门框挤破的。不过，眼下还得耐着性子宣传煤矿，苦口婆心地讲解去煤矿工作的好处，然后将招来的人一个个安安全全送往矿上。"

王师傅说："这次应该能拉满一车人。"

李子生说："肯定能。这里穷，加上张主任常来赈灾，群众对张主任应该比较信任。"

车子在闲言碎语中顺小路快速前行，引得沿途村子里的孩子们一个个闻声跑出家门，向着汽车招手呼喊。大人则好奇地站在村口，望着嘎斯车卷着尘烟渐渐远去。

竟来到了一条河流前。王师傅眨巴着眼说："错了吧?"

张主任一脸庄重地说："错了。可这不怪我，谁让你们两个问长问短，没完没了地说个不停呢!"

王师傅看一眼张主任，极为认真地说："怨我，怨我，都怨我，要不是我夸奖张主任的记性好，他怎么也不会差点儿把车子引到河水里。"

三个人同时大笑。笑声憋在车内，四处乱窜，使得嘎斯车本就不大的驾驶室内，显得瓮声瓮气。

掉转车头后，沿途问过两个人，他们最终还是摸到了梨树村的村公所门前。村长听见汽车的声音后，匆匆来到大门口，望着嘎斯车一脸茫然。

张主任此前数次来梨树村赈灾，和这位村长相当熟悉。梨树村今年并没受灾，张主任这个时候过来，让村长大惑不解。这个叫关学武的村长非常热情地与张主任握手寒暄后，又和下车的李子生及王师傅握了手，随后，他的目光一直在卡车的大厢上睃巡。

张主任会意，笑着说："关村长，我不在赈灾部门工作了，这次来这里，不是给你们送赈灾物资的。"

关村长尴尬地说："我说怎么会是空车厢啊! 你调到哪里工作了? 是路过?"

张主任笑着说："不是路过，是专程过来的。我调到山平矿区筹备处了，这次来梨树村是为矿山招工的。老朋友了，有好事我总是想着你

13

这里。"

关村长激动得面色潮红，重又握住张主任的手，不住摇晃："还是张主任重情！无论去哪里高就，旧情始终不忘。我代表梨树村的父老乡亲，感谢张主任关照！感谢老伙计对梨树村的一片真情！"

不少看热闹的群众围拢过来。有人专注地听着他们的老村长与张主任攀谈，有人围着嘎斯车上下打量，一群小孩子悄悄钻到车底下，伸长脑袋，闻车子发出的稀奇味道。

"关村长，这里已经聚了不少人，你再用喇叭喊一喊，让村里其他群众也来，我想给大家做个招工动员，你看怎么样？"张主任急不可待地说。

"张主任，你也不看看日头都到哪儿了，你们跑了大半天，虽然是车轮跑，那肚子也没消停不是？再急也得等吃了晌午饭再说，你说呢？"关村长风趣地说。

"那好吧，听关村长安排。"张主任笑着说。

"张三、李水、周全，今天给你们三家派饭，一家管一个。不光要管饱，还得管好。都磨叽个啥，还不快点儿给家里女人带话去？"关村长的话里带着无以言状的威严。

见这三个人急匆匆挤出人群，张主任高声说："随便吃点儿就行，不必讲究。我们三个是公差，无论在谁家吃饭，我们都给粮票，说什么都不能亏着大家。"张主任说时，摸出一张半斤面值的粮票扬了扬。

关村长盯一眼张主任说："张主任轻易不来一趟，况且这次又是给梨树村办好事的，用得着你们自掏粮票吗？不要你们的粮票，你们留着在别处用吧。"

见村长面带不悦，张主任赶忙解释："关村长，你和大家的心意我们领了，可我们单位是有制度的，我们不能违反制度。出差有补助，单位不会亏着个人。"

关村长说："再说吧。先到村公所歇会儿，待会儿饭做好了，他们会过来领人的。"

走进村公所，关村长拿起八仙桌上的铁皮喇叭，随后顺梯子爬上高高的院墙，对着鹅嘴一样的话筒口大声喊道："各家听好了，各家听好了，饭后都不要急着下地，到村公所外的晒场上开会，错过了，大家会后悔的。各组组长注意清点人数，每家至少要来一个。"

关村长沙哑的声音从喇叭口窜出，响彻全村。这声音像铜锣一样自墙顶炸开后，张牙舞爪，带着共鸣，附有回音，接连响过数遍才罢。

晒场一边有个卧牛大小的石凳，大约往常开会时，关村长就习惯于登上石凳讲话。午饭后，见晒场上几无立锥之地，关村长利索地登上石凳，大声说："都静静，都静静。张主任现在调到山平矿区筹备处工作了，负责招工事宜，这次来我们这里是为大家办好事的，具体情况，请张主任给大家讲个透彻，大家欢迎。"

掌声响起时，张主任登上石凳，他给大家鞠个躬，声音里带着甜润："同志们，山平矿区离这里稍远一点儿，又是在建单位，大家对此知之不多，我来简要讲给大家听。山平煤田开发是国家'一五'计划的重大建设项目，是新中国成立后开发建设的第一个大型矿区，将来会有十多个煤矿陆续建成，与之配套的待建项目更是不计其数，前景十分光明。我们这次过来，就是想请大家加入其中，见证矿区的发展进程。谁家有身体条件不错的汉子，请与我们一道去矿区工作，为国家建设贡献力量。谁被我们招走，相关手续很快就能办好，自今以后，就能吃上商品粮了，月月领工资，月月领粮票。我就先说这些吧，给大家留个商量的时间，大家商量好了，请到村公所报名登记，符合条件的，今天就随我们赶往矿区。"

关村长在一旁说："这是天大的好事，还商量个屁！人家是大型国有企业，不嫌弃梨树村贫穷，屈尊来家门口招工，这是我们上辈子积下的洪福。唉，我老关命不好，三个孩子都是丫头片子。张主任，矿上招女的吗？"

张主任摇摇头笑道："将来一定会的。"

关村长皱着眉说："到时候你一定先来我这里招工。"

张主任满口答应："那是自然。"

两人说着，一道跳下石凳，去往村公所等候。李子生和王师傅一直在石凳边站着，见二人离去，赶忙跟着。

四个人在村公所左等右等，时而伸头望望外面，时而屏息听一下门外动静。一个小时就这么过去了，就是不见有人进来报名，这让张主任如坐针毡。

这么好的事，竟没人报名。关村长挠挠头，很是费解。他忽然拿起喇叭，重又爬上墙头，对着喇叭嘴大声吆喝："一个个吃屎去了？都磨叽个啥哩，符合招工条件的人，还不快点儿来村公所报名？"

眼见院当中西厢房的阴影正一点点儿变大，却依旧没人进来报名。终于忍耐不住，张主任起身走向门外。关村长、李子生、王师傅在他身后跟随。

晒场上站着不少人，女人居多，大家低声议论着，时不时望一眼村公所。乍一见张主任出来，身后还跟着老村长，众人旋即息了声。没等张主任开口，关村长抢先发怒："都戳在这里干啥呀？还没想好？"

见众人无语，张主任耐心地说："大家可能对招工的事有顾虑，有疑问，可能是我刚才没有把政策讲清楚，大家能不能把各自的想法说出来，让我听听？"

有个心直口快的大嫂，抱了个半岁大的娃儿，她猛然拍一下娃儿光溜溜的屁股，先是呵斥一声："别踢腾！"接着，扯着嗓门说，"我家二儿子今年刚满十八岁，壮实得跟牛犊子一样。你们煤矿上的事我得先问清楚，不清不白的，谁敢把身上掉下来的肉往煤矿送啊！"

张主任忙说："大嫂，你只管问。"

大嫂的声音稍低一些："是在地底下挖煤吗？"

"是的，大嫂。地面上的，那是草。"

"矿井深不深啊？"

"比各家储红薯的地窖深。主井井筒一百五十米，井下长臂工作面的走向长度是三百米至五百米，倾斜长度是六十米到八十米。支护采用木梁和木柱。放炮落煤，工作面使用输送机。"

"放炮？不会炸死人吧？"

"我们力保煤矿安全。"

"力保是啥意思？"

"就是尽力保证。"

"你的意思是也会死人？"

16

"我没说。"

"你的意思是死人不死人你们也说不准，是吧？"

"我说了，我们会尽一切努力，力保井下安全。安全至上，安全为天，这始终是我们工作的基本准则。"

"我听出来了，就是说人一大早下井了，可谁也不敢保证他天黑前能上来。这吓死人啊，谁敢让自己的孩子下井挖煤呀！"

晒场上的人一时间话语骤增，叽叽喳喳的声音弄得张主任面色难看，暗自叹息。

见状，一旁的关村长低声说："张主任啊，你也太实在了。"他随即对着那位大嫂大声说："狗剩家的，去年春上，你公公头一天还在村公所跟我下棋，可第二天一早，人在床上冰凉了，你给我说说这是怎么回事。"

那位大嫂骤然一惊，胆怯地看一眼关村长，声音一时间低了不少："老村长，这事可不能怨别人啊。本来我公公能吃又能睡，身子骨硬朗着呢，晚上睡觉时还好端端的，可谁也没想到，第二天一早就不行了。夜里一点儿动静都没有，这真是邪乎！"

关村长接着说："二柱子，两个月前，你老丈人是怎么死的？说来听听。"

一个三十来岁的年轻人摸摸下巴，慢吞吞地说："这人要是倒霉了，他买斤盐都会生蛆。老天爷让谁前夜死，他死不到后半夜去。我老丈人本来是在一截土墙边乘凉的，谁能想到二蛋家的驴惊了，硬是朝着土墙撞。墙倒了，我老丈人的身体一点儿都没露到墙外，那破墙头上有块砖，这块砖偏偏砸在我老丈人的耳根上。"

见二柱子不再开口，关村长皱着眉头说："大家都听清楚了吧？俗话说，人的命，天注定。谁说下井挖煤的人就一定会出意外？谁说不下井的人就一定不出意外？真是没事找事！天不早了，都快点儿拿主意。张主任，我们回去喝茶去，别再搭理他们了！"说罢，拉上张主任回了村公所。

晒场上，你一言，我一语，重又热闹起来。

"反正我是不会把孩子往那几百米深的地下送，在家里就是吃糠咽菜，总是能天天守在一起，这比什么都好。"

"是啊，送出去容易，谁知道还能不能领回来。"

"山平矿区，从来没有听说过。离这里都一二百里地，比云彩眼里都远。坐着车去了，将来咋回来呀？"

李子生并没去往村公所，他站在角落里听人们说长道短，心下五味杂陈。让他没有想到的是，全国解放这么多年了，这里的人思想还如此守旧。

"我报名。"一个壮汉说着，独自走进村公所。

晒场上的女人吃惊地望着这个男人的背影，而后很自然地聚拢在一起，眼神飘忽，指指点点。

夕阳西下时，嘎斯车宽敞的车厢里，孤零零站着一位年轻汉子，他手扶栏杆，昂首挺胸，刚毅的目光望着前方。

车子缓慢走出村子。两个胆大的孩子双手攀在车后，双脚离地。而其余胆小的孩子则跑步跟在车后，争相闻那香喷喷的汽车尾气。车子出村后车速骤增，跟车跑的孩子早被车子撇下老远。而攀上车子的两个孩子见车速陡增，一时害怕，便试着将双脚着地，奔跑着逐渐松开双手。

透过腾起的尘烟，后头的孩子们只看见两个肉疙瘩极快地翻滚着皮球一样滚向路沟。待尘烟散去，他们看见了两张掉皮渗血的脸正从路沟里慢慢冒出。

这群孩子心绪各异地望着车子远去，望着车上那位汉子健硕的背影渐渐模糊。此时的他们自然不会知道，梨树村里最早走出的这位去煤矿吃商品粮的人，日后会给村子里的后来者带来莫大影响。此时的他们更不会知道，二十多年后的一天，会从梨树村走出一位清贫的求学者，此人游学四方，勤勉笃行，默默耕耘数十载，终有所成，声名远播。

这汉子姓李名二柱，已是而立之年，却因家境极差，一直没娶上亲。他父母愁得早已头发花白，终日里愁眉不展。听说有煤矿来村里招工，他暗自憋着劲，在父母面前净拣好话，将煤矿说得跟天庭不差多少。说黄家湾有个人，这么多年一直在东北的一个煤矿上做工，每个月会按时领取工资，领到手的工资多得无处可花，愁得不行，不得已，放银行里存着。父亲把眼睛瞪得溜圆，说他哄人。李二柱执意要与父亲一道去十里开外的黄家湾，以验证此事。二柱还给父亲说，人家家里连黄腾腾的玉米面都见不着，甭说紫色的高粱面了，人家粮缸里不是白米就是白面，瞅着眼馋。

他终于说服父母。随后，将父母托付给兄长，在村民们狐疑的目光里他走进了村公所。

嘎斯车在路边停下时，车后的尘烟像渔网一样被人撒向车前，瞬间将车子遮罩。透过腾腾尘烟，李二柱见车门开启，张主任的脑袋最先出来。张主任站在车门踏板上对着车厢大声说："李二柱，车厢里风大，秋风贼冷，你把我这件衣服套上。"他边说边将外衣脱下。

见脱去外罩的张主任显得越发单薄，李二柱忽觉鼻子发酸，忙说："不用了，张主任，你快把外罩穿上吧，这才几月份呀，晚秋的风不冷。"

张主任说："驾驶室里暖和。给你，你就套上吧。"

李二柱执意不要，两人争执再三。最后，张主任无奈地说："那你蹲下去，这么傻站着，招风。真是的，我这衣服上也没有虱子呀。"

李二柱嘿嘿一笑说："我有。"

这汉子不经意间的一句话，让众人一阵哄笑。

张主任跳下车，像是说给众人听，又像是自言自语："跑这么远招工，一天下来就招这么一个，笨死我们吧！不说别的，连这四个车轮都对不住，就这么回去，真是丢人。"

王师傅和李子生先后跳下车，来到张主任跟前。李子生说："这是我们当初没有想到的，回去怎么跟矿领导交代呀！"

王师傅搓着手说："张主任，前面有个镇子，看起来挺大的，这么大的镇子应该有干店，要不我们找家干店住下来，明天开着车走村串巷，让李子生站在车厢上，大声吆喝，使劲宣传山平矿区招工的事，不信就没有人动心。"

李子生瞟一眼王师傅，不无忧虑地说："王师傅的主意看似不错，这会让更多的群众知道我们山平矿区。不过，我担心会适得其反，还会有损山平矿区的形象，这很容易让人想起卖狗皮膏药的假郎中来。"

见张主任仰望天际一块浮云沉默不语，王师傅和李子生没再多言。

张主任一筹莫展，让车厢里站着的李二柱很是着急。他挠了几下头，忽然说："张主任，我们去黄家湾吧，那里有我一帮哥们儿，他们看见我在车上，不出意外的话，都会跟着一块儿去矿上，这样，你们就不用发愁了。"

在嘎斯车边站着的三个人惊讶地僵在原地，随后不约而同地望着李二柱。李子生不悦地说："李二柱，我们正为招工的事发愁呢，现在可不是开玩笑的时候。"

见李二柱没有言语，张主任问："二柱，看得出来，你是个实在人，你不会吹牛。黄家湾离你们梨树园得有十多里地，你什么时候跑那么远结拜一帮哥们儿？"

李二柱说："是打老日那会儿结拜的。"见三个人面露愕然之色，李二柱停顿一下，接着说，"黄家湾北边有座小山，十年前，日本人在山下弄了个石子厂，抓来几十号壮实汉子，逼着汉子们每天抡起铁锤为他们打石头。我本来是在我们村外的河坡里放羊，恰好被路过的日本兵看见，于是，连人带羊被按到三轮摩托上，带到了石子厂。羊被他们宰吃的那天夜里，我就暗自发誓，不用小日本的狗命偿还，我誓不为人。"

李二柱说着，见天色渐暗，随即把话题岔开："天不早了，我晚上再讲给你们听吧，路上讲也行。"

车下的三个人异口同声地说："还早，还早，你就接着讲吧。"三人说罢，相视而笑。

李二柱不自然地扭扭脖子，轻声说："那好吧。一天晌午，一个放哨的日本兵哼着小曲儿去解手，明明西边不远就有茅房，他偏偏不去，就在碎石堆边解决。那人贼眉鼠眼的，一看就让人恶心。我见四周没有别的日本兵，这里又有碎石堆遮挡，趁他只顾哼曲儿的当儿，我举起一块狗头大小的石头，猛地砸向他的脑袋。日本兵倒地时，只有被他压在身下的碎石子胡乱响了一下，很轻，像是后半夜一只老鼠从我家的玉米缸里逃窜。我当时被吓得浑身哆嗦，可事已至此，又没有别的法子，只得闭上眼睛，对着小日本血肉模糊的脑袋又砸了两下。最后，我拼命在碎石堆上扒出个深坑，把这个日本兵的尸首推进坑里。几个工友赶来帮忙，众人三下五除二就让碎石堆恢复了原来模样。"

张主任听得入了迷。而此时的李二柱偏偏不说了，他勾手去挠后背，大约是虱子在衣服里作祟。张主任急切地问道："后来呢？少了个人，日本人岂能善罢甘休？"

李二柱不紧不慢地说："别把他们看得多有能耐多厉害。到了吃晚饭的时候，他们才发现少了一个人，于是，四处乱找。一个工友故意指指不远处的一个小村庄。白白胖胖的小队长嬉笑着说：'花姑娘的干活。'接着就没人再提这事了。第二天，小队长感觉不对，亲自带人去村里找。当他气急败坏地从村里回来后，吼叫着要一个个提审在石子厂里干活的人，这下子把我和大伙儿吓坏了。大家都知道小队长说的提审指的是什么，是要把人一个个打得皮开肉绽的，指不定哪个工友招架不住，会把我杀人的事供出。可巧合的是，这时，一个士兵慌慌张张跑来让小队长去接电话。在这以后，小队长就没再提及审人的事，他们的营房里不时传来凄惨的号叫声。我好奇地接近营房，见里面有人剖腹自杀，有人面向东方跪着，一个劲儿大哭，嘴里还嘟囔着听不懂的话。我记得那天是 1945 年的 8 月 15 日。"

李子生紧张地说："真悬啊！"

李二柱说："是。真是个巧合，不然的话，我恐怕早就跟随我家的那只羊一块儿去那边了。"

王师傅极为敬佩地说："没想到李二柱同志还是个英雄。日本人投降后，你和你那几个工友就结拜为弟兄了？"

李二柱不好意思地说："王师傅，我哪是什么英雄啊！他们都说我是条真汉子，虽然我当时还不满二十岁，可大家都拿我当大人看，非要与我结拜为兄弟。"

张主任定定地望着李二柱，随后走到卡车后面，举手打开车厢后门，对着李二柱说："李同志，请你下车说话好吗？"

李二柱迟疑一下，跳下车，憨笑着说："主任，这车不是多高，不用开车门的，我能跳下来。"

张主任凝神说："李同志，你是个英雄，抗日英雄。"

李二柱怯生生地说："张主任，你是领导，你可不能胡乱说，我哪是什么英雄啊！小日本无恶不作，常常把工友往死里打，还强行把我弄去做苦力，我家里唯一的一只羊也被他们残忍地杀害了，不报这个仇，我还是个男人吗？"

张主任像是没有听见李二柱的话，他沉思着问："李同志，新中国成立后，当地政府给予你什么奖励？"

李二柱低声说："哪有什么奖励！我从来没有给别人说起过这件事，今天给你们说了，你们可不要对外人说。这杀人的事，不光彩。"

张主任肃然说："李同志，你这可不是杀人啊。"

李二柱不解地说："我杀的也不是羊啊。"

望着眼前这位憨厚的汉子，张主任耐心地说："李同志，日本鬼子所到之处，烧杀抢掠无恶不作，就我所知，他们在黄家湾开办石子厂，是为周边建炮楼所用，建炮楼何为？还不是为了剿灭抗日武装力量？你当时之所为，就是抗日之举，理应得到奖赏，理应受到大家敬重。"

见李二柱低着头一脸懵懂的样子，张主任说："李子生、王师傅，我们今天就听李同志的建议，今晚住镇上，明天去黄家湾，拜见一下当年的那些真汉子。都上车吧。"

王师傅和李子生答应着走向驾驶室。李二柱迈步走向卡车的后门。见状，张主任喊住李二柱："李同志，你坐驾驶室，我上车厢。"

张主任说罢，拉住李二柱的胳膊硬把他往驾驶室里推。李二柱执意不肯，两人推让再三，最终还是遂了张主任意。张主任笨拙地爬上车厢时，李子生岂能心安，他爬上车厢，好话说尽才把张主任请下车厢，坐进驾驶室。李子生在车厢里站稳后，嘎斯车奔不远处的镇子去了。

次日，在去往黄家湾的路上，张主任心里一直犯着嘀咕。黄家湾虽有几个李二柱的结拜弟兄，可这跟招工似乎没什么关联，结拜过，就得跟他上车走人？事情万一不是李二柱说的那样，他们又得耽搁大半天，明明矿上急着用人，他这边却没有多大进展，这么想着，一丝愁云不经意间挂上眉梢。

一旁的李二柱看似憨厚愚钝，此时却能体察入微，他试着问："张主任，你像是心里有事，是不是担心我许过的愿不一定能兑现？"

王师傅笑着说："我替张主任说吧。你昨天说你那些哥们儿见你站在车上，他们都会跟着你走。李同志，咱先不说这话是不是吹牛，就凭你这股热情劲儿，咱跑一趟黄家湾都值，大不了也就多耽搁半天嘛！"

李二柱一怔，随后说："司机师傅，我琢磨着你这话像是不大信任我，像是觉得我昨天的话是吹牛。"

张主任忙说："没有没有，王师傅没有说你吹牛。"

见张主任脸上带着尴尬，李二柱说："张主任，三年前，黄家湾有个人经亲戚介绍去东北一个煤矿工作，本来人家是抱着试试看的想法去的，不行的话立马回来，可他这一干就是三年，如今家里富得流油，村里人谁不羡慕？黄家湾有了这个最早走出去的人做榜样，你一点儿都不用发愁没人愿意去煤矿，况且我今天还在车上。"

经由李二柱这么一说，张主任心底的圈圈这才画圆了，他忽然觉得通体舒坦。

果然如李二柱所言，车子一到黄家湾，村民获知是煤矿上的人前来招工，也没人细问矿井有多深，井下是否安全，不少人跃跃欲试。然而，却迟迟没人带头报名。倒是李二柱的几个哥们儿见二柱在场，待问明情况，一个个争相报了名。如此一来，此前的迟疑者便不再犹豫，前来报名者摩肩接踵。临近中午时，张主任不得不合上本子说："三十个，够了，多一个，车上就塞不下。"

深秋的午后，嘎斯车载满一车新招的矿工，在麦田间的土路上逶迤而行，车后扬着尘烟，招致不少人驻足观望。车厢里人挤人密密实实，一车人个头高低不一，脑袋却大致相当，随车子晃来晃去。

有了先例，此后招工就便当多了。

第 三 章

　　天色渐暗时，晚霞显得越发吝啬，只将些许猩红短暂地滞留西天。升井后洗澡，洗澡后，宋彦拉上罗贵，早早去食堂用过晚饭，而后向着煤矿南边的小村庄走去。

　　传来汽车的嗡嗡声。宋彦抬头，见嘎斯车由远及近，李子生站在车厢前头，身后及两侧都是人，均是陌生面孔，另一位陌生汉子则端坐在驾驶室里，这让宋彦大惑不解。望着嘎斯车缓缓进入大院，宋彦指着炊烟升起的村庄说："看人家都开始做晚饭了，你快点儿呗，磨蹭啥呢！"

　　罗贵问："天快黑了，这个时候去村子里干啥？"

　　宋彦支支吾吾地说："没啥事，随便转转呗。罗贵，也不知道村子里有没有媒婆。"

　　罗贵瞪一眼宋彦说："宋彦啊宋彦，让我怎么说你呢？终日满脑子都是这些乌七八糟的事，你能干好工作吗？在井下干活，一点儿都不能分神，我再给你说一遍。"

　　宋彦不屑地说："罗贵，你还别说，你这说话的口气比我们队长还队长。你的话真难听，这又不是井下。"

　　罗贵认真地问："你在老家真的没有对象？"

　　宋彦心不在焉地说："黑不拉儿的，早吹了。"

　　罗贵追着问："上周你收到的那封信是谁寄给你的？一看就是姑娘的字。"

　　宋彦不由得一怔，说："早就说好不联系了，她还是往这里寄信，我也没办法。"

　　"你们两个在说什么呀？怎么跟姑娘家一样，低声弱气的！是煤矿上的吧？一看就像东北人。吃饭了没有？来婶子家坐坐吧。"一个女人的声音从一家大门口传来，尖尖的，带着甜润温热的气息。

"我们是矿上的，吃过饭没事干，随便转转。婶子的眼神真不一般，连东北人都能看得出来。"宋彦抬高声音说。

"婶子年轻的时候，跟着大人闯过关东。那会儿，关外净是日本兵，吓死人了。冬天又冻得要命，一点儿都没有别人说的那么好。婶子只在关外待了不满一年，就跟着爹娘回来了，爹说，哪里都不如老家好。"女人说时已将一扇大门整个儿推开。

宋彦进院后，眼珠子滴溜溜乱转，见不大的院落里，墙边垛着一堆黄豆秆，大约是供冬季做饭取暖之用；屋檐下挂满成串的玉米棒，金灿灿的，映得满院泛黄；黢黑的手摇辘轳架在水井上，湿漉漉的木桶，间歇地滴着水滴；两只母鸡在井边吸水后，晃晃悠悠去往墙角的鸡窝。

虽是深秋，院子里倒也不冷，罗贵坐在木凳上，总感觉双手无处放，更不知道该说些什么。

宋彦却像见着了老家的人一样，话匣子一开便不可收。婶子把她男人喊过来，两口子坐在宋彦和罗贵对面，跟宋彦家长里短地说个没完。

"小伙子叫什么名字？多大了？"

"我叫宋彦，二十一岁。"

"是个技术员吧？"

"是，机电队的。"

"有出息。家里人都好吧？"

"爹娘身体都硬朗。我是单身，除了我妹妹，家里再没别的人了。"

"有技术，长得又俊朗，将来不愁找个好姑娘。"

"那就拜托婶子了。我爹娘要是知道这边有个热心的婶子，正为他们儿子的婚事费心，不知道该高兴成什么样子呢，宋彦代爹娘谢过婶子和大叔。"

"这八字还没有一撇呢，说谢还早。不过，你这孩子很懂事，婶子一看就喜欢。"

"我将来一定好好工作，积极表现，争取进步，不辜负婶子对我的殷切希望。"

这位热情泼辣的婶子姓刘名红娟，她与宋彦攀谈时一眼未瞅一旁的男人。他的男人叫周仓，很容易让人想起《三国演义》里的一个人物来。周仓平日里话不多，这会儿，趁着刘红娟和宋彦话语停顿的间隙，看一眼浑身不自在的罗贵说："小伙子，你怎么不说话呀？"

罗贵搓着手说："插不进去。"

刘红娟没能忍住，扑哧一声笑。周仓和宋彦也都笑出声来。只有罗贵皱着眉，笨拙地把手背在膝盖上擦来擦去，像是沾上了鸡粪。

而此时的灶房里，灶口映出暗红的火光，火光映亮一张青春靓丽的面庞。姑娘正将指头粗的干柴送进灶口，大约也听见了罗贵的话，一丝笑意悄然浮现脸上。只片刻，那笑意顺蚕眉一点点隐去。

顺着宋彦直勾勾的目光看去，罗贵见那姑娘的脸上带着几分羞涩。罗贵急忙将目光收回，不好意思地说："大叔、婶子，都这么晚了，你们还没吃饭，我俩耽误你们了。"

"没有，没有。你们矿上吃饭早，村里人的晚饭都是吃到天黑。"刘红娟勾头看一眼灶房，接着问罗贵，"你叫什么名字？看上去也就二十来岁。"

"婶子，我叫罗贵，跟宋彦同岁。"罗贵说。

"也是个技术员？"刘红娟很是认真。

"是的，婶子。我跟宋彦都是煤炭技校毕业。"罗贵不大习惯被人刨根问底，加上自己今天没有来由地紧张，又怕队里有事，眼见天色渐暗，他很想及早结束这琐碎的谈话，于是，站起身说，"大叔、大婶，不早了，我怕队里晚上开会，我们改天来玩行吗？"

宋彦瞟一眼罗贵，极不情愿地跟着站起身说："是啊，是啊，还是以工作为重的好。"

刘红娟起身后，瞥一眼灶房，而后迟疑着送宋彦和罗贵出了大门。

回到屋里，见女儿周倩已将三碗玉米粥和一盘炒豆芽端上桌子，她剥着一根蒸熟的红薯笑眯眯地说："倩倩，你都看清楚了吧？都是高高的个头儿，一个比一个俊俏，才二十来岁，就是矿上的技术员了，将来前途无量。尤其是那个宋彦，人机灵，也会说话，俺闺女要是跟上这样的小伙子，你娘在梦里恐怕都合不拢嘴，哈哈哈哈。"

周倩把碗在桌子上一蹾说："娘，你怎么把不认识的人随便往家里领啊，还把人家说成一朵花，一点儿都不了解人家就瞎说，真像个媒婆。"

刘红娟一愣，仍旧笑着说："你这傻闺女，你娘还不是为你好！你娘本来就是个媒婆呀，你打听一下，方圆十几里地，经你娘撮合成的姻缘少说也有二十对儿。媒婆怎么了？你娘是积德，是行善。村头那个教书匠是咋说的？近水楼台先得月。对，他就是这么说的，这没什么不好啊，俺家的闺女水灵，就得拣着好的小伙子挑。"

周倩拨弄着筷子说："娘啊，咱家里大事小事都是你说了算，可我的婚事怎么也得征求一下我爹和我的意见吧？"

刘红娟收住笑容说："那好吧，娘来问你，那个叫宋彦的小伙子怎么样啊？"

周倩说："没看。"

刘红娟不悦地问："另外一个呢？"

周倩说："也没看。"

刘红娟把手中的红薯丢在桌子上，喘着粗气，一言不发。

周倩的父亲周仓说："倩倩她娘，你跟孩子置什么气呀！那两个小伙子都是吃商品粮的人，又是技术员，长得又俊俏，还不知道人家有没有这个意思，你就别难为孩子了。"

刘红娟把眼睛一瞪说："你晕，我也得跟着你晕是吧？也不想想，矿井就开在村口不远，矿区将来一定会向周边扩展，我们这村子还能留下吗？土地和房屋都得被矿上征用，不信走着瞧。那人呢，不得都去矿上上班？户口能不解决吗？猪脑子。趁着煤矿刚刚开建，矿上还没招女工，几乎是清一色的大老爷们儿，按理说，这个时候，村子里只要凑合着能看的女孩子，恐怕都是香饽饽。这十里八村的，谁家的闺女能比得上俺闺女！傻子才不挑呢！"

周仓见女儿的腮边浮现一丝红晕，也就不再跟老伴儿较真儿了，一脸严肃地问老伴儿："闺女的事先放放，说说我的事，你是说，像我这个年龄的人，矿上也会给安排工作？"

刘红娟淡淡地说："安排。"

周仓好奇地说:"也不知道能给我安排什么活儿。"

刘红娟轻声说:"淘大粪。"见周仓一脸懵懂,她接着解释,"矿上那么多人,茅房一定不会少,你别愁没活儿干。"

周倩端起碗笑着去了灶房,任由爹娘边吃饭边斗嘴。

周仓点点头说:"这活儿不错,比窝在家里好多了,与其窝家里听人没完没了地唠叨,真不如出去淘大粪的好。"

刘红娟大声说:"周仓,你嫌弃我唠叨?"

周仓扭头对着外面说:"倩倩,你可听着呢,我说我嫌弃了吗?"

外面传来周倩的回话:"没有,我听着呢,我敢做证,刚才我爹没说嫌弃谁。"

刘红娟叹息一声说:"都说闺女向着爹,一点儿不假。倩倩,你过来,娘的话还没说完呢。"等周倩重又坐回原处,刘红娟接着说,"那个叫宋彦的小伙子长得帅气,人又聪明。倩儿,你在做饭的时候,真的一点儿都没有注意他吗?"

周倩迟疑一下说:"娘,你说的这个人没有另外那个人实在。爹,你说呢?"

周仓一笑说:"看来俺闺女并不是没有在意这两个小伙子。倩儿说得对,罗贵一看就是个实在人。跟着一个实在人过日子,心里踏实。"

刘红娟盯着桌面,沉思着没再言语。

周倩一家人正谈论着这场意外的邂逅,以及由此衍生出的男女之事,宋彦和罗贵自然也在谈论同样的事。尚未走出村子,宋彦便埋怨不止,两人不该这么仓促离去,这或许会让他错失一次机缘。宋彦的怨言让罗贵很是不安,自己的贸然起身,或许真的让宋彦错失良机,因而,对于宋彦没完没了的唠叨,罗贵选择了沉默。

"刘婶家的女儿真的很漂亮,说实话,我从没见过这么好看的姑娘。罗贵,刚才你说没看见她长什么样,是真的没看见,还是故意装作没看见?离得那么近。"宋彦盯着罗贵。

"我真的没看见,人家不是在做饭嘛!"罗贵说。

"这说明你还是看见了,不然的话,你怎么知道人家在做饭?"宋彦纠缠不休。

"咱不说这事了吧，你也别再埋怨我了，又不是隔着十万八千里，又不是刘婶一家子明儿个要去西天取经，离得这么近，你哪天不能来呀？这么纠缠下去，你烦不烦啊？"罗贵大声说。

罗贵情急之中蹦出的话颇有几分幽默感，加上罗贵生气时憨憨的样子，宋彦被逗得大笑不止。

两个人摸黑走进矿区大院，机械的吱呀声不绝于耳。用钢板制成的提升车正源源不断地从井下提升着矸石，夜班的工友在彻夜辛劳，黑沉沉的矸石山正一天天变大。这座最初设计年产量三十万吨的煤矿，连同在建中的其他煤矿，在来自全国四面八方的建设者手中，正在日新月异不断创造着奇迹。在电力设备未能完全保障之时，建设者手摇辘轳，曾经创造了人工提升月进二十八米的辉煌纪录。

西北风劲吹数日，天气骤然变冷。念及矿区员工来自祖国的大江南北，所到时间不同，所带的衣物不一定都很齐备，矿上提前把该月的工资发放到位。适逢休班，罗贵想找宋彦一道去五里开外的一个镇子上一趟，他要去邮政所给爹娘寄点儿钱回去，顺便给爹娘买点儿当地特产寄走。可左找右找，不见宋彦影子，于是，他独自溜达到矿门外一家杂货店，看店里是否有合心意的物品。

在大门口遇上李子生，这个文弱之人见罗贵独自一人出门，半开玩笑地说："罗贵呀，你跟宋彦闹别扭了？你们什么时候开始各行其是了？"

罗贵说："我们没有吵架呀。"

李子生说："没有就好，是我想多了。刚才我见宋彦一个人奔镇上去了，你俩平时可是形影不离的。"

罗贵低声应着，向着杂货店走去。他却无心端详货架上本就不多的杂货，满脑子想的是宋彦去镇上为何不喊上他，至少也该跟他说上一声的。

售货员是位上了点儿年纪的老者，见罗贵一脸心事，趁着顾客不多的当儿，他笑着问罗贵："小伙子，矿上提前发工资了，你看来点儿什么？信纸、钢笔、钢笔水、洋碱、饼干、烟卷和白酒，我这里应有尽有。"

罗贵买了前三样。回到工棚后，趴在床上一笔一画地给家里人写信。有个工友悄悄凑近他，他赶忙用手把信纸捂上。

"乖乖，罗贵也会写文字呀！是写给对象的吧？"

"人家哪有对象啊，哪像你呀，还在娘肚里时，就有对象了，把你对象的照片掏出来看看呗。"

"不掏不是？弟兄们，他不掏照片怎么办？那就把他的老二掏出来怎么样？"

"好啊，来呀，上。"

一群人真的将那个还在娘胎里时就有对象的人按在床上，而后解开他的腰带，把裤子拉了下去。大冷的天，那人在工友们的嬉笑声中仓皇寻找着被子。

经工友们这番折腾，罗贵再没心思给父母写信，站起身咧着嘴偷笑。他这一笑，竟招致众工友向他围拢过来，非要看看他是不是在给对象写信，他若不从，也得把他的老二给扒拉出来。无奈之下，罗贵不得不将信纸摊在众人面前。一个胖墩儿伸着脑袋念信："爹，娘，双，亲，令，斤，年，关……"

一个高个子皱着眉头说："什么什么？'令斤年关？''令斤'是什么玩意儿？让我看看。胖墩儿，不识几个字就别瞎逞能，那是'临近年关'好吧。罗贵，人家把你的信都念成这样了，你也不吭一声？这是瞧不起弟兄们，把弟兄们当成傻子了，伙计们，也让罗贵露露宝怎么样？"说着就要去解罗贵的腰带。

罗贵赶忙求饶："高抬贵手，高抬贵手。"

高个子迟疑一下说："这信确实是写给父母的，看在他没有给弟兄们说谎，态度又诚恳的分儿上，咱就放过他吧。"

众人一哄而去。罗贵重又铺开信纸，却再也静不下心来写信。明知两人一同休班，宋彦却一声不吭地独自外出，这让罗贵很是不解，他平日里并不这样。

罗贵怎么也想不到宋彦对他多了个心眼儿。

宋彦早早溜出矿院，心底塞满喜悦。自那天傍晚在刘红娟家邂逅周倩，兔子的四蹄一样，一种莫名的亢奋在心田胡乱扑腾。他只是远远地盯了一会儿周倩，只是自侧面望着周倩在灶前烧火，两人没有交谈，没有交心，彼此知之不多，可越是这样，他越是好奇，一种神秘感催生的探知欲让他欲罢不能。他唯恐罗贵觊觎，便忘记了两人情同手足，忘记了钱不分你我、衣不论彼此的承诺，背着对方，独自去了镇上。

宋彦在镇上买了两条大红鱼，又买了一块印花粗布，他双手提物的走姿让人想起螃蟹。路过邮政所时，他迟疑一下，蓦然间想起爹娘。远离邮政所后，爹娘的音容便随之远去。

他提着红鱼和印花粗布走进周倩家后，村里几个闲人肩靠土墙，揣着手窃窃私语。

周仓正要出门，在院子里迎头遇上宋彦。见宋彦手提红鱼和花布，这个性情敦厚之人，头皮一阵发麻。

刘红娟从屋里出来，见状，吃惊地问宋彦："小宋，你这是干啥呀？"

宋彦笑着说："矿上提前发工资了，我给婶子家买了点儿东西，一点儿心意。"说罢，左右看看，没见周倩的影子。

刘红娟不解地看着宋彦说："这不年不节的，这会儿买东西，这叫什么事呀！"

宋彦认真地说："婶子，我家远在关外，想家也是白想。自从上次来过婶子家，接连好几天心里都特别舒坦，这心啊像是一下子有了着落，像是回到了家一样。今儿我也说不清是怎么了，就是想给这家里添点儿什么。"

刘红娟反复琢磨着宋彦的话，似懂非懂地应着。她尚未想明白时，宋彦已放下礼物，意欲返回。刘红娟忽觉一阵心热，诚心挽留时，宋彦已走向大门。刘红娟忙说："宋彦，快晌午了，你吃了饭再走吧。"

宋彦回头一笑说："不了，矿上有饭。"

刘红娟若有所失地跟随宋彦出了大门，望着宋彦健硕的身影一点点儿远去。

不远处靠着土墙，对着周仓家说长道短的女人，见宋彦身后跟着刘红娟，二人一前一后走出大门，赶忙收回目光，显出一副若无其事的样子。

刘红娟瞥一眼闲来无事的人们，转身进院，回到屋里，见周仓和周倩正盯着那块花布出神。

周仓望着刘红娟，不满地说："你说这宋彦到底是什么意思，他送吃的吧，还勉强说得过去，送来一块花布，这叫什么事！送给谁的？给你的还是给倩倩的？八字还没一撇呢，他太把自己当回事了！"

周倩噘着嘴说："看见这种顺杆子爬的人就心烦，你给他点儿好脸色他就蹬鼻子上脸了。娘，这人的嘴皮子太能说了，不管你怎么看，我是害怕这样的人。"

刘红娟想了一下说："一个孩子，离开父母，独自在外，想家恐怕是再正常不过的事了。倩倩，娘小时候有过这样的经历，有着类似的感受，你们没有经历过的，当然不懂。不过，他送花布确实说不过去，毕竟这才是第二次见面。兴许是这孩子不懂事理，他压根儿不知道该买什么礼物送人，全凭着一股子蛮劲。看你那点儿出息吧，你怕什么？他脑子好使，很会说话，这有什么不好？这样的人将来一定会有好前程。跟木头一样，三脚跺不出个响屁来，这样的人好吗？"刘红娟说罢，下意识瞥一眼周仓。

周倩扑哧一声笑了出来，赶忙捂捂嘴，没再吱声。

周仓瞪一眼刘红娟，争辩道："他不懂事理？我看一点儿都不像，这人太有心眼儿了。咱家倩倩要是个男孩子，或者是个丑八怪，你看他会不会送花布。"

刘红娟不悦地说："周仓，看你说的什么话！他宋彦看上咱家倩倩，那是再正常不过的事了，他喜欢倩倩，没有一点儿过错。倩倩也老大不小了，就这么一直窝在家里你才高兴吗？一家生女，百家求问，老一辈人都是这么说的。"

周倩凑近刘红娟说："娘，反正滑得跟泥鳅一样的人我是不喜欢。我说得没有错吧，爹？"

周仓看看二人，动动嘴唇，想说什么，却一声没吭，盯一眼红鱼和花布，气呼呼地走了。

宋彦从周仓家回到宿舍，见罗贵正低头写着什么。凑近看时，被罗贵推了一把，罗贵说："不能偷看别人写信。你去镇上给爹娘寄钱了吧？也不喊上我一块儿。"

宋彦支支吾吾尚未搪塞过去时，两个人的到来将眼前的尴尬处境彻底改观。刘士超的身后跟着李子生。这个曾经的路途中的临时队长，才来一个月的光景，居然当上了名副其实的队长，他此次来工棚是召集休班的人去建筑工地帮忙。建筑队正在为广大职工建造宿舍，眼前这临时搭建的工棚不日便完成使命。眼见严冬将至，职工宿舍却迟迟不见完工，矿领导很是着急，说什么都不能让广大职工在四处跑风的工棚里越冬，于是，责令建筑队设法缩短工期，务必在一个月内让职工住进新房。建筑队碍于人手不足，不得已，向矿上求助。最后，经相关领导协调，决定抽调休班的一线人员前去工地帮工。

刘士超带了点儿官腔说："同志们，国家从京西和山西调来大批电力专家，大营发电厂已经开建，如不出意外，明年一月就能投产发电，届时，我们眼下用的燃油发电机就要退休养老了。铁路也在建设之中，矿区在建的诸多煤矿将来都会通上铁路，山平矿区的优质煤炭不日就能供应南方缺煤的诸多省份，有我们的优质煤炭做保障，祖国建设必定日新月异。煤炭部不断派人来山平矿区指导工作，足见国家对我们矿区的重视。煤炭部决定，到今年年末，山平矿区计划完成投资四百零九万元，矿区职工要达到两千人。同志们，我参加会议时，一听到这样的消息就热血沸腾，这会儿讲出来，还是觉得血往上涌，大家的感受是不是跟我一样啊？"

宋彦抢着说："刘队长，我的心快要跳出来了，很想把脚下的地跺出个窟窿来。"

刘士超笑着说："浑身有使不完的劲儿，这是好事，你干吗跟地较劲？这是缺心眼儿，是二百五。"

众人一阵哄笑。罗贵早已丢下纸和笔，站起身，离开床铺，激动得面色潮红。

刘士超接着说："大家都跟宋彦一样，浑身有劲憋得慌是吧？那好，我这次跟李子生过来，正好带着新的任务，那就是帮建筑队尽早将我们的宿舍建好。"

一帮人来到工地上，放眼他们未来的宿舍，见不少建筑工人正在脚手架上忙碌，乍一看，极像一只只鸟儿在冬日的枝头摆尾。一想到他们不久后将在这里进入美梦，甚至于娶妻生子，他们一个个陡然来了精神，挥汗如雨。

然而，没有人能够想到，仅仅数月之后的来年初夏，两排青砖黛瓦、整齐划一的新建宿舍，却被一场特大暴雨和山洪冲塌数间。更为严重的是，山平矿区有人员在此次洪灾中伤亡，矿区设施损失极大。

第 四 章

临近春节，出于人性化考虑，矿上对职工的假期安排所采取的政策灵活多样。离家近的职工可以回家过年；离家远的，回不去或者是不愿回去过年的，矿上会在待遇上给予倾斜。当然，离家较远又有回家意愿的，矿上会尽力为其提供便利，毕竟过大年时举家团圆乃人之常情。

距家相对较近，且有老婆和孩子在家里翘首以待的人，自然是首选回家过年，比如李子生。他从澡堂子出来，迎面遇上刘士超时，那张白净的脸上喜气难掩。

他以为刘士超会回东北过年。多数人都知道，刘队长的老婆年轻漂亮，儿子刚满一岁。李子生问刘士超时，他的头摇得跟拨浪鼓一样："不不不，我不回老家过年，这才来几天呀，满打满算才四个月。再说了，坐车也不很方便，转车最烦人，我怕转车，弄不好会把自己给转丢了。前年，我一个同事去上海出差，途中转了几次车，他硬是把自己给转到了去兰州的火车上。早晨醒来一看，见中途停靠的站台牌上写着'西安'二字。"

李子生笑着问："刘队长，大过年的不回家团聚，你不怕嫂夫人有怨言吗？"

刘士超呵呵一笑说："我和你嫂子都老夫老妻了，没有你们年轻人火气盛。子生啊，我怎么听说宋彦和罗贵老往村子里跑，年轻人易冲动，可别弄出什么影响不好的事情啊。"刘士超"不好"二字说得较重。

李子生放低声音说："那罗贵不过是陪衬罢了。听说宋彦那小子看上一个姓周的姑娘了，他一个人去姑娘家怕人说闲话，所以总要拉上罗贵。"

刘士超说："俗话说，一家有女百家问，男婚女嫁是再自然不过的事，他有什么难为情的？都解放这么多年了，封建礼教那一套早就过时了。"

李子生说："兴许是宋彦脸皮薄。"

刘士超说："你算了吧，宋彦的脸皮得有鞋底子厚。"

李子生扑哧一笑说："也是。"

这地方透着邪气，两人正说时，见宋彦和罗贵从不远处经过，刘士超提高声调问："你们这是去哪儿呀？"

宋彦伸手一指说："前天夜里风大，村里周家的鸡窝塌了，一共三只鸡，给砸伤两只，我跟罗贵去帮人家搭一个鸡窝。敬爱的领袖毛主席教导我们说，要助人为乐。"

刘士超说："真是毛主席的好孩子！你们去吧，有什么困难说一声。"

宋彦和罗贵来到周仓家，见周倩正给一只母鸡疗伤。这个长着一张娃娃脸的姑娘坐在门口的阳光里，手拿一根布条，在鸡腿上缠绕。那母鸡卧在周倩的大腿上，一脸安详，鸡腿纹丝不动。

宋彦出神地望了周倩一会儿，而后走向坍塌的鸡窝。周倩独自在家，她用感激的目光看着两个男人一点点扒开废墟，将碎石块逐一捡出，再将黄土及黑黢黢的鸡粪扔进粪坑。

相比之下，宋彦的动作更为敏捷与洒脱，他时不时回眸，他那清澈火辣的目光让周倩一阵心慌。罗贵像是压根儿不知道周倩坐在门口的日光里，他只顾干活，极少分神。

两人用箩筐和扁担去村头抬来新土，将新土兑水和成泥，随后在不规则的石块上抹上黄泥，再将抹过泥的石块逐一往上垒。随着地上的石块逐渐减少，鸡窝便一点点垒成。

望着鸡的新房在两个帅气的小伙子手下落成，周倩打心底感激二位，却出于羞涩，未敢将心底的喜悦露在脸上，只时不时地悄悄看看鸡窝，悄悄看看两人。她怀里的鸡挣脱不去，一脸迷茫，莫名其妙。

周倩的父母回来时，见鸡窝已搭建完毕，鸡窝的外墙上还均匀地涂了一层黄泥，金灿灿的，与鸡窝顶部横铺着的条石色泽极为接近。

"周叔、婶子，你们看行不行？不行我们再返工。"宋彦搓着一手黄泥喜滋滋地说。

"还给鸡窝涂了层外墙，真好看，比起你叔原先搭的鸡窝不知要好出多少倍，这三只鸡也太有福气了！"刘红娟一脸喜气地说。

周仓听了，扭头走向屋子。他在门口瞥一眼周倩，见周倩低着眉，像是看鸡，又像是专注地听她母亲跟宋彦说话。

刘红娟见两个小伙子正要用瓦盆里的冷水洗手，赶忙喊周倩："倩倩，傻坐着干啥？还不快点儿去烧点儿热水？"接着扭过头说："你俩等一下，瓦盆里水都快结冰了。"

周倩吐一下舌头，慌忙跑向灶台。

趁着周倩烧水的当儿，刘红娟问了些矿上的事。知道煤矿虽已开工建设，眼下却依旧不招适龄女工，即便是男的，年龄偏大者也不在招工范围。她再三叮嘱二人，矿上的招工条件一旦放宽，一定第一时间告知她。两人爽快应下了。

见周倩把一盆热水放在两人身旁，宋彦忙蹲下去将几近冻僵的手放入水中。立时，一种温润与柔滑让他不由得看一眼周倩白皙的项间。随后，他催促罗贵洗了手，偷了人家东西似的，急匆匆辞别而去。刘红娟挽留再三，最后不得不望着两个小伙子风风火火奔矿上去了。

路上，罗贵跟在宋彦身后，皱着眉不解地问："宋彦，你这是急什么呢？你要拉稀？"

宋彦喘着粗气说："拉什么稀呀！你就别问了好不好？"

罗贵不依不饶："不想拉稀，你这么急着跑回来干啥？我像是你的尾巴一样，被你带着忽东忽西的，还不兴人家问个明白？今天你得说清楚，你跑什么？"

宋彦扑哧一声笑得很响："我们弟兄谁跟谁呀！你看见没有，周倩的脖子可真白，她别的地方一定更白。"

罗贵收住脚，低声说："宋彦，你走吧，我不想跟你一块儿走，今后你别再叫我，我不会再跟你来了。"

宋彦板着脸说："罗贵，我招你惹你了？不就一句玩笑话嘛，你至

37

于这么跟我较劲吗?"

罗贵想了好大一会儿,低着头跟在宋彦身后,缓缓走往矿区。一路上,罗贵一言未发。

接连数日,宋彦眼前时常浮现出他洗手的那个瓦盆,他很想将瓦盆要来他用。

若干年后,罗贵去宋彦家喝酒,无意间见一个瓦盆摆在里屋的柜子上,里面放着纸烟、火柴等男人用品。罗贵瞟一眼瓦盆,没有多想,他一点儿不知道这曾经是他和宋彦同时用过的那个瓦盆。这是后话。

这一年的初春,宋彦的日子过得很是滋润。他习惯于有事没事都去周家坐会儿,周家洋溢出的温馨让他一时间忘却了东北。宋彦的才干、宋彦的殷勤和火一样的热情,加之刘红娟趁机鼓动,周倩对宋彦的好感逐日增厚。偏偏罗贵这阵子鲜有露面,这个倔驴一样的人本来让周倩心存好感,可这单薄的好感难抵时日锈蚀。

眼见周倩和宋彦开始眉目传情,刘红娟最终说服周仓,准备择日将二人的婚事定下。然而,意想不到的事却在油菜花盛开的时节里蓦然出现。面对这突如其来的变故,宋彦一时间呆若木鸡,随后灰头土脸,从此矮人三分。刘红娟气得咬牙切齿,暗自打脸。在一个春雨绵绵的黄昏,周倩徘徊在池塘边。若不是周仓恰巧打此经过,悄然将女儿拉回家去,那周倩或许再无来日。

这一切归结于宋彦老家的一位姑娘来得过于突然,她的蓦然出现出乎所有人意料。那天傍晚,宋彦刚进澡堂,尚未来得及宽衣解带,一个老乡跑进来带着醋意说:"宋彦,你小子可是艳福不浅啊,你对象从东北跑来看你了。还愣着干什么?快去冲一下吧,你这脸跟锅底一样黑,大牙一露,会吓着人家的。"

宋彦哪里有心思冲澡,他就着水龙头胡乱洗把脸,而后随这位老乡出了澡堂。

见眼前这位叫菊花的姑娘头发凌乱,一脸疲惫,宋彦心头五味杂陈。两地相距数千里,真不知道她是如何找到这里的。夕阳下,姑娘手捏信封,满眼是泪。

虽然宋彦打心底不大满意父母给定下的这桩婚事,可眼下这毕竟已是事实。他极不自在地领着这位自老家赶来的姑娘走向宿舍。

远远地，见周仓站在一棵大树下跟人说话，宋彦骤然一惊，下意识停下脚步。

菊花不解地问："宋彦，你怎么了？"

宋彦捏着鼻子，顺势将手掌挡在面部，扭转头支支吾吾："没……没……没什么。菊花，要不你先走吧，我把钥匙忘在澡堂里了，我得去取。"

菊花皱皱眉说："宋彦，我在矿区人生地不熟的，你让我去哪儿呀？我就在这里等你吧。"

宋彦着急地说："你直接去宿舍吧。"

菊花忙问："宿舍在哪儿呀？"

宋彦扭头举手将宿舍指给菊花时，恰逢周仓望向这边。宋彦张皇地把目光移开后，直觉告诉他，周仓正快步向这边走来。他躲无可躲，只得硬着头皮应对眼前窘境。

"宋彦，矿上开始招女工了？"周仓吃惊地问。

"没……没……没有吧，我……我……我不知道啊。"宋彦结结巴巴地说。

"大叔啊，我不是矿上的工人，我是从东北老家赶来的，我是宋彦的对象。"心直口快的菊花见宋彦没有把话说清，便自我介绍起来。

周仓忽然间放声大笑，随后嘟囔一句什么，转身去了。

望着周仓远去的背影，菊花不解地问："宋彦，这个人是怎么了呀？他也是矿上的工人？"

宋彦愣愣地说："不是。"

菊花说："我说矿上怎么会有精神病人啊！"

宋彦瞪一眼菊花，欲言又止。

菊花在矿上待了三天后，被宋彦送上了返程的火车。在接下来的日子里，宋彦跟换了个人一样，脑袋时常耷拉着，蔫蔫的像是被霜打过的茄子。他自然是不敢再登周家大门，收了心专注于矿区建设。

在煤炭部的直接领导下，山平矿区的各项建设稳步推进。井下巷道掘进有序，地面辅助设施日新月异。除此之外，山平工人城的建设也被提上了议事日程，规划城市人口为十万，城址设在湛河以北。数年之后，一座崭新的城市将在中原大地拔地而起，崭新的城市势必会为矿工及矿工家属提供舒适的生活环境，人们工作之余，漫步湛河两岸，驻足花前月下，漫看杨柳依依，堪比神仙的日子。

同时，隶属于煤炭部的山平煤矿学校也开始筹建，规划规模一千六百人，学制二年。届时，适龄矿工、适龄矿工子女将优先享受专业教育。

在新建的宿舍里，刘士超正对着几个歇班的工友慷慨陈词。这帮年轻人听了他上述讲话，一个个脸红耳热，摩拳擦掌，恨不得这会儿就钻入地下，将煤炭驮出井口，为未来美好日子的及早到来挥汗出力。

为保持宿舍的整洁美观，歇班的工友自发打扫宿舍，他们闻着新建宿舍里原木的暗香，喜不自胜，没人注意跟煤层一样黑的乌云正一点点儿接近这里。罗贵拿着抹布心不在焉地擦拭窗户，他瞟一眼窗外乌黑的天际，满脑子想的却是日后山平市落成后的样子。背靠大山，南望湛河，这本身就是古书中所讲的背山面水的吉祥之地，他只要心无旁骛，努力工作，把毕生心血用于矿山建设，不久的将来，一定能在此处有个理想居所，接下来，娶妻生子，再将父母从老家接来，尽享天伦之乐。一丝笑意，不经意间顺腮帮滑向项间。

"罗贵，你看见什么了呀？看把你美的。"一个工友凑近罗贵，小声问道。

"哦，哦，没看见什么。乌云，乌云，我在看乌云呢。"罗贵显得惊慌失措。

"我的天，这乌云比烟囱里蹿出来的浓烟还要黑，接下来的雨一定不会小。不过，春天过后是雨季，往年也是这样的。"工友淡淡地说。

铜钱大的雨滴铺天盖地下来时，人们仍旧没太在意。当乌云将山体遮罩，当矿区隐于混沌之中时，矿区的生产生活一如既往，秩序井然。大雨见多了，不少人已习以为常。有人悠然站在窗子前，哼着曲儿观赏雨柱。

大雨下了一夜，其间稍有停歇。

人们原以为第二天，至少第三天该雨过天晴的，哪里知道，倾盆大雨竟不厌其烦地下个没完。连下数日之后，后山上的石头、泥土及树木难以忍耐，被迫挪窝，先是向下滑落，而后被洪水裹挟着成排山倒海之势轰鸣而下。

山脚下面是深谷，在深谷的狭窄处，被洪水掳来的整根或折断的树木，被巨大的山石阻挡，或横着或竖着。树木滞留多了，即便鹅蛋大小的石子也难以漏掉，纷纷滞留于此。杂草更多。如此一来，在深谷的狭窄处出现了堰塞湖。

泥浆、树木、乱石及洪水集聚于山谷，起初并不为矿区的人们所知晓，矿区内机声嗡嗡，一如往常。而堰塞湖的地势远高于矿区，堰塞湖一旦决口，下方矿区内的矿工、矿井、房舍等难逃劫难。

雨下数日，矿领导已意识到事态严重。赵书记在会议室听保卫科科长简要汇报后，换上深筒胶鞋，穿上军绿雨衣，急匆匆进入雨雾中。会议室里的其他人有的找雨衣，有的找雨伞，有的找草帽，而后紧随赵书记，踏着泥泞，向着堰塞湖的方向疾步而去。

天宇混沌，暴雨如注。穿着雨衣的人行走时并无大碍，只需顶着风力前行；撑伞的人和戴着草帽的人，则把更多力气用在了护卫雨具上。一位撑伞的保卫科干事，身材较为单薄，本来是向着前方走的，暴雨带起的强风，专欺雨伞，他硬是被雨伞扯着后退数步，险些跌入水洼里。

堰塞湖面目狰狞。树枝、树干、野猪的尸首等，将水面几近遮罩。洪水浑浊不堪，腥味刺鼻。单凭目视估算，堰塞湖水面的高度要高出下方的矿区足有十米之多，堤坝一旦决口，矿区的地面设施势必被夷为平地，矿井井口虽高，可难保不被洪水灌入，后果不堪设想。

赵书记沉思片刻，喊过保卫科科长说："胡科长，你马上派人返回矿区，让杨主任即刻组织人员加强井口防护，随后将所有人员撤离至矿区西侧的山丘上，以防万一。"

等胡科长安排人奔向矿区，赵书记抹一把脸上的雨水说："愿老天爷网开一面，虑及矿区才刚刚开建，虑及国家正急需煤炭，尽快让大雨停了。"他挠挠头接着说，"这堰塞湖得赶紧泄洪，以防雨水陡增，堤坝难以承受。"

胡科长说:"赵书记,我这就安排人将堤坝扒个小口,让堰塞湖里的水快点儿流走。"

赵书记思虑片刻说:"最好别去碰它,让水自行流走最为安全。你们看,这堤坝有不少缝隙,细流不断,尽管水流不大,也是在泄洪。我是怕你们扒口子时,造成堤坝决堤。"赵书记说时,指指堤坝。

老天像是有意体恤赵书记似的,就在两人说话的当儿,雨渐渐地停了下来。风随雨势,也没了方才的劲头。赵书记长出一口气,屈身坐在一块不大的岩石上。众人绷紧的心弦都随之松弛下来。

堰塞湖的堤坝缝隙较多,筛子般涌出诸多水流。大家围在一起,盯着汩汩水流议论纷纷。就这么任其自流,如果老天不再下雨,估计用不了两天,堰塞湖的水面定会下去大半,那时再扒开堤坝,洪水对下方的矿区该是影响不大。

忽然,自堤坝传来树枝和树干的折断声,咔嚓,咔嚓,咔嚓,或沉闷或尖厉,声音高低不一。紧接着,高高的堤坝轰然坍塌,洪水翻滚着咆哮而下。赵书记惊叫一声,顺山坡小路急速向矿区奔去。众人见状,面色骤变,慌不择路,紧随赵书记跑向矿区。

此前,胡科长将赵书记的话带给杨主任后,杨主任瞬间意识到事态严重,并在第一时间通知所有人员撤离至高岗之上。偏偏有个别矿工,不忍心矿用物资被洪水冲走,悄悄溜下高岗,把能带的物资带上高岗。大约没人想到洪水的动作比猛虎还快,抢运物资的年轻人,有两个腿脚稍慢,没能及时撤离,被洪水卷去。高岗上,众人的呼喊声此起彼伏。

黄腾腾的洪峰挟带着粗壮的树木,腾起一人多高,张牙舞爪,轰鸣着卷过矿区。只一袋烟的工夫,水流就平缓下来。洪峰过后,高岗上的人们惊喜地发现,在一望无际的黄水上面,在新建的职工宿舍旁,一棵高大的老槐树上攀着两个人,有人认出,其中一个是罗贵。

站在高岗的石岩上,远远看见此前被洪峰卷去的两个矿工猴子一样攀在树枝上,杨主任泪眼汪汪。

矿区本就处于高山下的斜坡之上,向南,一路倾斜,洪水来得迅速,去得极快,少时,矿区里仅低洼处有些积水,稍高的地方,只留下一片黄泥。杨主任正要带队赶往槐树下,却见罗贵溜下槐树,蹚着积水，急速向南面奔去。他的双腿带起浪花飞溅，浪花蹿过头顶，白白的，雪片般银亮。

没人知道罗贵不顾生命危险，不顾高岗上众人呼喊，径自向南边奔去所为何事。可罗贵知道。他高踞树杈之上，远远望见南面不远处的诸庙村被洪水席卷，惊呼声、哭喊声，夹杂着房屋的倒塌声，纷至沓来，他刹那间想起周倩一家人。

途中，他数次沉入深水，艰难爬出后，又数次被水流冲倒。好在他水性不差，体力极好，他借着水势，时不时地扒拉一下脸，奋力向诸庙村奔去。

村子正中本来有个大水坑，水坑四周有房舍护着，仅有三条小道通往村外。平日里，这里水面很低，村里的女人刷盆子洗衣，得走下几个台阶才能够到水面。而此时，水面却高出小道，黄腾腾脏兮兮的水已将房舍的部分土墙淹进水中。

远远地，罗贵见一个床板抵在被淹的土墙上，床板随水流忽左忽右，忽上忽下，浮萍般飘忽不定，似乎是在迟疑着该选择哪条小道去往村外。床板上趴着三个人，他们双手紧抓床板的边沿，身子瑟瑟发抖。罗贵早已看清，那分明就是周倩和她的爹娘。

与其说罗贵是急于跳入水坑的，倒不如说是被南下的水流冲入水坑的。他本来是想用脚在水下试探着，走原先的坑边小路迂回到周倩那里的，不想，身不由己。罗贵坠入深水那会儿，如何也想不到日后周倩会问他，为什么他会那么勇敢地跳入深水，奋不顾身地搭救他们一家人，尽管他说不知道，可这一点儿不妨碍周倩的心自此愿依附罗贵。

罗贵游过去，好言安慰一番后问周仓："周叔，用用你的腰带吧？"

周仓略一迟疑，翻一下身子，将腰间一根脏兮兮的灰色布条解下来，一脸茫然地递给罗贵。罗贵将眼前这根长长的布条的一头系在床板的凹槽内，另一头系在自己的腰带上，他让三人不要害怕，然后逆流向北边游去。

村子里有个别房子被洪水冲塌。周倩家地势稍高，就连院子西墙角的鸡窝都安然无恙。罗贵扶惊魂稍定的周倩一家人进院后，见院子里除了淤泥，几乎跟之前并无二致。

自东墙外传来有人蹚水而来的声音，清亮而杂乱。罗贵听出不止一个人，正要去大门外看看，却见宋彦和其他三个工友匆匆忙忙走进院子。

宋彦见周倩一家人惊魂未定，忙走近周仓，急切地问："大叔，你们身体都没事吧？"

周仓皱皱眉，看着罗贵说："我们都没事。多亏罗贵及时赶来，多亏罗贵水性好。"

周倩和她母亲像是想起宋彦蒙骗她们的事，自打宋彦近前，没有正眼看宋彦。

见周仓也不再有话，宋彦尴尬地转过身说："罗贵呀，一会儿回矿上，你得想好怎么给领导说。"

罗贵不解地问宋彦："我给领导说什么？"

宋彦顺口说："矿上也遭了洪灾，你不在矿上救灾，却跑到村子里来，有人私下说你闲话，弄得领导很不高兴，领导又怕你出事，这不，指派我们几个过来找你。"

罗贵低声说："那好吧，我想想该给领导怎么说。"

不等罗贵说话，心直口快的刘红娟接过话头阴阳怪气地说："宋大技术员，罗贵好心救人也有错呀？你说有人私下里说闲话，这人还会是谁呀？"

宋彦听出刘红娟话里有话，看一眼她那不屑的眼神，又想起自己当初对周倩一家人的不当所为，张张嘴没再说话。临走前，他本来想看一眼周倩的脸，周倩却一直背对着他，他最终也没能如愿。

第 五 章

罗贵和宋彦几个人赶回矿上，见黑压压的人在抢修设施、回收物资、清理淤泥。罗贵低着头，生怕看见哪位领导，顾不得更换衣物，赶忙加入忙碌的人群中。湿漉漉的衣服紧贴他的身子，身子冷得微微发抖。

矿井是煤矿的心脏，这样的灾情自然不会危及矿井。别处的情形却大不一样。原本排列整齐、高高堆起的矿用坑木被洪水冲走大半，剩下的，横七竖八或深或浅地陷在各处的淤泥里。这些坑木是井下的宝贝，井下的巷道和采空区均要坑木支护，在煤矿生产中，坑木起着稳定巷道和预防煤层失稳的重要作用。这些立柱状坑木和横梁状坑木，全是烘干过的，均来自几千里之外的东北森林，松木和红松居多。东北的松木，生长时间长，纹理均匀，密度较大，其强度和耐久性都远远高出本地木头，故而，国家不惜人力物力将它们从远处运来。可如今，这么金贵的坑木却被洪水如此糟蹋，至于被冲走多少，一时还难以统计。

新建的职工宿舍被洪水冲塌数间，粗及人腰的房梁，没有被坍塌的墙砖压住的，早随洪水去了，留下的，自然得扒出来，留作日后再用。受领导指派，罗贵等人来到坍塌的宿舍前，伤心地将砖块一块块捡起，码垛，而后再回收横梁。

隐隐传出轻微的呻吟声。罗贵大惊，循声望去，眼前却是一派残垣。细听，呻吟声来自一根横梁下。他随即爬到横梁旁，没敢挪动一旁的砖块，仅是顺缝隙寻找那声音的来源。他最先看见几根手指，上面沾满淤泥，渗着鲜血。他小心地扒开砖块，一个熟悉的工友被他抱出废墟，平放在稍微干净的平地上。这位工友气息微弱，不时用手指指废墟。罗贵瞬间意会，大声喊来一个工友，让他赶快去叫医生，自己重又跑进废墟。当他抱着另一个工友跟跟跄跄走出废墟时，医务人员已经赶到。被罗贵自废墟中抱出的第二位工友却没有第一个幸运，他的面部整个儿被黄泥遮罩，不见嘴巴和鼻孔，腋下紧紧揣着一卷东西。当慌慌张张赶来的医生施救后望着罗贵摇头时，罗贵明白这意味着什么。几天前还一起下井，在井下的幽暗里，两人用矿灯互照时，望着仅能看见的彼此的白牙，两人笑得很是灿烂。罗贵记不清是什么事让他们咧嘴大笑，似乎是各自放了一个响屁，并且是首尾照应。

罗贵噙着眼泪将这位工友面部的淤泥一点点儿拭去，然后轻声问另一个工友："张旭，你们两个不是探家去了吗？怎么会出现在这里啊！"

张旭虚弱的声音像是自老远飘来："连着下雨，我俩怕路上难走，怕超假，耽误上班，就冒雨赶回矿上。没想到恰巧遇上发水，眼瞅着大水涌进宿舍，想起巷道的图纸还在屋里，我俩就跑进去拿图纸，怎么也想不到这洪水的劲儿这么大，那么结实的房子也不禁水。"

为抢救巷道图纸，两个年轻人一死一伤，这让在场的医生也禁不住眼圈发红。

福无双至，祸不单行。就在医生忙着为张旭包扎时，诸庙村的周倩慌慌张张跑来，她浑身溅满泥浆，老远就大声哭喊："罗贵，你快点儿呀，你快点儿去我家救救我爹吧。"

罗贵的心骤然收紧，他急切地问周倩："你爹怎么了？"

周倩哭着说："我家院墙倒了，我爹被埋进去了。"

没等周倩说完，罗贵二话没说，也没搭理周倩，径自撒腿跑向村子。周倩本来就没有跑到废墟跟前，不知道这边发生了什么，当罗贵的身子带着疾风自她跟前掠过后，她扭转身子，紧随其后。

厚实的黄土院墙经年未加修葺，加上被洪水冲击、浸泡，墙根难承重压，东边的整扇墙全部倒向院内。周倩她娘正披散着长发，疯子般号哭着用手扒拉墙土。

笔者实在不想再次描述这样的悲惨场景。在极短的时间内，接连面对死亡，罗贵与笔者一样，不忍直视。当罗贵将周仓的尸首抱出后，周家院子里哭声震天。罗贵后来才知道，周仓本来正蹲在地上清理淤泥，高高的院墙倒塌得过于突然，那该死的墙体内，居然还包着一块猪头一样的大石头，它重重砸向周仓的脑袋时，周仓没有一点儿知觉。

"爹，你不能这样啊！自打我记事儿，你就没有过过什么好日子。山坡上那么大一块地，都是你一锄一锄开垦的，光是捡出来的石头都堆成了一个小山包，你一次都不让我和我娘过去帮忙，生怕累着我俩。就这，你在家里还受着压制，从来都没有自己给自己做过主。爹，你真是受了一辈子罪啊。呜呜呜呜。"周倩跪地哭诉着。

刘红娟没有听出闺女的话有无不妥，她像是被吓跑了魂似的，木然地坐在尸首边，头发披散，眼神散淡，面色灰白，身子瘫软无力。见状，周倩的哭诉声更大了："娘，我爹都这样了，你可别吓我呀，你要是有个三长两短的，我可怎么活呀！后山上的野狼可多了，每到夜里，野狼都会到村头找吃的，那嗷嗷声，吓死人啦。娘——"

听到这里，罗贵的眼泪禁不住簌簌往下淌。他不知道该劝周倩还是刘红娟，或者是谁都不劝。他就这么呆呆站着，直至左邻右舍的人闻讯赶来。见几位长者开始处置周仓的后事，罗贵在一旁笨拙地搓着手，不知该如何是好。忽然想起矿上的事，便悄悄退出来，然后撒腿跑向矿区。

这天晚上的总结会实质上变成了批斗会。不知矿领导从哪里得知，有人在抗灾救灾期间擅自脱离岗位，屡次进村，且与村里的姑娘有着不正常的关系。队长刘士超被喊去严厉教育了一番，并要求其认真追查到底，坚决杜绝小资产阶级习气在矿上蔓延，保持煤矿自上至下风清气正。

刘士超被训斥得灰头土脸，一回到宿舍，就将横七竖八歪在床上歇息的矿工全部叫起，面色肃然地传达矿领导的重要指示。他本来已经知道了是谁擅自离开矿区，却装作不清楚，带着东北口音说："矿区遭受这么大的洪灾，损失这么严重，有人却不安心救灾，屡次擅自脱离矿区，据说还与村子里的姑娘有着非同一般的关系，这是无组织无纪律，这是小资产阶级思想在作怪。是谁，就自觉站出来，当着大伙儿面认真承认错误，等候组织处理。"

罗贵如何也想不到自己的所为，其性质竟这么严重。他低着头，脑子里回想着自己今天的所作所为。一会儿是那位工友满是淤泥的脸，一会儿是周仓扭曲的鼻梁，一会儿是刘红娟凌乱披散的长发，一会儿又是周倩哭诉的神情。而此时，工友们的眼光齐刷刷投向罗贵，罗贵自己一无所知。

屋子里好一会儿没人说话。罗贵一抬头，见所有人都在盯着自己，他一时吓得下意识地把头低下。见此情景，刘士超大声说："罗贵，非要让我点你的名吗？"

罗贵一惊，笨拙地说："点名？点吧。"

满屋哄笑。刘士超背转身偷笑一下，而后正色说："罗贵，你丢魂了吧？"

宋彦挤着眼睛阴阳怪气地说："刘队长，你是不知道啊，换成别人，也丢魂。"

刘士超不解地问："宋彦，你这话我怎么听不懂啊，你说清楚，好好说，别这么怪声怪气的好不好？"

宋彦咧咧嘴不再言语。

一个叫梁思文的人悲悯地看一眼罗贵说："刘队长，罗贵八成是被吓着了，你是知道的，他平时就胆小，又不爱讲话。我能替他说几句吗？"

刘士超说："你说吧。"

"是这样的，刘队长，罗贵可是先从倒塌的房子里抱出了两个工友，虽然李中华已经不行了，可张旭得救了，这不能不说是罗贵的功劳，应该受到表扬才是。虽然他两次离开矿区进村，可那也是为群众做好事呀。俗话说得好，远亲不如近邻，矿区紧挨诸庙村，谁敢保证将来没有用得着村民的时候？当然了，罗贵也是有错的，错不以矿山为重，错在抗洪救灾的紧要关头，不请假就擅自离开矿区。"这个看上去有点儿文弱的人说得头头是道。

刘士超皱皱眉说："照你这么说，罗贵多次去诸庙村，并不是为了一个姑娘，并不是像有些人想象的那样？"

这下问住了梁思文，他张张嘴，不知如何接话。见梁思文不再说话，刘士超捋一下头发说："矿领导眼睛雪亮，心底无私，不会看错人，更不会冤枉人。矿上几百号人，如果都像罗贵这样，谁想去哪儿就去哪儿，不打招呼不请假，无组织无纪律，置各项规章制度于不顾，这怎么得了！"

他的声调提高不少，使得没人再敢吱声。刘士超心疼地看一眼罗贵，压低声音说："罗贵呀，你好好反思反思，明天写一份书面检查给我。就这样，都早点儿歇着吧。"

躺在床板上，罗贵把刘队长对他批评教育的话整个儿重温了数遍后，终于得出结论，他最大的错误是无组织无纪律，其他的似乎无关紧要。既然这样，书面检查该怎么写他已心中有数，他打完腹稿后安然睡去了。

罗贵的书面检查是在矿井下交到刘士超手里的。刘士超将黑黢黢的双手在腋下反复擦拭后，小心接过罗贵的检查，借着矿灯暗红的亮光大致看看，叠好后装进衣兜里。他左右看看，把罗贵拉到一边低声说："罗贵呀，这个事你可不能窝在心里，你要知道领导也有领导的难处。"

罗贵心怀感激地说："刘队长，你放心吧，我没有搁心里。矿上遭受这么大的洪灾，损失惨重，我不在矿上与工友们一起一心一意地抗洪救灾，一天两次离开矿区，还没有请假，这是我的不对，我认识到了错误，我今后一定改正。矿上没有处分我，已经是照顾我了。"

刘士超拍拍罗贵的肩膀说："你人实诚，觉悟高，我心里清楚。我参加的会议比你多，知道一点儿目前的形势。为了稳定大好局面，自上而下，各级领导干部深入基层，在带头大干社会主义的同时，也在密切防范有碍稳定的不良习气，一是抓思想，二是抓纪律，希望你能理解。"

罗贵忙说："我理解，我理解。我本来就有错，还让领导为我操心，真是不好意思。"

刘士超说："罗贵啊，你能有这么高的觉悟，我真心为你高兴。我可能要调到别处去，你想一起去吗？说句实在话，我是舍不得离开你。"

"调走？去哪里？"

"往西二十多里有个龙庙村，筹备处要在龙庙村附近开个新矿，这个矿暂时取名龙庙矿。"

"我听刘队长的。"

"那好吧，我升井后就去请示矿领导，你算一个，另外还要去十来个人。"

"宋彦去不去？"

"问他干吗？"

"在老家时，我俩就在一起上学上班，来到这里也在一起工作，我要去龙庙矿，很想让他也去，只是不知道他能不能去，也不知道他愿不愿意去。"

"你觉得你们相处得很好是吧？或者说他对你挺好？"

"是的。"

"真的？"

"真的。"

"那，那好吧。"

刘士超所说的龙庙矿，只是山平矿区筹备处计划开工建设的其中一个新矿，除此之外，还有诸多煤矿均在筹建之中。与此同时，成平路的修建业已完工，矿工路小学即将建好，山平矿区铁路专用线也正式开工，与矿山建设相辅助的诸多配套项目都在有条不紊地进行着。

在一个阴冷的上午，刘士超一行人携带行李赶往龙庙矿，他们大步行走在新修的程平大道上，个个笑逐颜开。

"领导安排我们到更艰苦的地方去，这说明什么？说明领导对我们信任，也说明我们自己能力强。不过，就这么离开诸庙矿，总觉得有点儿不甘心，为诸庙矿出了那么多汗水，却不能亲眼看着矿井正式出煤。"宋彦说。

"是啊，要是能看看诸庙矿正式出煤后再走，那该多好啊，眼看快要正式投产了。"罗贵说。

"还早着呢，计划正式投产日期是明年的 10 月 1 日，以此向国庆献礼。"刘士超说。

"妈呀，还得十一个月呀！"宋彦一惊。

"俗话说得好，慢工出细活。矿井下的事急不得，要是只顾眼前能出煤，现在就能出。眼下不出煤，那是为了日后出更多的煤更好的煤，这叫什么来着？这叫百年大计，对，就是百年大计，你们懂不？想亲眼见证矿井正式出煤，这又不是什么难事，还有哪个想看？你们都是为诸庙矿做出过贡献的人，到时候我请示一下领导，带你们回来看个够，行不？"刘士超乐呵呵地边走边说。

他们十几个人来到龙庙矿时，见这里早已建起不少房舍和工棚，矿区内人来人往，异常繁忙，来自全国各地的建设者，不知道什么时候已云集于此，看上去，一个个情绪激昂。山在后，挡着北风。向南看，缓坡下一马平川。

龙庙矿赶在年底动工兴建，足见南方各省对煤炭的需求有多么迫切，足见国家对山平矿区建设有多么重视。这一点，刘士超心里十分清楚，并及时告知了他的工友。龙庙矿设计产量一百二十万吨，计划两年建成投产。

刘士超让罗贵和宋彦等人在一棵大树下等候，自己走进龙庙矿办公室。刘士超说明来意后，姜华主任搓着手，显得非常愧疚。他让刘士超坐下，倒一热杯水递过去后，不说话，在刘士超跟前低着头走来走去，像是思考着什么。

刘士超很是纳闷，正要问话，却见姜主任走到桌子前，左手拿起电话话筒，右手摇动手柄，然后用低沉的声音说："总机，麻烦接诸庙矿。赵书记吧，我是龙庙矿的姜华，真是不好意思，这事完全怪我。是这样的，本来我们打报告请示筹备处，想从你们那里要十几个人过来，可这几天煤炭部给我们调来了上百号人，这百十号人正陆续到达，他们都参加过东山、兴安台、谢家华大型煤矿建设，经验丰富。这几天，这些人员的安置问题，还有矿井开工的事，把我弄得头昏脑涨，忘记给赵书记回话了，我这里的人员眼下够用了，再多实在是无处安置，你那里人员也不富余，我就不再夺爱了，还是让你这十来个人回去吧。是，是，是，是我没有及时给你们回话，这事怪我。"

大约是听了不顺耳的话，放下电话后，姜华一脸阴沉。他转过身对刘士超说："我已经为我的工作失误道歉了。你们回去吧，我这里人够了。"这个戴着近视眼镜，显得清秀文弱的人，其性情给刘士超留下了非常深刻的印象。

刘士超已经听见他电话里再三致歉的话，他不便多说什么，点点头出了办公室。

来到大树下，刘士超已经把要说的话想好，见大家伙儿正准备去该去的宿舍放置行李，他摆摆手说："不急，歇一会儿再走。刚才大家都看见了，这里的人已经很多，一是说明国家对山平矿区的重视，二是说明我们国家人才济济。是这样的，我们诸庙矿领导真心不舍得我们离开，在和这里的领导交涉后，双方达成一致，还让我们回到诸庙矿，跟先前的工友一起大干社会主义，我们歇一会儿就走。"说罢，他面无表情，沉甸甸地坐在自己的行李上。

宋彦第一个开口，他的话里带着芒刺："这么大的事，怎么跟孩子们过家家一样，这也太随意了，像是逗我们玩。"

"我都把调动工作的事写信告诉家里了，你们看吧，下次家里来信指定会寄到这里来。"一个叫二柱的人说。

见刘士超垂着头没有说话，有的人欲言又止，有的人小声嘟囔几句。

刘士超扭转头看一眼罗贵说："罗贵，闷葫芦一样，你怎么不说话呀？"

罗贵说："我没啥可说的，我觉着在哪个矿上工作都一样，干的都是差不多的活儿，回老地方更好，熟悉。"

宋彦说："诸庙矿离诸庙村近，罗贵当然想回诸庙矿了，大家伙儿说是吧？"

刘士超猛然起身说："走，回诸庙矿。"他背起行李径自走了。其余人赶忙寻找各自行李，紧随其后。

二柱走在最后头，他见罗贵就在身前，伸手扯一下罗贵的行李，罗贵慢了下来。二柱低声说："罗贵呀，都知道你和诸庙村的那个姑娘好，那就娶了呗，这有什么呀，我们又不是当兵的，更不是和尚。"

罗贵暗自一笑，说："二柱，你别瞎说，人家长得那么好看，怎么会看上我呀。再说了，我一个外来人，又没有房子，娶哪儿呀，又不是鸡呀鸭呀，垒个窝就成。"

二柱说："矿上眼下还没有出煤，各项配套设施都不完善，正是困难时期，别指望最近能分到房子，可眼下不分房，不见得将来不分房呀。听说那姑娘是家里的独苗，你当个上门女婿也不是什么丢人的事，不会有人说什么，都解放这么多年了，谁还会那么封建!"

罗贵说："你算了吧，我愿意当上门女婿，我家里可不一定愿意，让外人说起来不好听。"

二柱说："罗贵呀，我可提醒你，你得小心有人抄你后路，人家可是眼冒绿光，猴急猴急的。每次提起这方面的事，他的话酸溜溜的，你真的听不出来吗?"

罗贵说："二柱，你是好心，我懂。俗话说得好，人的命，天注定，是你的，终归属于你；不是你的，强求不来。再说了，我哪一点都比不上人家呀。"

二柱说："德行，你的德行是他比不了的。"

罗贵说："什么都比不上有张好嘴，我的嘴笨死了。"

二柱说："依我看，你不是嘴笨，你是缺心眼儿，我不跟你说了。"说罢，他紧走几步，把罗贵扔在后头。

诸庙矿遥遥在望。罗贵见走在前面的宋彦停在路边，望着北边山坡发呆，他像是在迟疑着该不该下路。罗贵顺着宋彦的目光望去，见不远处的一个坟堆旁站着两个人，罗贵不由自主地站在宋彦身旁细看。那是诸庙村周仓的坟茔，周倩和刘红娟在给故去的人上坟。

"罗贵，你们这是去哪儿了呀? 你能过来一下吗?"坟茔那边传来刘红娟的声音。

罗贵一愣，忙看一眼宋彦。宋彦瞥一眼罗贵说："你看我干吗? 想去就去呗。"

罗贵说："一起过去吧，今天可能是周叔的什么日子。"

宋彦说："人家又没有喊我，我去了算哪门子事! 去吧去吧，你就别装了。"

罗贵嘟囔一句："我没有装啊。"接着向路的前方喊一声："刘队长，我待一会儿就回矿上。"等刘队长答应后，罗贵没有搭理一旁的宋彦，下路走田埂，奔坟茔那边去了。

宋彦叹息一声，呆呆站立一会儿，随后扭转身，快步追赶队伍，一眼都没有再看坟茔那边。

刘红娟问罗贵："罗贵，你们这是去哪里了？那么多人。"

罗贵望着坟茔说："去西边二十里地的龙庙矿。"

周情不解地问："还都带着行李，要住那里吗？"

罗贵不假思索地说："本来是要调我们过去的，上面好像突然派过去不少人，这边的领导也不舍得我们离开，两边商谈以后，又让我们回来了。"

周情追问一句："调过去？你是说你本来要离开诸庙矿的，今后要在那里上班了？"

老实巴交的罗贵说："是的。"

周情不满地说："这样的事也不事先给人家说一声，就这么说走就走了？"

罗贵说："反正也不远。"

周情没再说话，转身时，两眼噙泪。

罗贵看见了，忙问刘红娟："婶子，今天是什么日子？"

刘红娟说："不是什么特别日子。"

罗贵说："周情，你别哭了，天冷，要是把脸冻坏了，周叔在那边也会心疼你。"说罢，他站立坟前，恭恭敬敬地给坟茔鞠了三个躬。

见周情后背对着他不说话，罗贵茫然地看看刘红娟。停了一会儿，刘红娟说："罗贵呀，你调走的事，应该事先给情情说一声，看她这模样，她一定觉得很委屈。"

"委屈？"罗贵不解。

"是。你是不知道，这孩子早就把心给你了。"刘红娟一时觉得鼻子发酸。

"这，这，这。"罗贵一阵心慌。

"论长相，情情这孩子在村里数一数二，可她毕竟不是吃商品粮的，这方面没法跟你比。你能看上她，那是她的造化；看不上，那是她的命里没有。不管怎样，你救过我们全家人的命，你是我们周家的大恩人，我和情情感激你的搭救之恩，她爹在那边也会感激你的。"刘红娟的话先是感动了她自己，她眼里闪出泪光。

"婶子，你千万不要这么说。我罗贵笨得要命，长得又丑，家里穷，还远在几千里以外。倩倩长得百里难挑，我哪里配得上她啊！我怎么也不敢有这非分之想，只怕是有这贼心也没这贼胆。"罗贵一时性急，说出的话带着斯文。

罗贵如何也没有想到，他情急之下的话却把周倩给逗笑了。周倩的肩膀轻微抖动几下，一丝笑意顺面颊直落项间。刘红娟自然察觉到了，她瞟一眼女儿说："罗贵呀，你能这么说，婶子心里很舒坦，你要是不嫌弃的话，我今天想把倩倩托付给你。正好，倩倩她爹也在这里，她爹在天之灵会赞同我这么做的。"

罗贵一时僵在原地。良久，他缓缓跪在坟前，眼里噙着热泪，用沙哑的声音说："周叔，您放心，今后我一定好好照顾倩倩，不让她吃一点儿苦，不让她受一天罪。"

周倩刚刚没了笑意，见罗贵十分恭敬地在她父亲坟前跪着，听了她平生从未听过的话，不觉泪如泉涌。她走到罗贵跟前，紧挨着罗贵窸窸窣窣跪下，擦着面颊，哭泣不已。

刘红娟揉着眼睛，赶忙将二人搀起。也就不大一会儿工夫，说了一些闲话后，刘红娟破涕为笑，望着罗贵和周倩两人身子挨得很近，刹那间，周身被幸福滋润。

回家路上，刘红娟说："罗贵呀，俗话说得好，百善孝为先，你和倩倩的事，得征得你父母同意才好。快到年底了，矿上肯定会放假几天，你可以趁着放假，回趟老家，给你父母好好说说这边的事。"

罗贵说："我知道了，婶子。都解放这么多年了，那些旧思想旧习俗也该改改了，倒插门不算什么丢人的事。"

刘红娟一惊，赶忙说："倒插门？罗贵呀，我可不让你当倒插门女婿，这确实不好听。矿上眼下不分房子，将来一定会分的、你和倩倩结婚后，暂时住在我家里，等你们有了房子，再搬出去住，我也能落个清静。这可不叫倒插门。"

罗贵感动地说："婶子，你们对我太好了。"

第 六 章

春节假期很短，罗贵急匆匆自老家回到矿上，脸上泛着光亮。此后的日子里，他干活的劲头更足了。

这一年，对于山平矿区来说意义非凡。大年过后的三月间，国务院决定设立山平市，山平矿区的煤炭建设直接由中共山平市委、市政府领导。庆祝仪式虽然不很热闹，无非是放一挂鞭炮而已，却引来周边的村民争相观瞻。这里原本荒僻，人们对于外界的事知之甚少，是发现了煤田，是初建的矿区才让这里人烟渐稠。

山平市刚刚成立，市区里像样的新房还没有几栋，新修的道路仅有一条，整风运动就从外头波及了这穷乡僻壤，不少知识分子被批斗，加之工人远去外地搞运动，山平矿区的建设一下子放缓下来。

国家要在旧中国一穷二白的基础上加快社会主义建设，而社会主义建设的关键是大力发展工业，工业发展的重点是钢材和电力。眼下的情况是钢材和电力都极度短缺，二者的发展无不需要大量煤炭，南方诸多省份几乎不产煤，从北方向南方送煤浪费极大，这样一来，重担就压在了中原大地上这个正在崛起的"中原煤仓"肩上。可如今的矿区，自上而下，把大部分时间和精力用到"非煤"之上，这让罗贵百思不得其解。

矿上的卡车仅有数辆，望着宋彦他们像打了鸡血一样兴奋，登上卡车外出批斗人，罗贵很是生气。更让他生气的是将他们从老家带到这里的老队长刘士超，居然也在被隔离被批斗的行列。罗贵趁着夜色悄悄摸向一个工棚，从门缝里看了他的老队长之后，精神彻底颓废。从此以后，领导让他动一下，他就按着领导安排动一下，指派他下井就下井，不指派他下井就在宿舍里猫着，终日浑浑噩噩。

终于有一天，他振作起来，提提神走向周倩家。他像换了一个人似的，一进门就对刘红娟说："婶子，你可别笑话我啊，我想马上跟倩倩成亲。"

刘红娟先是一愣，接着笑出声来。这个一向风风火火决伐果断的人，这会儿显得不知所措。她先是让罗贵坐下，倒杯热水给罗贵，而后静下心说："罗贵呀，你这是怎么了？"

罗贵喘着粗气说："我今后只想生孩子的事，生一大堆孩子，天天逗孩子玩，带孩子们去山坡上抓蛐蛐，带孩子们下溪水里捉鱼鳖，我一点儿都不想操心矿上的事了。"

刘红娟偷笑一下说："你一定是受到什么刺激了，说来让婶婶听听。倩倩出去玩了，她听不见。"

罗贵望一眼大门说："我们刘队长，多好个人啊，他为山平矿区的建设真是操碎了心，就因为实在看不下去，替一个正在挨批斗的领导说了句公道话，结果，被关起来了，天天挨批斗，脸上都是伤。本来在老家守着老婆孩子热炕头，多么幸福的事啊，偏偏跑了几千里地来这里建设山平矿区，这样可好，年纪轻轻的，两口子分居两地，过着牛郎织女一样的日子。越想越让人心疼啊。"

刘红娟叹息一声说："是啊，你们刘队长一定伤心死了。唉，这么好个人，大老远地跑这里来受罪。"

罗贵愣愣地说："婶子，好像不是这样的，刘队长看上去一点儿都不伤心，他说他能从窗户里看见山，望着山蹲在煤矿后头，他心里特别踏实。"

刘红娟诧异地问："望着山蹲在煤矿后头，罗贵，他这是什么意思呀？"

罗贵说："我也不懂。"

刘红娟停了一会儿说："既然你父母都赞成你和倩倩的婚事，那就找个会看日子的人，给你们定个好日期，及早把婚事办了，过好自己的日子就是了，咱不管外边的事。"

罗贵说："我一定好好照顾倩倩，不让她受一点儿委屈。"

刘红娟说："这我知道。"

正说时，周倩跑进院子。罗贵和刘红娟忽然住嘴，让周倩疑惑，她看看她娘又看看罗贵问："你们是不是在说我呀？怎么我一回来都没声了？"

刘红娟扑哧一笑说："你跑哪儿去了？"

周倩说："你先说说你俩刚才是不是在说我的坏话，然后我再给你们好好说说我刚才去哪儿了，听到了什么。"

刘红娟说："人家罗贵在夸你呢，说你脸蛋长得好，皮肤嫩白不说还透着苹果一样的红。"

周倩说："那你咋说哩？"

刘红娟说："我说人家不光这两样好，还有那身段，你跑遍附近几个村，都找不来这样的苗条身材。"

周倩咧嘴笑着问罗贵："罗贵，我娘说的是不是真话？你可不要糊弄我呀。"

罗贵憨笑着说："好就是好，好的不说也是好，好就好呗，还怕人家说？换成我，巴不得人家私下夸我。"

周倩眨巴几下眼说："不对呀，你这话像是说跑了呀。"

刘红娟嘿嘿两声说："快说吧，你刚才去哪儿了？你听到什么了？你娘急着听呢。"

周倩说："我去秀娥家了。她爷看着可生气，戴着老花镜翻着一本书，说得神乎其神。她爷说矿区乱得很，从一开始到现在才几天呀，呼呼啦啦建起来那么多煤矿，摊子铺太大了，瞎干盲干乱指挥，明明超出了国家财力物力许可，还是一个劲儿往前冲，还是让工人拼命干，工人没少吃苦，到头来哪个矿都没有建得合乎标准，这是标准的脱离实际的浮夸风在作怪，像这样的系统不配套，过于简易就仓促投产，一定会留下很多后遗症。罗贵，啥是后遗症啊？"

罗贵正惊异，忽听周倩停下话问自己，他想了想说："比如一头牛，它在撒欢儿的时候不小心摔倒了，结果，身体重，把前腿的骨头给压断了。一百天后，牛的骨头长住了，可当初的断口处没有对接好，腿虽然能走，就是一拐一拐的，不好看不说，还走得慢，关键是，遇到不好走的路，它会摔倒。倩倩，你听懂了没有？"

周倩一本正经地说："我好像听懂了，可就是不明白，矿区能人那么多，为啥要留下后遗症啊？"

罗贵说："给你说了你也不懂。倩倩，哪天你能带我去见见秀娥她爷吗？"

周倩问："啥事？"

罗贵说："这是个高人，他是干什么的？"

周倩正要开口，刘红娟抢先说："罗贵呀，倩倩没有回来的时候，你是怎么说的？你不是……"

见刘红娟没有把话说完，周倩忙问："娘，你怎么不把话说完呀？罗贵，你刚才说什么了呀？快说呀，急死我了。"

罗贵支支吾吾地说："你没回来的时候，我说我今后一点儿都不想再操心矿上的事了。"

周倩等了一下，见罗贵没了下文，皱皱眉问："就这？没有别的了？我才不信呢，两个人本来说得热火朝天的，见人家回来，一下子都不吭声了。"

罗贵苦笑着看看刘红娟。刘红娟忍不住笑出声来，边笑边说："罗贵说，他要和你生一大堆孩子。"

周倩狠狠瞪一眼罗贵，奔里屋去了。

罗贵偷笑着辞别刘红娟返回矿上。刘红娟要了罗贵的生辰八字，当即去找邻村会算卦的人了。

罗贵和周倩成亲的日子很快就定了下来。可能是看日子的人觉察出刘红娟的心情有点儿迫切，日子定得很靠前，掐指算来也就剩下三个月零三天，也就是年后的春上。

这一年对罗贵来说意义非凡。这一年发生的事，对于山平矿区来说意义极其重大。一是矿区首个筹建的诸庙矿正式出煤。眼巴巴瞅着第一罐黝黑且闪着光亮的原煤落地，在场的人无不泪流满面。一个人扑通一声跪倒在煤堆旁，仰天长呼："出煤了——"另一个人捧起煤放面前深嗅，久久没有放下。这何止是煤，是心血，是汗水，是财力，是物力。二是矿区铁路专用线正式通车，原煤就地装上火车，通过专用线送往京

59

广铁路线，而后运往南方诸省。通车这天，矿区的工人、周边的群众，大多数从未见过火车，不少人争相围观，个别年轻胆大的，擅自站上铁轨，金鸡独立，对着火车头仰着黑脸呐喊，使得铁路工作人员不得不前往驱赶。三是矿区筹备处与建设局合并，成立了山平矿务局。自此，矿区的基本建设和煤炭生产形成了统一领导。如此一来，矿区效率有了显著提高，在第一个五年计划期间，山平矿务局煤炭建设超额将近五成，地质勘探提前一年零九个月完成五年计划。

罗贵将婚期写信告知家里后，不久就收到他弟弟的来信，信上说考虑到食宿方面的问题，他和父母会在罗贵成亲的头一天赶到这里。这让罗贵感到一丝尴尬，三个亲人过来后住在哪里，这确实是一件让他头疼的事。

更让他头疼的是刘士超的爱人张艳的突然到来。他升井后草草洗了澡，本来想去周倩家，将他父母和弟弟要来这里的事告知周倩，刚从澡堂出来，迎面碰上一个女人，仔细一看，居然是他的队长刘士超的爱人。可能是她知道了她男人被关押批斗的事，显得精神恍惚，加上心急，还有几千里地的长途跋涉，这个瘦小的女人看上去萎靡污秽。

"嫂子，真是你啊！也没事先说一声。"

"罗贵呀，嫂子心急，跟谁都没有说。"

"这么远的路，你是怎么摸过来的呀？"

"按着士超信上的地址，也不难找。"

"走吧，先到我们宿舍去，好好洗一洗，歇过劲来再说，怎么会弄成这个样子！"

"我想先见刘士超。"

"嫂子，刘队长的事你是怎么知道的？"

"我接连给士超写过三封信，他连一封信都没有回，我懂他，以往不是这样的。后来听邻居王婶说，他儿子的回信里说起过士超的事，只是没有说清楚，我预感到他一定是出什么事了，拉上孩子就来了。"

"孩子？你是说阳阳也跟你来了？他人呢？"

两人正说时，一个不足六岁的孩子抹着嘴从水池边跑来。他的鼻尖和嘴角上沾着喝水落下的水珠，整个面部显得肮脏不堪。见状，罗贵的眼泪再也禁不住簌簌往下淌。两年前，在老家时，他时常带刘阳去村外的溪水里摸鱼，这个懂事的孩子自小就十分坚强。

刘阳给罗贵打个招呼，便站在他母亲身边。张艳摸着儿子的头说："罗贵，你别哭，士超他人在哪里？"

罗贵揉揉眼，为难地说："嫂子，你跟阳阳先去我们宿舍吧，这会儿你不能见刘队长。"

张艳疑惑地问："难道士超他……"

罗贵赶忙解释说："不不，你别多想，是有人看着，不事先征得领导同意，谁也不能见刘队长，这是矿上的规定。"

张艳长出一口气说："那好吧，嫂子跟你去宿舍。"

罗贵把张艳和刘阳领到他的宿舍，端来两盆水让这母子俩好好洗洗，把茶缸倒满开水后，匆匆找领导去了。

罗贵回来时，他身后跟着两个人。这两人只准张艳一人随他们去见刘士超。罗贵望着三人远去后，想着法儿逗刘阳玩。刘阳疲惫的眼神里隐含刚毅，对于他父亲的事，他连一句话都没有问罗贵，更没有执意要随他母亲同去，这让罗贵很是不解。是这孩子年龄太小，对他父亲没有一点儿印象，还是对他父亲没有什么感情？或者是另有原因，毕竟刘士超离开家乡时刘阳才三岁，而刘士超本人两年来没有回过老家。

也就抽一支烟的工夫，张艳回来后，她的脸上挂着泪痕，坐在罗贵的床上一言不发。此时的刘阳一改方才无动于衷的模样，抓住张艳的手暗自用力，他的眼里噙满泪花。张艳心疼地摸着刘阳的头，两人默默无言。

忽然，刘阳大声说："娘，你放心，我爹是个好人，他一定是被人误解了，要不了几天，爹就没事了。"

张艳心酸地说："好儿子，娘也相信你爹是无辜的。"

刘阳的话听上去很有主见："娘，等他们把我爹放出来了，我们一家三口人一起回老家，永远不来这里了。"

张艳慈祥地看一眼六岁的儿子说："阳阳啊，这里是你爹工作的地方，你爹早就把心和情交给了山平矿区，他是不会随我们母子俩返回老家的。"

刘阳犹豫一下说:"那我们两个就一直住在这里陪我爹,不回老家了,爹在哪里,我俩就在哪里,再也不让我爹独自在外头了。行不行啊,娘?"

罗贵忽然觉得鼻子一阵阵发酸。

刘阳的话让张艳一怔。可能是儿子的话触动了她,而她此前没有这么想过。她停了一会儿,揉着鼻子对儿子说:"阳阳啊,娘想好了,就按着你的想法,咱们不走了。"她扭过头看着罗贵说:"罗贵,看在你和士超不是师徒胜似师徒的情分上,帮帮我们母子俩吧,给我们找个住的地方,我们娘儿俩不走了。"

这让罗贵很是为难。矿上眼下还没有招待家属住的地方,个别来探亲的矿工家属,也都是临时跟她男人挤在同一张单人床上,睡觉时顶多在床边挂起个床单,用以遮挡瞟来的目光,做那个事的时候,还唯恐弄出声响来。高低床,八个人一间的宿舍,清一色的男人,怎么可以让这对母子留宿这里。如果刘士超也在,那就另当别论了。

他迟疑着正要说话,张艳抢先说:"罗贵呀,嫂子看出来了,也想明白了,矿上一定是没法安置家属,那就不为难你了,附近的村镇有旅店没有?有的话,就带我们娘儿俩去住旅店吧,嫂子把家里的积蓄都带来了,能住几天是几天,走一步说一步吧。"

罗贵难为情地说:"矿上确实没有地方安置矿工家属。要不这样吧,南边诸庙村有一户好人家,就母女俩,她家里有地方住,我先去问问人家,看行不。"

张艳说:"我和阳阳跟人家素不相识,不想给人家添麻烦。再说了,这又不是一天两天的事。"

罗贵想了想说:"那好吧。离矿上五里地有个大点儿的村子,村西头临路有一家旅店,要不我带你们先去那里住下,回头我跟宋彦,还有从老家来的另外几个人一起想想办法。让你们住旅店,我心里不好受。"

张艳感激地说:"那就让你们费心吧。"

罗贵领着刘士超的爱人和儿子刚刚离开矿区,宋彦就风风火火来到宿舍。宋彦问过门外一个工友,知道罗贵他们三人一道去旅店了,他坐在床上陷入沉思。他是刚刚获知刘士超队长的家属来矿上的，他和罗贵都是跟随刘士超从老家东北来到山平矿务局的，虽然没有师徒名分，可他们两人都从刘士超那里学到不少东西，刘士超不止一次手把手教过他们。如今，宋彦是矿上的红人，但凡召开整风会，总是少不了他忙活的身影，可对于如何摘除刘士超身上的妄加之罪，他显然是有心无力，更多的时候只能眼睁睁看着，心里干着急。他曾数次暗示刘士超，后来直接说明，只要刘队长写份悔过书，他的帽子就能摘掉，毕竟刘士超只是好打不平，替别人说了几句不该说的话而已，可刘士超就是不写。如今刘士超的爱人来了，这情形或许会大有转机，如果让张艳耐心劝劝刘士超，看在老婆孩子无人照顾食宿难以为继的分儿上，事情应该会有所转圜。想到此，宋彦立马起身，跑步追赶罗贵他们去了。

宋彦把罗贵他们三人拦在途中，急着说了自己的想法后，张艳摇摇头说："我已经劝过他了，没有一点儿用，你们不是不知道他的脾气，比驴都偏，说轻了没用，说重了，他跟你急，他的性子再没有比我清楚的了。"

宋彦叹口气说："嫂子，要是这样的话，你和阳阳先住下吧，我和罗贵再想想别的办法。"

罗贵问宋彦："我们走得比较近的几个老乡当中，也就你能接触到刘队长，你没有好好劝劝他？你不是说只要刘队长写份悔过书就没事了吗？不就是一份悔过书嘛，估摸着跟检查不差多少，写就写呗，这有什么呀！"

宋彦说："我说了，还不止一次。"

张艳说："别劝他了，劝也不管用。"

几个人到了旅店才知道，这里不但能住，还能提供一日三餐，这让罗贵感到一丝心安。

当夜，一直到次日下井，罗贵的心里装得满满的都是如何让刘士超的家属有个安稳的住处，毕竟刘士超哪一天能被放出来，这没人知道，而在刘士超被放出之前让张艳返回老家，完全没有可能，这一点罗贵心知肚明。他在矿井下几乎没说一句话，边干活边闷葫芦一样专心思考着该如何帮助刘士超的家属渡过难关。母子两人生地不熟的，不知道两人住旅店害怕不。

升井后，罗贵草草洗过澡，急匆匆赶往五里开外的那家旅店。然而，张艳和刘阳却不在旅店。罗贵急忙问店主。店主说两人一早就出去了。罗贵又问去哪里了，店主说不知道。罗贵问母子俩往哪个方向去了，店主说不知道。

"你这人怎么什么都不知道啊!"罗贵急了。

"人家的腿又没长在我身上。"店主心不在焉地说。

"你这叫不负责任，母子俩既然住在你的店里，两人的情况你不能一概不知。一个女人一个孩子，又不是两个大老爷们儿。"罗贵大声责怪着。

"从脸上看，你像个老实巴交的人，这一开口可就不像了。你轻点儿说话好不好? 让别人听见了，还以为我这旅店不是正经旅店呢。"店主压着声音说。

罗贵没再搭理这个没有睡醒一样的店主，专心思考着张艳去了哪里。他的第一感觉是这母子俩去矿上了，其目的要么是想办法见见刘士超，要么是去找矿领导讲情或是讲理，再者就是去找随刘士超从东北带过来的一帮工友，也有可能是专门找他罗贵的，只是他们相向而去时没有遇上。

罗贵在矿上找了许多地方，问了不少人，始终不见母子俩的身影。两人可别寻短见呀。想到此，罗贵猛然打个寒战，随后撒腿跑出煤矿，无头苍蝇似的四下里乱窜。

远远地，在诸庙村西北方向毗邻煤矿的一块田地边的荒坡上，有两个一大一小的人影在时不时地晃动。罗贵奔向人影时，他的鞋跑掉一只，好不容易才找到。

在紧挨庄稼地的荒坡上，张艳和刘阳在垒墙。当初村民开荒时捡出大量石块，这些大小不一的石块，成堆地堆在田地边，大的如猪头，小的如窝头，有长条状的，有方的，也有圆的，形态各异。

有惊有喜有责备，罗贵心头五味杂陈，他的声音比平日里高出许多："你们这是干啥呀?"

刘阳抹一把额头说："盖房子。"

罗贵抓住刘阳的手一看，血泡已鼓出手面。再看张艳时，张艳赶忙将自己的手背到身后。再也抑制不住，罗贵泪眼模糊。他哽咽着难以说话时，张艳劝他说："罗贵呀，你别这样，你这样，嫂子心里难受。嫂子想了一夜，听说这个煤矿才刚刚出煤，整个山平矿务局有好多矿还都没有出煤，来自全国各地的人都在住工棚，这么大的摊子，领导也难。嫂子估摸着你们能分到房子的那一天，阳阳都长得比我高了，不能老是住旅店吧？再说了，钱呢？"

罗贵伤心地问："你俩真是盖房子？你俩能盖房子吗？"

刘阳坚定地说："能。罗叔叔，你看这里到处都是石块，我们用石块把墙垒好，山坡上有好多树，拣小的折断，然后搭在墙上，不就成房子了吗？这不用花钱。"

罗贵望着孩子稚嫩的面庞，而后疑惑地看一眼张艳，他惊讶于一个大人怎么会跟一个六岁的孩子一样幼稚。他把目光投向北山，见远山的山顶祥云笼罩，云团色彩一致，形态多姿，如花朵如蘑菇如仙女，悬于半空，纹丝不动。而山的尊容尤显大气，沉静淡然，器宇轩昂。

第 七 章

张艳和刘阳的举动深深打动了罗贵。伤感之余，罗贵如何也想不到这母子俩会有这样的智慧与果敢，如何也想不到他们会选择在这样的地方搭建房舍。此处距村子咫尺之遥，又毗邻煤矿，既不占用村里耕地，又与二者保持极近距离。眼泪一样的小溪自一侧逶迤而过，溪流源于背后的高山，溪水清澈干净。水是生存之本，自古至今，智者多是依水而居。

罗贵将张艳母子俩送回旅馆，急匆匆赶回矿上，他把休班的几个老乡叫来，宋彦也在其中。他事先没有给众人说明用意，只是生拉硬扯地把六个人带到张艳和刘阳垒墙的地方，然后指着地上的石块说："先不说我们几个都是跟随刘士超队长来到山平矿区的，就说在平时工作生活中，刘队长对我们咋样？你们几个自己说。"

宋彦被罗贵拉着莫名其妙地出了煤矿，一路上心里就犯着嘀咕，他不知道跟闷葫芦一样的罗贵到底葫芦里卖的什么药，来到这荒坡之上，听着罗贵磨磨叨叨的话，一时着急，不耐烦地说："你这是干啥呀！罗贵，有什么事就说呗，跟猪一样，非得把人给急死。"

另外几个人咧着嘴哈哈大笑。

罗贵没有听见似的只管说他的："刘队长对我们几个一直都不错，他现在走了背运，虽然我们谁都没有法子帮他，可刘队长的家属和孩子我们得帮衬一把。这不，母子俩要在这里盖房子，真能想得出来，就凭他俩能把房子盖起来吗？我把你们几个请到这里，就是想让你们看看他俩建的地基，就是想让大家一起出力，帮帮这母子俩。"

宋彦不由得一惊。他看看地上乌七八糟的石块，又看看罗贵说：

66

"你这叫请我们来吗？差一点儿就成绑架了。还别说，选在这个地方盖房子，真是不错，荒坡地，没人管，这里说荒也不荒。有个属于自己的窝，比住大宿舍强上一百倍，只要夫妻俩能够在一起，睡在这石块上都舒服。我也想在这里盖房子，然后结婚，再把老婆弄来。"

一个叫稻子的工友手指宋彦说："宋彦，你出息点儿吧，没有老婆陪着，那么多工友不是都活得滋滋润润的?"说罢，环顾一圈后，不无忧虑地说："罗贵呀，让嫂子和阳阳住这里，能放心吗？往北就是树林，一直到山上，林子里又不是没有野兽，想想都吓人，万一有个三长两短的怎么办?"

罗贵瞪一眼稻子说："关上你那喷粪的玩意儿吧。跟野兽相比，有时候啊，人更可怕。野兽有什么呀，房子建结实点儿，院墙垒高点儿，就是有野兽过来，它也是瞎转悠，干着急，野兽没有多大能耐，跟人比，差远了。"

众人七嘴八舌说了半天，没一人提及帮张艳盖房子的事，宋彦虽然说了盖房子的事，可那是给他自己盖，跟张艳的房子没有半毛钱关系。罗贵急了，板着脸说："都还没说帮嫂子盖房子的事呢。"

稻子说："帮，帮，大家一定得帮。"

宋彦的话里带着几分揶揄："罗贵呀，想是可以想，真要在这荒草地上盖房子，拿什么盖？就靠些石子?"

罗贵较着劲儿说："宋彦，你把你那小眼聚聚光，你看好了再说，这是石子吗？大的比你的脑袋都大，小的也跟拳头差不多，都是嫂子和阳阳辛辛苦苦挑出来的。"

见罗贵的眼神里大有要跟他干架的味道，宋彦一笑说："你怎么说变脸就变脸？我的意思是盖房子得用很多东西，就凭这堆石块哪能把房子盖起来呀，你又不是没见过人家盖房子。再说了，盖房子的事又不是孩子们在沙土上搭着玩，这是要住人的，开不得一点儿玩笑。"

罗贵依旧较着劲儿说："宋彦，你这会儿说是石块了，刚才不是说是石子儿吗？你现在是矿上的红人，忙得很，可再忙，刘队长家属的事也不能不管。"

宋彦忙说："我说不管了吗？管，管，一定得管，你说吧，该怎么

67

管？你罗贵不是什么官，我怎么觉着比矿长都厉害，你吓死我了。你先布置吧，我撒个尿，尿都给吓出来了。"说罢，一转身，走了三步，对着一棵树就掏。

稻子赶忙捂住鼻子。

罗贵想笑没笑。他没等宋彦转过身就干干脆脆地说："既然大家都愿意帮助刘队长的家属，那就按着嫂子和阳阳的意愿把房子盖起来。这其实一点儿都不难，我琢磨着，先把四边的墙垒起来，垒结实，再去林子里砍些大腿一般粗的树，按照墙体的长度把树截成圆木，把圆木在墙上一根挨一根搭上一层，然后在这些圆木上铺一层厚实的干草，再用泥巴在干草上厚厚地涂上一层，等这些混进了干草的泥巴被太阳晒干以后，多大的雨，也不碍事。"

宋彦听呆了。他一向觉得拙嘴笨腮的罗贵没有哪方面胜过自己，他忽然觉得他看错人了。在常人眼里，盖房子是一件非同寻常的事，可在罗贵的话里，居然这么轻描淡写。他不愿让罗贵的风头压着自己，于是不紧不慢地说："光说不行，得干起来，将来真的把房子盖好了，不但嫂子和阳阳有了住处，我们几个也都可以跟着各自盖上一间，这一来有个自己的窝，二来也能给嫂子做个伴，主要是能保证这母子俩的安全，这是最重要的。"

宋彦最后这句话显然是高出一个规格，这让在场的人无不连连称赞。于是，三个人返回矿上拿锤子，剩下的开始挑选石块，尽量寻找条状的，球一样的派不上用场，被踢出老远。等锤子拿来，不规则的石块被修理成规则的，叮叮当当的声音传出老远。

接连几天，这几个来自东北的老乡，上班的人只管上班，休班的人都来找石块、打石块、垒墙体，时不时地又有后来者加入，随着干活的人渐渐增多，墙体逐日增高。张艳和阳阳也总在旁帮工，田地一侧的荒坡上有说有笑热闹非凡。起初，大家都没有多想，都觉得这纯属个人行为，没有损公利己，可谁也没有料到会生出事端。

这一天，村里来了两个人，要阻止盖房。罗贵考虑到自己即将成为村里的女婿，不便与之交涉，没有最先表态，只顾弯腰干活，他被来人拍拍屁股后才直起身子。

68

面对气势汹汹的来者，叫稻子的工友怯生生地说："这里是荒坡，没占村里的半分田地，离村子还有这么远，不会妨碍村民生活，怎么就不能盖呀？也就盖一小间，说句不好听的话，这样的房子，要是用来养牛，牛都嫌小。"

这两人本来想要发火的，一扭头，见煤矿那边呼呼啦啦过来一帮人，有人手里还提着铁锤，于是，只说些不痛不痒的话，随后回村里去了。

罗贵他们原本以为这件事已经了结，不想，村长听人汇报后直接去找矿领导了。而这边盖房子的人全然不知，叮叮当当的声音经久不息。

等村长说明来意，赵书记问一旁的李子生："你确定他们是给刘士超的家属盖的？"

李子生边点头边说："是。"

村长见状，一脸的不悦，眼睛望着窗外说："这么说来，赵书记是知道你的人在外头擅自盖房子了？"

赵书记先请村长落座，又让李子生给村长倒杯开水，随后说："他们盖房子占用村里的耕地了？"

"没有。"

"噪声惊到村民了吧？"

"没有什么噪声。"

"那一定是这帮愣小子的吐沫星子被风吹到了村里。"

"赵书记，看你说的吧。"

"不然，村长也不会来我这里兴师问罪。"

"这怎么叫兴师问罪呀。村北的荒坡地虽不属于村里，可那是属于国家的，谁想占用就占用，这怎么行？"

"国务院的文件上写得清清楚楚，早已将附近区域划归山平矿区，你是一村之长，不会不知道。"

"这我清楚。可今天有一家盖房子，明天又有一家盖房子，这样下去，那坡地将来不就成一个村子了吗？"

"成村子怎么了？"

"这村子在我们村的北边偏西，地势又高，正好是上风头，风水上对我村不利。"

"我只知道好人品就是风水，人品决定风水。"

"虽说那坡地属于矿区，可矿区也是国家的，国家的也好，集体的也好，怎么可以随便让个人占有啊？"

"刘士超队长被关着，他的家属奔波数千里来这里探望，家属住哪里？刘士超的工友利用休班的时间，自发为他们队长家属搭建栖身之地，让人动容。"

"既然是矿上的职工家属，矿上就该安置人家。"

"有头发谁愿装秃子！"

"我知道赵书记是行伍出身，是从朝鲜战场上的死人堆里爬出来的人，我敬重赵书记，我理解赵书记和矿上的难处，可我怎么给村民交代啊，矿上已经占了不少村里的地，村民本来就有意见。"

"有意见？不会吧。矿上占用村里多少地，该赔付村里多少钱，这是有政策的，也早已兑现，新政策很快下来，村里有条件的人可以来煤矿上班。"

"这太好了，好多人就等着这一天呢，我这就回村里，把这好消息告诉大家。"

"最好是等正式文件下来。"

"好，好，好。"

望着村长喜滋滋远去，赵书记喊过李子生说："子生啊，你得空常去那边看看，别让那帮傻小子弄出什么安全事故来，别看他们矿上的活儿干得有板有眼的，盖房子的事可不一定在行。有难处私下跟我说。"

李子生应下后匆匆去了。

运煤火车的汽笛声驴叫一样，把李子生的耳朵震得发蒙，他下意识缩缩脖子，瞪一眼出矿的列车。

李子生的到来，让荒坡上盖房子的一帮人一阵惊慌。当初，这些人自东北老家来到河南，下了火车，迎接他们的便是李子生。他们跟随李子生徒步来到山平矿区，彼此较为熟悉，他们知道李子生是领导身边的人，盖房子的事唯恐被领导发现被叫停。张艳和阳阳则不然，这母子俩与李子生并不认识，他俩用好奇的眼光望着李子生。

罗贵忙问："李队长，你一来，我这心突突乱跳，你可别把不好的消息带过来呀。"

李子生笑着说："看你说的，我又不是什么扫帚星。先别喊我队长，还没下文呢。"

罗贵说："喊你队长你就应着吧，大家都知道下文那是早晚的事。快说吧，什么事，我着急。"

李子生不紧不慢地说："是好事，矿领导让我过来看看，看你们有没有什么困难，还让大家注意安全。"

罗贵被感动了，赶忙问："你的意思是说矿领导知道我们在这里盖房子？也同意我们在这里盖房子？"

李子生谨慎地说："你的第一个问题，我回答是；第二个问题，我的回答是不知道。"

见罗贵一脸茫然，稻子说："罗贵呀，你是个死心眼儿，李队长的话够明白了，矿领导让他问问我们有没有什么困难，还让我们注意安全，这还用多说什么吗？"

罗贵用征询的目光看看李子生。李子生面无表情地把话题扯开："罗贵，这位就是刘士超队长的爱人吧？"

罗贵忙说："是，叫张艳。这是刘队长的儿子，刘阳。"

李子生和两人握握手后说："抱歉得很，嫂子来山平矿务局好几天了，我今天才过来看望，还望担待。早就听说刘队长的爱人美貌如花，今天一见，果不其然。"

李子生的话早把张艳的心说开了花，她原先的顾虑飞往天际，不好意思地笑着说："看你说的吧。老早就听士超说起过你，说你人好，还有学问，一身斯文，说起话来文绉绉的，今天见了，还真是这样。"

张艳绵软含羞的话把李子生说得有点儿醉意，他赶忙摆手辞谢，嘴却怎么也合不上了。

这帮年轻人下井后不思井上的事，在矿井下挥汗如雨，巷道里还时不时响起东北二人转粗犷泼辣的声音。升井后，仅有牙齿稍白，可这一点儿不妨碍他们哼曲儿。去澡堂时清一色的黑，走出澡堂，一个个面色白净，换过的衣服色彩各异。他们休息过后，很自觉地去往荒坡地盖房。

就这样，两个月过后，张艳的房子完工了，外带一个小小的院子。房子的墙体和院墙均用石条与石块垒就，那石条与石块或大或小或长或短虽不尽一致，可内外墙墙面却非常平整，乍一看，像是手艺人用藤条编出的席子。院子的大门与房顶一样，用的都是腿一般粗的圆木，甭说野狼，就是力大如牛的野猪夜间过来，也只能摇头嗟叹。

罗贵、张艳和刘阳提溜着行李搬进来那天，李子生也过来与大家一道庆贺。稻子悄悄买来一挂鞭炮，说是吓吓野兽，他冷不丁将鞭炮点燃，不知道是否吓到了野兽，反正把没有提防的人吓得够呛，被吓着的人把稻子撵得四处乱窜。

张艳用自己的积蓄买了些粗粮，还有锅碗等。在林子里能采到野菜，幸运时，能找到野果和蘑菇，而房子一侧就是溪流，这样一来，母子俩的生活问题就有了着落。张艳琢磨着等大家回矿上后，她就跟阳阳在房后开荒种菜。

白天总会有人过来陪张艳唠嗑，有时人少有时人多。张艳十分留恋白天的时光，因为一到晚上，一种无以言状的孤独感总是像冰冷的石块一样压得她喘不过气来，尤其是身旁的儿子入睡后，害怕随之而生，她越是强迫自己不听外面的声音，那乌七八糟的声音越近越清晰，像是来自身后，有风声，有树声，有野狼尖厉的磨牙声，她似乎看见了野狼刀尖般的牙齿，看见了野狼幽蓝的眼睛。好在她的房子是她看着盖起来的，其坚固程度毋庸置疑。

连日失眠使得张艳神志恍惚，眼睑浮肿。罗贵最先发现张艳的异常，等问明缘由后他一筹莫展。白天好办，那么多工友，总会有轮休的人过来陪伴张艳，可晚上怎么陪？这可都是没带家属的男人。罗贵最后想到了他的未婚妻周倩。

"什么？让我去荒坡上陪你们队长的爱人？那我娘谁来陪呀？爹又不在了。"周倩无助地说。

"你家不是在村里嘛，村里人多，野兽不敢过来，也不敢在村头嗷嗷乱叫，它怕大家打断它的腿。"罗贵说。

"亏你想得出来，光知道心疼人家，也不知道心疼我，人家怕狼叫，我就不怕了？哼！"周倩把嘴噘得老高。

罗贵疏忽了这一茬，他忽然觉得自己的想法幼稚欠妥，赶忙给周倩道歉："倩倩，是我一时心急，急昏了头，是啊，谁都害怕野狼，你又是一个柔弱的女孩子，去了能顶什么用！"罗贵说完就意识到此话欠妥。

果然，周倩生气地背过身说："我看你不是昏了头，你是心里就没有我，只有你们队长的女人。你是说，我要不是显得柔弱，我要是有个结实身体，你就会把我弄到荒坡上喂狼是吧？你行啊，我一会儿就把你的话学给我娘听。"周倩说罢，瞟一眼罗贵。

罗贵一时心慌，憋得满脸通红，却张嘴说不出话来。

见状，周倩扑哧笑出声来，小手挡住鼻尖说："看你吧，人家逗你呢。你们队长的家属大老远来到这里，人生地不熟的，还不能跟自己家男人住在一起，挺可怜的，你们几个老乡帮帮他们母子俩是应该的，按道理说，我也应该帮帮他们，就是不知道该怎么帮。"

罗贵见周倩没有生气，长出一口气说："倩倩，你能这么说我就很高兴了，你有这个心就行，都怪我一时心急，才张嘴说出让你晚上去陪嫂子的话，一个姑娘家，本来就胆小，这不是你该做的事。"

周倩忙说："什么该不该的，不该我陪，该你陪？或者是该你的工友们陪？"

罗贵一瞪眼说："看你说的什么话！"

周倩意识到自己的话说得不着调，不好意思地说："不对不对，我不是那个意思。主要是我去那边住，晚上没人陪我娘，娘也是个胆小的人。罗贵，要不让刘队长的家属住我家吧，反正家里就我和娘，房子够住的。"

罗贵笑着说："我当初也这么想过，没敢说。现在她的房子都盖起来了，还是算了吧，她一开始不习惯，慢慢就好了。我们当初从老家来到这里，夜间听见狼叫，也有不少人吓得睡不着觉，为了驱赶狼，有人敲脸盆，有人点篝火，后来，对于狼叫声也都习以为常了。再说，刘队长不会老被关着的，我昨天听说他快要被放出来了，将来有刘队长昼夜陪着，狼叫声再大，嫂子也不会害怕了。倩倩，你说是吧？"

周倩酸酸地说："你可真会替人家想，你咋会知道这么多呀？刘队长的爱人可真有福气。"说罢，瞪一眼罗贵。

罗贵不解其中意，被弄得一头雾水。

罗贵的听闻并非空穴来风，没过几天，刘士超果真被放出来了。走出幽暗的小屋，刘士超揉揉眼睛，他面对煤矿北边的巍峨大山，长出一口气，这才迈步走向宿舍。不但罗贵不知道，连刘士超自己也不知道，为使刘士超早日出来，赵书记为此得了个记大过处分。

坐在蒙尘的床板上，刘士超一脸漠然，内心却是百感交集。宋彦进来时，刘士超只是微微点点头。

"总算出来了，刘队长瘦多了。"

"我家属在哪里？听说他们一直没有回东北老家。"

"是啊，嫂子和阳阳一直在这里等你。"

"他们住哪里？"

"先是住旅店，现在住自己家。"

"自己家？"

"大家一起动手给他们盖了间房子，还有一个小院。"

"在哪里？"

"矿西边不远。"

"你们可真会想法子，真是难为你们了。"

"是嫂子和阳阳想的法子，他俩还自己动手用石块铺设房子的地基。大伙儿都被感动了，就一起动手，利用休班的时间把房子盖了起来。"

"矿上和村里让你们擅自盖房子吗？为个人盖房子，这不是资产阶级思想和行为吗？"

"当初是有不少阻力，多亏赵书记力挺。为盖房子的事，我求了不少人，费了老鼻子劲，只要能让嫂子和阳阳有个安身的地方，作再大的难也值得。"

"让赵书记为难了，让你受劳了。"

"刘队长你这么说就显得外气了，我们谁跟谁呀。"

"走，去看看他们。"

"好。一听说你出来了，我丢下手里活儿就跑了过来，就是想带你

74

去看看嫂子和阳阳，看看你们的家。"

路上，刘士超问起罗贵近况，宋彦带着醋意说，人家在忙婚事呢，其他事只字未提。

远远地，见低矮的石头房子后面，一大一小两个人影在缓慢移动，宋彦说那是张艳和刘阳在开荒。刘士超的目光忽而落在两人身上，忽而落在房子上，他的鼻子阵阵发酸。到两人跟前时，见他的女人和孩子张皇地直起身望着他发呆，女人的长发湿漉漉贴住面颊，孩子的鼻尖上沾着泥土，刘士超再也抑制不住，扭转身啜泣不止。

望着刘士超抖动的肩头，刘阳一时没能认出他的父亲，他用疑惑的目光望着张艳。这厚实的肩膀，张艳再熟悉不过了，她一把将刘阳搂进怀里，大哭起来。

久别的夫妻今日团聚，理应是欢乐的场面，笑声相伴，可眼下却是双方相距约两丈地，彼此不相望，哭声震天。宋彦怎么也想不到这久违了的相逢会是这样的局面，他一时不知道该怎么劝他们，笨拙地搓着手一筹莫展。

不远处传来一阵乱糟糟的说话声。宋彦看时，见罗贵和几个工友正向这边跑来。

"刘队长，听说你被放出来了，大家猜你肯定是来这里了，果然不假。"罗贵兴奋的话语里夹带着急促的喘息声。

"你们这是怎么了？宋彦，他们怎么了？"跑到刘士超跟前时，罗贵吃惊地问。

宋彦忙说："没什么，高兴的呗。好了好了，回家说话吧。"边说边把刘士超往家里推，又让刘阳拉着张艳的手，大家一道进了院子。

就这样，历经苦难，刘士超一家三口在荒坡上团聚了，虽然屋顶单薄，虽然石墙漏风，可在好多人看来，这依然是件让人眼馋的事，对于一帮单身男人来说，不啻住进大城市的堂皇酒店，以至于不少人在后来的日子里相继效仿。

第 八 章

刘士超一家人团聚，可谓是苦去甘来，这让宋彦羡慕不已。加之不久后罗贵和周倩成亲，眼瞅着自己当初心仪的女人旁落他家，这极大地刺激了宋彦。如果不是那次意外，不是周仓与菊花迎面撞上，跟周倩成亲的该是他宋彦，与罗贵没有半点儿相干。世间的事它就透着这股子邪劲儿，宋彦越想越来气，以至于在罗贵与周倩的成亲宴上丢尽颜面。

罗贵和周倩成亲时，山平市已见雏形，不仅铁路通车，矿工路、中心路、平马路、诸葛街、友谊街、申楼西站路、西市场路等相继修通，这些铁路和公路的建成通车，大大改善了山平市的交通状况，加快了这座新兴工业城市的基本建设步伐。除此之外，山平矿务局已有十一个煤矿相继建成或正在建设；总医院、煤矿学校的建设业已完工；考虑到山平矿务局的炼焦煤各项指标优良，适应于就地转换，一座大型洗煤厂在田村附近开始兴建。

罗贵和周倩成亲这天，恰巧宋彦休班。一大早，宋彦挽着袖子，几乎将市区新修的马路跑了个遍，没人知道他这么做是何缘故。当他拖着疲惫的身子来到酒桌旁时，神色恍惚，两眼发直。几杯酒下肚后，身子瘫软得像堆烂泥。看见周倩从一旁经过，他试图坐得端庄些，却适得其反。本想握握周倩的手，却一头栽倒在地。村里人以为这是罗贵的同事闹新房的一个插曲，哄笑一阵了之。

罗贵却深知其中底细，他用同情的声音嘟囔几句后，蹲下身把宋彦搀起。他在扶起宋彦时，宋彦呕吐的秽物弄脏了他崭新的衣服。本来擦拭一下就可以的，罗贵却用清水认真地洗了又洗。接着，他走到灶台边，想要把湿块烤干。他在灶台边仔细端详了一会儿湿块，又一次来到水盆边，将那片湿块重新洗洗，然后才去火边烤干。之后，他审视一番被烤干的地方，还是觉得那里不甚干净。此后很多年，每当他穿起这件衣服，总觉得那块曾经被他烤过的地方，依旧透出一股子怪味，这怪味如墨汁滴落在宣纸上，一点点洇进心田。

几个工友好不容易把宋彦架到宿舍，安置他睡下。他一路上嘴里嘟囔不止，没人听懂他嘟囔的是什么。

不知是何缘故，宋彦次日下井，话比平日少了很多，一改此前的懒散与拖沓，跟打了鸡血似的，干活的劲头很足，工作干得相当出色，还时不时去帮助别的工友。

与宋彦相比，罗贵在单位可谓是胸无大志，只是埋头把井下的活儿干好，不折不扣完成领导交办的任务，下井，升井，洗澡，回家，他不愿接触领导，不想结识生人。

在接下来的两年里，周倩为罗贵生了两个孩子，一男一女，罗贵乐得合不拢嘴，连梦里都在偷笑。

这期间，宋彦从房管员那里得知，眼下矿上条件稍好，有两间不足十平方米的单间空着。考虑到他与矿领导关系不错，他多次去找领导，想要告别大宿舍，独自住个单间，为日后成家做些必要准备。他却不知道这单间是给成家的人预备的，并且夫妻双方必须是矿上的双职工。等领导把相关文件放到宋彦面前时，宋彦只得摇头。

这个心思灵动的人心有不甘，他的目光盯上了矿上的单身女工。主动出击吧，生怕别人说他是流氓，要知道，这个时期的男青年弄不好就会触碰这道红线。于是，他四处托人为他介绍矿上的单身女青年。一是矿上的单身女工凤毛麟角；二是两年前曾有一个女孩子从东北宋彦的老家来矿上找过宋彦，虽然宋彦一直搪塞说那只是父母做主给定下的娃娃亲，他自己并不认可，如今是新社会了，老封建那一套早该废止，可他最终也没有找到一个月老，这让他十分懊恼。

无奈之下，宋彦盘算着在刘士超的石屋旁建石屋，随后返乡结婚，继而把老婆接来，他感觉只有这样才能从目前的煎熬状态中解脱出来。他把盖房子的想法说给刘士超和张艳听，两人极力赞同。之后他又说给工友们听，没有一个工友说不。可当盖房子的事付诸行动后，他却发现没有几个工友主动帮忙，休班的工友，不是说肚子难受，就是说胳膊腿乏力，要不就是指头生疼。刘士超一家人干得很是卖力，尤其是年少的刘阳，这个十分懂事的孩子每天都不惜体力。主动帮忙的人当然还有罗贵。尽管如此，宋彦的石屋自开建以来一直进度缓慢，一是人手少；二是就近的石料基本用完，不得不去稍远一点儿的山谷里和溪流边寻找。

宋彦的石屋最终还是建成了，大小和式样跟刘士超的基本一致。宋彦急不可待，请假返乡，匆匆把婚事办了，然后领着菊花回到矿区，他瞟一眼不远处的诸庙村，心有不甘地走进了石屋。

李子生见宋彦效仿刘士超建起了石屋也跃跃欲试。他翻看日历，此时是 1960 年的 6 月 26 日。

这一年，山平矿务局距正式投产不足三年，两年多的时间里，原煤产量已达七百万吨，这对缓解全国煤炭供应紧缺局面起到了十分重要的作用。

这一年，又是山平矿务局自上而下极为痛心的一年，龙庙煤矿发生了重大事故。原因是井下通风系统出现问题，以至于巷道内聚集大量瓦斯，工人操作失当，使瓦斯浓度迅速增加，后因电煤钻跑火，引起瓦斯爆炸，瓦斯爆炸震起沉积煤尘后，又引起煤尘爆炸。

事故发生后，党中央、河南省、煤炭部、全国煤炭总工会、河南省煤炭局、山平市领导亲临现场，指挥抢险和事故善后处理工作。悲痛情绪和紧张气氛弥漫在山平矿务局各个单位。抢险车、救护车默不作声，来往于龙庙矿与总医院间，无以言状的压抑感，充斥在山平市本就不多的大街小巷。

当鲜活的生命止步于此，当一个个墓坑出现在高山之下的荒坡上，面对这些来自全国四面八方的无私奉献者，所有人无不潸然落泪，这是山平矿务局永久的痛，这是煤矿人挥之不去的沉痛记忆。

日暮时分，刘士超、罗贵、宋彦、李子生，几个人聚集在刘士超的石屋里，大家痛心之余，心有余悸。一年前，他们四个连同其他十来个工友曾一起被调往龙庙矿，结果，鬼使神差，还没找到宿舍，就被辞了回来。

"真悬啊，那次我们几个要是被留在龙庙矿，我现在能不能住进我

78

那石屋，还是两说呀！"宋彦仰头望着屋顶一根根小腿粗细的圆木说。

"不说我们，说说他们吧。这些牺牲的工友大多来自外省，据说东北地区的居多，离老家几千里地，受条件限制，不得不葬在这里。他们不少人还没成家，路远加上父母年迈，入土时肯定会有亲属来不到现场的，在去往那边的时候，连亲人都不能见上一眼，想一想都叫人肝肠寸断。"刘士超说完，眼圈发红，鼻子发酸。

"是啊，真是让人心疼。不过，矿上在安葬他们时一定会组织人员为他们集体送行的。要不，我们几个也去吧，打听一下葬礼安排在哪一天，要是休班的话，我们都去给这些逝去的工友送送行。"李子生痛心地说。

"子生这主意好，谁休班谁去，反正也不远。我家床底下还有两瓶白酒，一瓶是岳父去世时办丧事没用完，另一瓶是我跟周倩的婚宴上留下的，我没舍得喝，都送给他们喝了吧，虽然他们人多，一人怕是喝不上一杯，每人喝半杯，也是我的一片心意。"罗贵说时几度哽咽。

听到罗贵提及他和周倩的婚事，宋彦的心像是被一根无形的细针扎了一下，疼痛之余，脑子里一片空白，原本想好的话，这会儿消失得无影无踪。

不知说什么时，恰逢菊花领着周倩过来找刘士超的爱人张艳。菊花见张艳站在石屋的角落里抚摸着儿子的头黯然伤神，而屋里的几个男人一个个哭丧着脸，她心头不由得一惊，迟疑着想要退回去。宋彦喊住菊花问："你这娘儿们怎么跟偷人家了一样，有事呀？"

菊花怯生生地说："看你说的吧。我不知道你们这么多人在这里聚，不知道你们在说正事，我和周倩过来是喊嫂子的，想喊上嫂子一块儿去林子里采蘑菇。"

张艳回过神来，撩一下腮边的头发说："士超，你们男人说正事，我也插不上嘴，我跟她俩一起去吧。"

刘士超低声说："你去吧。"

宋彦瞟一眼周倩，问菊花："进林子？就你们三个女的？你不怕遇上野狼吗？"

菊花说："哪会这么巧啊，这又不是头一次。再说了，大白天的野

79

狼不敢出来，我们又不去很远。"

宋彦说："那也不行，不怕一万，就怕万一。这样吧，为安全起见，我陪你们去。刘队长，你看行吧？"

刘士超的情绪尚未从痛苦中走出来，未加思索地说："行啊，你们去吧。"

一直站在角落里的刘阳说："我也去，我是男人，男人就应该保护女人。"

张艳笑着说："阳阳真是个男子汉，阳阳说得很对，男人应该保护女人，不过，我们三个有你宋叔叔保护着就够了。男人是干大事的，你爹和你这几个叔叔都在谈大事，你在家里好好听听，你得学会将来怎么干大事。"

刘阳点着头说："好，我一定好好学。"

宋彦看一眼罗贵，见罗贵没有开口，随即领着三个女人出了刘士超的家。三个女人每人挎着个竹篮，说笑着走进林间。宋彦默默跟在后头，听她们饶有兴趣地说着芝麻蒜皮之类的事，絮絮叨叨，乐此不疲。

山下的林子里，树木不算高大，有五角枫、栾树、黄栌等，树与树之间布满低矮的灌丛，极少没有灌丛的地方，偶尔会出现色泽呈乳白色或乳黄色的野蘑菇，蘑菇的表面有一层不明显的小鳞片，微微泛着光亮。而暴露在阳光下的蘑菇则是橙色，看不见鳞片。有路的地方，极少有蘑菇。在没路的地方采到蘑菇，往往颇费周折。

越是难以抵达的地方，越是难以采到的蘑菇，宋彦越有兴致。他猴子般闪展腾挪，时不时将鲜嫩的蘑菇送进三个女人的竹篮。女人篮子里的蘑菇大都由他采得，而三个女人自己采来的多半是野菜。宋彦的手背偶尔被荆棘刺伤，他忍着疼痛，一声未吭。

返回的路上，宋彦显得精疲力尽。三个女人的竹篮已被装满，蘑菇和野菜各占一半。

周倩在自己的篮子里捡几个大蘑菇塞进张艳的衣兜。张艳自然是不要。周倩说："嫂子，你就装着吧，我知道，刘队长的饭票也就够他一人用，大男人，饭量大，他再省也不会给你和孩子匀出来多少。井下活儿重，不吃饱饭可不行。"

张艳难为情地说："倩倩，嫂子知道，你家也不宽裕，两个孩子虽然小，那也是两张嘴啊。自打周叔去世后，你们家缺了个大劳力，你和婶子还得腾出来一个人照管孩子，一个人去干活，挣来的工分肯定不多，工分不多，分来的粮食就不会多，这本账嫂子还是能算清楚的。"

周倩说："嫂子，你就收了吧。我那孩子还小，吃不了多少。阳阳正长个儿，饭量大。"

张艳说："我买了点儿玉米面，饿不着他。"

菊花看一眼宋彦说："你们两个家里都有孩子，我们家里就我跟宋彦，大人怎么都好说，说什么不能饿着孩子。这样吧，我这篮子里的蘑菇和野菜你们各拿走一半，一会儿到家了我给你们分开，我一点儿都不要，陪你们出来走走我就很开心了，宋彦不常在家，我一个人憋家里着急。"

张艳说："那可不行，一点儿都不留，你喝西北风啊！看看你那肚子，里面还有一个呢，怀着孩子，更得吃饱饭。"

菊花低声说："嫂子，你放心吧，饿不着我的，宋彦贼精，他跟食堂里打饭的人混得很熟，每顿饭都能多打一点儿，他省下的就勉强够我吃了。"

宋彦干咳一声说："好了，你们都别争了，找地方坐着歇歇，我去去就来。"说罢，头也不回地跑向林子深处。三个女人被弄得一头雾水。

采蘑菇时，宋彦就注意到了树上的鸟窝，只是顾忌树高。聪明的鸟儿都把巢筑在不是很粗的树杈间，这样一来，他即使爬上树去，能接触到鸟窝也是件十分费劲的事，所以他起初并没有打鸟蛋的主意，是三个女人的对话让他一时间来了蛮劲，于是，一个人返回林子深处。

并非所有鸟巢里都有鸟蛋，有的鸟巢里空空如也，有的鸟巢里睡着雏鸟，他见雏鸟尚未长毛，一身粉嫩，赶忙屏住呼吸，轻轻离开。有个鸟巢里足有十来只雏鸟，而鸟巢极浅，且不甚牢靠，雏鸟稍一蹦跶，就有可能掉到树下。这位鸟妈是个粗心的鸟，它早该叼些树枝将鸟巢修葺一番，至少要在鸟巢的上部多加儿根树枝，让鸟巢增高一些。宋彦折儿根筷子粗细的树枝，小心翼翼地替鸟妈把它们的家一点点儿筑高，又用四根稍粗的树枝加固底部。末了，他用手轻轻摇摇鸟巢，感觉鸟巢还算牢靠，这才慢慢滑下大树。他在去往另外一棵有鸟巢的大树时，不经意间见相邻的一棵树上，有只鸟儿正用感激的目光望着他。

宋彦在林子里忙活的时间过长，他听见远处传来三个女人此起彼伏的呼唤声。他爬上一棵大树后，用嘹亮的嗓音答应："我听见了，我没事，你们再等我一会儿。"

菊花的声音："宋彦，你在林子里干啥呀？"

宋彦大声说："拉屎。干结。"

不再传来女人的呼喊声时，宋彦继续寻找鸟蛋。他把找到的鸟蛋先是装进衣兜，等滑下树后，再集中放在草地上，如此反复。当他感到浑身的骨头快要散架时，终于如愿以偿。望着眼前的一堆鸟蛋，他美美地瘫坐在地。

歇息一会儿后，宋彦把上衣脱下来，扯一根结实的草茎，用草茎把袖口拴紧，然后将鸟蛋逐一装进衣袖里，将衣袖装满后，再将剩余的鸟蛋装入两侧的裤兜里。当他披着装满两衣袖鸟蛋的上衣，手扶鼓出老高的裤兜摇摇晃晃走出林子来到女人跟前时，三个女人惊诧莫名。

远远地，见儿子刘阳站在大门外正向这边张望，张艳加快脚步，第一个走到刘阳跟前，周倩和菊花紧随其后。三个女人回头看时，见宋彦大猩猩似的摇摆着身子缓步走着。

"阳阳，你怎么不在家里听大人说事呀？"张艳问。

"有个叔叔来家里，说矿上要开会，我爹和几个叔叔都去矿上了。"刘阳说着，不时用好奇的目光望着渐渐走近的宋彦。

"那你也不能一个人站在外面呀，还是待家里安全。"菊花关心地说。

"婶婶，我都长成大人了，你们还把我当孩子。"刘阳敷衍地说着，依旧望着宋彦，笑纹渐渐在他腮边出现。

接下来，宋彦将鸟蛋分别留给张艳家一些，留给自己家一些，剩下的他准备送到周倩家。菊花让他将鸟蛋掏出来放在盆子里，端着盆子送既好看也方便，自然是由她送去。宋彦说就别倒腾了，多倒腾一次，鸟蛋就会多烂几个，已经烂了好几个了。菊花觉得宋彦的话有理，就没再坚持。她把周倩送出家门，望着两个人默不作声地走向诸庙村。

一路上，宋彦和周倩谁也没有说话，谁都没有看谁。

宋彦将鸟蛋一枚枚掏出来放进周倩递过来的洗菜盆里。周倩看着宋彦的衣袖被挤烂的鸟蛋弄得污浊不堪，她很想给他洗洗，但最终只是看了很久。倒是周倩的母亲过意不去，说了些客气话，又拿来一条干净毛巾，蘸了水很是认真地在宋彦的衣袖上反复擦拭。

"婶子，你不用费劲，我回家换件衣服，把这一件洗洗就行了，鸟蛋又不是什么脏东西。"宋彦说着就要往外走。

"宋彦，你等等。"刘红娟边说边走向灶房。

刘红娟用瓦盆端出来几根红薯说："听说菊花有喜了，你把这几根红薯拿回去给她养养身子。你可别小瞧这红薯，养身子好着呢。"

宋彦第一眼看到的是刘红娟手里的瓦盆。他对这瓦盆的印象极为深刻，周倩曾用这个瓦盆给他端过温热的水让他洗手。他赶忙接过刘红娟递来的瓦盆，说了几句感谢的话，最后看一眼周倩，匆匆去了。

刘红娟一点儿也不知道宋彦为什么一直没有送还瓦盆。后来，她把这瓦盆的事忘得一干二净。

宋彦是个复杂而又世故的人。相对于宋彦的世故和罗贵的憨厚，李子生的性格则介于二者之间。李子生最突出的特点是敬业，这大约与年幼时的经历有关。新中国成立前，李子生家境贫寒，他逃过荒要过饭，在苦难中度过了童年。鉴于此，他自从来到矿上当工人，便把矿上当成家，把所有心思整个儿用到工作中。起初在井下当回柱工，他的坑木回收率最高，被大伙儿誉为"回柱绞车"。入矿仅仅两年的李子生，由于学习、思想、工作等各方面表现突出，光荣地加入了中国共产党。入党后，李子生在采煤一线干得更是卖力，不怕苦不怕累，早下井晚升井，深得领导赏识。加之李子生性情谦和，矿领导无论大事小事都乐意找他。后来，考虑到李子生的综合条件比较突出，对采煤一线的工作又极为熟悉，矿上让他当了基层支部书记，安心于井下工作。

当初，李子生见刘士超和宋彦接连在荒坡上建起石屋，举家团聚的诱惑让他跃跃欲试。他的石屋最终没能建成，主要原因是他有四个孩子，加上妻子，一家六口人挤在荒坡上的石屋里只为团聚，未免过于奢侈，也极不现实，且不说得盖多大的房子，多出这五张嘴吃什么？就糊口而言，让他们待在农村的老家要好得多。李子生一向务实。

这时，有小道消息在矿上四下传开。为使煤矿职工没有后顾之忧，煤炭部正在考虑山平矿务局职工家属的"农转非"问题，符合条件的职工家属将来都可以把户口迁入山平市，甚至于进入山平矿务局工作。闻听后，广大矿工欣喜不已。

此时的罗贵已有三个孩子，罗俊林、罗俊丽、罗俊涛，这二男一女像是阳春三月里的春苗，带着声响拔节生长。罗贵不知道刘士超为何只要一个孩子，但他知道宋彦有了一个儿子后，正不遗余力地想要赶超他罗贵。大家期盼着各家的孩子将来能像他们的父辈一样相互帮衬，期盼他们结伴上学，并肩上班，甚至于喜结连理。

然而，任谁都没有想到，李子生却没能等到其家属"农转非"的那一天，更没有等到他的妻子和儿女成为矿工的那一刻，这着实让人悲痛不已，尤其是罗贵。

这一天的天象跟往常并无二致，五月的朝阳依旧是早早就将矸石山上的车子照亮。装满矸石的车子蜗牛似的一点点爬向矸石山顶，而后一扭身将黢黑的矸石撒向山坡。等矸石打着滚儿远去，矸石车跟上山时一样，依旧慢吞吞挪向山脚。

罗贵换好衣服，领了矿灯，点名后来到井口时，并没看见李子生在排队下井的队列里。他入井后跟往常一样，按照队长安排给自己的工作有条不紊地铺设电缆。连续工作一个小时后，他感觉腰部酸软，于是，直起腰歇息片刻。这时，在他前方不远处传来李子生的呼喊声："同志们，同志们，都别吭声，停下手里的活儿，好像有情况。"

罗贵正诧异，忽然听到离采面机头上部不远处的金属支架发出声响，随之，碎矸石不断下落。

"罗贵，你们机电队的人傻愣着干什么！赶快离开后退，这里有冒顶的危险。"李子生高声喊着。

罗贵自然懂得冒顶意味着什么，他听出李子生的喊话里带着严厉，迟疑着不知该进还是该退。此时，上面的矸石越下越多，见状，有人开始后撤。罗贵大声喊："子生，你也退出来吧，等危险过了后再过去。"

"你们赶快撤到安全的地方，这里是我们采煤队的阵地，我不能离开这里，我不能让冒顶事故发生。"李子生坚定的声音里带着决绝的味道。

李子生说罢，抢过一把大锤，从老塘拉出一根柱子，带头冲进险区。李子生身后的两个人赶到后，大家一起突击抢打托棚，咚咚的声响穿过弥漫的粉尘，在巷道里回荡。

眼看第一架托棚即将打好，忽然，顶板轰然下落，重重地砸在李子生身上……

李子生没有来得及留下一句遗言，他年仅三十四岁的生命永远定格在这百米深的矿井之下。

对于罗贵来说，眼前这一切发生得过于突然，他像是被一场夜半的噩梦魇住。他用呆滞的目光看着救护队的人瞬间赶到，看着救护队员在他眼前奔来跑去。他在迷迷糊糊中出了矿井，望着昏沉沉的天，他依旧觉得身处噩梦之中。

接下来的几天里，罗贵参加了山平市和山平矿务局为李子生举办的极为隆重的追悼大会。罗贵满意于各级领导给予李子生的高度评价，满意于新华社及其他媒体对李子生光辉事迹的宣传报道。可是，当他随刘士超等一帮亲密工友来到李子生的家看望其家属时，罗贵的心如针扎一样的难受。

李子生的家距市区三十里外，是个偏僻的小乡村，大青山远远地横在村南边。罗贵一行人尚未进院，一阵沙哑的咳嗽声翻过低矮的土坯院墙，冰冷冷地撞击着罗贵的耳膜。一只小狗，骨瘦如柴，见一帮生人进院，按理说它该吠几声的，它非但没有出声，就连直视生人的勇气都没有，怯生生退至墙角，用浑浊的充满疑惑的目光望着众人。

罗贵心情沉重地打量着这不大的院落。看得出来，两间很小的配房里，挤住着李子生的妻子和孩子五口人，正屋里住着李子生年迈多病的父母。他见李子生的父亲拄着拐杖出屋相迎时神色漠然。他探头望向屋内，见灰暗的床上躺着李子生的母亲，李子生的爱人正在给婆婆喂药。病人不住咳嗽，使得喂药显得极为困难。

罗贵对李子生的父亲说："大叔，这是我们刘队长，我们都是子生

85

的好朋友，专门过来看看你们。子生出这样的事，谁都没有想到，您要想开点儿。"

老人平静地说："这没啥想不开的，去地底下挖煤，不比在田间地头锄地，地底下黑咕隆咚的，都不是神仙，谁也不知道接下来会出什么事。"

罗贵不觉一惊，忙看刘士超。四目相对后，刘士超说："大叔，您这么说，我们心里更难受。"

老人不紧不慢地说："甭说地底下了，昨儿个，村口李杠头的二儿子，赶着生产队的牛车去地里拉玉米，去的路上，他嫌牛走得慢，抡起鞭子抽了黄牛两鞭，那畜生惊了，使着劲儿跑，牛车怎么也停不下来，一个轮子跑掉了，车子刚好经过深沟边，整个儿滚了下去，结果，牛没死，这孩子死了。"

刘士超张张嘴不知道该说什么好。罗贵也是。

老人眯着眼像是对大家说，又像是在自言自语："为正经事，死就死了呗。"

刘士超心酸地说："大叔，家里有什么困难您只管说，我们几个解决不了，可以给矿领导反映；矿领导解决不了，可以给矿务局领导反映。"

老人淡淡地说："没有，啥也没有。"

罗贵着急地说："大叔，婶子像是病得不轻，得去医院看看。子生的四个孩子，我们知道都还小，子生这一走，家里可就少了个顶梁柱，你们今后的日子可怎么过呀！"

老人轻微皱皱眉，而后依旧平静地说："病秧子，吃药不吃药都那样。子生以前拿回家的钱还有点儿，我和子生的媳妇都能干点儿活儿，生产队里给着工分呢，就不给你们几个和矿上添累赘了。"

刘士超眼里闪着泪光说："大叔，您可千万不能这么说，这怎么是累赘呀！子生是毛主席的好矿工，还代表优秀煤矿工人去北京参加过国庆观礼，他是因公牺牲的，是为保护工友保护国家财产牺牲的，他的家属应该得到应有的抚恤。"

老人不以为意地说："这不是多大个事，瞅见孩子掉坑里快要淹死了，你也会跳水里救人的。"

86

刘士超和罗贵一时觉得无言以对。

这时，两个脏兮兮的孩子跑进院落，他们见几个生人立在院中，拘谨地站在原地没敢动弹。李子生的爱人出屋跟刘士超和罗贵他们打过招呼，而后向着两个孩子招招手。孩子哧溜跑进屋里。罗贵示意刘士超，两人跟着孩子进了正屋。

"大婶，不能动，不能动，活动会加重咳嗽，您这么躺着就是了，我们过来看看就走。"见病人要直起身来，刘士超赶忙说道。

"我没事，老毛病。快晌午了，你们吃了饭再走。秀芝，别管我了，你去做饭吧。咳咳咳。"老人气喘吁吁地说。

"还早呢，婶子，我们走快点儿一会儿就到矿上了，您放心吧，我们能赶上饭点。"罗贵说。

见老人只顾喘息，没再说话，刘士超走到李子生的爱人跟前，掏净衣兜里的钱，而后递过去说："嫂子，钱不多，一点儿心意，给孩子买点儿吃的。"

罗贵赶忙照着刘士超那样做。其他工友也都走到门口，掏光了身上的钱。李子生的爱人死活不要。李子生的父母也都难为情地再三辞让。见状，刘士超示意众人都把钱放在床边，然后快速离开了李子生的家。

"这就是一种舍小家为大家的奉献精神，这样的忘我奉献精神，不但李子生身上有，不但我们所有矿工身上有，就连矿工家属身上也有。我们的矿工，我们的矿工家属，为支持国家社会主义建设做出了巨大牺牲，并且心甘情愿、无怨无悔。大叔的话你们刚才都听见了，他的话很朴实，他的心很安静，正是这样，我才差一点儿忍不住哭出声来。我在被隔离审查的那些日子里，每次从窗子里看见矿井后面那巍峨的高山，身上就感觉有使不完的劲儿，有了这股子劲儿，也就没有什么可怕的了。广大矿工和矿工家属就是我们心中的山。"刘士超边走边说。

"是啊，听了大叔的话，我当时差一点儿掉泪。大叔说话时怎么就那么平静啊，李子生可是他的亲生儿子呀，李子生可是他家的顶梁柱啊！"罗贵动情地说。

罗贵说罢，回头看时，见李子生的爱人拉着在家的两个孩子，站在低矮的土墙边，正望着罗贵他们一点点走远。

第 九 章

这一年，山平矿务局的煤炭产量突破了八百五十万吨。而在此之前的数年里，上至党中央、国务院，下至山平矿务局，均为此做出了巨大努力。为尽快适应国际国内形势的发展，结合山平矿务局的煤炭产量仍不足以适应国家建设需求的实际情况，先是由煤炭工业部提出要在山平矿务局组织煤炭大会战。很快，党中央、国务院批转了煤炭工业部《关于在山平煤炭基地试点工作的规划》，决定山平煤炭基地的试点工作由煤炭工业部党组直接领导，并将山平市改为山平矿区。随即，煤炭大会战全面铺开。仅仅两个月过后，党中央、国务院决定，将山平矿区改称为山平特区。国家对山平煤炭基地高度重视，为煤炭增产提供了政策上的强有力支持和人力物力上的全方位保证。两年后，煤炭大会战取得重大成效，经国务院批准，山平特区改为山平市，直属省里管辖，山平矿区"企政合一"试点管理体制至此结束。

这一年，山平矿务局为五百户职工家属解决了"农转非"问题，将这些家属的户籍从农村迁入山平市区，并酌情解决家属的工作问题。刘士超、罗贵、宋彦的家属均在"农转非"的行列里。李子生的家属也得到较为全面的照顾。

望着喷吐着浓烟缓缓东去的运煤列车，望着西南方平地而起的矿工家属院，下班后的罗贵和宋彦聚在刘士超家大门外的一棵石榴树下，禁不住感慨万千。

"刘队长，我们山平矿务局正在出煤的大矿就有十多个，一年能出八百多万吨煤，八百多万吨啊，这么多煤，怎么烧啊！"罗贵眯着眼睛，望着远去的运煤列车说。

"南方那几个省，产煤量相当少，个别省份，甚至连一个煤矿都没有，那么多电厂，那么多钢厂，加上化工厂和其他企业等，所有烧煤的锅炉加起来有多少我不知道。我估摸着，那些锅炉要是人的话，他们每人拔你一根头发，能把你拔成秃子。"刘士超一副若有所思的样子。

"哈哈哈，刘队长这比喻可真形象。你别摸头啊罗贵，刘队长只是打个比喻，又不是真的拔你的头发。刘队长，我们生产这么多煤，电厂和钢厂是怎么把煤弄进锅炉里的呀？你见过没有？"宋彦心生好奇。

"电厂和钢厂的炉子大，怎么把煤弄进炉子里，这我还真没见过。不过，肯定不是靠工人一铁锹一铁锹地往里扔，更不会用手捧着煤往炉子里送。"刘士超低头窃笑。

接着，三个人咧嘴大笑。

放学回来的刘阳，没有听见三个大人说的什么，只用好奇的目光看看正在大笑的长辈，随后附和着笑了一下就要进院。宋彦喊住刘阳问："阳阳，你们技校每天放学都这么晚吗？天都快黑了。"

刘阳笑着说："宋叔叔，你可别忘了，咱们住在最北边，我们学校可是在最南边。一放学，我大步流星往家赶，这个时候才能回到家，路上要是敢玩一会儿，那就得摸黑。"

听见刘阳的声音，张艳走出院子，望着她那宝贝儿子，笑眯眯地说："俺阳阳才不会在路上玩哪，从上小学开始一直都是这样，一放学就急着回来，你们猜这是为的啥？"

宋彦的话里带着逗趣的味道："怕你被狼叼走？"

张艳瞪一眼宋彦说："阳阳是怕我一个人在家里孤单。宋彦啊，不是嫂子说你们，你们几个都这样，一去矿上就忘了家，都没有俺阳阳顾家。"

宋彦看一眼刘士超说："这一不小心就得挨批呀。"

刘士超低头窃笑。

罗贵望着刘阳感慨地说："这日子过得多快呀，阳阳可长这么高了，至少得比我高半尺，当初嫂子和阳阳从东北老家过来时，阳阳才这么高一点儿。"罗贵伸手比画一下，然后接着说，"这孩子从小就知道疼人，生怕他娘受委屈，这一点我非常清楚。阳阳还很有远见，这石屋地基上的第一块石头就是阳阳搬来的。"

没等罗贵把话说完，宋彦急不可待地说："罗贵，人家很多人都把娘叫妈了，别叫娘了，叫娘没有叫妈好听。我们几家今后都把这称呼改过来吧，我记得年初就这么商量过，慢慢都给忘了，嫂子，你得带个好头啊。"

张艳笑着说："你问阳阳，不是那么容易改过来的，都别扭，一开始还行，过不了几天就又回来了。宋彦，我看你们家也没改过来呀。"

见刘阳挠头，宋彦说："我们几家都改，一定要改过来，得跟上时代步伐。刚才罗贵提起这石屋的事，刘队长，分到新房子以后，你这石屋准备给谁呀？"

刘士超望一眼西南边平地而起的一大片矿工家属房说："我们将来搬进新房后，我不知道你这房子要给谁，我这石屋早被王大海盯上了，这小子好话说了一大堆，听得我浑身起鸡皮疙瘩。跟我们几个相比，王大海上班晚，年龄又不是很大，在分房问题上，他不够条件。"

刘阳说："爹，噢，爸，我们搬进矿上分的家属房以后，这石屋能不能不给别人？一是这石屋不光是石屋，这是一个时代的印记，有着许多记忆在里面。二是我想把这里当作修理厂，给矿上修理一些电器配件，我在学校学的就是这个专业，我义务修理，权当是课后实践。"

众人惊讶万分。罗贵起身说："阳阳不光长大了，还长本事了，将来一定能当矿长。"

张艳听人夸她儿子，抿嘴一笑说："罗贵，还能往高处说点儿吗？"

见罗贵尴尬、宋彦偷笑，刘士超摆摆手说："说你胖，你就喘。"

张艳一脸严肃地说："咋的了？咋的了？"

刘士超说："做饭去，做饭去。"

正说时，宋彦的爱人菊花领着女儿从隔壁过来，这个性情怯弱的人小声说："可真热闹啊。"

宋彦问："春玲的作业做完了？"

菊花说："没哪，听这边热闹，说什么也不写了。"

宋彦严厉地说："春玲，我们大人在说事，又不是要猴，这有什么好看的！"

见菊花尴尬、春玲害怕，张艳说："天都快黑了，让孩子歇歇呗。春玲，来我这边。"

　　春玲迟疑着不知道该不该过去。菊花拍拍春玲，然后二人一起走向张艳身边。

　　罗贵的小儿子罗俊涛跑来时，带过来一波凉风。他脚没停稳就大声说："爹，俺娘让你回家吃饭。"

　　罗贵说："叫爸，今后别叫爹了。"

　　罗俊涛说："中啊爹。俺娘让你回家吃饭哩。"

　　宋彦第一个大笑，众人的脸都像蒸裂的馍。

　　张艳刚要说话，火车的汽笛声像野驴的吼叫一样，将这边的声音遮罩，吼叫声足足延续了抽半支烟的工夫。

　　"是驴也得被憋死。这是有人在道轨上拉屎？要不就是开火车的这位老兄跟老婆干架了，正拿汽笛撒气呢。"宋彦看一眼冒烟儿的运煤火车，板着脸说。

　　"宋彦，你就不会说句好听的话？没一点儿正形，孩子们都在呢。"汽笛声一停，张艳嗔怪地说。

　　"俊涛，早着哪，催什么催！天还没有黑，饭都好了，你娘做的什么饭呀？"宋彦瞪一眼罗俊涛，没好气地问。

　　"汤，馍。"罗俊涛未满十岁，他一点儿都听不出宋彦的话里带着酸酸的味道。

　　"天快黑了，各回各家吧，声明一下，我家可没给大家准备晚饭啊。"刘士超站起身说。

　　"晚饭晚饭，就是晚点儿吃饭，谁都没有打算在你这里蹭饭，是吧，罗贵？"宋彦忽然想起什么，站起身，"刘队长，我可听说你快要当副矿长了，到时候我们可得来你家大吃　顿，这可不能叫蹭饭啊。"

　　"刘队长要当副矿长了，是真的吗？宋彦，你听谁说的？"罗贵起身时，一脸的惊喜。

　　"我这消息应该准确的，是吧，刘队长？"宋彦说时，仔细盯着刘士超的脸。

　　"文件没有下来以前，最好还是不要四处乱说。"刘士超淡淡地说。

"士超，听你的话音，你像是早就知道这消息了，这么大的好事也不事先给我透个风，你的嘴可真严哪，也不知道还有没有别的什么事瞒着我。"张艳的嗔怪中透着窃喜。

"别瞎说了，做饭去，做饭去。"刘士超拍拍屁股就要进院子，一扭脸看见罗贵的大儿子罗俊林正向这边走来，于是停下来低声说，"我没有弄错的话，二道令箭来了。"

众人的目光齐刷刷望向村子方向。

一堆人含笑的目光把罗俊林弄得不知所措，罗俊林瞬间意识到大家方才的话题或许与自己有关，只是弄不清他们说的什么。这个浑身透着灵气的孩子说出的话极为得体，让罗贵十分满意："早知道俊涛在这里听大家讲话，我就不过来找他了，还以为他只顾贪玩，在路上看蚂蚁搬家呢。"

宋彦说："罗贵呀，你赶快回家吧，再耽搁一会儿，第三道令箭就到了。"

罗贵憨憨一笑说："哪里有你说的那么神啊。"

宋彦真心想逗逗罗贵，一是吃醋，二是想验证一下自己的话，于是干笑着说："罗贵，有种就不急着回去。要不咱俩打个赌吧，我说错了算我输。"

见菊花欲言又止，张艳笑着问："赌什么？请吃饭？"

刘士超说："张艳，你跟着起什么哄啊，天都要黑了，快做饭吧，我的肚子已经在嗷嗷叫了。"

就在罗贵迟疑着不知该如何收场时，她的女儿罗俊丽拿着一件上衣跑向这里。众人见状，一阵哄笑。罗俊丽却不知道这边的情况，她用疑惑的目光看看众人后走向她的弟弟，把手中衣服披在罗俊涛肩上说："外罩也不穿，就你结实？冻发烧了还得咱妈背着你去看病。"

宋彦忍住笑问："俊丽，你不光是给你弟弟送衣服的吧？是不是你妈让你来喊你爸回家吃饭的呀？"

罗俊丽直截了当地说："是呀，你们也不看看都几点了。"

一群人哈哈大笑。

张艳说："罗贵输了，得请饭。"

罗贵憨笑着说:"我可没有答应跟宋彦打赌,打赌的事是你们俩说的,这事跟我没关系。"

罗俊丽抢着说:"我是给俊涛送衣服的,他出来的时候没有穿外罩。"

三个家庭的孩子不经意间悉数到齐,这在平日里是不多见的事。刘士超本来已饥肠辘辘,看见这么多孩子聚在自家门外,很是高兴,也不再催促张艳回屋做饭了,摸摸这个孩子的头,拍拍那个孩子的肩,他用疼爱的目光看着这些可爱的孩子,有那么一刻,他真心希望孩子们不要长大,很想让眼前这一幕永久定格在门前的石榴树下。从某种意义上讲,每个人的成长过程都少不了与痛苦相伴,都少不了被途中的荆棘刺伤,甚至于被乱石砸晕,这是刘士超拒绝看到的,而这些,又注定是每个人都难以躲避的。一想到孩子们的前路,刘士超的心情一下子变得沉郁起来。

罗贵的大儿子罗俊林在煤矿中学上学,这个外表跟罗贵一样显得憨厚的人,目光中却透着与罗贵迥然不同的机敏。他盛一碗玉米粥,拿个窝头,挨着罗贵坐下,边吃边问:"爸,矿务局几月份招工啊?"

"快了,能在学校多学就多学点儿,急什么!"

"不急,就是问问。"

"不想上大学?"

"当然想了,得单位保送,名额又少,我怕轮不上。"

"试试,不行再上班。"

"刚才宋叔叔说,刘阳他爸要当副矿长了,是真的吗?"

"这事谁能说得准!"

"那就等等看。"

"等等看?看什么?"

"爸,这事咱先不说吧。"

"嗯嗯。"

"宋叔叔怎么是那样的人啊?"

"哪样?"

93

"总感觉我们家的人不顺他的眼。"

"哪里有啊，别瞎说。"

罗俊丽一旁插话："我哥说得对，就是有，我们家的人好像是偷了他家东西似的。"

正盛饭的周倩说："都吃饭吧，哪儿那么多话。"

周倩的母亲刘红娟笑眯眯地说："俊林、俊丽，这是大人们的事，孩子们别打听。"

罗俊丽颇为认真地说："姥姥，听你这么说，这里面还真是有事，到底什么事呀？我和哥哥都长大了，又不是孩子，你就说给我们听听呗。"

刘红娟看一眼周倩说："你问你妈好了，我怕你妈不让我说。"

见周倩低头不语，老三罗俊涛大声说："妈，你就让姥姥说吧，要不你说。"

周倩的脸忽然变色，她啪的一声把筷子扔在桌子上说："也不看看几点了，快点儿吃完饭，我还得收拾呢。都早点儿睡觉，你爸夜班。"

罗俊丽悄悄凑近罗贵，调皮地低声问罗贵："爸，我妈不说，你就说说呗，是不是你们年轻时候的事呀？"

罗贵想了想说："俊丽呀，真让你说对了，就是年轻时候的事，年轻的时候，你妈跟你宋叔叔玩钉钢锤，你妈老是赢他，他就一直记在心里了。"

刘红娟忽然间哈哈大笑，屋子里的人都被吓得一愣。周倩捂着胸口说："妈，你不吓人中不中？"

罗俊林一直沉默无语，父辈之间的事他不想打破砂锅问到底，知道个大概也就是了。他把碗筷收拾一下说："俊丽、俊涛，都早点儿睡吧，咱爸零点还得去上班呢。"说罢，起身去了里屋。

直至睡下，罗贵的心头一直被一种黏黏的东西粘着，像是有一根蚯蚓从他的脚面爬过。煤油灯豆大的火苗将床铺映亮，罗贵和周倩各怀心事，眼瞅着墙角的幽暗处，有蜘蛛在织就的丝网上爬来爬去。

"分房子的名单还没有出来呀？今儿个我和张艳嫂子去家属房那里看了看，一下子盖了好几排呢，每家一个小院，还通有自来水。"

"急啥哩，又不是没有房子住。找个时间我得去问问，可千万别跟宋彦当邻居。"

"要紧的是先分到房子。"

"宁愿不要房子，我也不想跟宋彦当邻居。"

"你疯了？房子要紧。"

"名声更要紧。我不想让人家在背后说三道四，不想让孩子们胡乱猜疑。"

"小心眼儿。你听到什么了？"

"他去玉米地里找过你？"

"玉米地？谁？"

"还有谁？"

"我的天，这都多少年的事了。那天生产队里掰玉米，地里好多人呢，他从地头过，跟我说了几句话就走了，这也叫去玉米地里找我呀？"

"这我知道，我问过别人了。不知道内情的人听着可就不是那回事了，再让不知情的人一说，更那个。"

"罗贵，你还找人打听过这个事儿？没良心。"

"我知道你们不会有什么事，也没有怀疑你。"

"没有怀疑还找人打听？"

"不早了，我得睡了，夜班。"

"只要能睡着，睡吧。"

周倩转身吹灭油灯，而后把后背朝向罗贵。

罗贵心里十分清楚，周倩和宋彦之间压根儿不会有事，周倩的为人他心里有数。另外，周倩一开始就对宋彦不感兴趣，宋彦的热情只是一厢情愿。再者，如今两人都不再年轻，激情的刀刃怕是早被岁月磨去。尽管如此，闲下来时，罗贵心底那黏糊糊的东西仍旧会时不时涌出，挥之不去。不过，零点下井后，罗贵的心里就只有工作了。

这天早晨升井后，罗贵忽然想起分房的事，于是，匆匆洗了澡，快步走向房管科，瞬间想好了要说的话。

房管科科长不在科里，一个小女孩在忙着整理柜子里的资料。女孩子见罗贵在门口迟疑着欲言又止，忙问："同志，请进，你有事吗？"

罗贵忙说："小同志，一大片家属房都盖好了，我想问问什么时候分房子。"

女孩子停下手里的活儿说："你是刚刚升井吧？"

罗贵说："是啊，你是怎么知道的？"

女孩子瞅一眼罗贵说："不是刚刚升井的人，不会跑到房管科来问分房子的事，分房的名单一大早就贴出去了，就在食堂外边的墙上。"

罗贵看一眼门外说："分房名单都贴出去了？一会儿我去看看。不过，小同志，那名单上应该只有名字吧，我想问问我将来的邻居都是谁。"

女孩子惊讶地盯着罗贵，犹豫一下问："新盖的家属房每一户的户型和大小都是一样的，都是独立的小院，跟谁做邻居重要吗？"

罗贵压低声音说："麻烦你给我看看吧，看看我的房子是不是跟宋彦的房子挨着，我不想跟他当邻居。"

女孩子好奇地问："为什么？"

罗贵说："我夜里打呼噜的声音太大了，大门外的人都能听见。宋彦最怕我打呼噜，他一听见我的呼噜声就睡不着觉，我俩睡一屋时，他经常踢我。"见女孩子像看一件稀罕物件一样打量自己，罗贵停顿一下后，接着说，"我怕他经常睡不着觉影响工作，这样时间长了对他的身体会有损害，还有可能发生邻里冲突，影响安定团结。"

女孩子捂住嘴说："你去看看吧，你先得分到房子。"

罗贵不觉愣了一下。

谢过小女孩，罗贵从房管科出来，远远地见一群人仰头对着一扇墙面看，有个人大约是才从澡堂里出来，蒸馍锅一样，头上冒着热气。黢黑的人头或高或低密密麻麻，有的植被茂密有的荒芜稀疏，溜圆的椭圆的不尽一致，让罗贵一时间想起井下的煤疙瘩。

人多，并无喧嚷。挤到跟前，罗贵先是屏住呼吸，然后闭上眼睛。等他睁眼看遍贴在墙上的分房名单后，重又把眼睛闭上。当他再次睁眼仔细看过名单，脑际一片空白。墙上的名单里居然没有他的名字。他再次认真地看了一遍，名单里非但没有他罗贵的名字，刘士超的名字也不在其中，宋彦的名字在名单里面，并且很是靠前。

走过这扇贴满大大小小纸片的山墙数十步，罗贵重又走回来，对着分房名单又看了一遍，然后向着矿区低矮的大门走去。一个老乡快步追上他时，话里带着安慰的味道："罗贵呀，你不要难过，这次的分房名单里没有你，下次一定会有。我听房管科的人讲，接下来矿务局要盖很多房子，让每个矿工和家属都有房子住。"

罗贵的心情挺复杂，有惋惜，有庆幸，却唯独没有这位老乡说的难过。他惋惜的是他的队长刘士超这次没有分到房子，论德论才论贡献，刘士超都居于人前，仅仅论资历，就少有人及，最该分到新房的应该是刘士超。至于宋彦的名字赫然在目，罗贵非但没有嫉妒，相反，却在心底暗自庆幸，如此一来，这无形中排除了将来他与宋彦为邻的可能。听了眼前这位老乡好意的安慰，罗贵平静地说："强子，我没有难过呀，我们山平矿务局的发展一天比一天好，分到房子，那还不是早晚的事？再说了，我现在有房子住，再生一个孩子，家里的房子也是够住的。"

强子说："罗贵，无论是论工作还是论人品，你都应该分到房子，能分到房子，也是脸面的事。不过，你能这么想，我们几个就放心了，刚才几个老乡见你一声不吭地走了，都在为你担心呢。刘队长也是零点班吧？他升井了吗？分房名单里怎么也没有刘队长的名字啊？"

罗贵说："谁知道这是怎么回事！刘队长今天是零点班，我去他家见见他。"

罗贵说完，扭头走了。

刘士超在家里低着头看图纸，大约是光线暗淡的缘故，他额前的头发几近接触到厚厚的纸张。透过五根比拇指没粗多少的树棍撑起的窗户，能看见石屋外摇曳的树梢，还有远处线一样拉平的山顶。罗贵进来时，刘士超只是侧目瞅他一眼，并没吱声。

"嫂子呢？"

"上班去了。"

"没见嫂子在灯房。"

"换岗了，她在澡堂上班。"

"去澡堂了？没见她。"

"女澡堂，你怎么见？"

"嗯嗯。刘队长，分房名单贴出来了。"

"你我不在其中。"

"你早就知道了?"

"是的。这两天我很想找机会跟你谈谈，一忙，给忘了。"刘士超说完，放下图纸，指指一个凳子说，"坐下说吧。"

"刘队长，你当队长这么多年了，论资历，论能力，论贡献，不论从哪方面讲，你都应该第一个分到房子。再说了，阳阳还等着把这石屋当作修理厂房，把学来的本事用上，义务给矿上修理电器设备呢。"

"三天前，矿领导找我谈话了，我完全服从矿上的决定，矿领导的决定是对的。你也要想开点儿，不要有什么怨言。"

"我那房子大，再多个人也能住得下，不像你这石屋，巴掌大的地方，雨下大了还漏水。不给我们分房的原因是我们都有住的，是吧?"

"是的。"

"这石屋可是嫂子、阳阳，还有大伙儿一块石头一块石头垒起来的，当时，嫂子和阳阳手上都磨出了血泡，这不是矿上的房子，这石屋跟矿上没有一点儿关系。"

"能住就行。新来的同志几个人住一张床，上班的走了，下班的睡上，这你是知道的。"

"宋彦可是也有房子的。"

"宋彦是个机灵鬼，这一点你不是不知道，他很早就打报告给矿上，主动把石屋的所有权让给房管科，还说不能让那些来得晚的同志没有地方住。"

"宋彦可真能。"

"会有的，你我都会有的，早一天晚一天的事，这一点你尽管放心。矿务局就是我们背后的山，煤矿就是我们大家的家，只要我们好好工作，无论哪位领导坐镇，都不会委屈家里的每一个成员。"

"我知道了。刘队长，那我走了。"

罗贵心中五味杂陈。此时的他，一点儿不知道周倩和她母亲得知他没有分到房子后，会不会生出什么事端来。

刘红娟的性格，罗贵在与周倩成亲前就十分清楚，这个性情泼辣的人，就像是暖瓶里的开水，你不去抖动暖瓶，水会显得温热而沉静，而一旦你抱着暖瓶使劲摇晃，水会飞溅而伤人。罗贵知道她是这样的人，平日里遇事总是极力避让，生怕碰翻那暖瓶。今日进门，见岳母不在家里，悬着的心这才放下。周倩已在矿上服务队上班，家里只有他的二儿子罗俊涛在逗一只猫大的小狗玩。

"读读书中不中？就知道玩，你姥姥呢？"罗贵一边找吃的，一边问二儿子。

"姥姥去矿上了，说是去找房管科的领导论论理。"罗俊涛学着他姥姥的话说。

"你说什么？她找房管科领导去了？"罗贵刚把一块馒头塞嘴里，被惊得呛着了嗓子，连咳不止。他喝了两口水后，斥责罗俊涛，"你就知道玩，怎么不拦住你姥姥？"

"爸，我拦得住姥姥吗？我敢拦，肯定被撞翻。"罗俊涛站起身，一脸的委屈。

罗贵没再搭理二儿子，快步赶往矿上，他生怕丈母娘跟房管科的人干起仗来。

罗贵赶到房管科，见刘红娟正与那位小姑娘说话，大约是不想与这位不当家的人争执，她的脸憋得通红，压制着声音说："我不跟你说，我等你们领导过来。"

小姑娘耐心地解释："这位同志，我已经说过一遍了，要见我们领导，你得改日再来，他出差了。"

刘红娟继续压着声音说："不信就一个领导。"

小姑娘说："你不是要找房管科领导吗？房管科就一个领导。分房子的事早就定下来了，名单也贴出去了，你找谁也是没用的。"

最后一句话激怒了刘红娟，她的声音一下子提高数倍："没用我也得找。凭什么专挑软的捏？俺是最早来矿上的井下工人，下井时白生生的，上来时跟过了火的木桩子一样黑，每天都这样，没日没夜地干，老老实实，没说过一句怨言，结果，跟俺一批来矿上的，还有比俺来得晚的，都一个个分到了房子，就是没有俺的份儿，这公平吗？"

小姑娘被刘红娟的话激住了，愣在原地，欲言又止。

罗贵赶忙拉上刘红娟的胳膊往外拉，边拉边小声说："妈，这是办公室，人家正上着班呢。"

刘红娟怒不可遏："上班怎么了？谁能把我吃了？"

罗贵耐心劝慰："妈，这分房子的事，要找领导说，也得由我说，家属来办公场所说分房的事，这不大合适，咱先回家吧，明儿个我去找矿领导行吧？"

刘红娟瞪一眼罗贵说："你敢吗？"

罗贵忙说："敢，敢，我一定敢。走吧，咱回家说，别让人家在一旁看笑话。"

罗贵边哄边拉，好不容易将刘红娟带离办公区，回头看时，见不少人在背后窃窃私语。

"罗贵，下班后，你跑哪儿去了？我找遍矿院都没有找到你，分房子这么大的事，你怎么一点儿都不上心啊？"还没进家，刘红娟便开始唠叨。

"我一直操着心呢，一大早我就去房管科了。妈，你是怎么知道我没有分到房子的？"

"我听你黎叔说的，起初还不信，跑矿上一看，分房名单里就是没有你，气死我了。"

"妈，你发现没有？分房名单里也没有我们刘队长。"

"妈没注意。怎么会没有你们刘队长啊？从哪儿说都该有他的。宋彦能分到房子，你俩分不到，笨死你们吧。"

"妈，不是笨，是觉悟，是姿态。我下班后去找刘队长了，你猜人家在干啥？人家在研究掘进图纸，分房的事好像跟人家不相干一样。"

"他不知道他没有分到房子？"

"比我们知道得还早，人家说那是迟早的事，急什么！"

"他可真中。"

"刘队长说，矿上的宿舍不够住，还存在几个人睡在一张床上的情况，本来就不大的单人床能挤几个挤几个，上班的人走了，下班的人睡上，床就没有歇的空。跟他们相比，我们都有房子住，还守着家，知足吧。"

见丈母娘陷入沉思，罗贵首先想到的是逃离。他急忙走向院子的一角，挑起箩筐，对二儿子说："俊涛，走，跟我捡煤块去。"说罢，匆匆走出大门。

他听见丈母娘说话的声音在院子里回荡，却听不清说的什么。等罗俊涛追上来，罗贵问："你姥姥在说什么？"

罗俊涛说："姥姥说你下夜班也不睡会儿。"

"真会疼人。"罗贵说。

从矿井下拉上来的矸石，日积月累，竟堆积成一个山包，新出的矸石或大如猪头或小如核桃，自矸石山顶顺山坡跳跃而下时，那是一道亮丽的风景，许多孩子都喜欢远远地观看煤矸石滚落的壮丽场面。矸石滚落时，带起一道烟尘，干燥天，没有风，那烟尘久浮不散。若是遇到大雪将山包遮罩，矸石的滚落极像是半瓶墨汁倾倒在宣纸上。

罗贵所说的捡煤块，就是手拿耙子，在矸石堆里寻找那些在矿井下被漏掉的煤块，或者是寻找那些中间夹杂着少许煤块的矸石，俗称加矸，把矸石砸烂，将煤块捡走。另外，矸石山下也堆积着食堂和澡堂火炉里烧过的煤渣，煤渣里少不得残存有没烧尽的煤核儿。它们数量虽少，毕竟是有。你耐着性子，睁大眼睛，反复翻找，最终还是有所回报的。故此，时常有不少闲人来矸石山捡煤。

大约一个小时后，罗贵实在难以坚持，见矸石山下有堆秸秆，他踉踉跄跄走过去，想要睡上一会儿。罗俊涛见状，一溜小跑赶过来，坐在一旁看天。

罗贵说："你干啥？"

罗俊涛说："你呢？"

罗贵说："我睡一会儿，瞌睡死了，一夜没睡。"

罗俊涛说："爸，我怕你睡着了，老鼠爬到你脸上，把你弄醒，我坐这里看着你睡。"

罗贵说："你就懒吧。"

罗贵话音才落，人就呼呼睡着了。

日过正午，父子俩一人担着担子走在后面，一人手拿耙子走在前头，大约是肚子闹腾，两人回家显得急不可待。临近大门，屋子里的争吵声飘然而至。

"丢死人了，让我怎么上班呀！"

"嫌丢人就别回来。"

"妈，你论理不论？"

"我怎么不论理了？一把屎一把尿地把你拉扯大，你这会儿嫌我给你丢人了！"

"这次没有分到房子，不是还有下一次吗？听说第二批家属房正在打地基呢，你这么一闹，说不好下次也分不到。"

"呸呸呸，闭住你那乌鸦嘴。"

罗贵差一点儿笑出声来。他把箩筐里的煤块往墙角的煤堆上一倒，扭头说："妈呀，你就别跟周倩说相声了，你看，连俊涛都在偷笑。"

罗俊涛害怕姥姥打他，赶忙辩解："没有，没有，我没有偷笑，偷笑的是我爸。"

经父子俩这么一逗，刘红娟居然不生气了，像是瞬间忘记了女儿周倩方才对她不恭的话，她望一眼墙角的煤堆对罗贵说："这煤堆都快堆成山了，还去捡煤。你上了一夜班，也不好好睡会儿。"

罗贵忽觉一阵熨帖，忙说："我一会儿就睡，放心吧，我没事。妈，我想给你商量个事，不知道妈同意不同意。"

罗贵的话显然比周倩的话受用，刘红娟瞪一眼女儿说："要么就是不说话，一说话就噎死人，跟她爸一个德行。什么事呀罗贵，你说吧。"

罗贵原本以为周倩一定会为分房子的事跟他过不去，他已经做好了应对周倩责问的思想准备，不想，刘红娟去矿上这一闹腾，反倒使周倩不经意间站到了他这一边，此前想好的应对周倩的话，如今却是多余的了。

罗贵知道母女间的事女婿不便插嘴，他瞅一眼周倩说："妈，你看咱家里的煤这么多，一年都烧不完，我想给李子生家送去一车，他家离矿上远，父母身体不好，孩子又小，快到冬天了，光烧庄稼秆也不是个事。"

刘红娟看着煤堆说："罗贵呀，煤是你们捡的，想送就送吧，不用问我。"

罗贵忙说:"妈,你是长辈,家里的事应该征求你的意见。再说了,也有你捡的。"

周倩一旁插话说:"也有我捡的,怎么没人问问我呀?"

罗贵笑着说:"周倩啊,本来接着就要问你的,妈是长辈,得先问问妈不是?"

周倩说:"可会当好人。"

罗贵笑呵呵吃饭去了。

次日,罗贵休班。他把家里的架子车推到煤堆旁,仔细检查一下胎压,再把栅子放车上固定好,开始往栅子里装煤。大儿子罗俊林过来帮忙,小儿子罗俊涛向这边瞅几眼后,回到屋里翻弄书本。等车子装满后,罗贵对大儿子说:"俊林,你把自行车推过来。"

罗俊林说:"爸,你要自行车做什么?"

罗贵说:"放煤上,回来时,我把架子车车把绑到自行车后座上,快,还省劲儿。"

罗俊林吃惊地问:"爸,你的意思是你自己去?"

罗贵说:"我自己就行,你在家里学习吧。"

罗俊林心疼地说:"爸,这煤得有一千多斤,几十里地,你一人不行啊。"

罗贵说:"行。你快点儿吧。"

两人合力把自行车平放在煤的上面,罗贵大喊一声:"走了。"美滋滋地拉着一车煤上了路。

李子生刚刚牺牲那会儿,罗贵和刘士超一行人去过李子生的家。罗贵记性好,平日里,不是很复杂的路,只要走上一次,就能记得八九不离十。罗贵不仅记得这条曾经走过的路,还记得路上没有大的坡道,他却唯独疏忽了一座桥,准确地说是一座高出两侧道路的小桥,桥的两侧各有坡道。

拉着一千多斤重的煤,外加一辆自行车,罗贵走上桥北的坡道时并没有多想,可走着走着,便力不从心。一是这坡道看似不陡,却很长。二是坡道上不规则地散布着深浅不一的坑,避让土坑会多耗体力,避让不及时,车轮下到土坑里,体力的消耗必定加倍。三是罗贵已有三个孩子，有了三个孩子的男人，不再"青壮"，过来人都知道。总之，才到坡道的一半，罗贵就双腿发软大汗淋漓。眼看车子犹豫着想要后溜，他赶忙扭转车把，将车子横在坡道上，暂时得以歇息。等他再次拉动车子时，那车子像是被坡道吸住一样，生生不肯前行。罗贵深吸一口气，铆足劲儿向前拽，却感觉是有人在车后用蛮力把车子向相反方向拽。他勾头向后望望，只有正午的阳光懒洋洋地伏在地上。

大约是都在家里吃饭，这个时候的桥头附近，一个人影都没有。没办法，只得靠自己。不得已，罗贵把架子车上的自行车搬下来放一旁，对着白花花的太阳，他大吼一声，猛用力，车子最终还是走动了。

发白的坡道上，架子车蜗牛般缓缓爬行，罗贵孤独的背影在正午的阳光下显得极为苍凉。

李子生的家人个个诧异。罗贵说明来意后，李子生的爱人看看一车煤，又上下打量一番罗贵，扭转身暗自啜泣。李子生的父亲用颤抖的声音说："谁家会用煤做饭呀！用的都是干树枝和庄稼秆。"

罗贵抹一把脸上的汗渍和灰尘说："上次来的时候，我看见大婶不停地咳嗽，知道大婶是肺不好。我听大夫说，肺不好的人尽量少闻烟气，用干树枝和庄稼秆做饭，烟气太大了，你们今后用煤吧，用完了我再送。"

李子生的父亲大约是被罗贵的话吓着了，他摸摸衣兜，拍拍脑门，随后战战兢兢地说："不不不，可不敢这样，这得多少钱啊，从前的地主家也不敢这样挥霍。"

罗贵笑着说："大叔，这煤不是买的，是我从矸石堆里一块块捡来的，矿上的矸石山就在我家后边。"

李子生的父亲说："那也不行。我找找家里有多少钱。"

罗贵忙说："叔，我不要钱，是我孝敬大叔和大婶的。"

李子生的父亲说："这可不敢，这可不敢。"

罗贵说："如果不是子生，我哪能活到今天！子生出事时我就在现场，是子生大声喊我，让我后退，说什么都不让我接近他，他那里有冒顶的征兆。明明知道有危险，他还是扛起柱子去抢险，结果……本来我是不想提这事的，怕大家想起子生心里难过。"

罗贵见大叔低头不语，忙把车子推到一边，开始卸车。大叔也过来帮忙卸车。大婶在里屋说了什么，嗡嗡的罗贵没有听清。等车子卸空，李子生的爱人已经把一盘子荷包蛋端过来，还有刚刚烙的葱花油饼。

葱油的香味时不时跑进罗贵鼻孔，使得他在捆绑架子车车把时显得魂不守舍。罗贵把自行车的后部推到架子车的两个车把间，用绳子把车把固定在后座上。刚刚转过身，李子生的爱人已将一盆温水端到罗贵面前。这个温良的女人话语不多，在外人面前显得十分拘谨。

吃饭时，罗贵愣住了。荷包蛋挤满瓷盘，他起初没有在意荷包蛋的数量，等吃下一个后才意识到他的胃不一定能全部装下，想分出一部分时为时已晚，他已经吃下一个了，也有汤水进肚。看看葱油饼，眼馋，却不敢多吃。等到吃下十个荷包蛋，他看清盆子里仍有五个，十五个荷包蛋无论如何是吃不完的，他望着盘子一阵发呆。

"油饼太咸吧？"李子生的爱人在一旁问他。

"不咸，不咸，非常好吃。"罗贵暗自苦笑。

"好吃你就多吃点儿，拉这么大一车煤，跑这么远的路。"李子生的爱人怜惜地说。

"好好好。"罗贵答应着，咬咬牙，艰难地将剩余那五个荷包蛋逐一摁进肚子。

当他骑上自行车出了村子，才敢打个饱嗝，那饱嗝里一股子蛋黄味。自行车拖着架子车，两个车子扭在一起，骨碌碌穿行在乡间小路上。

第 十 章

　　宋彦一家从石屋搬进分到的家属房后，罗贵不仅没有羡慕，反倒感觉一身轻松，这一点连他自己也觉得匪夷所思。这一年，他的大儿子罗俊林没有考上大学，与其他适龄青年一起参加了山平矿务局举办的招工活动，被录取后分配到六矿，到井下一线工作。女儿罗俊丽嚷着不想去矿上工作，一是嫌矿上女工岗位少，可挑选的余地小；二是嫌一家人挤在同一个单位，缺乏新意。不知道她从哪里得来的消息，说是国家要在山平市筹建亚洲最大的帘子布厂，将来要去亚洲最大的帘子布厂工作，她在罗贵跟前带着撒娇的口气说上述话时，一副扬扬得意的样子。

　　"你听谁说的？还亚洲最大。"罗贵看都没有看她。

　　"我听我同学说的，帘子布厂正在选址呢，不信是吧？不信你就等着瞧。"罗俊丽说得很是认真。

　　"男同学女同学？"周倩一旁问女儿。

　　"妈，你不要这么疑神疑鬼的好不好？"罗俊丽原本想把这位同学的爸爸的官位搬出来，听见母亲这么问，她不假思索地打住了。

　　"丽丽，帘子布厂是做什么的？门帘，要不就是窗帘？"罗贵好奇地问。

　　"爸，你可真敢想！国家有那闲工夫把生产破门帘破窗帘的厂做成亚洲最大吗？听着都笑死人了。人家是生产汽车轮胎用的东西，将来满大街都是汽车，这得用多少轮胎呀，想想都心跳加快。"罗俊丽说完，把手放在胸口上。

　　"人家做人家的轮胎，你心跳啥呢？"周倩扭头走了。

　　"我是其中一员呀。"罗俊丽瞥一眼周倩说。

"八字还没一撇呢。不过，你将来想去那里上班，爸爸没有意见，这个帘子布厂既然是建在山平市，那离家就不会太远，不远就行，你上夜班时候，爸也好骑车接你。"罗贵说时，眼里满是慈祥。

"还是俺爸好。"罗俊丽的话刚刚落音，听见周倩在屋里说句什么，没有听清，她凑近罗贵小声说，"爸，我哥谈对象了，你知道吗？"

"你哥没有给说呀？也是他同学吧？"

"干吗加个'也'字呀？"

"你有点儿敏感了，我没说你。我听说你刘阳哥的对象也是他同学。孩子们接触人少，跟同学处对象还是方便得多。你哥谈对象了，你是怎么知道的？"

"保密，我哥不让说。阳阳哥的对象我见过，长得可真好看。爸，我就是不理解，阳阳他爸为啥不赶紧要房子呀？也不想想阳阳哥都多大了，要是他家的房子能多上一间，阳阳哥早就结婚了。"

"你以为你刘伯伯不急着要房子呀？为房子的事，为你阳阳哥的婚事，他的头发都愁白了，有什么办法？矿上不给，他又拉不下脸找人说情，只有等。"

"再等下去，我阳阳哥的头发都等白了。"

"那有什么办法！不过，我听说你阳阳哥任教的煤技校也在建家属房，他应该能分到房子，他先是在校上学，毕业后留校任教，也算得上是煤技校的老人了吧。"

两人正说时，周倩凑过来插嘴说："还是多想想俊林的事吧。丽丽，你俊林哥的女朋友是哪里的？长得咋样？"

罗俊丽说："我哥说还不确定他俩最终成不成，先不让我对外人说。妈，你可别怨我，可不是我不想跟你说。"

周倩生气地说："你这死闺女，我是外人呀？给你爸说，就是不给我说。那好吧，等你哥回来，我好好问问他。"

罗俊丽忙说："妈，你千万别问我哥，你一问，明摆着是我说出去的，哥肯定会说我是叛徒。"

说曹操曹操到。罗俊林进院后，见妹妹瞬间低下头，爸妈则吃惊地看着自己，他没有多想，兴奋地说："告诉大家一个好消息，刘阳他爸升职了。"

罗贵赶忙问："刘队长真的当副矿长了？老天有眼。"

罗俊林咧着嘴说："不是副矿长，是矿务局生产处副处长，虽然二者是平级，爸，我觉得到局里工作比在矿上更能发挥作用，山平矿务局下面毕竟有十五个生产矿。"

周倩急切地问："儿子，这下子你刘伯伯就能分到房子了吧？"

罗俊林望着母亲说："妈，境界能不能高一点儿？"

周倩眨着眼睛问："境界？什么是境界？"

罗俊丽抢着说："妈，我哥的意思是让你把目光抬高一点儿，看远一点儿。"罗俊丽说罢，手指往天空指了指。

周倩的目光下意识地随女儿的手指望向天空。她瞬间意识到什么，拿眼睛使劲瞪女儿。

罗俊林笑着说："妈，刘伯伯升迁到局里工作，房子的事还是个事吗？论资历论能力论人品，刘伯伯都居于人前，这一点大家有目共睹，想必局领导早就看在眼里，这次刘伯伯没有分到房子，说不准是局领导在有意考验他。塞翁失马，焉知非福。"

罗贵激动地望着儿子说："俊林啊，你说得蛮有道道，我真替你刘伯伯高兴。这消息你是从哪里得来的？我怎么没有听说呀？是不是真的？"

罗俊林说："千真万确，局里今天下的文。"

罗贵说："我得去见见你刘伯伯，给他祝贺祝贺。"

罗俊林说："爸，我觉得不光今天，这两天你都不要去打扰他，等刘伯伯在局里稳定下来，你们弟兄几个再好好庆贺一下，大喝一场都无可厚非。"

周倩说："别光说刘队长了，也该说说我们家的事了，人家提拔的提拔，分房的分房，什么时候能轮到我们家里掉下个馅饼啊？"

罗贵见一时间没有人言语，轻声问俊林："你们培训完没有？还得多久放你们去一线工作？"

罗俊林说："爸，我们培训完了，后天就被充实到井下一线去。放心吧，我会认真落实井下各项规章制度的。"

108

罗贵一字一句地说："你们下井前学的，就是在井下用的，井下的事一点儿都不敢马虎。"

罗俊林不住点头："放心啊爸，我知道我该怎么做。"

看着儿子稚嫩白净的脸，想到数日后，这张脸会在井下被煤尘弄成炭灰，一样的工作服，一样的矿灯，看装束，活脱儿就是当年的自己，罗贵忽然一阵激动，内心五味杂陈，他看一眼周倩，带着粗重的嗓音说："我们第一代矿工还没老，第二代矿工就接上了，将来还会有第三代第四代。外人都说矿工苦，苦在哪里了，我怎么不觉得？不下井，我们干什么？没有煤矿，我们吃什么？我听矿领导在会上说，广大煤矿工人是煤矿的靠山。要我说呀，煤矿才是我们矿工的靠山，有煤矿这座坚实的靠山在后边，什么事都不是事。井下的岩石很硬是吧，它再硬，能有我们矿工的钻头硬？回到分房的话题上，我想说的是，分到分不到房子，这井都得下，这煤都得挖。"

罗俊林插话说："有句很有名的话叫'但行好事，莫问前程'。我想说的是，好事行多了，前程能差吗？"

像是都在琢磨罗俊林的话，屋里的表针嘀嘀嗒嗒转了好久，院子里一直没人吭声。西墙边的鸡窝旁，两只没事的鸡仰起头奇怪地望着这边。

罗俊林带回来的消息相当准确，山平矿务局与任命有关的文件一大早就下发到下辖的各个单位，和刘士超一同出现在任命文件中的人不下十个。交接了矿上的工作后，刘士超当天就去生产处报到。让他始料未及的是，在他报到的次日，受命接待了南方一知名钢厂和一知名电厂相关领导一行。

极为巧合的是，钢厂和电厂这两位副厂长居然是高中同学。他们在各自行业里深耕多年，术业精深，煤矿对于他们来说却是个陌生领域，为使供需双方的合作关系进一步稳固，也出于对煤矿生产的敬畏与好奇，两人相约在同一时间走访山平矿务局，他们更多是想深入井下和车间，体验一番采煤与选煤的全过程。

会议室里，张副局长首先致辞："热烈欢迎钢厂和电厂两位副厂长来山平矿务局参观指导。先请我们生产处刘副处长给大家介绍一下山平矿务局的生产情况，然后陪大家去井下和车间参观。各位有什么问题可随时给刘副处长提出，也可以在参观途中与刘副处长单独沟通。"

见众人的目光齐刷刷转向自己，刘士超忽觉一阵紧张。他瞬间平复下来，起身向众人施个礼，然后轻轻坐下，不疾不徐地说："山平矿区是新中国成立后自行勘探、自主开发建设的第一个大型矿区，煤种齐全，煤质优良，又邻近南方缺煤省区，交通地理位置十分优越。自1955年9月第一个矿井破土动工，迄今已建成十五个矿井，原煤年产量已达一千万吨，对缓解中南地区煤炭紧缺局面起到了非常重要的作用，为祖国大建设做了该做的工作。"

刘士超用眼角余光看一眼大家，接着说："山平矿区的煤田为多煤组、多煤层煤田，又是多煤种煤田，由于成煤年代、沉积环境及地质条件的差异，致使各煤层具有不同的煤质特征。其煤层主要是缓倾斜近距煤层，局部有少量的倾斜和急倾斜煤层。走向长壁和倾斜采煤法是全局普遍采用的两种主要采煤方法，产量各占回采产量的将近一半。落煤方式为爆破落煤和机械落煤两种。近年来，机械化采煤正逐步得以发展，在科技兴矿和增加综采、发展普采、减少炮采方针的指导下，综采发展迅速，高档普采陆续上马，生产能力和安全状况均有很大提高。"

大约是客人对于这枯燥的内容兴致不大，刘士超感觉到会议室没有此前那么安静，有人喝水，有人挪动四肢，有人变换坐姿的声音隐隐传来。他随之放缓语速，并适当留出空间，好让想要提问的人有机会发问。

果然，钢厂领导利用刘士超讲话间歇问："我更关心的是精煤指标。刘处长，主焦煤精煤的黏结、挥发、含硫和强度，这些指标基本是恒定的，俗话说就是胎里带，没法改变，可精煤的灰分是可以调控的，今后发往我们钢厂的主焦煤，灰分能不能控制在八个以下？我没有记错的话，此前发去的主焦煤，灰分都在十个左右。"

刘士超一笑说："十个灰分是标准灰分，如果贵厂需要八个灰分的主焦煤，是可以定制的。"

钢厂领导用笑眼望着刘士超说："定制？刘处长，这定制的意思是什么?"

刘士超略微停顿一下说:"比如一碗烩面,你想多要肉,可碗就那么大,只能把汤撇走点儿。"

众人听罢,哈哈大笑。一时间,会议室里再也没有人昏昏欲睡、无精打采了。

电厂领导收了笑容问刘士超:"听刘处长的意思,去汤加肉后,这碗烩面的价格恐怕就不是之前的价格了吧?"

刘士超微笑着说:"对于这个问题,我想在座的各位心里都很清楚吧?"

又是满堂欢笑。

钢厂领导先用征询的目光看看张副局长,而后望着刘士超说:"那我心里就有数了。刘处长,我们想去井下和车间参观学习,其实是出于对煤炭生产者的敬重,还有就是对于煤炭生产的敬畏。"

刘士超瞬间意识到该动身了。他起身问张副局长:"张副局长,我带客人去几矿参观?"

张副局长起身说:"二矿,你对二矿更熟悉。"又对一边的办公室主任说:"王主任,你马上通知二矿做好接待工作。"言罢,走到客人跟前逐一与之握手:"我还有个会,就不陪大家了,由刘副处长全程陪同大家参观。不当处,还望担待。"

相互客套后,在刘士超陪同下,一行人去往二矿。

在矿上相关领导的陪同下,一行人办理了例行手续,换装,登记,接受临时培训,各自携带矿灯和自救器,佩戴平安帽,之后,依次走进送他们下井的罐笼。

尽管已经将煤矿井下的环境状况想象得足够差,钢厂领导到达井下后还是唏嘘不已。初次深入地下上百米,四周皆黑,闷罐 样,那种无以言状的局促感和压迫感让他瞬间想要逃离现场。大约是怀疑自己的直觉,钢厂领导闭上眼睛不住地摇头。等他重新睁开眼,四周依旧是灯光幽暗,机器轰鸣,漫天的煤尘在灯柱里晕着头四下里乱撞。

见一粒花生米大小的黑点在矿灯的灯柱里闪了一下,钢厂领导吃惊地问:"刘副处长,你这里的煤块也能飞吗?"

刘士超笑着说："那是一只苍蝇，我们下井时不定是附在谁的身上，随我们一同下来的。"

钢厂领导尴尬地说："原来是这样啊，吓我一跳。"

在远离采面的地方参观一番，实地体验了一回井下生活，又听刘士超简要介绍了一下采煤情况，钢厂领导表情肃穆地说："刘副处长，我们上去吧。"

刘士超说："好的。"

电厂领导一旁说："老同学，不是我说你，我们总得比苍蝇胆大吧？还没到正在出煤的采面看看呢。"

钢厂领导说："要去你去，我是不去。你怎么知道那只苍蝇比我们胆大？它当初肯定不知道是下井，等它知道以后，一切不都晚了？我估计它是飞不到地面了。"

电厂领导执意要到采面去。

矿上领队一脸无奈地说："各位领导，按照惯例，下井参观的人都是到此为止。"

电厂领导望着刘士超说："有劳刘副处长给通融一下，给我们破个例吧，我们都是第一次下井。"

刘士超看看领队，并没言语。领队迟疑一下，左手向前一伸，算是同意。一行人缓缓走向巷道深处。

忽然间，有歌声自正前方传来。粗犷的歌声随着一行人的脚步声越来越响。

大刀向鬼子们的头上砍去

全国武装的弟兄们

抗战的一天来到了

抗战的一天来到了

前面有东北的义勇军

后面有全国的老百姓

咱们军民团结勇敢前进

看准那敌人

112

把他消灭

把他消灭

冲啊

大刀向鬼子们的头上砍去

杀

人多胆大，一群工人聚在幽暗处，扯着嗓门使劲吼，歌声硬是把机器的轰鸣声给压得收敛很多，周遭的煤尘似乎也在跟着歌声发抖。客人惊得站住脚，慌忙四顾。

刘士超说："又是这几个人，就是不听劝。各位领导，不好意思，工人在班中休息，他们班长当过兵。"

电厂领导哈哈大笑，边笑边说："有意思，有意思。刘副处长，我们过去看看吧。"

矿上领队赶忙致歉："真是不好意思，让各位领导见笑了。刘副处长，升井后我得请示领导处理他们。"

刘士超说："老毛病了，又不是现在才这样。"

电厂领导说："唱就唱呗，这有什么不好的？上大学时，我们宿舍里几个男生天天晚上唱，弄得宿管不住地拍我们的门。这首《大刀进行曲》1937年就有了，不知道有多少热血青年唱过，不管是哪个年代的人唱起这首歌，总会给人带来力量，增强斗志。"

刘士超说："井下粉尘浓度大，肺活量的增大无形中会增加粉尘的吸入，粉尘吸入过量，易得矽肺病。"

电厂领导说："还是刘副处长专业。"

刘士超说："没有。"

一行人走近歌者，见这些班中休息的工人居然没穿上衣，或胖或瘦，高低不一。歌者赤裸的上身，以及面部和颈项，与他们的头发一个颜色，仅有动弹的牙齿和眼珠呈现出不一样的色泽。他们或站或坐或歪着身子半躺着，每张脸上都洋溢着幸福的笑容。

见一行人由远而近，且个个都有领导派头，歌者赶忙住嘴，有的慌忙寻找衣服，有的爬起来就地站着。

一行人自"炭人"跟前缓缓走过。只一会儿工夫，他们又从"炭人"跟前默默走回，众人时不时看看"炭人"，默不作声走向他们下井时所乘的罐笼。

　　罐笼被提升到地面后，见客人面色肃然，矿上的领队带着歉意说："各位领导这次到井下参观，来得突然，矿上没有提前接到通知，井下的工人也是一样。环境脏，工人脏，让大家见笑了，我们一定整改。"

　　刘士超补充一句："懒，害怕洗衣服，干脆就不穿。"

　　电厂领导不无感慨地说："这样才真实。让我没有想到的是广大矿工是在这样艰苦的环境下工作的，更让我没有想到的是广大矿工的精神面貌居然这么好，思想境界居然这么高。回去后我要给厂里建议，让我们政工部门的同志来你们这里取经。相比之下，我们钢厂的工作环境远比煤矿好，如何树立工人的主人翁意识，如何提高工人的工作积极性，很值得我们政工部门的同志重点研究。"

第十一章

宋彦当上了副队长。起初，这消息并没有引起人们过多议论，这个浑身透着机灵又善于审时度势的人，其工作能力也不居人后，加上他是山平矿务局筹建初期较早一批自东北来矿上工作的技术人员，可谓是矿务局的元老级人物，论资历，论能力，被提拔为副队长一点儿不让人感到意外。让人感到意外的是宋彦当上副队长仅仅半年，就被调到房管科任副科长。有人说这是他的老领导刘士超升迁后体恤手下的结果，也有人说宋彦的脚趾数年前在井下曾被电机轧伤过，时至今日还时不时地隐隐作痛，相关领导担心他的旧伤有碍工作，故此把他调离井下。无论如何，先被提拔，接着被平调到机关工作，这对谁来说都是件梦寐以求的事。

据机关一位姓赵的老同志讲，宋彦被充实到房管科，主要是因为房管科工作量陡增而人手略显不足。罗贵听老赵这么说时不住点头。

老赵说："罗贵，你又不是不知道，矿上要扩建厂房，你们诸庙村部分住户得迁走，矿务局正准备给你们建新村。别的不说，就说拆迁这事吧，那可是个庞大工程，虽然村里也就那么点儿人，可保不准人少事多。只要是拆迁，从来就不是件简单的事，这一点你懂。"

罗贵说："我懂，我懂。自己的五根指头伸出来还不一样齐呢，何况是那么多人，每个人的想法肯定是不一样的。"

老赵说："你家普查过没有？"

罗贵说："普查过了。"

老赵神秘地问："你也突击性盖简易房了吧？盖了几间？都被他们统计进去了吧？"

罗贵平静地说："我一间都没盖。"

老赵惋惜地说："你太老实了，也不学学人家。"

罗贵一笑说："村里也就张自力家连夜盖了两间，还不知道会不会被统计进去呢。这事我做不出来，丢人。再说了，宋彦不是去房管科当领导了吗？我跟宋彦是一节闷罐车拉来的，我家里有几间房子，他一清二楚，蒙不了他。"

老赵说："既然你跟宋彦关系好，他就不会跟你较真儿，你更得去找他，不突击性盖简易房，也得找别的门道，想着法儿也得多要几间房子，别人想攀他那高枝儿还攀不上呢，你别太老实了，过了这个村没有那个店。"

罗贵憨憨一笑说："做不出来呀。"

老赵哼了一声扭头就走。罗贵隐隐听见老赵临走时说了声："装。"他一时没有想明白老赵想要装什么，或者是让他装什么，等他转身看老赵，老赵已经走进矿院了。

罗贵走进自家大门，听见周倩跟刘红娟在屋里说着什么，刘红娟的声音没有了先前的洪亮，显得气息不畅。想起他和宋彦初次被刘红娟邀请来家时的情景，罗贵不觉一阵伤感，他暗自感叹：岁月是把无情的刀。

"罗贵呀，我都后悔死了，咱家也该连夜盖两间房子，人家张自力家都盖了，咱们谁都没有想起来，一个个笨死了。"见罗贵回来，周倩一阵埋怨。

"倩倩，咱不丢那人好吧。这几天我一直上白班，没有时间打听搬迁的事，你听说了没有，新村什么时候建？村支书是怎么讲的？"罗贵耐心地问。

"我去看过了，都开始扎地基了，用的是林县建筑队，人家干活儿快着呢。"周倩的眼神里忽闪着孩子一样的童真。

"家里这老房子能置换一套新房，我再从矿上分上一套，今后咱家就不用发愁房子的事了。这么多年了，我一直没有分到新房子，还是让妈住在这老宅子里，倩倩跟着我也没有享到一点儿福，一想起来，我就难受。"罗贵伤感地说。

"听说宋彦去房管科当领导了，罗贵呀，你俩关系好，得空你得去找找他，让他帮帮咱家，置换的房子给咱一套好点儿的。另外，你们矿上分房子的时候，让他关照关照。"刘红娟的话里少的是当初的锐气，多了几分无奈。

"妈，我一直没有分到房子，我对不住这个家。我谁都不用找，矿上再分房子，怎么着都该轮到我，1955 年，建矿时我就来了。"罗贵忽然一阵激动。

"罗贵呀，你不要埋怨自己了。按说咱家住得下，可俊林到了该娶亲的年龄了，俊涛眼看着就成大人，房子的事可不是小事。"刘红娟虚弱的声音一句比一句低。

"妈，我带你去医院看看吧，你的身体好像不对劲，气跟不上。"罗贵心疼地说。

"不想想妈都多大了，你放心吧，妈的身体没有事，有事我就给你说了。"刘红娟强打精神说。

三人正说时，忽有吵架声爬越院墙来到院落。罗贵出门细听，这声音打东边过来，他正寻思着是否过去看看，见女儿罗俊丽领着罗俊涛慌慌张张跑进院子。

"打起来了，打起来了。"罗俊涛进院就喊。

"你咋呼啥！俊涛，说清楚点儿，怎么了？"罗贵问。

"村东头张爷，就是那个张自力家的两个儿子跟矿上房管科的人打起来了，手里还拿着家伙。"罗俊涛一边说一边不住勾头看，一脸急着看热闹的样子。

"急着看热闹是吧？那还跑回来干啥？"罗贵好奇地问。

"都怨我姐，扯住我的胳膊不松手，一股劲儿把我拉了回来。"罗俊涛瞪着罗俊丽说。

"不拉你，头早被打得稀巴烂，伸着个脑袋往前拱，跟蘸蒜汁儿一样。"罗俊丽噘着嘴说。

"孩子家不要看人家打架，人长眼，手里的家伙儿可不长眼。张自力家的人跟房管科的人打起来了，你宋叔叔在不在那里？"罗贵警觉地问。

"在，在，宋叔叔被打了，头上还流着血。"罗俊涛说时，一脸的惊慌。

罗贵没再问什么，匆匆去往张自力的家。

张自力家的大门外集聚不少人，大约是害怕被打架的双方捎带进去，看热闹的人推搡着伸长脖子往大门里面看，却又撅着屁股向后使劲，防备被身后的人推进院子。几个孩子猴子一样攀上树干，滞留树上，扬扬得意地看着院墙里面，还时不时向下面的家里人招手。

罗贵想要挤进大门，尝试多次，徒劳。他循着本就不高的院墙走了两个来回，把脚尖跷起老高，依旧看不见院里的人，院子里的声音倒听得真切。

"谁都看得出来，你这两间房子是新盖的，我们第一次过来摸底时还没有。你们又不是没有看到相关公告，公告上面写得非常清楚，各家的房屋数量及面积以首次摸底时的数据为准，过后搭建的房子不予登记。"

"你们第一次过来摸底时没有看清楚，我这两间房子得有六十年了，新中国成立前就有，只是后来塌了。"

"我们只认房子，不认墙根，更别说是地基了。"

"墙都在，我们只不过是往上垒一点儿，再把棚子搭上，这怎么就不算是我家的房子呢？"

"你以前的，那叫墙吗？"

"不叫墙叫什么？"

"照你这么说，你在院子里挖个洞，那就叫矿井是吧？"

"我没有这么说。"

"你的意思跟这差不多。稍高一点儿的个头儿站里面腰都直不起来，弄几块土坯一垒，找几根木棍在上面一搭，这就叫房子？我们就得按真正的房子给你统计上是吧？我们敢这么做，村里立马就会有人效仿，我们怎么工作？其实，你这里以前就不是住人的，我不想把老底儿揭开。"

"不是住人的是做什么的？这是祖上留下来的。"

"养羊的，我们早就了解过。"

"你胡扯，你这是骂人。"

"我说过，我不想这么说，是你非要我说的。"

罗贵听得出来，这样的争吵不具备打架条件，他悬着的心这才放下。他们像是刚才打过了，要不然罗俊涛不会那么说。罗贵急于弄清宋彦的伤势，就在他试着往院子里挤的时候，两个派出所民警骑着带警灯的三轮摩托赶了过来。

"干啥？干啥？走走走。"民警在驱散大门口的人。

围观的群众迅速给民警让开个通道。

见民警摇晃着身子走进院子，罗贵机警地尾随其后。

罗贵见宋彦的额头上有一道血痕，大约是用手抹过一把，耳朵上也有血迹。他心疼地看看宋彦，等待着插话的机会出现。宋彦看一眼罗贵，而后与民警交谈。

"民警同志辛苦了。起了点儿争执，我们正在自行解决。"宋彦说时，用眼神示意张自力。

"是啊，是啊，就一点儿争执。"张自力忙说。

"争执？我理解的争执是用嘴说，对吧？也就是俗话说的动口不动手。那你头上脸上耳朵上的血是怎么回事？"一个瘦民警拉着长腔说。

"有吗？我还真没注意，我瞅瞅。"宋彦四顾，想要找一面镜子看看自己。

"你是矿上的吧？来普查房子的？"民警盯着宋彦问。

"是的。"宋彦一边回答，一边摸着耳朵。

"你打的？凶器呢？"民警盯着张自力的空手问。

"没有。"张自力说。

"没有？不说是吧？那就跟我们到派出所里说。"民警说着就要转身离去。

"民警同志，这里的房屋普查是矿上的事，我们矿上有保卫科，这事让保卫科介入行吧？"宋彦不想让派出所插手，不想把事情闹到市里。

"这里是我们派出所的巡防区域，村里的治安问题隶属我们派出所。你是被谁打的？凶手用的什么凶器？"民警说。

"我。"宋彦说。

"你？"民警愕然。

"头痒，指甲长，我挠头时把头皮给挠破了。"宋彦干笑一声接着说，"最近实在是忙，洗头剪指甲的时间都没有。其实吧，也不全是因为忙，主要还是懒。"

"原来是这样啊。那好吧，你们继续玩。"民警说罢，转身就走，到大门口扭过头对着宋彦说，"再忙也得抽时间把指甲剪一剪，你可别再把你自己弄成唱戏的一样。"

民警的话像是一语双关，宋彦暗自琢磨。

三轮摩托的声音消失后，宋彦和颜悦色地对张自力说："大叔，这事你看怎么办吧？"

张自力忙对儿子说："大奎，你愣着干啥？还不赶快端盆热水过来？先让宋科长洗把脸，待会儿你陪宋科长去医院看看。我床头有条新买的毛巾，也给宋科长拿过来。"

宋彦说："大叔，不用麻烦，头上也就破了一点儿皮，早就不出血了。我都十天没洗澡了，这就去矿上的澡堂洗。"

张自力愧疚的脸上带着关切，他盯着宋彦的耳朵说："你头上有伤，这几天可不敢沾水。"

宋彦摸摸耳朵说："没事，我小心点儿。大叔，你看这房子的事该怎么处理？我的上头也有领导啊。"

张自力忙说："这事你说了算，你自己定吧。"

宋彦顺势说："还是大叔的觉悟高，永远是我们晚辈学习的榜样。那好吧，感谢大叔对我们工作的支持，我们走了。"

宋彦领着房管科的人离开张自力家时，向着立在大门口的罗贵抬一下手算是打过招呼。张自力携两个儿子送至大门外。望着房管科的人远去，张自力对着还没有离开的人没好气地说："一个个都是吃饱了撑的，又不是大街上耍猴，不知道这有什么好看的。"

罗贵自觉没趣地低着头走回家去。他见周倩站在一棵大树的阴影里，忽然闻到一股子酸味，他没有理会周倩，装作没有看见她一样径自走了。

这一年的冬天出奇的冷，大雪小雪一场接着一场下，屋檐上的冰挂一条条下垂着，足有三尺来长。

刘红娟的身体一天不如一天，气弱多喘，身体消瘦，面色蜡黄。罗贵每次说要带她去医院看看，刘红娟执意不去，她时常挂在嘴边的一句话是"也不想想我都多大年纪了"。终于放心不下，罗贵跟周倩商量后，硬是把老人家强行送进医院接受检查。等看到检查结果后，周倩独自回家，把自己关在屋内，哭了整整一天。

在一个沉寂的夜晚，窗外一丝风都没有。刘红娟对病床边陪护她的罗贵说："罗贵呀，妈不想住院了，明天咱就回家吧，这医院里静得吓人。"

罗贵耐心地说："妈，安静总比吵闹好。你住在医院里，有医生护士陪着，大家心里踏实。"

刘红娟缓慢地说："妈怎么觉得一点儿也不踏实呀，还是睡在自己家里踏实，你们再听妈一回吧，咱明天就回家。"

罗贵的鼻子忽觉一阵发酸，握住刘红娟干瘦的手说："妈，我跟倩倩商量一下吧。你别急啊，咱也得听听医生的意见，等天亮查房时我问问医生。"

停了一会儿，刘红娟说："跟你爸比，我算是有福的了，我都快活到八十岁了。有句老话是怎么说的？人过七十古来稀，对，就是这么说的。"

罗贵的眼睛模糊不清，他带着哭音说："妈，都是我不好，我对不住你和倩倩，对不住这个家，我都快到退休年龄了，到现在还没要到房子，还让一家五口人挤在老宅子里，每次想这事，我的心里就难受。"

刘红娟用干柴一样的手抓紧罗贵的手说："罗贵呀，你不要这么说，你爸走得早，这么多年，家里大事小事都得依靠你，当初要是没有你，这个家恐怕早就不成家了。房子呀，照我说，有住的就中。听说过罡年新村的房子就建成了，新房子肯定比老宅子大，一家人能够住得下。他们普查登记的时候，户名我让写的是倩倩的名字，你不在意吧？"

罗贵忙说："妈，你这是怎么了，一家人写谁的名字不都一样？倩倩是周家的独苗，本来就该写她的名字。"

大约是说话过多的缘故，刘红娟气喘吁吁。见状，罗贵赶忙把刘红娟的手放进被窝里，随后揾揾被子四周说："妈，你睡会儿吧，咱不说话了。"

刘红娟闭上眼睛后，罗贵的眼泪再也抑制不住，扑簌簌直往下淌。他小声说句去趟卫生间，便出了病房门。接着，他啜泣的声音在不大的卫生间里回荡。

次日查房时，刘红娟再三向医生要求出院。医生犹豫一下后说："也行，我们既要对患者负责，也要尊重患者的意见。"又对罗贵说："你是患者的儿子是吧？"罗贵说是。医生说："你跟我到医生办公室一趟，病人出院后的一些注意事项，我得详细给你交代清楚。"

罗贵跟着医生走进办公室，医生整理出几张表格让罗贵在上面签字，医生说："实际上，对于患者来说，在医院积极接受治疗，要远远好于在家里调养，既然患者执意出院，我们不能阻拦。"医生又交代了一些注意事项。

罗贵刚刚走出医生办公室，在走廊里遇见周倩，周倩手里提着早饭，眼睛红肿，一脸疲惫。罗贵说："妈非要出院，怎么劝她都没用。"

周倩问："医生答应了？"

罗贵说："答应了。妈执意要出院，医生能有什么法子？医生给我交代了不少注意事项。"

两人都知道老人此次出院将意味着什么，谁都没有多说什么，一前一后默默走进病房。

刘红娟急着出院，医生不加阻拦，他们之间似乎有着某种心理上的契合。大约是医生心里明白，年岁偏大的人，像是更愿意把最后的时光留给家里，躺在自己睡惯了的床上，度过本不愿度过的时刻。

罗俊林、罗俊丽、罗俊涛，兄妹三个照顾起姥姥来一个比一个勤快，甚至于胜过笨手笨脚的罗贵，还有粗心的周倩。看着他们三个在身边忙来忙去，刘红娟面露笑意，虚弱的声音像是自遥远的地方而来："多快呀，一个个都长成大人了，知足吧，有这三个孩子，比什么都好。"

刘红娟离世的前几天，冬日的暖阳本来已将麦地里的积雪晒走，而出殡这天，又有豌豆大小的雪粒呼啦啦洒向小路和田间。棺椁由八个人抬着走在前头，罗贵披麻戴孝，手捧丧盆儿跟在棺椁后头。罗俊林和罗俊涛手拿哀杖，跟一群同辈人一道走在罗贵后面。周倩一身孝服，由罗俊丽搀扶着走在女眷人群的最前头。响器班奏着撕心裂肺的乐曲，在棺椁前扭着各式各样的姿势。茶碗口大小的冥钱被人撒向空中时，雪粒不懂其中意，呼呼啦啦将冥钱逐一打下，那冥钱蜷缩在伏地的雪粒中，微微翘着身子。

"这没有儿子，跟有儿子有啥区别?"

"是啊，比有的家里的儿子还孝顺。"

"老实人还是指望得住，天天守着家，谁都放心。"

"就是，别看有的人有本事，这也中，那也中，遇上事儿就找不着人了，我是见过。"

隐隐听见路边围观者说话，像是夸罗贵，罗贵在悲哀中忽觉一阵安慰。他不便扭头，只专心看着路面，唯恐脚下打滑，将手中的丧盆儿摔烂在路上。身后周倩的哭诉让他一阵阵心疼，周倩嗓音已经沙哑："妈呀，爸老早就走了，现在你也走了，你们两个见面去了，扔下我不管了。妈，让女儿跟你去吧。这么冷的天，也不知道那边冷不冷。"

"妈，你别这样哭了。"罗俊丽撕心裂肺的哭诉声瞬间压住了周倩的哭诉声，母女俩的声音在如泣如诉的唢呐声里更显凄婉、扎心。

雪粒渐渐停下是在安葬棺椁的时候，当墓道两侧手腕粗的绳子被棺椁压着徐徐下到墓坑时，忙碌的人们忽然发现无须再时不时地眨眼了，方才漫天的雪粒没再侵袭面目，只是每个人的头上依旧伏着一层雪粒，像是没有刮净的铁锅边粘着些许米粒。棺椁徐徐下落时，那缠绕在圆木上的绳子发出吱吱的声响，似乎是绳索的呻吟。罗贵任由眼泪与雪水在脸上搅拌，他拭去方才的泪水，新的接踵而至，后来他干脆不再擦拭，由着它们在沟槽间一点点儿穿过。

女人们的哭诉声在绿白交错的麦田间游荡。

周家墓地的不远处是矿上的墓地，那里安葬着矿上一些因公殉职者，以及距祖籍太远，过世后不便回老家安葬者。两块墓地间起初距离稍远，岁月流转，随着矿上墓地不断向这边扩展，二者越来越近。这样一来，双方逝者都不会感到孤单。想到这里，罗贵感到一丝心安。

在管事人的引导下，罗贵将丧盆儿举过头顶，然后用力摔碎。他被孩子们搀起后，扭头向后边看了一眼。起初，他并没有看见宋彦的身影，他一点儿不知道宋彦会冒雪赶来为老人送行，他更没有想到的是，宋彦还带来了一帮东北老乡，他们一群人走在送葬者的最后边来到墓地，直到安葬仪式结束后罗贵才看见他们。至于周倩是什么时候看见宋彦的，罗贵无从知晓。无论如何，宋彦带领一帮矿上的东北老乡前来为逝者送殡，这让村里的老人称赞有加。很久以后，罗贵的人脉之好一直被左邻右舍津津乐道。

从墓地返回途中，宋彦与罗贵并肩，两人的低语让不少人心生好奇，没人听清他们说的什么。

"你别太难过了，已经这样了。"

"嗯嗯。你头上的伤没事吧？"

"没事，就破了一点儿皮。"

"在他们家里也敢抄家伙！是张自力的二儿子打的吧？这人一看就不是省事人，脸上长着呢。"

"幸亏他抄的是棍子，要是铁锨我就惨了。"

"你今后小心点儿。"

"嗯嗯。"

"你可真够大度的，换别人，他最少得被拘留十天。"

"事情办成是目的。"

"什么都没有去井下挖煤省事，就跟煤和煤矸石打交道。只要是牵涉人的事，你就别想省事。"

"罗贵呀，我心里一直有个顾虑。"

"你说。"

"去你家普查登记时，刘婶非要让户主的名字写成周倩，我反复问她，她一直这么坚持。"

"这有什么不好的吗？不写周倩的名字该写谁的？你知道，他们周家就这一根独苗。"

"我也不知道该写谁的名字好，只是觉得户主是你们两个的话，对你将来在矿上分房子不利，具体有什么不利，一时半会儿我也说不清，

124

只是有这种感觉。你想啊，户主是你们其中一个，无论什么原因，说明你们家里有房，而矿务局分房子的原则是要分给没有房子的人，特别是双职工。"

"有文件吗？"

"没有。"

"宋彦，你是知道的，这房子可是人家周家的老宅，跟我罗贵没有半点儿关系。"

"知道，这谁都知道。"

"那你担心什么？"

"我也说不清楚，可能是我想多了。"

"别想那么多。"

"好吧。俊林去采煤队了？比我们还靠前。"

"让孩子到一线锻炼锻炼不是坏事。"

"现在井下的条件好多了，这是真的。"

"是，比起我们当初好得太多了。"

不知不觉，两人已走进村里。意识到什么，宋彦一笑说："说起来没完。我回矿上了。"说罢，匆匆去了。

第 十 二 章

　　这一年的春上，花儿凋谢得特别缓慢。这一年的春上，温润的风吹拂的时间大大超过往年。雨不大，常下，柔柔的，比秋天的还要缠绵，每场雨间隔时长在一周上下，不让你等待很久，当你沐浴一番和煦的春日后，紧接着的三两天就会如烟如雾，丝丝春雨里富含甜意。

　　这一年的春上，国务院领导亲临山平矿务局视察工作，先后视察了两个矿，外加一个洗煤厂。国务院领导高度评价了山平矿务局取得的成就，不少方面在全国都走到了前头，并着重强调了山平矿务局在国家建设中的地位和作用。山平矿务局十五个矿、洗煤厂和机电修配厂等，自上而下群情激奋，倍感荣光。铁路沿线休班的矿工，蹲在自家门前，眼望一列列装满煤炭的列车吐着烟儿远去，进而想到眼前这一列列黝黑的煤炭数日后就会转化成大江南北千家万户室内的照明用电，就会成为各式车辆、各种厂房用的钢板钢梁，那种无以言状的成就感的确会让他们泪流满面。

　　这一年春上，罗贵一家如愿以偿地搬进了新村的新房里，而他们周家原先的老宅正在被一个大型工厂取代。罗俊林的婚事也被提上了议事日程。罗俊丽的心愿正在实现，她心仪的亚洲最大的帘子布厂已经开建，招工、培训、上岗指日可待。罗俊涛看见书本就瞌睡，一直嚷着想当兵，翘首以待十月份的招兵工作及早铺开。而罗贵老两口，一个下井，一个在地面工作，日子平静如水，日复一日，年复一年。

　　夕阳西下时，罗俊丽一脸红晕，喜滋滋的，一进门就嚷嚷："妈，你快听我说，你跟我爸也去看看吧，这电影真的太好看了，不是一般的浪漫，不是一般的感人。"

周倩正蹲在地上手拿小铲子刮地，她要把工人刷墙时滴落到地面的尚未清理干净的白灰一点点刮净。见女儿还跟小时候那样随性，一点儿不懂矜持，她劈头就是一顿训斥："你别吓你妈好不好？成天疯疯癫癫的，这哪里有姑娘的样子！都快二十岁的人了，到哪天你能让我这当妈的安安心啊！"

　　罗俊丽哼了一声说："我又怎么了呀？妈，我不就看了一场电影嘛，又不是我一个人看。"

　　周倩警觉地问："你跟谁？"

　　罗俊丽急忙说："妈，你看你吧，我是说，我碰见我哥了，他也去看电影了，还带着他的女朋友。对了，他俩一会儿回来吃晚饭，你还不买点儿菜去？"

　　周倩看看天站起身说："不晚。你说，你是跟谁去的？"

　　罗俊丽嘬着嘴说："还能有谁呀？你不是见过他吗？妈，我也老大不小了，你怎么天天跟审问犯人一样。"

　　周倩问："啥电影？"

　　罗俊丽说："《庐山恋》。"

　　周倩说："什么恋不恋的，你可真好意思！姑娘家张嘴就来。大白天的怎么看电影？"

　　罗俊丽说："妈，剧院，剧院，在剧院里看的，买票看，剧院里的电影比村里的露天电影好看一百倍，画面好，音质好，四周还安静，你跟我爸也去看一场吧。"

　　周倩说："不去。剧院在哪儿？"

　　罗俊丽说："中心路北头。去吧，妈，我爸今天不是歇班吗？他去哪里了？不会是又捡煤块去了吧？"

　　周倩说："床上躺着呢，说是耳鸣。"

　　罗俊丽走进里屋说："爸，耳鸣不要紧的，去年我也耳鸣过，你使劲喊两声试试，一喊就好了。"

　　罗贵说："睡会儿好多了。喊？我神经病啊。"

　　罗俊丽说："爸，你带我妈去看电影吧，一看电影就不耳鸣了，不信你去试试。"

罗贵一边下床一边问："你跟你妈说的我都听见了，真有那么好？多少钱一张票？"

罗俊丽说："一毛。"

见父亲有所心动，罗俊丽拉住母亲的胳膊说："洗洗手去吧，我爸准备邀请你呢。"

周倩看一眼罗贵说："邀请我？你问问他会不会？"

罗贵一笑说："我推车子去。"

罗俊丽说："爸，就这几步路，不用骑车子。"

周倩洗手时愣了一下说："只顾说，差点儿忘了，你哥不是说带着他女朋友回来吃晚饭吗？"

罗贵说："就是，我也想起来了。丽丽，你的忘性可真大，快帮你妈做饭去。"

罗俊丽说："中啊爸，快点儿做饭，快点儿吃，吃过晚饭你们去看电影，家里我收拾。"

正说时，罗俊林领着他的女朋友回来了。这个略显腼腆的姑娘叫郑秋，此前来过家里，大家彼此见过。罗俊丽凑近郑秋说："姐，你说，这部电影是不是非常好看？"

郑秋低下头说："就是有点儿那个。"

罗俊丽抢着问："哪个？"

郑秋说："起鸡皮疙瘩。"

在罗俊丽揣摩郑秋的话是什么意思时，罗贵说："那算了，不看了，我明天一早还得上班呢。"

"看什么？爸，你们是不是要去看电影啊？我陪你们去吧。"罗俊涛一进门就嚷嚷。

"俊涛，这电影不适合你看，还是让咱爸陪着咱妈去看吧。"罗俊林说。

"不适合我看？这话听着可真邪乎，明天我自己去看。"罗俊涛一脸的不服气。

"你们说得我心里痒痒。老罗，吃过晚饭，你得陪我看电影，是邀请，你得邀请我看电影，你听见没有？"周倩对着正在转身的罗贵高声说。

罗贵嗯着进了厨房。几个人哈哈大笑。

晚饭时，周倩深情地凝望着郑秋说："孩子，咱家的房子最大的一间你和俊林住。该买什么，你和俊林看好了给妈说，我跟你爸不会挑。"

郑秋知道老人想的什么，不好意思地说："姨……妈，我和俊林商量过了，我们租房子。"

周倩的脸色忽然间变得煞白。见状，罗俊林忙说："妈，我在六矿上班，离咱家十几里地，太远了，来回跑着太累，我和秋商量好了，就在六矿旁边租一间房子，那边离市区远，不贵，今天回来就是跟爸妈商量这事的。"

周倩好大一会儿才回过来劲，她的眉宇间挂着愁容，拿筷子的手僵在碗边一动不动。叹息一声后，周倩愧疚地说："都怪你爸妈没本事。"

刹那间，罗俊林满眼噙泪。

罗俊丽把筷子往桌上一丢，生气地说："干啥呢这是？本来有说有笑的，爸妈还准备着看电影呢。哥，你以前说过，矿上能给一间宿舍不是？"

郑秋看一眼罗俊丽说："矿上的双职工，结婚时才能给一间宿舍。不过，我工作调动的事快要办成了。"

罗俊林说："妈、爸、俊丽，你们不要为我俩的事担心，我们先租房子住，等分到宿舍后就搬过去。秋正在托人办手续，很快就能调到六矿小学去。"

罗贵问："秋本来在市区的小学教学，现在托人调到远离市区的六矿去，就为能要到一间宿舍是吧？"

罗俊丽说："爸，秋姐调到六矿去不是离我哥近吗？你不懂就别乱说。"

罗贵低下头沉默不语。一家人好久没人说话。

罗贵忽然站起身说："也不看看几点了，老周，走走，我们看电影去。"说完就去拉周倩。周倩三两口把碗里的粥喝完，跟着罗贵出门了。

华灯初上，中心路两旁树影婆娑。剧院门前偌大的空地上，黑压压四处是人，人们显得悠闲散淡，看上去都很年轻。周倩立在树影里，只觉得如芒在背。

两人走进剧院，见上一场的观众尚有不少人迟迟不肯离开，工作人员在高声喊话："这一场很快就要开始了，买好票的观众请尽快落座，上一场的观众请尽快退场。"

《庐山恋》几个大字出现在银幕上时，仍有上一场的观众磨蹭着不愿离场，个别人甚至与工作人员发生了争执。

周倩低声问罗贵："不是看过了，怎么还不走？"

罗贵说："可能是太好看了，还想看。"

周倩问："连着不停地放？"

罗贵说："是。看的人多，一天好几场。"

周倩问："也不知道有啥好看的。"

罗贵说："一会儿就知道了。"

电影播放一会儿后，罗贵看见身边的周倩时不时地不是拿手遮挡眼睛，就是堵住耳朵。渐渐地，他觉得周倩的手放在了他的手上。后来，周倩的手心里冒出热气，她把罗贵的手牢牢抓住。她数次将头歪向罗贵，最终也没有靠上。

电影结束后，迈着舒缓的步子走出影院的年轻人有不少向南而去，有手牵手的，有肩蹭肩的，都不大声说话。柔和的路灯下，晃动着服色各异的人。

"他们去哪里？"周倩好奇。

"估计去河边。"罗贵猜测。

"去河边干啥？"周倩不解。

"河边树多。"罗贵看周倩。

"树多咋啦？"周倩看罗贵。

"咱去瞅瞅？"罗贵指指南边。

"走。"周倩先迈腿。

最先映入眼帘的是银白，百米宽的银白色直愣愣伸向远方。有这锃亮的银白映衬，上头尚未长胖的月亮倒显得不甚明亮了。本是给予，却被超越，虽是难堪，却是没有办法的事。有了这银白，河边自然就不会阴暗，树下草地上或走着或站着或坐着或半躺的人即便没有路灯，也无

130

须担忧瞧不见对方的某个地方。走在其中，呢喃之声时不时让周倩闭目摇头。不知什么时候，她的一只手已被罗贵攥着。

"走吧，走吧，你快点儿。"周倩说。

"让我也咬一口吧。"耳边的罗贵说。

"不正经，不想想都多大了。"周倩说。

周倩急于逃离河边，她的走姿近似小跑。罗贵松开她冒汗的手，迈大步才能跟上。

帘子布厂招工的消息终于发布了。罗俊丽却未能如愿，在她怀揣少女的憧憬，苦苦等待了一年之后。

起初是她的男朋友把招工的消息告诉她的，为此，罗俊丽陪着男朋友在路边一家小店喝了几杯，弄得满脸通红，以至于回到家后被周倩骂得不敢抬头。次日，她和男朋友排了两个小时的队才轮上填表、上交照片。她的男朋友叫赵恒，赵恒的父亲人缘极好，又在市里当局长，她和赵恒排队参加这次招工仅是做给人看。这话是赵恒说给罗俊丽的。单纯而又稚嫩的罗俊丽口无遮拦，一到家就把赵恒的话原封不动地说给罗贵和周倩听，一家人欢欣不已。然而，等招工结果公布后，名单里却没有罗俊丽的名字。

罗俊丽看到名单后将赵恒约到两人常去的河边，一向活泼开朗的罗俊丽换了个人一样，她的话显得极度忧郁："赵恒，你不是说你爸是局长吗？"

赵恒毫不迟疑地说："是啊，我爸就是局长。"

罗俊丽轻声说："招工的事就那么难？"

赵恒难为情地说："我爸说，要是别的厂一点儿问题都没有，比如化肥厂、制革厂、被单厂、铝制品厂、造纸厂、水泥厂等等，偏偏是这个厂。"

罗俊丽不解地问："这个厂怎么了？"

赵恒说："帘子布厂是国家'六五'计划重点建设项目，是国内唯一一家全套引进日本先进设备和技术的大型国有企业，人事上市里一些部门说不上话。俊丽，你是知道的，想去帘子布厂上班的人太多了，厂里对招工对象的条件自然就要求过高。"

赵恒的话伤到了罗俊丽的自尊心，罗俊丽瞟一眼赵恒，带着挖苦的语气说："赵恒，我听出来了，你的意思是说我的个人条件不好，不如你，是吧？"

赵恒赶忙解释："我不是这个意思。"

罗俊丽不依不饶："那你是什么意思？"

赵恒显得不耐烦了，他的语调提高了一倍："罗俊丽，我已经尽力了，为了你的事，我没少求我爸，名额有限，最后只能保一个，我爸也尽力了，他也不容易。"

罗俊丽拉着腔调说："那我怎么感谢你爸呀？"

赵恒气愤地说："你这人不知好歹！"

"我怎么不知好歹了，我不是已经感谢你爸了吗？怎么，我得跪下谢他是吧？"

"谁说让你谢了？你的事没有办成，我也很难过，听我爸说只能保一个时，我还是希望我爸再找找人。"

"你既然很早就知道只能保一个，也就是说只能保证你自己能被厂里招去，那你为什么不及时给我说呀？我要是早点儿知道了，也有时间托托关系呀！"

"是你有关系呀，还是你爸妈有关系？"

"赵恒，不许你小瞧人！"

"我说得有错吗？"

"我爸妈再没本事也轮不着你说！就你爸有本事好了吧？你们有本事，我高攀不上，我走。"

罗俊丽气呼呼地转身就走，赵恒赶忙拉住罗俊丽的手腕，罗俊丽用力挣脱。两个年轻人血涌脑门，双方用力过大，罗俊丽的手腕被赵恒的指甲划出一道长长的血痕。罗俊丽看一眼血痕，猛一用力，挣脱后撒腿离开了河边。

平日里，罗贵不大在意女儿的神情，不知道是什么原因，今日罗俊丽一回来，他就盯着女儿看。罗俊丽低头进屋，罗贵跟在身后问："丽丽，我看着你今天不对劲呀，怎么了？"

132

罗俊丽迟疑一下说："爸，你是怎么看出来的？"

罗贵着急地说："快说。"

罗俊丽说："爸，你听了可别生气。帘子布厂的招工名单今天公布了，我没有被招上。"

罗贵长出一口气后说："我当什么事呢，没招上就没招上，爸不指望你上班挣钱。"

罗俊丽忽觉鼻子发酸，低声说："也不能老花家里钱。"

罗贵正要说话时，忽然看见女儿的手腕上有血痕，忙拉起女儿的手腕细看，然后盯着女儿问："怎么会是指甲印？丽丽，这是谁给你掐的？快说！"

见父亲面色发白，罗俊丽支吾着不敢吱声。罗贵急了，一巴掌拍在女儿的屁股上，厉声说："你快说！"

罗俊丽长这么大，父亲从未碰过她一指头，当父亲的巴掌拍在她屁股上的一刹那，她感到了从未有过的暖意。她深深知道，无论任何时候，父亲永远是她背后的山。她犹豫了一下，想说没说，嘤嘤地哭出声来。

立时，罗贵额头上的青筋暴出老高，他瞪着眼暴跳如雷："快点儿给我说，这是哪个鳖孙打的，我这就找他算账去。我的孩子，谁都不能碰！"对于自己的骨肉，罗贵接受平庸，却不能接受被人欺负。

周倩回来得非常及时，罗贵从未有过的咆哮声和女儿少有的啼哭声让她大惊失色，慌忙跑过去一问究竟。接连问了两遍，罗贵和罗俊丽都不吭声，这让不明就里的周倩差点儿急哭，她站在窗前不住地拍打大腿。

罗俊丽心疼母亲，抓住周倩的胳膊说："妈，你别急呀。我参加帘子布厂招工，没有被招上。"

周倩惊讶地问："就这点儿事？"

罗贵盯着罗俊丽的手腕说："你看看她的手脖。"

周倩仔细看过，见罗俊丽的手腕并没有什么大碍，只有一道划伤的痕迹，她随即耐心地劝说罗俊丽，让她说明原因。罗俊丽这才把事情的经过一一说了。周倩听完，对着罗贵说："我还想着是多大的事呢。你

133

那犟脾气啥时候能改改？你慢慢说话中不中？生怕外边的人听不见是吧？"

"我们没有听见呀，你们说的什么呀？声音可真大，门都不关，是生怕别人听不见咋的？"门口传来张艳的声音。

周倩一看，原来是刘士超和张艳两口子来了，两人身后还跟着宋彦和他的爱人陈菊花。周倩和罗贵相互看看，他们一个比一个纳闷，这四个人一同来家并不多见，尤其是刘士超到局里工作之后。两人赶忙让座倒水，忙得不亦乐乎。

自然是刘士超最先开口，他见周倩和罗贵一头雾水，不由得笑了一下说："照照镜子，你们自己看看自己的脸，跟偷人家东西了一样，又惊又慌，先说说遇上什么事了，然后我再说我们是来干什么的。"

周倩极不自在地说："本来就没有多大的事，老罗那驴脾气你们不是不知道，吼起来吓人。"

张艳扑哧一笑说："周倩啊，罗贵的脾气是不好，这大家都知道，不过，罗贵一般是不会轻易发脾气的，肯定是什么事把他撵进了死胡同。俗话说，狗急了还跳墙呢。罗贵，嫂子没有骂你的意思啊。"

唯独宋彦没有笑，他僵硬的表情显示出他在思考什么。

周倩随即把罗俊丽的事说了。末了，她看着罗俊丽说："罗贵是生怕他闺女受一点儿委屈，我都嫉妒。"

陈菊花一旁说："我们家里都是这样，我连大声吵一句闺女都不敢，人家老爸护着呢。"

宋彦回过神来，一笑说："哪有啊！"

张艳说："别说大声了，我想小声吵闺女，还没的吵呢。"

周倩说："当初大家劝你们要个闺女，你们就是不要。"

张艳说："可不是我不想要。"

刘士超说："好了好了，说正事。俊丽非要去帘子布厂工作吗？我的意思是说，我在局里，宋彦在矿上，官儿不大，大小也是个官儿，给俊丽安排个工作应该问题不大。"

宋彦看一眼周倩，想开口时，见周倩已经把嘴张开，于是，赶忙收住，仔细听周倩把话说完。周倩动情地说："这孩子早两年就打算去帘子布厂上班，一直等到现在也没去成，帘子布厂好不好先不说，就说她苦苦等待这两年都很不容易，当妈的，我是心疼这孩子。"

宋彦见周倩伤感，看着刘士超说："刚才刘队长说了——我还是叫刘队长吧，叫惯了，不好改——我俩大小也是个官儿，一点点面子人家还是给的。既然俊丽一心想去帘子布厂工作，我来想办法吧，这事我要办不成，孩子一见面就热情地喊我叔叔，我怎么有脸答应啊。"

罗贵赶忙说："你那么忙，孩子的事你就不要操心了。俊丽，帘子布厂就那么主贵？"

罗俊丽不知道他父亲的声调为何突然高了不少，一直没有开口的她怯生生地说："不去也行。"

见好大一会儿没人开口，刘士超说："你们不用担心这事办不成，我也托托人，能有多难呀，论个头，论长相，论聪明劲儿，咱俊丽的条件哪一点不如别人？这第一个事就这么说。再说第二个事，俊林很快就要结婚了，我们提前过来给罗贵和周倩道个喜，你俩还不拿出来？"见张艳和陈菊花笑着从衣兜里掏红包，刘士超接着说："多少是个心意。"

周倩接了张艳和陈菊花的红包，随即抓住两人的手迟迟不肯松开。她带着一脸的愧疚说："总觉着对不住这俊林，一想起孩子在外边租房子，我这心里就不好受。"说罢，眼睛里闪出晶莹的泪花来。

张艳说："家里不是有三间房子吗，怎么不住家里？"

周倩说："孩子们说住家里上班远，每天跑着太累。我估摸着是担心没法住。"

张艳揣摩一下，没再吭声。

刘士超说："暂时克服一下，不会等很久。"

周倩看一眼刘士超，琢磨着刘士超的话，一时不知道说什么好。忽然想起刘士超的儿子刘阳来，忙问张艳："阳阳的婚事定下来没有？好久没有听你说起过阳阳的事了。"

张艳苦笑一下说："我和士超也着急，急也没用。以前谈了个，分了，这可好，不再谈了，谁介绍都不见。"

周倩着急地说："这怎么行啊！你得催催呀，他比俊林还大几岁呢。你们就阳阳这一根独苗，他又不用发愁房子的事，怎么就不急着结婚呢？这孩子真是的。"

张艳无奈地说："人家说不让管，你敢强说就瞪眼。"

周倩叹息一声后，看一眼张菊花问："你家春玲呢，谈上没有？这孩子从小就话少。"

张菊花笑着说："别看这孩子话少，人家心里有数，谈了个南方的，她同学给介绍的。她说将来要去南方发展，让我和宋彦别操心。依我看呀，孩子们的事，让他们自己做主，咱们不要瞎操心，管多了，人家不听不说，还落埋怨。"

听着女人们这么家长里短地说个没完，宋彦不住地向窗外张望。罗贵不说话，手扶水壶，时不时地给众人的茶杯里续水，即便是水杯满着。见状，刘士超说："你们说完了没有？不早了，再说下去，周倩就得管饭了。"

周倩说："怎么，你们想走？不吃饭就走？"

刘士超说："我和宋彦都有事，来的时候说过的不在你家吃饭，让罗贵把好酒给我们留着，等俊林成亲那天喝。"

罗贵说："都好长时间没在一起吃顿饭了，不能走，不能走，说啥也不能走。"

刘士超站起身说："改天吧，我今天真的有事。"

看着起身的刘士超一脸庄重，罗贵和周倩没再挽留。

第 十 三 章

　　宋彦骑着自行车来到罗贵家时，只有罗俊丽在家，这个涉世未深的女孩子注视宋彦的神态让后者差点儿笑出声来。罗俊丽的眼神里有惊讶有感激更有期待，她在慌乱中给宋彦倒水时，把暖瓶盖碰掉地上，那黑黢黢的木塞骨碌碌滚出老远。看着罗俊丽一脸惊慌地猫腰去捡瓶塞，宋彦说："丽丽呀，你别忙了，给你交代一句我就走，我单位有急事。你这就去帘子布厂报到吧，带上你家户口本。"

　　虽然有所预料，罗俊丽还是一阵惊喜，忙说："真的呀？宋叔叔，这么快，谢谢宋叔叔！"

　　宋彦说："记住，这是你刘士超伯伯的功劳，和谁都不要说是我给你办成的。"

　　罗俊丽不由得一愣，手捏瓶塞正要说话时，见宋彦已转身出去。望着宋彦骑着自行车远去，回味数遍宋彦的话，罗俊丽终究是一头雾水。

　　罗俊丽工作的事终于如愿以偿。一连数日，罗俊丽喜不自胜。罗俊林的婚事在各方帮助下办得也算体面。

　　本来，罗俊林已经给矿上的食堂管理员说好，借用一下买菜用的三轮车。婚事的前一天，他准备用半袋洗衣粉把这辆油乎乎的三轮车刷洗干净，然后自己骑上，将郑秋自娘家接走，车子斗大，被子、脸盆、梳子和镜子之类的陪嫁物品能一次性装完。后来，是刘士超听说后给矿上后勤部门打了个电话，借用一下客货车。如此一来，郑秋可以光彩地坐进客货车的驾驶室里，陪嫁物品系了红绳，被垫高后放在宽大的车厢内。婚车走动起来，招致不少艳羡的目光。

　　罗贵和周倩与郑秋的父母见面后，双方大人首先达成一致，在孩子的婚事上不能什么事都由着他们，为了不让外人说三道四，也为了父母心有所安，新房还是安置在家里的好，婚后想搬进租来的那间房子里也不是不行。罗俊林和郑秋简单商量后，同意了双方父母的意见。

本来就三间房子，这样一来，罗俊丽跟周倩睡在一屋，罗俊涛和罗贵睡在一屋，将另外一间腾出来用作新房。床和柜子如果要买新的，那原来的就没处可放，大家商量后，就将原来的刷上新漆。大红喜字当屋一贴，加之家具扩散出的油漆味，这间原先是罗俊林和罗俊涛共住的屋子摇身一变成了新房，满屋弥漫着清新的味道。

罗俊林的婚假一满，小两口就搬进了在矿山附近租下的一间十平方米的房子里。此前两人已经置备了木床和立柜，锅碗瓢勺也一应俱全。征得房东同意，罗俊林买来几块三合板，就在这间房子门口，将三合板竖起，找来木棍做支撑，买来牛毛毡盖顶，就这样，用来做饭的地方算是有了。蜂窝煤炉和蜂窝煤附近就有卖的，一个家该有的很快就置备停当。当蜂窝煤的蓝烟自三合板的缝隙里争相挤出，当蜂窝煤的味道爬进鼻孔，两人感到非常幸福，小家的味道让他们极为满足。

简易的茶几只配了两个木凳，偶尔有工友来家里蹭饭，就把茶几往床边挪挪，几个人坐床边也能喝得摇晃着走。这一年，山平矿务局自上而下正开展"五讲四美"活动，喝多了的工友走出大门后，不忘彼此提醒，个个整理着装，嘴里念念有词："讲文明，讲礼貌，讲卫生，讲秩序，讲道德。心灵美，语言美，行为美，环境美。"

不久，郑秋顺利地调到了六矿学校。站在学校门口能望见自己的小家，站在家的门口能望见学校，几百米的距离抬腿就到，哪天衣服穿少了，利用课间休息时间就能跑个来回。罗俊林下班一到家，她多半已经把饭做好。有时候，蜂窝煤炉没关好，早晨起来后蜂窝煤熄火，罗俊林摇摇头说："没得法。"郑秋说："有得法。"只一会儿工夫，她就能让蜂窝煤燃起。望着燃起的火苗，浓烟里的郑秋一脸喜悦。尽管身上时常带着一股子焦油味，然而郑秋对这样的生活非常满意。

双职工本来具备了分一间职工宿舍的条件，可矿上房管科的人说现在没有房源。许多时候，对于平常人来说，具备条件不一定管用，而不具备条件，最好是想都别想。

与哥哥罗俊林和姐姐罗俊丽相比，罗俊涛算是幸运儿，而这幸运多半来自他的聪慧。

一年一度的征兵工作如期展开后，在罗贵的张罗下，罗俊涛的名字很容易就被报到了武装部。体检时，罗俊涛无意间听见有人喊一个接兵的"周排长"。看着周排长一脸和善，利用体检的间隙，罗俊涛凑近周排长，壮着胆子说："周排长，有人叫你周排长，听着可亲切，我妈也姓周。"

周排长先是一愣，接着，他仔细打量了罗俊涛后问："你叫什么名字？"罗俊涛回答后，周排长说："你接着体检吧。"

周排长没有说别的。

后来，罗俊涛不但被征上了，家访时来的竟然是那位周排长。罗贵赶忙去商店买来一包烟，周排长看看烟，没动。周倩打了满满一碗荷包蛋端给周排长，周排长笑了笑把碗放在桌上。周排长说："你们对部队有什么要求尽管说。"

罗贵和周倩异口同声地说："没有，没有。"

周排长说："部队各方面的条件都很好，孩子到部队后很快就能适应，这一点你们尽管放心，不必牵挂。抛开保家卫国人人有责不说，只从个人角度讲，从军锻炼几年，个人的素质会有很大提高。当然，我并不是说不参军素质就不高，也不是只有参军素质才高。"

罗贵眨巴着眼，琢磨着周排长的话，感觉挺绕。周倩接话说："周排长人好，说起话来文绉绉的，俊涛跟你去部队我们非常放心，不会牵挂的。这孩子从小就顽皮，到部队后你该打就打，该骂就骂，好好管教也是对他好。"

周排长笑着说："看你说的吧，部队里不兴这个。"

周倩说的放心和不牵挂仅是挂在口头上，送走周排长后，她忽然生出一种无以言状的失落感。看见罗俊涛换上一身军装回到家，她一夜未眠。新兵出发那天，她跟随汽车哭着喊着足足跑了一里地。尘土淹没了她的容颜，罗俊涛只看见母亲扬起的长发在尘土中飞舞，这一幕让他终生难忘。

远去的罗俊涛怎么也没有想到她的母亲在他走后居然卧床不起，一连三天不说话，身子瘫软无力，茶饭不思，说病不是病，无病又像病。罗贵、罗俊丽以及罗俊林小两口轮番照料，劝慰的话说得满床都是，周倩就是闭口不言。第四天头上，恰逢罗贵休班在家照料周倩，周倩终于开口："老罗，你陪我去一趟六矿吧，我想去老大的房子里看看。"

起初，罗贵没有听见周倩的话，他在清扫门口的落叶。他有时耳鸣，有时耳背，孩子们劝说多次让他去医院看看，被他固执地一一回绝。等周倩用力拍打床头的木板并高声喊他，他这才听见并赶紧回屋。当他看见周倩已坐起来并开口跟他说话，他不由得一阵激动，弄清楚周倩是要下床时，他赶忙紧走几步过去搀扶。

"你说啥？"罗贵侧着脸问。

"老罗呀，你非要等到什么都听不见了才肯去医院呀？都是下井下的，现在井下还是用炸药炸煤？"周倩问。

"有时候还用，综采结合炮采。什么炸煤？那叫落煤，用炸药落煤。"罗贵显得很是认真。

"不就是那样嘛，先是钻个眼儿，再把炸药弄进去，接下来把炸药点着。"周倩像是下过井一样。

"不说话时一句都不说，说起来没个头。你刚才说的啥？"罗贵把话题绕开。

"咱俩去俊林租的房子里看看吧，我不放心。俊涛去部队了，家里的房子空出来一间，让俊林和郑秋搬回来住吧。"周倩的声音一下子低了不少。

"你让他们天天来回跑？一趟可是三十里呀，你忍心？"罗贵耐心地说。

"也不知道俊涛想家了没有！"周倩停了一会儿说。

"你有完没有？不是操这个的心就是操那个的心。"罗贵显得极不耐烦。

见周倩木然地坐在床边，微闭双眼，不再说话，罗贵赶忙说："好好好，听你的，我这就带你去六矿，我去推自行车，你收拾一下，咱们这就走。"

周倩听了，这才睁开眼睛，缓缓站起身，对着镜子梳理头发。梳子时不时被困在乱发里动弹不得。

自行车驮着两人蹒跚在崎岖小路上。感觉近道不大好走，唯恐摔着周倩，罗贵犹豫了一会儿，最终还是把车子骑到了通往六矿的大道上。时不时有拉煤的汽车和拖拉机载满煤炭从他们身边驰过，车辆会在凹凸不平的路面上留下些煤末，在轮胎的碾轧和带动下，路面的上方煤尘飞扬，乍一看，像是电厂的烟囱卧倒在路面之上。

两人来到六矿学校门外时，离放学的时间还早，于是，他们蹲在路边东张西望，等待放学的铃声响。

郑秋跟随放学的学生走出校门，见老人手搭凉棚在密密麻麻的人群里寻找他们想要看到的面孔，她先是一惊，接着跑过去，紧紧抓住周倩的手。

在郑秋的引领下，三人走进一扇大门。这是一处坐北朝南的长方形宅院，三间主房的东边仅有一间偏房，偏房的南边是大门，在偏房的门口突兀地立着用三合板竖起来的小屋，这小屋比西墙边的鸡窝没大多少。

郑秋开门时，周倩问："这是什么?"

郑秋说："厨房，俊林搭的。"

周倩轻轻推开虚掩着的用以当门的三合板时，两只耗子刺溜一下从她的脚边窜出，用极快的速度消失在鸡窝后边。周倩的汗毛瞬间竖起。定神看时，见里面仅能容人，一个蜂窝煤炉上坐着个长嘴铝壶，铝壶吱吱作声。周倩忽觉鼻子发酸，低声问郑秋："你们就在这里做饭?"

郑秋尴尬地说："门缝太大。不过，一有人，就没有老鼠了。妈，你进屋吧。"

立柜和大床几乎把屋子占满。周倩坐在床沿上低着头不想说话。罗贵问："俊林什么班?"

郑秋说："上八点，他中午不回来吃饭。我们吃捞面吧，鸡蛋和西红柿都有。"见罗贵点头，郑秋看一眼周倩，在门后的脸盆里洗洗手而后去了厨房。

不大一会儿工夫，门外传来吱吱啦啦叮叮当当的炒菜声，紧跟着是郑秋的咳嗽声，污浊的油烟打着旋儿经门口飘往大门的顶端。

小儿子当兵才走数日，今日见大儿子的小家是这个样子，本就伤感的周倩这会儿只想哭上一场。见周倩随时要哭，考虑到郑秋还要去学校，吃过午饭后，罗贵便催促着返回。

　　回到家里，周倩逐个房间转悠，一个劲儿说个不停："俊涛当兵去了，俊丽也上班了，俊林在井下挖煤，也不回来住，家里一下子空荡荡的。以前房子少，不够住，现在多了，却没人住了，这日子怎么越来越没意思啊。"

　　罗贵耐着性子，任由周倩不住地唠叨。

　　罗俊林没有想到他的父母会跑这么远来矿上看望他们，他和郑秋即便在罗俊涛当兵之前也是经常回去的。他现在的房子虽小，却很方便，他升井后洗过澡，十分钟就能到家，加之井下工资高，他对目前的生活状况十分满意。如果不是那场意外，他乐意一如既往地工作在井下，他乐意在那样的生活状态中等待，等待着矿上有新的房源，等待着有了新房后郑秋为他怀上个孩子。

　　那场意外，没有酿成重大安全事故，实属万幸。那场意外，大大出乎了所有人意料。

　　自改革开放以来，国内市场经济发展迅速。按照党中央和国务院的指示精神，为支援地方发展经济，山平矿务局对矿区边角煤田进行了全面普查，决定把不大适合统配煤矿开采的十六块煤田，总储量一千六百万吨划给地方小煤窑开采，以活跃地方经济。为此，山平矿务局专门组织召开了领导班子扩大会议，会议要求大家要统一思想，服从大局。部分与会者对这一决定颇为担忧，地方煤矿，尤其是个人小煤窑的兴起，势必会对统配煤矿的生产和销售造成冲击。最后，为提振地方经济，山平矿务局自上而下很快统一了思想，并对未来的困难做了相应的思想准备。

　　这天，罗俊林与往常一样跟工友一道下井，矿井下机器的嗡嗡声一如既往。起初，没有人注意到巷道一侧的异常，只注意到罗俊林今天显得无精打采，几个工友见他没干多少活儿就气喘吁吁，相互对视一眼后粗话随之而出。

"俊林，你昨晚锄地锄多了吧？"

"也可能是吸多了，吸多了也累人。"

"那要是锄多了也吸多了呢？"

"更累人。"

"怪不得俊林的腰都直不起。"

"你个小毛孩儿，婚都没有结，咋会懂这么多？"

见罗俊林非但没有搭理他们，还丢下手中的工具，猫着腰来回走动，侧耳细听，工友们接着起哄。

"你们看，他这腰是越来越软了，累成这样，心疼人啊。"

"回头我得给郑秋嫂子说道说道，可不敢这么折腾俊林哥了，这么下去不得了。"

忽然间，罗俊林挺起腰大喊一声："有情况，你们都闭上臭嘴，仔细听听。"

众人一愣，见罗俊林一脸庄重，一个个息了声，学着罗俊林的样子侧耳细听。巷道里依旧是机器的嗡嗡声，除此之外，好像没有别的声音。

"这边，好像是这一块。"罗俊林低声说。

众人的目光顺着罗俊林的脑袋游动，耳朵也听到了不同的声音，这声音若有若无，微乎其微。

"是，是有声音，像是钻头钻东西。"

"好像还有人的说话声。"

"遇见鬼了，这巷道是我们开出来的，巷道以外是地壳、是岩石啊，几百米深呢，怎么会有声音呢？"

"不会是坟墓吧？死人又活过来了，正急着出去呢。"

"你家的坟墓有几百米深呀？别胡扯。"

"我们这边的噪声太大，听不清那边的声音，要不把我们巷道里的机器关停，这样就没有杂音了。"

"你这是影响生产，是违章作业，你想背处分吗？"

"赶快报告调度室吧。"

"怎么报？你能说清楚？"

大家七嘴八舌，难以拿定主意。罗俊林把身子紧贴在巷道壁上，试图弄清情况后再报告调度室。忽然间，他的臂膀随着一阵抖动，变得血肉模糊，剧烈的疼痛让他几乎失去知觉。紧接着，臂膀不疼了，只剩麻木。

　　一时间，罗俊林的脑际一片空白。他以为他死了。恍然间，他像是看见了他姥姥临终前那双空洞的眼睛。她姥姥的棺木下葬时的情景如在眼前，沉重的棺木极不情愿地被一点点下移到墓坑时，拖着棺木的绳索发出沉闷的咯吱咯吱的声音，这声音在悲怆的哭泣声里显得分外刺耳。冰天雪地，寒气逼人，东北风带着刺儿在旷野上肆虐，生生扎上人们的耳朵，耳朵被割去般的疼痛。

　　此时，工友们一个个被眼前的一幕弄得目瞪口呆，他们先是愣在原地，接着，争相抢救罗俊林，有的撕下衣服给罗俊林包扎伤口，有的抱着罗俊林离开原地。

　　一根原本旋转着的钻头这会儿停下了，钻头上挂着新鲜的血肉。等那根黑黢黢的钻头收回后，巷道壁上留下个圆圆的黑洞，自黑洞里传来惊慌的声音。

　　"见鬼了，见鬼了，那边怎么会有亮光啊？好像钻到人了，有人在喊叫，这钻头上还带着血肉呢。"

　　"图纸，图纸呢？快看看图纸，我们这是挖到哪里了？可别是挖到六矿的巷道了呀！"

　　"班长，你看看，估计真像你说的那样。"

　　罗俊林清醒后瞬间明白了眼前的一切，他赶忙让人打电话将这里的情况报告给调度室。在工友们义愤的骂人声中，在两个工友的搀扶下，罗俊林快速升井，而后去往医院。

　　"这个鳖孙小煤窑主，为了挣钱，什么都不要了，市里明明给他划的有采煤区域，他还敢明目张胆地向我们这边偷挖，这跟偷盗跟杀人没什么两样。"一个工友气得脸色铁青。

　　"这真是个天大的笑话，这次非得告他不可，不判他个死刑都不行。"另一个工友咬着牙说。

　　罐笼将罗俊林及两个工友提升到井口时，调度室的值班领导已在井口等候，一起等候的还有三名医务人员。罗俊林坐车来到医院，医务人员动作极其熟练地为他清洗和包扎伤口，然后拍片检查。罗俊林强忍疼痛，等待着医生的检查结果。其实，他心里十分清楚那旋转着的钻头钻进胳膊会是怎样的结果，就像利刃切入蛋糕，随心所欲，所以，当医生说出他的伤势后他一点儿都不感到突兀。

片子出来后，医生说："肱骨骨裂，皮肤、肌肉、肌腱、神经、血管严重损伤，得住院治疗，我这就给你办理住院手续，希望你能积极配合我们的工作。"

罗俊林本来想说我自己的骨头我自己的肉，有多疼只有我自己知道，再疼它也疼不到别人，我能不积极配合吗？我不配合谁配合？他看一眼眼前这位文弱的医生，什么也没说，只是点头应下。

在治疗室里，他的胳膊跟包粽子一样被包扎后又被固定，随后，一个工友陪着他去往病房。屁股才挨上病床，罗俊林就对工友说："快到放学时间了，你去学校门口等郑秋吧，先别给她说实话。"

工友迟疑一下说："我就见过一面，别给领错了。"

罗俊林说："你就别逗我了，领错我可消受不起，关键是人家得跟你走啊，你想得倒美。"

工友嬉笑着走了。等他回到病房门口时，回头一看，身后的走廊里空空如也，赶忙反身寻郑秋。拐弯处，郑秋正面对墙角闭目祈祷，她面色如土，神志恍惚。

一进病房，郑秋见罗俊林在床边散步，忽然间泪如泉涌，揉着鼻子说："你们就吓死我吧。"

"这是怎么了？"罗俊林大惊。

"你说不让我说实话，我就什么都没说，只是让她跟我去医院，你在医院。"工友说。

"真是个死心眼儿。"罗俊林笑着说。

"啥都不说，故意吓人。"郑秋破涕为笑。

"是我疏忽了。胳膊碰伤了，不要紧。"罗俊林拉着郑秋的手说。

"不要紧？被竹板夹着还说不要紧，一定是骨折了，怎么碰伤的？你说呀。"郑秋显得极其着急。

罗俊林正要把事故经过说给郑秋听，矿领导一行人进来了，郑秋忙去一边站着。矿领导说："情况我们都了解清楚了，多亏你及时发现这一重大事故苗头，并在第一时间报告给调度室，不然，等那群瞎子把雷管塞进钻孔里点燃，后果将不堪设想。好在他们及时收手，并做了回填等补救措施。矿上已经把这一情况及时上报给矿务局相关部门，同时，反映到市里有关单位，要求严肃处理小煤窑窑主，并杜绝类似事情再次发生。你好好养伤，有困难只管给矿上提。"

罗俊林感激地说："谢谢矿领导关心！我没有什么困难。"

矿领导看着一旁的郑秋说："你是罗俊林的爱人吧？在六矿学校教学，还得照顾罗俊林，辛苦你了。"

郑秋忙说："应该的，应该的，感谢领导关心！"

最后，矿领导对罗俊林说："俗话说，伤筋动骨一百天。你不要着急，要耐心静养。看起来你精神头儿不错，这样我们就放心了，我们走了。"

郑秋一直把矿领导一行送出医院大门，这才返回病房。她轻轻抚摸着罗俊林的胳膊心疼地问："疼得厉害吗？"

罗俊林说："不怎么疼，可能是医生给用了麻药吧。"

郑秋不解地问："我知道井下的钻头是钻煤层的，怎么会钻到你的胳膊上呀？"

罗俊林简要地把事情经过说了一遍。郑秋听罢，气得咬牙："他们都是瞎子？"

罗俊林说："秋，你看给咱爸妈说不说？"

郑秋想了想说："要是不太厉害，要是不打针的话那就先不说，等好一点儿了我俩回家看他们，这样，他们就不用来回跑了，这么远的路，你说呢？"

这时，一个护士端着托盘进来了。望着护士将吊瓶高高挂起，望着护士将针头扎进丈夫的血管，想象着丈夫血肉模糊的伤口以及断裂的骨头，郑秋痛苦地闭上了眼睛。

吃过晚饭后，郑秋将饭盒放在窗前，无意间见一辆豪华轿车来到医院，一位中年男人从副驾驶室下车后，迅速躬身拉开后方的车门，并随即将一只手护在容易碰头的地方，另外一只手平伸在车的门口。先是自车内伸出一只白嫩的手，这只嫩手搭在中年男人的手上，接着移出来一位柳条细腰的人。高跟鞋的咯咯声划破了黄昏的宁静。

这位妙龄女孩十八岁上下，手拎奶油色爱马仕名包，款款走进罗俊林的病房后，法国桂花香水的味道随之而入。罗俊林和郑秋禁不住心头一惊。那位中年男士恭恭敬敬地说："请问您是罗俊林师傅吧？"

罗俊林说："我是罗俊林，你们是哪里的？"

中年男士说："这位是我们富矿长的爱人，听说罗师傅被我们的矿工给碰伤了，心里非常不安，特意赶来看望问候罗师傅，也算代表我们富矿长。"

罗俊林没有在意这位男士所谓的"碰伤"一词是否得当，见富矿长的爱人居然这么年轻，那富矿长的年龄一定大不到哪里去。虽然那是个仅有三十多人的小煤窑，矿井就在六矿的东南边，可富矿长毕竟也是一矿之长，年纪轻轻当矿长，这让罗俊林忽生好奇和佩服，他不无感慨地问中年男士："经营煤矿可不是一件容易的事，你们富矿长多大了？"

"六十。本来我们富矿长是要亲自过来的，忽然接到上面的检查通知，只能让夫人代劳了。"中年男士大约是没有体味出罗俊林的心思，只顾替他们矿长打圆场。

罗俊林吃惊地点头应着，一时不知道说什么好。

矿长夫人从包里掏出一个牛皮纸信封，她把信封放到床上说："一点儿心意，请罗师傅收下。"

罗俊林赶忙将信封还给矿长夫人，并说了不少感谢的话。矿长夫人捏着信封说："罗师傅啊，你有什么想法只管说，有什么困难只管去矿上找我。都怨我们矿上管理不行，经验不足，跟你们大矿没法比，我们得加把劲赶上。"

加把劲就能赶上吗？你也过于小瞧我们六矿了，我们可是国家统配煤矿，你这不是自负，是无知。罗俊林这么想着，不由得咧了一下嘴。矿长夫人瞧见了，一脸不屑地说："小医院就是不行，医生没给你用麻药吧？看把你疼的，老姜，你把他们院长给我喊过来。"

罗俊林忙说："用了，用了，用麻药了，是我刚才扭了一下胳膊，这胳膊动一下就疼。喊院长干什么？你们走吧，我想安安静静躺一会儿。"

矿长夫人最后说："那好吧，你好好养伤吧。"说罢，把装有现金的信封重又放到床上，扭转身去了。

罗俊林示意郑秋将信封还给矿长夫人。郑秋看一眼罗俊林，然后用鄙视的目光盯着信封，捏起来，紧走几步跟上矿长夫人直至轿车旁。轿车启动后，郑秋一扬手把信封塞进车窗玻璃的缝隙里，而后转身去了。

陪护罗俊林的那个工友站在窗前望着豪华轿车远去，不解地问罗俊林："干吗不要他们的钱？他们差点儿要了你的命，甭说这么点儿小钱了，再多上十倍，他们也该给。小煤窑挣钱跟捡钱一样，不要白不要。"

罗俊林一笑说："人家又不是故意的，人家也不容易。再说了，我们是矿上的人，我们的一切都由矿上安排，矿上是我们的主人，这样的事，她应该找矿上说才是。"

工友摇摇头说："死心眼儿。遇上这样的事儿，换成别人，说不准这一家伙就发了。"

罗俊林不屑地说："指望这事发财？"

工友瞪着眼说："咋了，你不信？五矿那边村上，有个叫黄小头的，天天嚷着让他爹去村口的大路上溜达，他的原话是这样的：'爹，你天天戳在家里干啥？去路上转悠转悠呗，万一被哪辆煤车碰倒了，那咱可就发了。'"

罗俊林听罢，倒吸一口凉气。

第 十 四 章

宋彦办公桌上的电话响起时，他正在翻阅文件，拿起话筒后，听见话筒里传来刘士超的声音，忙丢下文件说："刘队长，六矿？我正在看通报，还没看到六矿的事，罗俊林受伤了？怎么回事？居然发生这样的事，他伤势不严重吧？好，我这就往下看。刘队长啊，罗贵和周倩还不知道这事吧？你脱不开身，让嫂子和菊花去医院看看俊林？好的，我知道了，我要是没事我也去。小煤窑的人拿着钱去看他，结果被他给赶走了？是的，我们从小看着他长大，跟他爹一个性子。好的好的，我这就找罗贵和周倩。"

宋彦放下电话，迅速拨通机电队的电话："喂，我找罗贵。他下井了？那好吧。"

周倩上班的地方没有电话，宋彦只得走路过去。

宋彦一个人去找周倩，这在平时并不多见。周倩下意识地往四周看看，她显得很不自在。宋彦说："俊林这几天回来没有？"

周倩警觉地问宋彦："俊林怎么了？"

宋彦一笑说："看把你紧张的，我好久没见俊林了。"

周倩听出宋彦的话像是想见俊林的意思，她长出一口气，怯弱地说："宋彦，你可别吓我。"

宋彦忽觉一阵伤感。看来周倩还不知道俊林出事，俊林这小子可真能沉得住气。宋彦这么想时，也在盘算着怎么给周倩说这事。他害怕看周倩痛苦的样子，所以他迟疑着不敢一下子说出罗俊林的事，揣摩着让菊花或者张艳说，反正大家会齐后要一道去六矿医院看望罗俊林。

宋彦将三个女人召齐后，吞吞吐吐地说："我们四个各自骑上自己的自行车，一起去六矿一趟。"

周倩急着问宋彦："去六矿干啥？"

宋彦为难地看着张艳说："嫂子，你说吧。"说完无奈地摇摇头，他还没有机会把罗俊林的事说给张艳听。

张艳如坠云雾中，盯着宋彦说："宋彦，你今天跟丢了魂一样，你让嫂子说什么呀？"

宋彦尴尬地说："我还以为刘队长给你说了呢。是这样的，刘队长给我打电话让我带你们几个去六矿看看俊林，俊林的胳膊受伤了，不过不严重。"

周倩听罢长出一口气，她没有言语。张艳和菊花急不可待地问宋彦："俊林怎么受伤的？什么时候？"

宋彦说："具体我也不太清楚，刘队长电话里只是说俊林在井下被机器伤着胳膊了，应该不严重，估计是伤了一层皮。周倩，你怎么了？怎么不说话呀？俊林的胳膊要是伤得严重的话，刘队长早就给我说了。"

周倩低声说："宋彦，你过来找我的时候，问俊林回来没有，当时我心里就咯噔一下，就觉得像是有什么事发生。俊林这孩子也不给家里说一声。"

菊花说："嫂子，几个孩子中你最亲的是俊林，宋彦是怕你听说后心里难过，就哼哼唧唧的不敢说。俊林这孩子也是怕你担心不是？过几天伤好点儿了，他肯定回来告诉你。"

张艳说："宋彦，这事能瞒得住周倩吗？亏你都当领导了，还这么磨叽。我们骑车去六矿，干吗不坐公交车？"

宋彦说："公交车不经过我们这里，走路去站牌，有点儿远，骑车去站牌，还得存自行车，干脆骑车去算了。"

三个女人沟通了一下，觉得宋彦说得不无道理，于是，骑上各自的自行车，奔六矿去了。宋彦在矿门口的商店里买了点点心和罐头，随后将这些食品用网兜装了，挂在自己的车把上。装了铁盒和玻璃瓶罐头的网兜，时不时地与自行车磕来碰去，发出当当的声响。

对于这件事，对于这点儿伤，罗俊林压根儿就没怎么在意，发生这样的事故，矿上会有专人出面处理，他胳膊上的伤，最多三个月自然就会痊愈。他没让郑秋请假陪护，只在打点滴时让一个工友帮他看着。打点滴是件磨炼性子的事，看着那温柔的水珠慢悠悠淌下，无论你是心急，还是烦躁，一直望着那水珠，不消多久，你就会心静如水。能耐再大，本事再高，当你不得不面对这水珠时，你跟其他病人并无二致，你照样得等着这水珠一滴滴滴下。如果你是个驴脾气，你执意要将那水珠改变形态，快速流入你体内，这不是不行，你只需动动手就成，关键是你得瞒着你的医生和护士，最主要的是你不一定再有机会发脾气。

望着慢悠悠的水珠，罗俊林对工友说："划拳吧？"

工友说："输了呢？"

罗俊林说："学猫叫曲儿。"

工友说："中，声音可不敢高啊。"

两人的划拳声以及猫叫曲儿的声音虽然极低，只住一人的病房门又被关得严严实实，可还是在病人不多比较安静的病区走廊里被别人听去，以至于经过他们门口的人诧异地驻足细听，而后摇摇头，一脸无奈。

宋彦问过护士后领着三个女人走向罗俊林的病房。

见罗俊林一脸惊慌地望着自己，见自己的儿子手臂被厚实的竹板夹着，吊瓶高高挂在头顶，周倩的眼前一下子闪现出断裂的白骨，还有黑红的血肉，她忽觉一阵眩晕。

周倩坐到病床边上，啪啪地拍打着罗俊林的大腿，她的哭诉声让罗俊林感到撕心裂肺："你骨头都碎了，也不给家里捎个信儿。都伤成这样了，这能不疼吗？俊林啊，你过的是什么日子呀，住的地方多去个人就没地方下脚，做饭的地方扭个身都扭不过来，老鼠还四下里乱窜。我们罗家对不住郑秋，多好个孩子呀，一直跟着你受罪，连一句埋怨的话都没有。你们都快三十岁的人了，到现在连一个像样的窝都没有，这不怪别人，都是你爸妈窝囊。呜呜呜……"

罗俊林紧紧抓住母亲的手，眼泪直流，没说几句便泣不成声："妈，你可不能这么说呀，我和郑秋都很满足，一点儿都没有受苦。我都这么大了，还没有让爸妈享我一点儿福，反而让你们为我操碎了心，都是儿子不孝。"

一旁的张艳和菊花情不自禁地眼圈发红。宋彦干脆去了卫生间。张艳坐到周倩身边，抚着周倩的肩膀劝慰她："别哭了，你一哭，俊林更伤心。一切都会好起来的，矿务局好多单位都在盖家属房，你别愁分不到新房。"

菊花和罗俊林的工友，加上进来的宋彦轮番劝慰，周倩终于擦干眼泪不再伤心。宣泄之后的周倩，眼睛明亮了不少，多了几分憧憬，还有几分坚强。

两瓶点滴打完后，罗俊林翻身下床，架着胳膊跑了几步，并连蹦老高，惊得三个女人一阵责怪，也使得原本想要留下来照顾儿子的周倩变得迟疑起来。罗俊林笑着说："这下你们放心了吧？我的身体说没事就没事。"

"快坐床上，别乱动。"周倩推着罗俊林说。

"你们说话吧，我出去一会儿。"宋彦说。

宋彦走出医院直接去了矿上的办公楼。

房管科科长是位身材厚实的人，他笨拙地起身给宋彦倒水时，宋彦直截了当地说："老伙计，你别忙乎了，我还有事，长话短说，我从你们医院过来，看望罗俊林了，三个老娘儿们还在医院等着我哪，我不准备在你这里多待。"

房管科科长问："罗俊林，就是前几天被小煤窑的人给钻伤那个？你们认识？"

宋彦说："何止是认识，罗俊林是我看着长大的，他都结婚半年了，现在还在矿院外租房住，你得想法子给他弄一间房子呀。他爱人叫郑秋，在你们矿上的学校教书。"

房管科科长难为情地说："宋科长，你也是干这一行的，不会不知道，这房子的事呀永远是僧多粥少。"

宋彦扒拉着桌上的报纸说："杨科长，我不知道你这里僧多少粥多少，无论如何，你得想办法给罗俊林匀上一口，这个人情留给你小姨子也不是不行。"

杨科长乐呵呵地说："我小姨子的事你得费心，你交代的事我也得费心，谁让你我是弟兄啊。"

宋彦握住杨科长肥硕的手，低声说："我那两瓶好酒咱就喝了一瓶，剩下的一瓶一直没有动，等你啊，走了。"

宋彦辞别杨科长，匆匆回到医院，见三个女人还在家长里短地说个没完。

见宋彦进来，菊花问宋彦："你干啥去了？"

宋彦说："拉肚子。"

离别时，三个女人你一言我一语再三叮嘱罗俊林注意这个避免那个，她们比医生还医生，弄得罗俊林穷于应付。

三个女人和宋彦离开六矿医院没几天，罗俊林就出院了，遵医嘱在家里养伤。在家养了没几天，罗俊林接到通知，让他及早搬进矿上较早建的只有两层的职工宿舍楼。罗俊林听闻后自然欣喜不已，自己无能为力，只得将工友叫来，把大床、柜子、蜂窝煤炉和蜂窝煤球等搬到宿舍楼里。他分来的房间九平方米。二楼的一间厨房是共用的，顺墙边排满蜂窝煤炉。见此情景，罗俊林很是担心会不会搞错，厨房里的蜂窝煤炉长相大致相当，炒菜的铁锅也大同小异，做饭时谁敢保证不会将自家的菜倒进别人的铁锅里？

东西搬运完毕，工友磨蹭着不走，看阵势，不喝点儿是不行。罗俊林出去买来一块卤熟的猪头肉和几个凉菜，外带一兜子火烧，两瓶白酒打开后，几个人美滋滋挽起袖子划拳："五魁首，六六顺，一点钟……"

"我也想被钻一下，然后分一间宿舍。"高个子工友说。

"被钻两下也行，关键是谁敢保证不钻丢人命？谁敢保证就跟俊林这样，刚好钻到骨头上？还有就是，被钻了，谁敢保证就一定能分到一间宿舍？可别是被钻了，还是连一间鸡窝都弄不到手。"矮个子工友说。

"你俩是吃饱了撑的？"陪护过罗俊林的那个工友说。

"没有啊，就喝了点儿酒，馍还没吃呢。"高个子工友说。

几个人鼓着腮帮子，青蛙一样咯咯乱叫。

山平矿务局是在计划经济体制下诞生的国企，数十年来，其下属的各个煤矿只需自身挖潜，确保井下安全，克服采煤困难，压缩采煤成本，保证煤炭质量，无须担忧煤炭的去向。煤炭的统一调拨，其益处在于使煤炭生产企业没有后顾之忧，广大矿工依托背后的大山，力有地方使，汗有地方流，与煤层为伍，与矸石为伴，吃饱穿暖，心无旁骛，自然其乐融融。然而，这样的情况正在悄然发生改变。

党的十一届三中全会确定工作重点转移后，煤炭工业按照"发挥中央和地方两个积极性，大中小一起上"的精神，尤其是在国务院颁发《关于加强发展乡镇煤矿的八项措施》以来，煤炭产量得以大幅攀升。这个时候，中央领导在省领导的陪同下视察了山平矿务局，并做出了重要指示，要求各地方的煤田要增加开发力度，有水快流。

如此一来，乡镇煤矿、集体煤矿、个人煤矿如雨后春笋般冒了出来，加上此前就有的个别小矿，整个山平矿区的小型矿井数量居然达到三百多家。小煤窑与国有大矿相比，成本低，包袱轻，其生产与销售机动灵活，这势必给山平矿务局的生产经营带来不小冲击。

山平矿务局的机关会议室里，梁局长在分析以上形势时非但没有表现出忧虑之色，相反，他的眼睛清澈明亮，他的声音铿锵有力："同志们，建矿几十年来的实践证明，我们山平矿务局历届领导班子，都是敢于面对挑战的精兵良将，都是不畏风浪的顶尖水手；我们的广大矿工，任何时候都是一支勇于战胜困难险阻的威武之师，都是我们身后的巍峨大山。我相信我们山平矿务局一定能克服前进道路上遇到的沟沟壑壑，排难除险，再创辉煌。"

梁局长极具鼓动性的发言，赢得在座的班子成员及主要处室负责同志热烈的掌声。刘士超放下双手，见个别鼓掌的同志脸上依旧罩着阴云，他们知道，鼓掌只是形式，巴掌更改不了现实。集思广益，未雨绸缪，是山平矿务局领导班子的一贯作风，梁局长讲完后，大家各抒己见，有人从煤炭生产角度谈了新形势下山平矿务局的远景规划，有人从煤炭销售角度谈了未来煤炭市场面临的具体问题。刘士超只是机械性地做着笔记，他已没有心思对未来形势做出分析，因为他在此次会议前接到通知，他已到退下来的年龄，只等择日办理离职手续。一直到会议结束，刘士超总觉得他的头脑昏昏沉沉，像是被人从颈部抽走了原本流向脑部的部分血液。

像是古时候的一位战将，当他踌躇满志准备随大军奔赴前线时，却被告知因为年龄问题该回家静养了。一种无以言状的孤独与无奈让刘士超感到了前所未有的疲惫，他在下班的途中双腿发软，胸闷气短。

"你这是怎么了呀？老刘，你哪里不舒服？"刘士超一进门，张艳吃惊地问。

刘士超没有言语，只是摆摆手，而后去了书房。

见状，张艳脸色骤变，赶忙跟到书房，着急地问："老刘，你别吓我，是身体不舒服，还是路上遇到什么事了？"

"你嚷什么嚷，什么也没有。"刘士超坐到书桌前说。

"你指定有事，这到底是怎么了？"张艳追着问。

"我退下来了，明天去局里办手续，不知不觉就到站了，怎么就这么快呀！"刘士超少气无力地说。

"我的天！我还以为是什么大不了的事呢，退下来就退下来呗，谁到年龄了都会退下来，我不是也退了？你至于这么垂头丧气吗？"张艳说完，长长出了一口气。

刘阳在自己的房间看书，听见爸妈说话，来到书房，阴沉着脸说："正好，你们都退休了。"

张艳不解地问儿子："正好？你想说什么呀，阳阳？"

刘阳低声说："我要结婚了，兴许将来你们就有事可做了，苏娜像是怀孕了，本来我们是不打算要孩子的，唉！"

张艳又惊又喜："你这孩子怎么不早点跟我说一声啊，你们终于可以谈婚论嫁了，这是多好的事呀，苏娜身上有喜，这更是好上加好的事。"

刘阳淡淡地说："妈，你不要高兴太早好吧？我说的是'像是'，苏娜是不是真的怀孕了还不一定呢。再说了，苏娜跟我一样，没有要孩子的思想准备。"

张艳愣了一下说："那怎么行？"

刘阳摇摇头说："妈，我不知道这有什么大惊小怪的，这都80年代了，都改革开放好多年了，你的思想也得跟上时代发展的步伐才对，不

155

能被时代落下。"

一直没有吭声的刘士超说："不结婚就是改革开放吗？不要孩子，甚至于未婚先孕就是跟上时代的步伐吗？你别给你妈灌迷魂汤了。"

刘阳嬉笑着逗他父母："爸、妈，改革开放可不只是经济建设上的改革开放，也是思想意识上的改革开放，故步自封，因循守旧，这些都是要不得的。"

刘士超一时来了精神，站起身与儿子争辩："思想开放一点儿不代表可以百无禁忌，可以为所欲为。无规矩不成方圆，有敬畏才知行止。年轻人都像你这样，三十好几不结婚，说结婚就是万不得已，这样下去怎么得了。"

刘阳止住笑说："爸，我今天是看你退下来不开心才有意让你开心的，你倒好，给我上起政治课来了。你儿子从前是教师，现在是教研室主任，很快要当副校长了，什么课我都给学生上过，包括政治课。之前不结婚是因为我没有分到房子，家里的房子那是家里的，我现在分到房子了，我可以理直气壮地结婚了，我不知道这有什么不妥。"

见刘士超一脸怒气，见刘阳面色发红，喘着粗气，张艳忙说："你俩这是干啥呀！老刘，阳阳是看你心情不好，才给你找话说的，为的是让你开心，你倒好，板着脸给孩子上起政治课来了。阳阳，你少说几句，你爸这一退下来，一时半会儿肯定适应不了，咱不招惹他。"说罢，拉上刘阳出了书房，并把书房门顺手带上。

刘士超仰头望着屋顶，感觉心烦意乱，百无聊赖。

张艳却不然，她脸上的笑纹一拨拨地往下掉，她把儿子拉进她的房间，轻声问："苏娜有一个月没来咱家了，她身子反应厉害不？"

刘阳说："肯定反胃。"

张艳说："真是难为这孩子了，不知道苏娜是怎么应对她父母的。明天你把她带回来吧，妈想看看苏娜。"

刘阳说："好吧，妈。她开始忙乎房子的事了，今天上午我一拿到房子钥匙，她就已经迫不及待了。"

张艳怪刘阳："阳阳，你怎么能让苏娜收拾房子呀？她可不敢干活，你爸正好没事干，回头我和你爸去。房子得好好装修一下，家具也得买好的，结婚可不是小事。"

刘阳说："妈，刚刚交工的新房子，白灰墙面，水泥地，不用装修，我看过了，挺好。"

张艳说："咱先不说房子的事，回头我和你爸去看了再说。要紧的是，我和你爸得去一趟苏娜家提亲，这事可不敢再耽误了。你问问苏娜，我们哪天去她家合适。"

刘阳说："好吧。不过，妈，我跟苏娜商量过了，房子真的不用装修，我和苏娜随便买几样简单的家具就行，你和我爸什么都不用管，想看看就去看看。"

张艳听罢，起身从抽屉里找出一个存折，她把存折递给刘阳说："房子的事你不想让我和你爸插手也行，老一辈人的眼光落后。你把存折拿去，房子该怎么收拾，该买什么家具，你们两个自己定吧。"

刘阳说："妈，你误解我了，我不是嫌你们眼光落后，我是不想用家里的钱。"

张艳伤感地说："你这套房子都没用家里一分钱。我和你爸就你这一个孩子，家里的钱还不都是你的?"

刘阳说："妈，家里的钱是家里的，我不能用家里的钱。眼前，我得学会自立，我得靠自己。至于将来，那是将来的事，将来的事将来再说。"

张艳忽觉鼻子发酸。她缓缓走到窗前，毫无目的地望着窗外，好久没有言语。刘阳的一只手搭在她肩头时，她的眼角淌下两滴晶莹的泪珠。她感到迷茫，弄不清是自己的思想落伍了，还是孩子的思想过于超前了。似乎别人家的孩子不是这样的，怎么偏偏是自家的孩子有悖常规，像是树杈一样，硬是向着偏离母体的方向一个劲儿地长。

夜间，张艳不想把自己的心事说给刘士超听，又难以入睡，就在床上不住地折腾身子。起初，刘士超误以为是自己的失眠影响了张艳，故意弄出点儿鼾声。张艳依旧，这让刘士超一时想起她做烙饼的情景。

次日，刘士超去局里办理了交接手续。他出来的时候，感觉不敢正面看人，又不想与人说话，于是低着头出了大门。他不知道自己为何会这样，头脑空空荡荡地在街上随意乱走。一个年轻人骑着一辆"凤凰"

牌自行车嗖的一声紧挨他的左肩擦身而过时，刘士超隐隐听见风中飘来的声音："这老头儿，大白天的，梦游呢？"

刘士超没有意识到他什么时候已走出市区，来到了一个荒坡上。这里曾经有他的家，那曾经的石屋如今已是断壁残垣。他怔怔地望了一会儿长满荒草的石头堆，而后颓然坐下。不远处，一列装满煤炭的列车正冒着烟儿缓缓从煤矿出来。

当正午的阳光将刘士超的脑门儿晒出豆大的汗珠时，他站起身抖抖裤子，然后步履缓慢地走回家去。

夜间没有睡好。第二天早晨，头脑昏沉的刘士超一骨碌爬起来，看一眼床头的手表，慌慌忙忙去卫生间洗漱，扭头对着正做早饭的张艳说："也不喊我一声，今天得迟到。"

张艳吃惊地问："你要去哪儿？"

刘士超说："能去哪儿？上班呀。"

刘士超说完，这才意识到他已经退了下来，愣了一下，伸头看张艳，见张艳正用心疼的眼神望着他。他叹息一声，放下手中的毛巾，对着镜子发呆。

第十五章

　　秋风胁迫着枯叶纷纷落下，只一夜工夫，矿院里已是枯黄遍地。身子单薄的枯叶落地后惊慌散去，呼啦啦的声音在罗贵听来如蚊虫从耳边飞过。存放垃圾的地方在上风头，罗贵用扫帚扫动枯叶时显得极为费力，才把树叶扫走，风又唆使树叶回到原处，他不得不在同一个地方把同样的动作重复数次。罗贵的听力一天不如一天，加上快到退休年龄，不适宜继续在井下工作，不久前被安排到服务队上班。

　　隐隐听见有人在他身后叫他，扭转身，见王大勇领着一个年轻人向他走来。王大勇是与罗贵一节闷罐车拉来的东北老乡，跟在王大勇身后的年轻人面色惨白，罗贵觉得面熟，却又一时想不起来。

　　"老罗，跟井下比，你这活儿可美多了，跟玩一样。"王大勇不无羡慕地说。

　　"你是站着说话不腰疼，拿钱少了。"

　　"钱多少是个够啊。"

　　"你找我有事？"

　　"不知道你们见过面没有，这个是肖长军的儿子，叫肖晓峰。肖长军，你好好想想，跟我们一节闷罐车拉来的。"

　　"你急什么呀，肖长军，我能忘记吗？来到山平矿务局的第三年就因公去世了。这是肖长军的儿子？"

　　"是。晓峰，你说吧。"

　　让罗贵和王大勇都没有想到的是，肖晓峰扑通一声跪倒在地，带着哭声说："我给两位长辈磕几个头，就凭你们还能记着我爹，我爹过世快三十年了。"

159

罗贵和王大勇赶忙把肖晓峰扶起来。罗贵说:"看你说的吧,一节闷罐车拉来的,能不记得吗? 在一个宿舍住,又一起下井。那个时候井下条件差,跟现在没法比。"

王大勇伤心地说:"你爹运气不好,那次冒顶,那么多人在场,偏偏砸到他。过去的事,不说了。"

肖晓峰红着眼圈说:"过去的事就让它过去吧。今天是我爹的祭日,我从东北老家赶过来主要是给我爹上坟,还有一件事想拜托罗叔,真是不好意思张嘴。"

罗贵忙说:"晓峰,有什么事你只管说。"

肖晓峰难为情地说:"我想拜托罗叔在我爹祭日这天,去我爹坟上看看他,陪着他说会儿话,我怕我爹孤单。"

罗贵吃惊地问:"听你这话,你今后不来了?"

肖晓峰叹息一声说:"我想来,每年都想来,可是,我怕我今后再也来不了。"

罗贵看看王大勇问:"你这话听着吓人,怎么这么说?"

肖晓峰冷静地说:"我的心脏病越来越厉害,被医院的救护车拉走两次了,幸亏都抢救过来了,我是怕再被救护车拉走,万一抢救不过来。"

罗贵张张嘴不知道说什么好。王大勇劝慰肖晓峰:"你才多大呀,没事的,你别给自己添堵了。"

肖晓峰苦笑着说:"我多想没事呀,多想每年的今天都过来陪陪我爹,可我的胸部一疼起来就出不来气。"

罗贵说:"今天是你爹的祭日?"

肖晓峰说:"是。"

罗贵说:"走,去坟地看看你爹。大勇,你去不去?"

王大勇说:"我就不去了吧,老婆子身体不好,我得回去照顾她,家也远,你们去吧。"

肖晓峰从罗贵手里要过扫帚说:"先把活儿干完吧。"说罢,挥动扫帚扫落叶。扫帚触地的幅度大,力量足,地上的枯叶一时腾起老高,在半空飘舞。

罗贵跟服务队领导说了声，随肖晓峰出了矿院。

位于山脚下的这片坟地，是矿上数十年来因公殉职者的安息之地，坟地规整，且有专人看护，远远望去，两间昏暗的瓦屋居于斜坡上方，默默守望着坟茔。

传来几声犬吠，一只猫大的小狗虚张声势地叫了三声后，回头望望瓦屋，接着又叫了三声。

从瓦屋里走出一位七十来岁的老者，老者先给罗贵打个招呼，随后对着肖晓峰说："小伙子，你不是刚刚给你爹烧过纸了吗，怎么又回来了？"

罗贵说："老洪啊，是我想过来看看肖长军，今天是他的祭日。你的老寒腿轻点儿没有？"

老洪说："越来越厉害了，疼起来跟刮骨一样。"

罗贵说："穿上棉裤吧，老伙计，别怕不好看，不疼是最要紧的，老年人没几个不是老寒腿，尤其是我们常年下井的人，看看我，这才几月份呀，毛裤都穿上了。"

老洪说："你才多大呀，六十都不到，我大你十一岁呢。儿子非得让我去住院。"

罗贵说："那你就听你儿子的。"

老洪说："这又不是什么大病，住什么院啊，挺挺再说。"

罗贵说："也行。"

罗贵说罢，跟随肖晓峰走向肖长军的坟墓。老洪站在瓦屋门口，手搭凉棚望着他们。

肖长军的坟墓前有一堆烧纸留下的印记，几块饼干在灰烬里若隐若现，一根新栽的柳树枝条显得格外醒目。醒目的还有一瓶白酒，来自东北的老烧酒。

罗贵说："晓峰，白酒怎么还在瓶子里？酒瓶还盖着盖儿，你爹怎么喝呀？"

肖晓峰说："罗叔，倒出来半瓶了，这半瓶给他剩着。"

罗贵说："都倒出来吧，你爹酒量大。"

看着肖晓峰按着自己说的做了，罗贵问："晓峰，这根柳树枝是你新栽的吧，怎么没有一片叶子呀？"

肖晓峰说："叔啊，这根柳枝是我从东北老家带过来的，为了方便携带，出门前我把树叶摘掉了。"

罗贵吃惊地问："你从一千多公里外带一根柳枝过来？矿区就有很多柳树，怎么不用这里的柳枝？"

肖晓峰捏捏鼻子说："当年我爹被人从煤堆里挖出来时，还有最后一口气，他紧紧抓住身边的一位叔叔的手说：'我不行了，等不上我儿子赶来了，将来我儿子来我坟前扫墓时，你一定要告诉他，让他下次再来的时候，一定要把他爷爷坟前的那棵柳树上的树枝撇一枝带过来，栽在我的坟前，我看见这柳枝就像看见了人，生前不能陪父亲，那就死后陪。等这根柳枝成树有了落叶，再让我儿子捡几片叶子，用手巾包好带回老家，埋在他爷爷的坟前。'"

罗贵依稀记得这件往事，此时听完肖晓峰所言，依旧伤心不已，叹息一声说："这就叫落叶归根啊。你父亲去世都二十多年了，你怎么现在才做这件事？"

肖晓峰痛苦地说："我爹去世时我还小，不记事。"

罗贵不解地问："你爹出事时你才五六岁，五六岁的孩子不记事，记得你说的那个叔叔把你爹的遗嘱给你娘说了，难道你娘最近才把你爹的遗嘱告诉你？"

肖晓峰叹口气说："叔，真让你说对了。我娘领着我来山平矿务局处理完我爹的后事，返回老家才一年她就又成家了，直到前些天我娘病危时，才把我爹的遗嘱讲给我听。"

罗贵惊得眼睛瞪得老大。随后，他默默蹲下身子，静静望着眼前这座长满野草的坟茔，良久没有言语。

"我记得你爹临终前还说，任何时候都不要把他的坟墓迁回老家去。"罗贵痛心地说。

"是，罗叔，我爹跟那位叔叔说他想和葬在这里的老乡在一起，他想在那边也能每天看见矿井。"肖晓峰哽咽着说。

"老洪，把你的菜刀拿过来用下。"罗贵对着瓦屋喊。

"干啥？"老洪问。

"你快点儿吧。"罗贵说。

见老洪极不情愿地提着菜刀来到坟前，罗贵一手接过菜刀，一手将肖晓峰栽下的那根柳枝拔出来，平放在地上，在老洪和肖晓峰惊异的目光里，罗贵将柳枝自中间砍断，拿起半截柳枝说："天很快就要冷了，这个时候插柳枝，够呛，你万一种不活怎么办？跑这么远的路，这不是一般的柳树枝，给我分一截，我种家里，以防万一。"

肖晓峰感动地说："种家里？这怎么行啊，罗叔，种家里不吉利呀！"

罗贵说："哪里有那么多讲究，你别管。"

罗贵说罢，示意肖晓峰把另外半截柳枝对着方才拔出来的地方重又插回原处，再将松土拍打实后，提来半桶水慢慢浇了下去。

罗贵将一尺来长的柳枝插入衣兜后，对着坟墓说："肖长军，你儿子来看你了，还给你带来一瓶你最爱喝的老烧酒。瞅瞅现在的煤矿吧，跟你走的时候相比，那是天地之别，比我们梦中的煤矿还要好。山平矿务局已经有十五个煤矿了，去年一年就出煤一千五百多万吨，今年还得多。我们被闷罐车拉来的时候，这里到处是荒坡，还没有山平市，现在呀，到处都是路，火车站、汽车站发出的车能通向全国。山平市大大小小的工厂得有几十个。小煤矿遍地都是，山平市已经成为中南部的煤都了。你好好歇着吧，我会经常来看你的，嘴馋了就托梦给我，咱弟兄俩弄两口，别看我平时不喝酒，真要喝起来呀，不一定喝不过你。好了，你儿子该回老家了，晓峰，再给你爹磕几个头，然后我们走。"

肖晓峰泪流满面，跪在坟前磕着头泣不成声："爹，罗叔说了，他会经常来看你的。儿子不能每天陪着你，今后能不能来看你还是两说，都怪儿子不孝。"

老洪拿起菜刀在裤子上擦了几下，慢吞吞地拉起肖晓峰说："行了，你的话你爹一字不落地全都听去了。依我看，就凭这根柳树枝，你就是个大孝子，你爹怎么会怪你呢？"

罗贵说："老洪说得很对，晓峰，我们走吧。"

走出墓地，回身看时，见老洪已回到瓦屋，肖晓峰掏出一沓子钱要往罗贵兜里塞。罗贵先是一愣，随即推开对方的手，大声呵斥肖晓峰：

"你这是干啥？你以为就凭你小子一句话，我就会来坟地看望你爹？你以为你出钱我就会来坟地陪你爹聊天？你错了，肖晓峰，你爹是我罗贵的工友，是一节闷罐车拉来的井下的工友，井下的工友是什么，你懂吗？你没有下过井，永远不会懂。"

见罗贵气得面色铁青，肖晓峰扑通一声跪倒在地，咚咚磕着响头。听见咚咚的声音，罗贵赶忙把肖晓峰拉起来，方才的怨气一时化为心疼。他见肖晓峰额头上嵌着一粒三角形石子，忙伸手去捏。不想，这石子的一角已吃进肉里。罗贵将石子抠出时，鲜血随之涌出。

这一幕永久贮存在罗贵的记忆里。数十年后，罗贵在弥留之际，脑际依旧保留着对这枚石子的记忆。

周家的墓地紧挨着矿上的墓地，罗贵边走边时不时望望他岳父和岳母的坟茔，感激与悲伤不经意间涌上心头。

送走肖晓峰，罗贵手拿一小截柳树枝回到家里。他端详着两个栽了凤仙花的瓦盆，一个盆里的凤仙花长势还行，另一个盆里的凤仙花受虐待了似的奄奄一息。这是他女儿罗俊丽从同学家移来染指甲用的。罗贵犹豫了一下，伸手将那奄奄一息的凤仙花拔出来丢在垃圾桶里，随后他在瓦盆里浇足水，用力将那截柳树枝插进瓦盆。

"老罗，你在倒腾什么呀？"周倩进门后的一声问话，把没有防备的罗贵吓得猛一激灵。

"没……没……没什么。"罗贵像是偷了人家的东西似的。

"你到底怎么了？我看着不对劲呀。"周倩盯着罗贵问。

"盆里的凤仙花快死了，我把它拔出来扔了。"罗贵说。

"扔了就扔了吧，就这事？你插在盆里的是什么花树？看着光秃秃的。"周倩警觉地问。

"别人给我的。"罗贵心虚地说。

"我怎么看着像是一截柳树枝呀，你插柳树枝干什么？这是谁给你的？"周倩越来越好奇。

"矿长也不是什么事都得管，书记也是，在咱家里，能不能有一件事是你不管的？"罗贵高声说。

"驴脾气，你这驴脾气说来就来。你不说清楚，这里面一定有鬼，是不是哪个老娘儿们送给你的?"周倩不依不饶。

"是,就是一个老娘儿们送给我的,你想怎么着就怎么着,神经病!"罗贵用沙哑的声音说。

"恶心!我把它连盆子一起扔到垃圾场里去。"周倩的脸扭曲得难看。

"你敢!"罗贵跺着脚说。

罗俊丽回来得恰逢其时。她在进门前是哼着曲儿的,哼的是时下流行的邓丽君的歌,可能是听见了爸妈的争吵声,她先是停止哼歌,接着屏息细听,随后快速打开门,她高亢的嗓音瞬间压住了罗贵和周倩的吵架声:"干啥,干啥,干啥呢?只要不怕邻居笑话我们,我陪着你们飙高音,哼!"

罗俊丽这一招果然奏效,罗贵和周倩都没再说话。见爸妈偃旗息鼓,罗俊丽伸头看看垃圾桶里自己从同学家移来的那棵凤仙花,又盯着罗贵插进盆里的那截枝条看了很久,之后,扭头看看罗贵。

罗俊丽的一举一动,还有她捉摸不透的眼神,被罗贵看得一清二楚。罗贵的心一直悬着,他起初是担心周倩把枝条拔出来扔到他找不到的地方,被烈日晒干,眼下又担心起女儿来,如果女儿趁他不在家时,找个堂皇的理由,把这截枝条拔出来扔掉,重新换成她染指甲用的凤仙花,这不是没有可能,如果真是那样,这该如何是好?他是亲口向肖长军的儿子许诺过的,他不能食言。要知道,这枝条非同寻常,绝无仅有,如果被这母女俩处置了,他再想找一根,简直比登天都难。他无论如何得保住枝条,至于种活种不活,另当别论,种活了,皆大欢喜;种不活,那是没有办法的事。

罗贵苦思冥想一阵子后,对周倩和罗俊丽说:"林场从东北引进一批新的树种,我一听说这树是来自老家的,感觉格外亲切,就截下一小截拿回来种。没想到,一不小心招惹住你们了,那好吧,我这就把它拔出来扔掉,免得让你们看着不顺眼,也不想让人为这事跟我干架。"

周倩欲言又止。罗俊丽忙说:"爸,看你说的吧,就这点儿小事谁都不值得生气。你一点儿都没有错,谁对老家的东西都觉得亲切。你可能没有给我妈说清楚,不然,我妈再糊涂也不会非要给你扔了,你说是吧，妈？"

周倩借坡下驴，看一眼不像是在生气的罗贵说："谁说不是呀，把事情说明白不就没事了？"

罗贵摇摇头一言未发，他不知道该说什么好。

晚饭时，周倩对罗俊丽说："俊涛的信上说，等他复员回来的日期确定以后，他会给你打电话的，也就在这个月的下半月。俊丽呀，你不是天天上班吗？上班时间你可不要乱跑，别让俊涛的电话打到你们车间的时候你不在。"

罗俊丽嗔怪地说："你看你吧，妈，上班时间我能跑哪里去？厕所我能不能去呀？"

周倩忙说："妈的意思是让你多留意你们车间的电话。"

罗俊丽说："就你儿子的事要紧。"

周倩说："你的事我少操心了吗？你的婚事我催了多少遍了，你听过我的话吗？"

罗俊丽说："我不是在等俊涛回来嘛，我想让俊涛见证我的婚礼，婚礼是件庄重的事，我们家里一个都不能缺席。"

罗贵一旁说："俊涛要是再当两年兵，这两年你都不结婚是吧？他要是当十年八年兵，你就十年八年不结婚吗？真不知道你们年轻人是怎么想的。"

罗俊丽白一眼罗贵说："爸，你这不是抬杠吗？俊涛不管再当多少年兵，中间他一定会探家的，我不会在他探家时结婚吗？俊涛说了，他今年复员，所以我才等他到现在。"

周倩一笑说："俊丽呀，你别理你爸，他倔起来找不到对手，抬起杠来，他队里人没有不怕他的。"

罗贵瞪一眼周倩说："你胡扯！"

周倩不跟罗贵争执，只跟罗俊丽说："我一点儿都没有曲说你爸，我亲眼看见的。那一天，他们班的人围在一起，边吃饭边说话，说着说着就开始抬杠，就你爸的嗓门儿高，脸憋得跟猪肝儿一样。见你爸这样，工友们一个个端起碗去一边儿了，把你爸一个人留在那里。你爸左右看看，觉得好没意思，越想越生气，啪嚓一声把碗摔得稀巴烂。"

罗俊丽哈哈大笑，捂住嘴问周倩："妈，你还记得我爸跟人家抬的什么杠吗？"

周倩忍住笑说："人家张大伟去商店买东西，走路一歪一歪的，都知道他是前一天不小心扭伤了脚，你爸硬说人家是穿错鞋了，两个鞋跟不一样高。"

"说这干啥！"罗贵嘟囔一句，气呼呼地出去了。

罗俊丽在次日的下午接到了罗俊涛打来的电话。当时她在自己的工位上工作得非常投入，没有听见有人喊她，直至车间主任走到她身旁，轻轻拍拍她的肩膀，并用手比画成话筒的样子放在耳边，随后指指车间门口，她这才意识到是有电话找她，于是撒腿跑向车间门口的值班室。帘子布厂的整套设备全部来自国外，虽然已开始生产，可核心技术均在人家手里，由于外方严密封锁技术，生产中一旦出现问题，必须向外方求助，维修慢，费用高，生产效率自然高不到哪里去。这种受制于人的状况压得管理层透不过气来。受气是小，效益是大，下至一般工人、车间主任，上至厂领导、市领导，对此无不焦虑万分。阵痛之后，厂里随之提出了"全面消化，深度吸收，融会贯通，力争创新"的口号，接着，采取全面培训，对准难点，集中攻关等方法，力争及早打破洋人垄断。故而，即便是车间的一线工人，也是每日顶着压力，一旦投入工作，精神便高度集中，不敢有丝毫懈怠。

电话是罗俊涛在确定了所要乘坐的车次后，通过两头的总机转接过来的，他和其他复员军人所乘坐的绿皮列车，大约在次日下午的四点钟抵达山平车站。罗俊丽放下电话后美滋滋回到工位时，差一点儿将一旁的工具箱撞倒。

到了下班时间，厂门开启的时候，人们鱼贯而出的场面颇为壮观，或骑着自行车，或推着自行车，或步行，浩浩荡荡，自信与朝气洋溢在人们脸上，春日般灿烂。

马路边新栽的梧桐树，一副老气横秋的样子，尽管秋霜尚未降临头上，却有零星的枯叶冷不丁地飘落在身旁。

"今晚看电影吧？我们好久没看电影了。去矿工俱乐部也行，去剧院也行，你挑，反正它们放的是同一个片子。"罗俊丽的男朋友赵恒推着自行车说。

"不看，我得赶紧回家。"罗俊丽说着就要骑上自行车。

"你别急呀，急着回家干什么？"赵恒说时伸手拉着罗俊丽的自行车后座。

"俊涛今天下午打回来电话了，他们乘坐的火车明天下午到达我们山平车站。"

"我还以为是现在呢。"

"我得赶快给我妈说，你不知道她都急成啥样子了。"

"这有啥可急的？服役年限到了就复员回来，这是再正常不过的事儿了，人家部队有固定的复员时间。"

"说是这么说，人不由己。"

"看完电影再给你妈说，我就不信这事能放坏。"

"赵恒，你别说了。我妈是个急性子，这人还没回来呢，她就忙着托人给俊涛又是找工作又是介绍对象。"

"俊涛在部队是汽车兵，回来后应该好找工作，要不我给我爸说说，让他给俊涛找个好点儿的单位。"

"你爸？算了吧。"

"俊丽，你这话我听着怎么这么别扭啊。"

"我不觉得别扭啊，是你想多了吧。"

"罗俊丽，咱不提以前的事行不行？你招工的事我爸确实是尽力了，虽然没有办成，可他的确是托人了。"

"赵恒，我刚才说什么了吗？"

"你是没说什么，可我听着比说了什么还难听。"

"那是你多心了。"

"现在俊涛复员了，我们的婚期能定了吗？"

"定吧，哪天都行。你瞪我干啥？"

"那好吧，我给爸妈说，托人看个日子。你这就走？不让亲一下，至少也得抱一下吧？"

"这天还没黑呢，你看你吧。"

168

赵恒得手后，笑嘻嘻骑车走了。

罗俊丽回到家里，急不可待地把她接到罗俊涛电话的事说了。周倩高兴得在屋里转来转去，在她翻柜子找衣服的时候，罗俊丽不解地问："妈，你找衣服干啥呀？"

周倩说："丽丽，你看我明天穿哪件衣服好？我们几点钟去车站接俊涛呀？"

罗贵看不下去了，冷冷地说："明天你要结婚呀还是你要当婆子？这是折腾啥呢，神经病！"

罗俊丽看一眼罗贵说："爸，不是我说你，你说话太难听了。我一年都没见我妈这么高兴过了，你就让她可劲儿折腾呗，在自己家里，这有什么呀！"

罗贵似乎没有听见女儿的话，他很像是在自言自语："我明天就去找刘士超，俊涛的工作安排得让他费费心。"

罗俊丽说："爸，你的意思是要把俊涛安排在矿务局上班？我们是不是先听听俊涛的意见呀？"

周倩说："老罗呀，你先别急着去找刘士超，不差这一天半天，还是先听听俊涛的意见后再说吧。再说了，刘士超已经退休了，你就不要去难为他了。"

罗贵一脸惊讶，着急地说："你们的意思是俊涛可能不愿意在矿务局上班？这怎么可能！你们也不想想，现在的山平矿务局早就不是以前的山平矿务局了，山平市还有比山平矿务局更好的单位吗？俊丽，你说说。"

见罗俊丽一脸的不屑，罗贵一时来气，大声说："哪个单位都比不上山平矿务局，矿务局才是我们背后的山，你们也不好好看看当前形势，不知道天天在想什么。"

此时，周倩只顾为明天就能看到儿子而高兴，懒得搭理罗贵。罗俊丽见母亲一脸和悦，她张张嘴，最终也没说什么。

第二天午饭后，在周倩的再三催促下，一家人早早来到火车站，站在出站口不住向里边张望。

"俊涛说他坐的火车四点多到站，现在才两点钟，我们来得太早了

169

吧。"老大罗俊林看着手表说。见其他人都没吭声,罗俊林就顺着墙边来回溜达,并时不时望望站内。

远远地传来火车轮子碾轧铁轨的咕咚咕咚声,一家人不约而同地集拢在门口。再听那车轮声,丝毫没有减缓的趋势。罗俊丽扒在门缝上,看着列车呼啸着自车站驰过。她扭头看大哥时,罗俊林偷笑着把脸转向一边。

站内终于有列车停靠,出站口的大门也随之被缓缓打开。虽然接站的人很多,周倩还是抢先站在最接近大门的位置,她用炙热而又期待的目光眼巴巴瞅着从她眼前走过的人,直至出站口那笨重的铁门被咣当关上。

"我问过了,这趟列车是从广州开过来的,不是从四川过来的,离四点钟还早着呢。妈,你别急,坐水泥台上歇会儿吧。"罗俊丽心疼地说。

罗贵在一旁的水泥台上猛吹几口气,然后脱下外套,卷成卷放在水泥台上说:"俊林,扶你妈坐我衣服上歇会儿,她再这么站下去,就该叫唤了。"

周倩看一眼罗贵,很自然地坐在了衣服卷上。

从四川方向开来的绿皮列车徐徐停下后,出站口一片沸腾。接站的人分列两边,只留一条小缝供出站者通行。望着接站的人和接到的人一个个说说笑笑离去,周倩急得一个劲儿搓手。一家人在出站口望眼欲穿。

当最后一位旅客走出车站,当厚实的铁门徐徐关上,周倩一家人最终也没有看见罗俊涛的身影。

"俊丽,你是不是记错了?"罗俊林不解地问。

"哥,这怎么会呀,俊涛明明说的就是今天下午回来。"罗俊丽边说边将眼睛对准铁门的门缝向里看。

周倩颓然坐在冰凉的水泥台上,茫然望着昏沉沉的天。

从广场那边开过来一辆绿色吉普车,车刚停下,下来一位俊俏小伙子,小伙子紧跑几步至周倩跟前,紧紧抓住周倩的手激动地喊:"妈、爸、哥、姐,哈哈哈。"

周倩一愣，紧接着拍打着对方的胳膊惊讶地问："俊涛，你没坐火车？怎么从广场那边过来呀？"

罗贵没等罗俊涛开口，急着问："从四川坐吉普回来的？这是哪个单位的吉普车？"

罗俊涛看一眼吉普车，笑着说："妈、爸，我当然是坐火车回来的，刚下车。吉普车是我一个战友他妈单位的，司机和车站站长关系熟，就把车直接开到站台上了。"

正说时，罗俊涛的那个战友下车来到众人跟前，很有礼貌地和众人打过招呼后说："我叫秦阳辉，家在西市场，今年跟俊涛同时退伍。"

此时，秦阳辉的爸妈也从吉普车上下来，两家人相互问候一番，彼此说些家长里短的话后，辞别而去。

罗俊涛的大件行李办了托运，他随身只背了个挎包。在回家的路上，周倩两次手捂胸口，过度的兴奋使她感觉胸口憋闷。一家人数年之后的首次团聚自然让人欢欣不已，以至于没人意识到周倩的胸闷潜在的系统性风险。

大约是在外头有所顾忌，罗俊丽话语不多，刚刚进门，她就急不可待地说："俊涛，你那个战友他爸妈一看就像高干，能把汽车开到火车站站台，说明人家不简单。"

罗俊涛说："那当然，我战友他妈是局长。"

罗俊丽说："那你战友一定能安排个好工作。他妈当那么大的官，你应该托他妈给你找个好工作。"

罗俊涛说："俗，俗，姐，你可有点儿俗气啊。"

罗俊丽说："只要我弟弟能安排个比较好的工作，我可不管什么俗气不俗气的。"

罗贵听见了两人的对话，随即大声说："俊丽，我问你，哪个单位是好单位？什么样的工作是好工作？依我看，哪里都比不上矿务局，你可不要给你弟弟胡乱散布流毒。"

罗俊丽委屈地申辩："爸，你看你吧，我说的话怎么会是流毒啊，你这话听着吓人。我可没有说矿上不好，只是说矿上太脏，穿件衣服都穿不干净。"

罗俊林说："俊丽呀，咱爸说的是矿务局，可并不单单指矿上，隶属于矿务局的地面单位也有很多，有的单位是专门为煤矿配套服务的，有的单位不是为煤矿配套服务的，地面单位可不脏啊。你说的脏，指的是煤尘多，挖煤的地方能没有煤尘吗？就像面粉厂，不见一点儿面粉，那能叫面粉厂吗？煤尘多的地方也就是矿井下，还有地面的储煤场，你去矿上的办公区看看，干净着呢。"

罗俊丽忙着辩解："人家不就是随便说说嘛，又不是有意给矿上抹黑，更不是诬陷，看把你和爸急的。"

罗俊涛笑着说："看把我姐急的，我姐都是为我好。先不说我工作的事，让我好好玩玩再说。哥，我听我姐说你从井下调到地面单位上班了，你的胳膊是不是没有好利索？"

罗俊林看一眼左胳膊说："我的胳膊恢复得已经很好了，平时一点儿事都没有，就是不能猛用劲。矿领导知道这个情况后，为了照顾我的身体，也担心因此影响工作，就把我调到矿上的劳动服务公司工作了。"

罗俊涛问："哥，那个小煤窑硬是没有赔偿你？"

罗俊丽抢着说："是哥心太善，硬是把人家送去的慰问金强塞回人家的皮包里。"

罗俊林说："都不容易，人家又不是故意的。"

罗俊涛说："把别人的骨头钻断了，还不受一点儿损失，天下真有这样的好事啊？"

罗俊林说："怎么没受损失，小煤窑受罚了，市里有关单位把那家小煤窑罚得还不轻呢。"

罗俊涛一边说着闲话，一边好奇地在屋里转悠。看见一个花盆里插着一截光秃秃的树枝，伸手摸摸，扭头说："哥，这是栽的什么呀？连一个芽子都不长，拔出来扔掉算了。"

"别动！"罗贵大吼一声。

一时间一家人都愣在原处。

第十六章

罗俊丽终于结婚了。从罗俊丽正式答应结婚到男方托人看日子，加上婚期定下后要走一些相应的程序，总共用时三个月。男方早就急于把两人的婚事办了，只是之前在罗俊丽工作安排的事儿上被抓到了短处，不得不看着罗俊丽脸色行事。婚后没有几天，一对新人就坐上北上的火车到北京旅游去了。

罗俊丽结婚后，尤其是这小两口外出旅游度蜜月，让罗俊涛感到怅然若失。很快，罗俊涛就调整好了心态。本来，在安排工作问题上，罗俊涛自己就没什么主见，他不在乎去什么样的单位工作，只要有个车开就行，开车是他在部队学的一技之长。从军多年，如今回到老家，他忽然觉得家乡一草一木都极为亲切，都鲜活灵动，一到家就忙活着串亲戚、会同学、见战友，终日忙得不可开交，趁着待安排的空闲时间，他想一身轻松心无旁骛地好好玩他一阵子再说。

这期间，对于罗贵来说，有件非同寻常的事悄然来到身边，矿上新建的两栋家属房业已完工，又一次分房机会出现在他眼前。在此之前，矿上数次分房，罗贵均与此事失之交臂，其中原因不忍回眸。三十年过去，他至今依然住在周家的房子里。面对这次分房机会，无论是罗贵还是周倩，必定不会轻易放过。罗贵是最早一批来矿上开始创业的元老级人物，他见证了二矿乃至整个山平矿务局从无到有、从小到大极为艰辛的创业历程，可谓是既有功劳又有苦劳。鉴于此，对于罗贵和周倩来说，分到分不到房子已不单单是房子本身的问题了，它关乎脸面与尊严。

"老罗，要不你去找找宋彦吧，他是矿上的房管科科长，这事正好

173

归他管，我们这次要是再分不到房子，那可真是丢死人了。"周倩担忧地说。

"我谁都不找，比我条件差得多的人都一个个分到房子了，这次怎么也该轮到我了，我要是还达不到分房条件，我不知道谁能达到。"罗贵信心满满地说。

"说是这么说。老罗呀，我们以前没有分到房子就是因为我们大意了，一直觉得自己的条件够，我们这次可得小心点儿。你要是不好意思去找宋彦，我去找找他，你看行不行？"周倩盯着罗贵试着说。

"你更不能去找他，我们的情况他比谁都清楚，他要是想帮我们，他要是能帮我们，还用得着找他吗？你是觉得这几年没人在背后说你俩的风凉话了吧？"罗贵大声说。

周倩一时语塞。

罗贵的脾气周倩十分清楚，跟罗贵正面交锋，她几乎没有胜算。在分房这个大是大非问题上，这次她一定不能跟上次一样不管不问，她不能完全由着罗贵随意摆布，既然罗贵不赞成她找宋彦，她可以去找刘士超，刘士超虽然退休了，可他的人脉还在。想到这里，周倩看一眼罗贵后默默走向厨房，她一边擦拭灶台，一边盘算着明日见到刘士超时该怎么开口，另外一点她也应该考虑清楚，那就是如果刘士超让她直接去找宋彦，她该如何应对。

次日罗贵上班后，周倩将家里收拾干净，挑了件好看的衣服对着镜子反复端详。她的举动被罗俊涛发现了，罗俊涛蹑手蹑脚走到周倩的身后。当周倩猛然间看到一张变形的脸紧紧贴在她的脑后时，吓得浑身一颤。当她伸手拍打儿子时，罗俊涛已溜进他自己的屋里。

周倩给罗俊涛说她去街上买菜，正要出门时，罗贵回来了。罗贵刚去单位，这么快就回家，这让周倩感到意外，周倩忙问罗贵："你怎么回来了？今天歇班？"

罗贵说："在地面上上班哪有班可歇！我在办公楼下遇见宋彦了，他简单说了说今年分房的新政策。"

周倩心头一惊，不无担心地问："又出新政策了？不会是今年又严了吧？"

罗贵只顾说自己的："新政策里有两个硬性条件，一是夫妻双方必须都在矿务局上班，也就是常说的双职工；二是另外一方必须是无房户，得出具无房证明。"

周倩悬着的心一时落地，她轻松地说："谢天谢地，这次我们的条件都够。"

罗贵忧心忡忡地说："我看宋彦心事重重的样子，这次分房好像不是你想象的这么简单。"

周倩抢着说："虽说我们眼下有房子住，可那是我爹娘留下的，不是矿上分给我们的。"

罗贵低声说："宋彦知道我们现在住的房子的户主是你，他担心绕不过去。上面的文件可不管我们的房子原先是谁给的，如果新政策非得要你出具无房证明，你怎么办？谁敢给你开无房证明？"

见周倩急得想哭，罗贵赶忙安慰她："你先别急，宋彦说让我们等等看，他也想想办法。"

周倩说："他万一想不出办法怎么办？"

罗贵说："看你说的，你这话别人怎么回答呀？"

周倩说："我去找找刘士超，让他托托人。"

罗贵说："你就别给人家添乱了，人家早就退休了。再说了，这种事不比别的事，谁都懒得管。周倩啊，宋彦说了，不让我们着急，他在想办法，他让等等看。"

周倩说："老罗，分房子可不是等的事啊，万一像上一次，等来等去，到最后等来的是一场空，那可怎么办呀！"周倩说时把手放在胸口上。

罗贵正想着该如何安慰周倩，见罗俊涛揉着眼从自己屋里走出来。罗俊涛打着哈欠说："妈，这是多大个事呀，看把你急的，不就是分个房子嘛。我看你经常把手放在胸口上，你是不是心脏不舒服呀？心脏不舒服可不是小事。"

此时的周倩哪里还顾及身体，心不在焉地说："我没事了，你妈一遇事就心急。老罗，宋彦的原话是怎么说的？"

罗俊涛说："妈，你的胸部如果不舒服一定得说，一定得去医院检查一下。"

罗贵说："宋彦说，别着急，等等看。"

周倩反复嘟囔着宋彦的话，她始终弄不清"等等看"所为何意。见状，罗贵不耐烦地说："宋彦知道你心眼儿小，怕你着急上火伤身体。"

周倩说："我们就坐在家里仰着脸干等？"

罗贵说："低着头也行。"

罗俊涛一笑说："我爸挺幽默。妈，不就一套房子嘛，你至于这么着急吗？我们又不是没地方住。"

周倩白一眼儿子说："接下来你不找对象？你不结婚？你将来结婚时忍心把人家姑娘娶到你那一间小屋里吗？没能给你哥置备一套房子，是你妈一辈子的痛，一想起你哥你嫂子住那只有几平方米的小屋里，一想起他们的厨房里耗子乱窜的情形，你妈这心里就难受得不行。"

罗俊涛信誓旦旦地说："妈，你放心，我不让家里为我置备房子，我将来的房子不用你们操心，这是多大个事呀。"

罗贵瞥一眼儿子，张张嘴没说什么。

在分房问题上，不去见见刘士超两口子，周倩一直觉得自己的心没有着落，即便刘士超不给她帮忙，或者是刘士超无能为力，她也很想去他家一趟，很想找他们两口子说说心里话。多少年来，刘士超两口子一直是她心中的依靠，每当心里有解不开的结时，她第一个想到的就是这两口子。

周倩来到刘士超家时，只张艳一人在。两人一坐下，嘴就没停下，先从退休的话题说起，接着是儿女的话题，先说张艳家的孩子，再说周倩家的孩子，将近两个小时过后，两人还没有说到正题。眼见天到正午，周倩才觉得嘴帮子发酸，于是笑笑说："说起话来就收不住，都到中午了。刘队长不在家，那我就征求一下嫂子的意见吧。"

张艳微笑着说："看来我俩说了半天，只是个前奏啊。"

周倩不好意思地说："不听听你们两个的意见，我总觉着心里没底。"

张艳问："到底什么事呀？"

周倩说："分房的事。矿上又要分房了，我担心这次还是分不着，心里七上八下的。"

张艳说："宋彦是房管科科长，他是怎么说的？"

周倩说："他说等等看。"

张艳说："等等看是什么意思啊？听着让人着急。"

周倩说："谁说不是呀。"

"着急什么？"刘士超一进门，就笑着问。

"就等着你呢。"张艳说。

刘士超非常认真地听周倩把她正在犯愁的事一五一十地说了。刘士超一脸庄重，他背手踱步的样子让周倩的心怦怦乱跳。刘士超转悠了好大一会儿之后，频频摇动着食指说："周倩，宋彦那里你不用管，你和罗贵找他不找他都一样，我们几家人的关系在那里放着呢。你去一趟你家所在的社区，让社区开个证明，证明一下你现在住的房子是你继承的你们周家祖上的房子，因为你是周家的独苗，所以，老人过世后，房子户主的名字就落在了你的头上，这房子跟矿上没有任何关系，也就是说，你和罗贵从没有在矿上分到过房子，尽管你们都是矿上的职工。"

周倩像是一下子抓到了救命稻草，一时间不知道说什么好，只是一味地频频点头。

怕耽误两口子做饭，周倩听完刘士超的交代，就急于离开这里。两口子再三挽留，周倩执意要走。临出门，周倩扭头问刘士超："刘队长，社区要是不同意怎么办？"

刘士超说："怎么还叫刘队长？还是改不了口。"

周倩说："想这么叫。"

刘士超说："你只管去社区，你家的情况是客观事实，没有半点儿虚假，他们没有理由不同意，不同意再说。"

望着将信将疑的周倩慢吞吞走出大门，刘士超忽觉一阵心酸。送走周倩后，刘士超拿起桌上的电话，啪啪啪按着按键，举着话筒激动地说："我说老伙计，你给你下面的社区交代一下，给一个叫周倩的女同志开个证明。是女同志，你这家伙，你想哪里去了。她男人叫罗贵，建矿时跟我一节闷罐车从东北老家过来的，是啊，一个老同志，这老同志过于本分老实，大半辈子了，不会求人，看着让人着急，让人心疼。谁说不是呀，有些事合情不合理，有些事合理不合情。就说这位老罗吧，建矿之初就来到矿上艰苦创业，真可谓是把青春和汗水都奉献给了矿区，三十多年了，如今连一套房子都没有分到。什么原因？不符合政策，没达到文件要求。他的爱人是独苗，他爱人的父母过世后，房子的所有权自然落在他爱人名下，而矿上分房必定是要分给无房户，这没有一点儿错，如果你拿不出无房证明，自然就属于不符合条件者。是啊，人家也难，情与理难以兼顾。好，先谢谢老伙计，找个时间喝点儿，喝不多那就少喝点儿，好的好的。"

　　周倩来到社区时显得十分紧张，她心跳加速，浑身乏力，说话的声音小得让工作人员不得不侧耳细听。她说明来意后，脑际一片空白。恍然间，像是有只蚊虫顺着头颅内壁不知疲倦地飞来飞去，蚊虫的尾部似乎系着一根丝线，渐渐地，她的头颅内被密集的丝线结成网状。

　　一名工作人员将一张证明信递到周倩面前时，周倩如梦初醒。信纸上的大红印章让她眼前一亮，脑际那片网状的东西瞬间不知去向。她接过证明信，谢过工作人员后，笨拙地走出社区，走到小路的转弯处，见面前的大路上车流不息，她忽然想起自己来时骑的自行车被遗忘在社区门口，于是，反身回去，推起自行车，向着家的方向缓缓走去。

　　罗贵下班进家，把门弄出刺耳的响声。他见周倩一身疲惫面色黯淡，忙问："你又不舒服了吧？明天我带你去医院，这次不去也得去，检查一下都放心。"

　　周倩轻声说："我不去，我一点儿事都没有。我去刘队长家了，跟张艳嫂子说了两个钟头的话，话说多了，累。"

　　罗贵瓮声瓮气地说："你俩咋不说一天呀？每次见面说起来就没完没了，真不知道有什么可说的，把自己说成这个样子，这不是缺心眼儿又是啥？"

　　罗贵说完，一扭头，见桌子上放着一张纸，拿起纸来看时，见纸上用钢笔字写着：

证　　明

　　周倩，系清远社区居民，户主，其住宅门牌号为 36 号。该住户是原诸庙村村民，该村整体搬迁于此。特此证明。

清远社区

　　罗贵吃惊地问周倩："开这证明干啥？"

　　周倩说："是刘队长让我找社区开的。"

　　罗贵问："给谁的？"

　　周倩说："给矿上。刘队长说，让社区开个证明，证明一下我们现在住的房子的来历。"

　　罗贵说："我不是说了嘛，分房子的事不让你去找刘队长，你就是不听，你让刘队长省省心吧。"

　　周倩说："我担心万一再分不着。"

　　罗贵说："这有用吗？就凭这张纸就能分到房子？"

　　周倩说："刘队长说有用。"

　　罗贵说："我们这房子的来历谁都清楚，还用得着社区去证明？社区又不归矿上管，矿上怎么可能听社区的？"

　　周倩说："刘队长说让你把这张证明信交给宋彦。"

　　罗贵说："我不去。"

　　周倩说："那我去。"

　　罗贵说："还是我去吧。"

　　周倩很久没有吭声，靠在沙发上闭目养神。见状，罗贵默默去了厨房。他一边做饭一边琢磨着刘士超这么安排的实际意义，以及他见到宋彦时该不该让他知道这是刘士超的意思。他知道，无论是他罗贵一家还是宋彦一家，对于刘士超的尊重和心理上的依赖，由来已久。

　　已是晚上十点钟，周倩歪在沙发上一会儿醒一会儿睡，电视对于她来说只是一幅跳动的画。罗贵看看窗外说："都这么晚了，俊涛还不知道回家。你睡吧，我得去找找他，这孩子玩起来不要命，都这么大了还

179

跟小孩儿一样，什么事情都不知道发愁，工作、婚事，像是跟自己不相干一样，我像他这么大的时候，什么都用不着家长操心。"

周倩揉着眼睛说："这三更半夜的，你去哪里找他呀？你知道他在哪儿？"

罗贵说："你睡迷糊了吧，这哪里是三更半夜呀。你忘了？他说他一个同学在市文化宫旁边开了一家歌厅，同学让他没事时过去帮帮忙，他这么晚不回来，肯定是去歌厅了。"

罗贵说完，没等周倩说什么，就带上门出去了。

文化宫里传来迪斯科音乐特有的咚咚声。在文化宫大门口，地上放着一个比床头柜的抽屉还大的收放机，一个年轻人像是飞行的样子，让罗贵惊奇不已，只见此人上身穿紧身衣，下身套着喇叭裤，一尺多宽的裤腿扫动的区域超过拖把，他踩着音乐鼓点，抽筋了似的浑身抖动不已，而双脚极像是点在浮云上，像孙猴子一样来回地飞。罗贵睁大眼睛仔细看，那人的双脚分明是游走在地面上。正在他伸长脖子细看究竟时，路过的一个同龄人笑着说："老同志，别看了，人家的脚不是踩在空气上，人家在跳霹雳舞。"

罗贵想要和路人搭话时，见那人已骑上自行车远去。

罗贵平时夜间几乎不来这里，夜间的工人文化宫让他感觉新奇。听见不远处有唱戏的，豫东红脸高亢的唱腔抑扬顿挫，让罗贵一时间忘记了他出来的目的，他推着自行车循声而去。闪烁的霓虹灯下，不少人在跳交谊舞，那忽明忽暗的面庞让罗贵一时分辨不出舞者的年龄，脑际却生出一个多余的疑问：那些搂着跳舞的男女，他们是一家人吗？

来到唱戏的场地时，唱豫东调的那个中年男人刚好唱完。罗贵把自行车靠在一棵人腰粗的树干上，准备听下一段时，却看见唱戏的一群人一个个站起身收拾东西，铜锣碰上了自行车，悦耳的声音黏糊糊的，好久才完全消退。罗贵干笑一下，而后推着车子走了。

罗贵来到工人文化宫一侧的一家歌厅门外东张西望，正要进去时，见一个男的揽着一个女孩子的腰从歌厅出来，他瞬间打消了进去的打算，就在歌厅的大门外逡巡。

"爸，你怎么不进去呀？走，进去喝杯咖啡。"罗俊涛从歌厅一出来就大声说。

"真巧，早知道你现在回家，我就不来了。"

"回家？爸，我还没到点。"

"那你出来干什么？"

"请你进去呀。"

"你怎么知道我在这里？"

"隔着窗户看见的。"

"俊涛啊，你别在这里干了，明天我领你去矿上见见杨矿长，说说你工作的事，你都回来这么长时间了，不能一直这么晃荡下去。杨矿长刚上任，我俩以前一个队。"

"爸，看你说的吧，谁晃荡了呀，我是在这里工作，同学给我开着高薪呢，我同学今天还劝我别去矿务局上班了，入伙算了，歌厅挣钱快着呢。"

"俊涛，我跟你说，挣钱再多咱也不在这里干，这不是正经工作。你还没有玩够是吧？"

"爸，我怎么是玩呀，我这是在工作。"

"你不能一直在这里工作。"

"这里怎么了？那好吧，我明天就去报到。"

"报到？你去哪里报到？"

"矿务局供应处，你和我妈不是非得让我去矿务局上班吗？供应处可属于矿务局，还是地面单位。"

"你可别逗我，你什么时候把工作都安排好了，怎么不跟家里说一声？还是供应处，什么工作？"

"开车。"

"开车？"

"是开车。今天下午我同学才通知我明天去报到。"

"哪个同学？"

"就这个，开歌厅这个。"

"他有这么大本事？"

"准确地说是他大舅有本事。"

"那他大舅怎么不给他安排个正式工作呀？"

"人家得去呀！"

"那我明白了。"

"爸，我们进去吧，你喝杯茶也行啊。"

"你进去吧，让我静一会儿，你刚才说的都是真的吗？不会是我听错了吧？"

"爸，你这是怎么了呀？你等我一会儿，我进去给同学说一声，然后我们一起回家。"

罗俊涛从歌厅出来，见他父亲愣在原处一动没动，双手僵硬地搭在自行车把上，眼神恍恍惚惚。

一进家门，罗贵就把周倩叫醒，这个一向不会克制自己的人说话声调之高把周倩吓得浑身一颤："你醒醒，你醒醒，我给你说说俊涛的事。"

周倩的心一下子悬起老高："俊涛？俊涛怎么了？"

罗贵说："俊涛的工作安排好了，安排在矿务局了。"

周倩捂着胸口说："老罗，你不要这么吓我行不行啊？我还以为俊涛出什么事了呢。"

罗贵说："我这不是高兴的嘛。"

周倩说："俊涛的工作安排到矿务局就把你高兴成这个样子，他将来要是当上矿长处长什么的，你得疯了吧？"

罗贵大笑着说："疯了？疯了也值。"

周倩摇摇头哭笑不得。

罗俊涛说："你们可真有劲儿，也不看看几点了。"

周倩走近罗俊涛问："儿子，你要去矿务局哪个单位了？干什么工作呀？"

罗俊涛说："供应处，开车，我的老本行。"

周倩问："开大车还是开小车？"

罗俊涛说："不知道。什么车都行，只要不是自行车。"

周倩开心地说："我儿子可真行，别看俺平时不显山不露水的，一露脸就惊人。供应处可是个好单位，肯定不好进，你托人了吧？谁这么厉害呀？"

罗俊涛一笑说："妈，你啥时候学会奉承人了？前几天我给开歌厅的同学说，我爸不想让我在山平矿务局之外的单位上班，虽然矿务局每年都有退役军人安置任务，可毕竟是僧多粥少，好单位更是难进，不托人够呛。今天下午他把我叫过去，说他已经托人把我的工作给安置好了，没出矿务局，这算是遂了我爸的愿。"

周倩忙说："你同学可真厉害，哪天你把他请到咱家来，妈好好给你们做一桌子好吃的。"

罗俊涛拍拍母亲的肩膀说："好的好的，找个时间我一定把他领来，让他见识见识我妈的好厨艺。"

罗贵说："你明天就去报到？你一人去？"

罗俊涛说："爸，我就去报个到，哪天正式上班还不知道，又不抬东西，用不着太多人吧。"

罗贵张张嘴没说什么。

第 十 七 章

周倩老早起床，精心烙了五张葱花油饼，将四个荷包蛋分成两碗，然后坐一边等罗贵和罗俊涛洗漱。望着儿子洗漱时那俊俏的模样，周倩的心像春花一样灿烂。

目送这父子俩一个去矿上上班一个去新单位报到，周倩站在门口喜忧参半，她不住地暗自祈祷，祈祷罗贵怀揣的那份证明信能派上用场，祈祷她儿子工作的事不出意外。

罗贵来到单位屁股还没坐热，就急着去找宋彦。见宋彦的办公室就他一人，罗贵没有迟疑，不打招呼就直接进去。当上科长后，宋彦明显比之前显得深沉许多。他示意罗贵坐下，习惯性给一个玻璃杯里倒上热水，然后将水杯递给罗贵。

"还得等等。"宋彦轻声说。

"我这里有一份社区开的证明信，不知道能不能用上。"罗贵看一眼门外，边说边将证明信递给宋彦。

宋彦仔细看过证明信，他的眼神久久没有离开信纸。见状，性急的罗贵站起身问："不行吧？"

宋彦的眼神依旧没有从信纸上移开，他一字一句地说："要是再加上几句，或许用得着。"

罗贵听了，提高声调说："就这还是刘队长托人给开的，要不是刘队长，就凭周倩，她连这样的信也开不出来。"

宋彦的手猛一抖动，他随后瞟一眼门外，小声说："放我这里吧，你最近不要到我这里来。"

见宋彦起身后看着他不再说话，罗贵意识到他该走了，随即答应着，出了宋彦的办公室。

罗贵在楼道里遇见房管科的一位女同志，他之前为分房的事来房管科见过此人，听说她当副科长了，两人彼此打了个招呼。相向而过时，这位副科长认真地看了罗贵一眼，罗贵感觉这位副科长的眼神有点儿异样。

罗贵离开后，宋彦将房门关上，反复端详那份证明信。随后，他从抽屉里拿出笔和纸，模仿着证明信上的钢笔字迹练了足有两百字。随后，宋彦长出一口气，瞟一眼房门，在证明信的尾部添加以下文字：该同志一家五口，住房仅有一套，请矿上酌情予以照顾为盼。添加的这段文字紧接原来的文字，居于公章上部，二者基本一致，字迹虽略有出入，不细究，一般人很难辨出。宋彦从身后的档案柜里拿出一个档案袋，从档案袋里抽出几份证明信，把罗贵这份夹在其中。档案归位后，宋彦重新坐下，望着桌子对面的墙壁发呆。

数日后，分房名单张贴在矿院食堂的西墙上，罗贵的名字终于上墙。不止一人让罗贵请客，平日一向容易激动的他这次显得相当平静，他皱着眉头一一应下。一个同事指着罗贵说："装，你就使劲装吧。"

罗贵不解地说："装？我装什么了？"

下班时间已过，罗贵磨蹭到很晚才出门，当他来到食堂的西墙下时，见这里空无一人。想举拳头又不敢，他尝试几下，最终还是将后背对着墙面，盯着脚尖发呆。

这时，一个八九岁的女孩子蹦蹦跳跳经过这里，她忽然停下脚步，走到罗贵身后，非常关切地问："爷爷，你怎么了？你是不是脚疼啊？"

罗贵不由得一惊，扭头看看女孩子说："好孩子，爷爷没事。爷爷想请你帮个忙，行吗？"

小女孩高兴地说："你说吧，爷爷，不用客气。"

罗贵眯着眼睛说："你帮爷爷看看墙上的名单里有没有罗贵的名字，就你背后的墙上。"

小女孩说："好啊，爷爷。"

好一会儿没有声音。罗贵感觉到自己的心跳越来越快，正要把手按在胸口上，忽听女孩子高声喊："我看见了，我看见了，爷爷，你说的那个名字排在倒数第二个。"

罗贵平复着自己，缓缓转过身来，拍拍女孩子的肩膀说："你这么小就认识这两个字，真是个好学生，谢谢你！"

等小女孩幸福地跑向远处，罗贵这才抬起头去看自己的名字。随后，他迈着沉稳的脚步向家走去。

让罗贵吃惊的是周倩居然和他一样，当梦寐以求朝思暮想的事降临头上，竟显得出奇的平静。周倩将晚饭端上桌子，扭头望望窗外说："俊涛这个时候不回来，可能在外边吃饭了，他可别跟别人较劲儿喝酒啊，等他回来我得给他说说喝酒的事，他是司机。老罗，我们吃吧，不等俊涛了。"

罗贵边吃边说："你别瞎操心了，吃饭吧。"

周倩坐在饭桌旁，用右手支着下巴颏说："也不知道哪天能拿到新房子的钥匙。"

罗贵说："估计楼层还没分呢，现在贴出来的只是分到房子的人员名单，先公示，随后才是交钱、发钥匙。"

周倩的脸上挂着笑容，话音甜润："老罗呀，今年真是个好年份，你看俊涛也上班了，还去了个好单位，房子也分到了，接下来，俊涛再给我们领回来个俊俏的女孩子，你就偷着乐吧。也不知道俊涛今年能不能结婚，他可比他哥有福气，还没有谈婚论嫁呢，家里就有了新房子。"

罗贵瞟一眼像是陷入梦魇中的周倩，摇着手中筷子说："哎哎哎，你是睡着了还是醒着呀？"

周倩只顾说自己的："老罗呀，我们这次能分到房子，八成是那份证明信起到作用了，多亏刘队长脑子好使。"

罗贵说："我感觉主要还在宋彦那儿。"

周倩说："回头我们得好好感谢感谢刘队长和宋彦。"

罗贵带着醋意："宋彦就不用感谢了。"

周倩睁大眼问："为啥呀？"

罗贵望着房顶说："明知故问。"

周倩脸色一变说："你什么意思呀？"

罗贵看一眼周倩说："我说错了，好吧。"

周倩带着怨气说:"不看看你我都多大了,孩子都快生孩子了,还吃醋,得了便宜还卖乖,没良心。"

周倩这一骂,竟然把罗贵骂乐了,罗贵咧着嘴说:"认真想想,我还真是捡了个大便宜,本来是人家的菜,生生被我弄到了篮子里,还没费什么劲。"

"爸,你弄到什么了呀?这么高兴。"罗俊涛猛然间开门进来,不明就里地胡乱问罗贵。

罗贵极其尴尬地张张嘴一句话没说。周倩笑得疯了一样。罗俊涛看看两人的神情,很快意识到他不宜继续问下去,钻进自己房间前说了声:"你们吃吧,我吃过了。"

周倩止住笑,对着她儿子的房间大声说:"俊涛,你是司机,知道你饭场多,在外边吃饭可别喝酒啊。"听见罗俊涛嗯嗯答应着,她这才开始慢吞吞吃饭。随着下颚的晃动,不甚明显的笑纹在周倩的面颊上跳跃。

罗贵不记得周倩还有什么时候像现在这么高兴过,他时不时偷看一眼周倩,内心五味杂陈,埋在心底的话总是说给自己听:"我没让周倩过上一天好日子,我对不住周家。"

数日后,他把新房钥匙交到周倩手里后,周倩第一时间跑到房头的小卖部里,用这里的公用电话通知罗俊林、罗俊丽和罗俊涛,让他们一下班就赶紧回来,并喜滋滋地给孩子们说:"我们分到房子了。"等三个孩子悉数到齐后,她让罗贵在前面带路,自己把钥匙攥在手心里,领着孩子们去看新房。出门不远,迎面碰上一个邻居,邻居问周倩:"嫂子,你们一大家子这是干啥去呀?兴师动众的。"

周倩晃晃手中钥匙说:"去新房子里看看。"

见这位邻居的眼神里满是羡慕,周倩感觉像喝了蜂蜜一样舒坦。跟在后面的罗俊林忽然想起不知道在哪里看到的一句话:房子不仅仅是用来住的。这让罗俊林一下子明白,父母分到的不仅仅是一套房子,它更是颜面与尊严。

罗贵分到的房子六十三平方米,共六层的楼房,他的房子在五层。徜徉在崭新的居室里,一家人乐不可支。罗俊林说:"还是刘士超伯伯

187

的主意好，我家能分到房子，多亏了刘伯伯。"罗俊丽说："宋彦叔叔肯定是帮了大忙的，分房的事毕竟归他管。"罗俊涛说："依我看，咱爸能分到房子，一个字，该。"

罗贵一家人沉浸在分到房子的喜悦中，没有人知道宋彦会因此经历一场难以言说的变故。

在分房的事告一段落之后，归档之类的工作则由副科长秦妮进一步完善，这个心细干练的女同志干起工作来一点儿不逊色于男同志，这让宋彦很是满意。宋彦一身疲惫地靠在椅子上，很想闭上眼迷糊一会儿。就在这时，桌子上的电话铃响了，是矿上张书记打来的，张书记让宋彦过去一下。

宋彦无精打采地走进张书记的办公室时，一点儿没有意识到接下来会有一场异常艰难的谈话。

张书记示意宋彦在他办公桌对面的椅子上坐下，带着难以捉摸的表情，用不冷不热的语调说："矿上这次房屋分配工作基本上告一段落，广大职工对此还是满意的，当然，有那么一点儿不同声音这也正常，宋科长为此做了大量工作。"

趁着张书记讲话停顿的间歇，宋彦忙说："没有矿领导的强有力支持，房管科的工作是无从开展的。"

对于宋彦这该有的话，张书记用沉默应下。张书记接着问宋彦："据说你年轻时跟一个叫周倩的女同志谈过恋爱？"

宋彦不由得一惊，一身疲惫随之而去。他不知道张书记因何提起这样的陈年旧事，忙说："是的，张书记，那时我二十来岁，刚从东北老家来到矿上。"

张书记点着头问："这位周倩是罗贵的爱人吧？就是这次分房名单里的那个罗贵。"

至此，宋彦已大致清楚张书记话中之意，他不紧不慢地说："是的，张书记。当初，因为一些原因，我和周倩没能走到一起。接下来，周倩和罗贵成亲了。"

张书记说："经你这么一说，我就清楚了，看来什么事都不是空穴来风。"

因揣摩不透张书记话中之意，宋彦欲言又止。

张书记接着说："我来问你一个性质严重的问题，你要实话实说，并对你讲的话负责。"

宋彦的心猛然一沉，紧张地说："我一定实事求是。"

张书记沉稳地说："罗贵曾经交给你一份社区开具的证明信，用以证明他家的住房是周倩的父母留下来的。"

宋彦盯着自己的手指说："是的。"

张书记注视着宋彦问："你是不是在那份证明信上动过手脚？"

宋彦低着头说："是，我在后面添加了几句话。"

张书记点着头说："你很诚实，是一位诚实的老同志。你在添加那几句话时，是在刻意模仿证明信上的笔迹，不然二者不会那么相似，我说得对吧？"

宋彦说："是。"

张书记说："你刻意模仿别人字迹，说明你知道你的行为属于什么性质，既然主观上知道这是违法行为，却还是执意要做，你不怕承担法律责任吗？"

宋彦说："没办法。"

张书记说："什么意思？"

宋彦说："我想帮帮他们，又想不来别的办法。"

张书记说："所以你就铤而走险，所以你就敢向违法的道路上走，而全然不计后果？"

宋彦说："我没有别的办法，我想给罗贵和周倩的脸上增添点儿笑容。我和罗贵是建矿初期坐一节闷罐车过来的，几十年了，他和周倩一直没有分到房子。"

张书记说："是周倩让你这么做的吧？"

宋彦说："谁都没有让我这么做，是我自愿这么做的，我向组织保证，我没有说谎，我对我的话负责。"

张书记沉默了一会儿说："你是个重情重义的人，这一点难能可贵。男女之情，得分清楚，拿捏好。工友之情，得看轻重，有分寸。总之，不要让人在背后说三道四。"

宋彦不住点头，连连应着。

张书记带着一丝惋惜的口气说："事情已经到了这个地步，摁是摁不住了，不处理不行。分房之前我要知道这件事，一定不会让它发酵到这个程度。"

宋彦用感激的目光看着张书记说："谢谢张书记关心！这份证明信我很早以前就连同其他同志的相关证明一同交给副科长秦妮保管了，这些材料也就我和她经手。秦科长既然早就看出来罗贵的证明信有问题，她应该在分房前就给矿领导汇报啊，不知道她为什么要等到分房后，现在房子都分出去了，弄得没有办法挽回。"

张书记望着宋彦说："我没有说是秦科长把这件事反映给矿领导的。你是个老同志，没有必要深究下去，该有的觉悟还得有，无论是谁坚持正义，都没有过错，希望你不要在这个事情上责怪别人，更不要打击报复。"

宋彦忙说："张书记尽管放心，我向组织保证，我一定不会深究，更不会报复别人，自己错了就该自己承担责任，与别人无关，我只要知道是谁把这件事捅出去的就够了。"

张书记提高了声音说："很多事，往往合情却不合理，合理却不合情。比如罗贵吧，建矿之初就来到了山平矿务局，把青春和汗水都奉献给了矿山，这样的老同志，他理应得到最好的待遇，理应分到该分到的房子，可政策明明在那里，文件上的条条杠杠分得十分清楚，这是没有办法的事。有政策，就得按政策办事，这是必须的，各行各业如果没有相应的政策，如果不把政策作为行事指南，那不乱套才怪呢。像罗贵这样的同志达不到分房条件只是个特例。"

宋彦感动地说："张书记这么关心体谅老同志，让人感动。不管怎么说，罗贵总算是分到房子了。至于我嘛，组织上该怎么处理就怎么处理，我通通接受，只要罗贵和周倩能分到房子，我怎么都行。"

张书记眼里闪出亮光，他动情地说："宋彦啊，你的为人让人感动。刚才我也说了，这事不处理实在不好办，你再有五个月就到退休年龄了，这样吧，你提前退下来算了，别的事就不再追究了。退下来这是迟早的事，谁都会有这一天。早点儿回家也好，好好歇歇，你们这些老同志为矿区建设真是付出了太多心血。"

张书记的话面面俱到，让宋彦无话可说。

走出张书记办公室，宋彦脑子里一片空白，他记不清自己是不失风度地跟张书记道别后出来的，还是起身后扭头就走，更记不清临别时两人说过什么。

宋彦顺楼梯走到四楼时，见自己的办公室门还处于大开状态。隔壁秦科长的办公桌前座椅空着，一个新来的年轻人在对面办公桌上埋头写字。宋彦回到自己办公室，望着熟悉的办公桌、档案柜、衣服架，内心五味杂陈。他在室内转悠了七圈后，拿起自行车钥匙来到隔壁，从裤兜里掏出一把钥匙递给那位新来的年轻人说："小王，等秦科长回来，你把我办公室钥匙交给她，我先走了。"

年轻人忙起身接过钥匙说："宋科长，你要出差？"

宋彦支吾一声，急匆匆出了房管科。

来到办公楼下的宋彦忽然觉得不敢看人，于是，他推着自行车，低着头走出矿院。站在距矿院大门稍远的地方，宋彦茫然四顾，一时间不知道该去往哪里，此时离下班时间还早，他不想这个时候回家，他更不想让爱人知道他被矿上"劝退"的事，他很想去一个地偏人稀的地方，他想在那里安静安静。忽然想起矿上为逝去的矿工专门置备的坟场，偌大的坟场平日里只有一个东北老乡在那里陪伴逝者，想到这里，他骑上自行车奔坟场去了。

一阵犬吠划破了坟地的宁静。小狗露面时显得十分犹豫，准确地说，它在选择原地出声还是向前几步出声时，缺了几分果敢。宋彦的心里装满心事，他选择了忽视小狗，自行车径直到了瓦屋的门口才停下。

屋门开着却不见有人，宋彦把自行车靠在瓦屋外一棵老槐树粗壮的树干上，正要进屋瞧瞧，忽然，从坟场深处传来老洪沙哑的声音："这不是宋彦宋大科长吗？你来这里干什么？要给坟场盖房子吗？我这间瓦屋住着还行啊。"

宋彦见老洪手举镰刀向这边走来，高声问老洪："你举着镰刀干什么？看着挺吓人的。"

191

老洪笑着说："这不是为了让你老远就能看见我嘛。"

宋彦问："你又去割草了？我记得上次来的时候，你就在割草，你歇着闹心是吧？"

老洪说："不割不行啊，这草长疯了。不把荒草割了，来烧纸的人弄不好就会把旁边的草点着，春天夏天还好点儿，到了秋天和冬天，那荒草沾上火就着。你看那边，坟场边上就是树林，我怕把树林烧着了。"

宋彦说："我跟你一起割草吧。"

老洪上下打量着宋彦，不解地问："你这话把我弄糊涂了，上班时间，房管科科长来坟地割草，你这是要制造新闻吧？没看见有记者跟你一道过来呀。"

宋彦笑着说："我过来主要是想和你说说话，怕你一个人在这里孤单，接下来这五个月我每天都过来，你放心，我不吃你的饭，我上班时间来，下班时间走，行吧？"

老洪这下被宋彦的话彻底弄糊涂了，他拍拍脑门，看看天又看看地，随后坐在门口的木凳上叹息一声说："这人老了，说犯迷糊就犯迷糊，耳朵也不好使了，老伙计，不怕你笑话，我弄不清你在说什么。"

宋彦怜惜地说："老洪啊，看你说的吧，你身体好着呢，刚才那会儿，大老远地就看见我来了，不是你犯糊涂，是我的话说得不着调，让你一时犯晕，换谁都会这样的。"

宋彦进屋搬个凳子出来，在老洪对面坐下，仰望老槐树层叠交错的树冠说："当年我们从老家来这里的时候，我才二十来岁，你老洪也不过三十岁。"

老洪的头脑这会儿非常清楚，他认真地纠正宋彦的话："三十好几了。"

宋彦叹息一声说："那个时候，你老洪可是一表人才，帅着呢，连我都经常偷偷看你，更别说女的了。"

老洪哈哈大笑，摇摇手说："哪有啊，你就逗我玩吧。可真快呀，一转眼我都七十多岁了，不敢想。你最近见过方大头没有？这家伙放屁还是那么臭吗？"

宋彦大笑着说："我都几个月没见过他了。你还别说，我们那会儿在闷罐车上，只要一闻见臭气，一准是方大头偷偷放的，两天两夜呀，我们被熏了两天两夜。"

两个人的笑声之大，把一旁的小狗给弄蒙了，它对两人的举止感到莫名其妙，忽而凑近老洪，忽而凑近宋彦，伸着不长的鼻子，闻来闻去，想要嗅出异样的味道。

宋彦看看手表说："我该走了，下午再来陪你唠。"说罢，骑上自行车匆匆去了。

望着宋彦远去的背影，老洪拍拍脑门儿，又摇摇头，对于宋彦这次怪异的造访，他如坠云雾之中。

下午两点钟，老洪还在午睡，小狗的汪汪声把他弄醒，他勾头看时，屋内忽然一暗，见宋彦手拿一盒军棋走进门来。

"起来，起来，快起来，我俩大战十盘。"宋彦说时拉着老洪的胳膊就往床边拉。

"拉断了，拉断了，再拉你把我胳膊拉断了，你轻点儿不行吗？"老洪咧着嘴说。

"忘了，忘了，还以为是在闷罐车上那会儿，我怎么也犯起糊涂来了。"宋彦笑着说。

老洪下床后，两人把军棋摆在屋门口的亮光里，开始对决，各自嘴里念念有词。

"跑不了你，吃。"

"想挖雷？想得美，吃。"

两人边说话边下棋，居然一下就是大半天。其间，宋彦不时看表，下班时间一到，他就骑上自行车扬长而去。

次日，依旧。

第三天，老洪实在忍不住，板着脸问宋彦："宋彦，今天你得给我说清楚，这里是坟场，不是你那房管科，你上班时间来，下班时间走，你这来的是哪一出啊？"

无奈之下，宋彦叹息一声说："老洪啊，我退休了。"

老洪盯着宋彦问："退休怎么了？"

宋彦皱皱眉说："你这人，你怎么还不理解呀？"

老洪眨眨眼问："你说什么了呀？你让我理解什么呀？"

于是，宋彦耐着性子把事情的缘由一一说了，最后，不忘叮嘱老洪："这事你可不要给别人说，丢人。"

老洪心情复杂地听着、应着，他在怜惜的同时又对宋彦肃然起敬，后来，拿起镰刀说："走吧，跟我一起割草去，干点儿活儿兴许就把不开心的事忘掉了。"

两个人一人拿着一把镰刀，向坟场草深的地方走去。

"菜，不好好长；草，长疯了。"老洪说。

话音刚落，老洪见宋彦正把一个坟头边上的一根干树枝拔出来扔掉，他赶忙喊住宋彦："别动，你千万别动那根干树枝，弄不好，罗贵可跟你干架。"

"这树枝早就死了，还留它干吗？"宋彦不解地问。

"死了你也别动它，你又不是不知道罗贵那驴脾气。"老洪笑着说。

"是他插的？他插一根树枝干什么？"宋彦奇怪地询问老洪的同时，摁了摁拔松了的干柳枝。

老洪耐心地把这根柳树枝的来历一五一十地说了，故事之曲折、感情之真挚任谁听了都会被深深感动。宋彦望着那根被风干而显得收缩扭曲的来自数千里之外的树枝，唏嘘不已，他动情地说："这太不容易了。这根柳枝没有被种活，这太可惜了。"

老洪摆摆手说："宋彦啊，你不必担心，罗贵家里还有一截呢，这根柳树枝当时被一分为二，听罗贵说他把另外一截养活了，不定哪天就把精心养在花盆里的那一截移栽到这里来，我估摸着快了。"

宋彦惊奇地说："这故事太离奇了，别看罗贵平时大大咧咧的，他可真是个有心人，是个重情重义的人。这样一来，不光是圆了肖长军的梦，更是让肖长军的儿子尽了孝，罗贵做了件功德无量的大好事。将来谁要是把坟前的柳树叶带回到肖长军的祖坟上，那更是天大的功德，这叫落叶归根。"

老洪不无担忧地说："不知道肖长军的儿子肖晓峰现在怎么样了，去年他来的时候，他自己说，不会有几天活头了，他的心脏疼得厉害，被救护车拉走过多次。"

194

宋彦说："心脏病不是绝症。"

老洪说："老天保佑他能好起来。"

宋彦不解地问："老洪啊，我想不明白，罗贵把人家坟上用的柳树枝拿回家养在花盆里，周倩答应吗？他的孩子们答应吗？这可是不吉利的事啊。"

老洪低声说："老实人也会说瞎话，我听罗贵说，他给家里人说那是东北老家的新树种。"

宋彦板着脸说："他说对了一半，是来自东北，可不是新树种，他罗贵可真敢。"

第十八章

罗贵接到矿上房管科的通知，让他到房管科办理住房手续。服务队活儿多他一时走不开，等他来到房管科时，已快到下班时间。让他大为吃惊的是，宋彦此前的办公桌前坐着一位女同志，罗贵认识她，是副科长秦妮。罗贵正要说话，却见秦科长拿手一指说："去隔壁，找小王。"说罢，继续整理桌上的一沓子文件。

罗贵来到隔壁房间，很快就把相应的手续办好了。他轻声问小王："宋科长呢？"

小王说："宋科长退休了。"

罗贵心下一惊，忙问小王："他还没到退休年龄啊，怎么会退休呢？"

小王抬头看一眼罗贵说："我也不知道，要不你去隔壁问问秦科长，现在是秦科长负责房管科工作。"

罗贵答应着走出小王的办公室。路过秦科长办公室门口时，他犹豫片刻，接着，脚步不停地走下楼去。他看看手表，已到下班时间，于是，骑上自行车奔宋彦家去了。

一进门，罗贵就开始嚷嚷："菊花，宋彦呢？这家伙提前退休了，也不给我们几个说一声，他为什么要提前退休啊？当科长当腻了？"

宋彦的女儿宋春玲早已去南方发展，宋彦的爱人陈菊花一人在家。正要给罗贵倒水的陈菊花一听罗贵这话，惊得放下茶杯问："老罗哥，宋彦上班还没回来，他还没到退休年龄，怎么会退休呢？你这是听谁瞎说的？"

罗贵十分认真地说："我刚才去房管科了，当然是房管科的人说的，这会有假吗？原来的那个副科长都坐到宋彦的办公室了，你没见她那个样子，傲气着呢。"

陈菊花心头一惊，急忙问罗贵："你是说秦妮接任宋彦当房管科科长了？这怎么可能啊，宋彦一大早就去上班了，没有听他说起过退休的事，也看不出他有什么反常啊。"

罗贵看看门口说："我敢肯定，宋彦没有去上班，小王说，宋彦一周前就不去房管科上班了。"

陈菊花听罢颓然坐下，木然地望着窗外。见状，罗贵赶忙安慰菊花："宋彦可能是去别的地方上班了，他年龄不算大，身体又好，不会坐家里闲着。"

陈菊花伤心地说："春玲这孩子不争气，宋彦也不给我说真话，我怎么活得这么窝囊啊。"

罗贵忙问："春玲怎么了？她不是去深圳发展了吗？"

陈菊花叹息一声说："一言难尽啊。"

见陈菊花迟疑着没有说下去，罗贵也就没有再问，他不想让对方难堪，毕竟那是人家的家事。罗贵又说了几句不痛不痒的安慰话，然后离开了宋彦家。

罗贵前脚刚走，宋彦就回到家里，见陈菊花极为反常地看都没看他一眼，他故作轻松地问："菊花，饭做好了吧？我可闻见香味了。"

陈菊花依旧没有搭理宋彦，家里的炉灶明明还没有打开，哪里会有饭菜的香味？她明显感觉到宋彦说话时显得底气不足，宋彦这缺了几分底气的话，让陈菊花一时间想到装腔作势这个成语来，宋彦的心虚正说明罗贵所说的是事实。想到此，陈菊花盯着宋彦问："宋彦，你是从房管科下班直接回来的吧，没有绕到别处吧？"

宋彦不假思索地回答："是啊，绕别处干什么？又用不着我去买菜，每天都能吃到现成的。"

宋彦这近似夸奖的话放在平时，陈菊花会十分爱听，可今日不同，陈菊花冷冷地问："你真是从房管科回来的？"

宋彦这才察觉到他爱人的异常，可事已至此，能搪塞还得搪塞，不然他不知道该如何收场，于是，移开话题说："春玲不是说要从深圳回来吗？她哪天回来？"

听到有关女儿的话题，陈菊花忽然泪流满面，坐在沙发上一言不发。见状，宋彦忙说："菊花呀，你看你吧，我就不敢提起你那宝贝女儿。俗话说，儿孙自有儿孙福。春玲自己选择的路，别人没办法替她走，等等看，你先别急。你做的什么饭呀？我去盛饭。"话没说完就匆匆去了厨房。

宋彦在厨房里没有找到做好的饭菜。罗贵也是。方才与宋彦交错而过的罗贵，到家后没有闻到饭菜的味道，他一眼瞥见花盆里的那根大拇指粗细的柳树枝，泛黄的嫩芽密密麻麻将柳枝爬满。见家里没人，罗贵赶忙去厨房里找来一个黑色塑料袋，将整个花盆装进袋里，再将塑料袋挂在自行车车把上，然后，鬼鬼祟祟向坟场快速骑去。

"谁动这根柳树枝了？"罗贵突然一声喊叫，将正在埋头做饭的老洪吓了一跳。

不用问，老洪就知道罗贵因何喊叫，他站在门口大声回应罗贵的话："宋彦动过。"

"他吃饱了撑的，没事跑到这里干啥？干吗跟这柳枝过不去！"罗贵的声音小了不少，却还是瓮声瓮气的。

"他没事的时候常过来跟我杀几盘，就他那臭棋，老是输。"老洪差一点儿将宋彦最近每天都来的原因说了，又想起宋彦不让给别人说，最终，他张张嘴没再出声，缩回去继续做饭了。这个七十多岁的老头儿，仗着他身体结实，倔起来一点儿都不比罗贵差。他爱人去世后，他也过了退休年龄，没有义务为矿上守护坟场，儿子女儿也争着要把他接到家里去，他非固执地留在这里。

罗贵听罢，嘟嚷一句连自己也听不清的话，走到老槐树下，拿起一把铁锹，而后返回原处，将那根干树枝拔出来，用铁锹挖出一个深坑，然后把他带来的那个花盆打烂，将花盆里的那根长满嫩芽的柳枝连同原来的泥土一同放入坑里，之后，精心把柳枝栽好。

当罗贵满意地走进老洪的瓦屋时，见老洪正埋头吃饭，他这才意识到自己的肚子早就在提示他，想起他出门时周情没在家里，现在回去也不一定能吃上现成的饭，于是，将老洪锅里剩下的菜弄到一个碗里，又找出两个馒头，然后，坐在老洪旁边细嚼慢咽，并不时看一眼老洪。

"走了。"吃过饭，罗贵撂下两个字，骑上车子走了。

此时的晚霞艳得出奇，远山、煤楼、出矿的列车，甚至于连路人的脸上都被生生罩上一层橘红。罗贵骑行的姿势与众不同，他习惯性身子前倾，双臂外突，两腿向外叉开，当他面西骑行时，在道道霞光里，罗贵的姿态像极了螃蟹。

罗贵的家里显得十分幽暗。见周倩正忙着做晚饭，罗贵说："我吃过了，别做我的。"

周倩好奇地问罗贵："在外面吃饭，怎么这么早就回来了？你在哪里吃的？"

罗贵说："坟场。"

周倩丢下手里的活儿，一脸惊讶："坟场？"

罗贵说："老洪那里，这老头儿很会做菜。"

周倩紧追不放："你去他那里干什么？"

罗贵说："他那里静。宋彦也常去。"

周倩吃惊地问："宋彦也去？他去干啥？"

罗贵说："下棋。"

周倩愣愣地站着，她在品味罗贵的话。忽然想起什么，盯着罗贵问："刚才我回来，发现家里少了个花盆。"

罗贵说："我不小心把它踢倒了，好像以前就裂璺了，一碰就烂，我把它扔了，里面的土发臭，我把它扔到外边的垃圾坑里了，免得闻见了恶心。"

罗贵今天说的话让周倩感到怪怪的，具体怪在哪里，她也说不清楚，她在做饭时显得无精打采、心事重重。忽然想起张艳要给他儿子罗俊涛介绍对象，她一时来了精神，转过身对罗贵说："我今天在路上遇见张艳嫂子，她说要给俊涛介绍个对象，女孩子是总医院的护士，长得水灵着呢，她安排这两个孩子这周六在公园见面。老罗呀，要不我俩也跟着张艳嫂子去公园吧，躲一边悄悄看上一眼。"

罗贵自回到家里就感到一种无以言状的心虚，对于周倩的话他没有反对的底气，只得支支吾吾应着。

夜深时罗俊涛还没回来，这让周倩心神不宁。此前，她给儿子交代过无数遍，晚上不许回来太晚，除了出车误点。罗俊涛平日里还是非常守时的，今晚是个例外。周倩一直盯着钟表看，这个心细如发的人看着表针一点点指向十点时，对想要睡觉的罗贵说："老罗呀，你看都这个点了，俊涛还没回来，要不你还去他同学开的那个歌厅瞧瞧吧，看俊涛在不在那里，就像上回那样。"

因为那个事，罗贵自打进家就不敢睁眼看周倩，忽听周倩让他去找儿子，他没有丝毫迟疑地连声应下，慌慌张张出去了。临出门的时候，差一点儿将门口的木凳子踢翻。

望着罗贵的身影从门缝消失，周倩忽然感到心烦意乱。她把右手放在胸口停了一下，接着，连喊两声罗贵的名字，在让罗贵出门寻找儿子这件事情上，周倩的主观意志产生了动摇。而此时，罗贵已经走远。周倩不时看表，不时走到门口，静听外边的动静。无风的夜晚，城市的夜依然不甚安静，虽然已是十点多钟，窗外的车声人声仍然嘈杂，尤其是北边，矿区铁路上的运煤车，相隔不长时间就有一列咣咣当当缓慢走过。如今的山平市早已跟建市初期大不一样，她和罗贵成亲那年，山平市仅有两条大路，荒草坡、乱石岗四处都是，如今的市区道路早已是星罗棋布。那时，马路上的车是人力车、牛车、自行车，极少见到后面冒烟儿的汽车。而现在，前两种车早已消失不见，单说汽车，就有国产车、合资车、进口车，品牌之多，车型之多，让人难以辨认。

周倩烦躁地在屋里走来走去，时不时打开门瞧瞧外边。最后，她看一眼钟表，开门出去了。

歌厅里，罗俊涛正坐在经理办公室的老板椅上，他不时抬腕看表，脸上显出几分急躁。有个服务生经过门口时他就问服务生还有几个包间里的客人没走。服务生说两个。等服务生点点头匆匆走过，罗俊涛轻声对自己说，一唱就是大半夜，也不知道哪儿来这么大劲儿。

下午就要下班时，他接到开歌厅的同学打来的电话，同学今晚有事脱不开身，让罗俊涛替他去歌厅坐镇。所谓的坐镇，无非就是坐在经理办公室，没事时干坐到客走灯灭，有事时协调应付一下。因没法推辞，应下后罗俊涛就匆匆赶到歌厅。罗俊涛的家里没有安装电话，不能将此事及时告知爸妈，并非对母亲的叮嘱置若罔闻。

听见一群人哼着歌、嘟囔着酒话、撒着娇远去，罗俊涛忽觉一阵轻松。他以为这群人来自那两个包间，走到门口一问，才知道最后一个包间里的歌者仍在喊叫，于是，他重又回到原处，连喝几口水，开始闭目养神。

"经理，经理，你去看看吧，那个包间里的人快要打起来了。"一个服务生出现在门口，慌慌张张地说。

来歌厅的人多半是边唱歌边喝酒，葡萄酒、啤酒、白酒，歌厅里都有供应，借着酒劲闹事，此前并非没有。罗俊涛跟着服务生来到那个包间门口时，一个熟悉的声音让他不由得大吃一惊，女孩子的乞求声里带着惊恐："大哥，你放我们走吧，我们两个是第一次来歌厅，不懂你说的规矩。"

服务生把门推开，一张熟悉的面孔映入罗俊涛的眼帘，这位率直的退役军人惊讶地问："宋春玲，你不是去深圳发展了吗，怎么会在这里？什么时候回来的？"

见罗俊涛忽然出现在包间的门口，像是一个走失了的孩子忽然看见亲人，宋春玲一时间泪流满面，不自觉地向罗俊涛这边挪动几步，捂住脸痛苦地说："我回来好几天了。"

罗俊涛说："我怎么没有听说呀？"

宋春玲说："我在丽华家住，没有给别人说。"说罢指指另外一个被吓得缩着身子的女孩子。

罗俊涛说："也包括宋叔和陈婶？"

见宋春玲点头，罗俊涛大声说："你可真行！也不看看几点钟了，还不赶紧走？"

宋春玲胆怯地瞟一眼一个长发男子，拉住那个叫丽华的姑娘就要走，却被长发男子伸手拦住。长发男子哼了一声说："往哪儿走？能走得了吗？"手指指向罗俊涛："你……你……你是谁？少管闲事，躲开！"

罗俊涛平静地说："我是退役军人，请你把指头收回去。我想知道她们为什么不能走，你要她们买单吗？"

长发男子听罢哈哈大笑，笑得宋春玲浑身发颤，长发男子收住笑，盯着罗俊涛说："你以为老子在乎买单？早就说好的，今天老子招待，她们三个妞得陪我一宿。"

罗俊涛这才去注意包间里的另外一个人，他本来以为这几个人是三男三女，仔细一看，那个留着短发一身男人穿戴的人原来是个女的。罗俊涛很想弄清楚宋春玲因何跟这样的人来歌厅唱歌，于是，耐着性子问："说好的？你跟谁说好的？她们要去哪里陪你一宿？就在这里吗？就凭这几盘点心，就凭这几瓶酒，她们就得陪你一宿？这事新鲜。"

长发男子轻佻地指指那个像男又像女的人说："当然是这个妞了。你很想知道我们要去哪里欢度良宵是吧，当然是去我的别墅呀，想去我的别墅陪我的妞多了去了。躲开，躲开，走，我们走，愣子，你愣着干吗！带路呀！"

那个叫愣子的男子伸手想要推开罗俊涛时，他一时感到像是推在石柱上，于是，恼羞成怒，大吼一声："走开。"当他自己发觉他难以完成使命时，下意识看看长发男子。

长发男子的一记重拳是在罗俊涛早有防备的情况下打过来的，罗俊涛早已气沉丹田，只运力一挡，长发男子的重拳瞬间像是打在树干上，且有一股弹力直冲经络，他踉跄着倒退数步，咚的一声撞在墙壁上，大约是头部触墙，撞击声并不沉闷。罗俊涛唯恐室内设施受损，赶忙开门出去，并抢先退到走廊的出口处。当长发男子提着一个空酒瓶追赶出来，当所有人都出了包厢，罗俊涛顺势将长发男子引到歌厅大门外的空地上，并示意服务生及时将大门关上。

站到空阔的大门外，罗俊涛大声警告长发男子："你听好了，我刚才说过，我是退役军人，我在部队练过擒拿格斗，我劝你冷静一点儿，我们无仇无怨，没有必要这样。"

长发男子感觉丢了颜面，哪里听得进罗俊涛的劝告，他带着酒劲，抢起空酒瓶朝着罗俊涛的头部打来。

罗俊涛不可能让一个喝了酒的混混将酒瓶子抢到他的头上，他首选的是避让。罗贵在这个时候出现，颇具戏剧性。他本来早就到了歌厅的大门外边，只是不想敲门，他想等有人出来时顺势进去，或者像上次那样，就在窗外转悠，等他儿子从窗子里看见他后自然会出来见他。而此时，周倩到了。周倩说她想解手，于是，两人去了文化宫。等他推着车子和周倩从文化宫并肩出来时，恰好看见他儿子，恰好看见一个男子正举着酒瓶冲向他儿子。他见这男子跟瘦猴一样，一头像是爆炸了的长发将小脸几乎完全遮住，他下意识地猛一用力，将自行车推向两人中间。长发男子来不及收脚，身子撞向自行车，罗贵连同他的自行车眼见就要倒向罗俊涛那边，罗俊涛伸手护住了他的父亲和车子。

"你这老头儿没有长眼呀，怎么把车子戳在我的前面？"长发男子咆哮着。

"车子没闸。"罗贵说。

"滚开！"长发男子大骂一声，晃动着手中的酒瓶子，挪动步子伺机接近罗俊涛。

罗贵不时移动着自行车，使得他的自行车成为一道屏障，挡在罗俊涛和长发男子之间。

而此时的宋春玲在周倩的示意下，正要转身跑掉，恰好被长发男子看见，长发男子猛跨两步，伸手把宋春玲拉到怀里，将自己的小脸贴在宋春玲的脸上，并做着下流动作。宋春玲惊慌地撕扯着挣脱着。

就在周倩惊呼之时，就在罗俊涛伺机接近长发男子时，罗贵空着手大摇大摆走到长发男子跟前。长发男子一时不知道这老头儿想干什么，他目中无人地为所欲为。

"放开她！"罗贵忽然间狮子般的吼叫让在场的人无不为之一颤。罗贵眼珠发红，对着长发男子抬手一记耳光。

长发男子哪里见过这阵仗，自他见到天日那一刻起恐怕就没有人敢这么对他，他一时发蒙，结结巴巴地问："你……你……你是谁？她是你什……什……什么人？"

罗贵大声说："她是我闺女，你再不放开她，我敢咬死你，不信你试试。"罗贵眼冒金星。

长发男子被罗贵吓住了，他四肢僵硬地愣在原处。

宋春玲感觉到控制她的手有所松动，她趁机一缩身，挣脱长发男子，撒腿跑到周倩身后。

大约是长发男子不想招惹老年人，就这么灰溜溜走掉又觉得太丢面子，他瞟一眼罗贵，拎着空酒瓶一声不吭走向罗俊涛。罗俊涛原以为这个长发男子是个外强中干的人，他的所作所为无非是虚张声势，做个姿态给自己壮胆，并不敢做出什么出格的事。不想，长发男子低着头接近罗俊涛时，二话没说，突然用极快的速度将空酒瓶用力砸向罗俊涛的头部，结果，受伤的却是他自己的脑袋。那是因为罗俊涛起初没有动弹，只在那酒瓶接近头顶时快速闪开，因为长发男子用力过猛，忽然间收不住蛮力，就在他摔倒的当儿，恰好那酒瓶触地破碎，他的脑袋左侧恰好接触到了玻璃碎片，仅此而已。也恰好是这个时候，一辆闪着警灯的小型面包车经过这里，并停在了一边。所有的一切就这么巧合。

两名巡逻的民警来到现场时，长发男子恰好爬起来，虽然面部流着鲜血，可他的手里却紧紧握着酒瓶口那细圆的一截。他的反应极快，当他看见警察时，急忙将手连同酒瓶那一截顺势装进衣兜，可还是被年轻警察看见了。

处于严打期间，又事发夜间，并且当事人头部出血，警察先是驱散围观者，然后查看长发男子的伤势，待确认并无大碍后，掏出个手绢让长发男子揾在出血处。接着，大致询问一番后，他让罗俊涛、长发男子以及三个女孩子一同上车，将他们带到附近的派出所接受处理。

罗贵和周倩被警察列为围观者驱散后，躲在路旁的大树边静观动静。等警车一走，两人便骑上自行车紧紧跟在后头。

身不由己，尽管今晚发生的事不算十分严重，可一进派出所大门，罗俊涛不由得一阵紧张。

"把你的凶器掏出来吧，装在裤兜里小心伤着大腿。"年轻警察指着长发男子说。

长发男子猛地一愣，他本来是想掩盖他的行为，没想到却被警察发现，不得已，把手插进裤兜里摸索。警察接过长发男子掏出的凶器放在面前的桌子上，先是询问长发男子，接着询问罗俊涛，最后询问三个女孩子，并做了笔录。

警察对长发男子说："首先，一个女同志带两个女同学陪你唱歌，你只认识其中一个就敢蓄意淫乱，虽然没有构成实质上的犯罪，但是，存在着犯罪动机。其次，你在大庭广众之下公然猥亵女同志，已经构成猥亵罪。最后，你手持凶器打人，虽然没有伤到对方，不构成伤害罪，但是，你的行为要承担民事责任。你有什么要说的可以据实陈述。"

这个叫魏永胜的长发男子不屑地说："我的头流了好多血，虽然这会儿不流了，可疼得要命。我花钱招待别人，我还有罪，你这是开玩笑。今天晚上所有的事都是由他挑起的，他是狗拿耗子多管闲事，所有的事都应该由他负责，包括我的伤，他犯的罪一点儿都不轻。"长发男子说时，手指罗俊涛。

警察说："魏永胜，你冷静点儿。罗俊涛，你有什么说的?"

罗俊涛不紧不慢地说："今晚自始至终我没有碰他一指头，除了在包间里他挥拳打我时，打到我的拳头上，他头部的伤是被他自己手中的凶器弄伤的，跟我没有丝毫关系。"

警察问："罗俊涛，那么晚了，你去歌厅干什么?"

罗俊涛不想把他同学的歌厅牵涉进来，不想给同学添乱，他灵机一动说："我去找我女朋友。"

警察问："谁是你女朋友?"

罗俊涛指着宋春玲说："她，宋春玲。"

警察问："你怎么知道你女朋友在那个歌厅?"

罗俊涛说："昨天她就跟我说了，要和几个姐们儿找个歌厅唱歌，这家歌厅离家近，我猜她一定会来这里。女孩子家，回家晚了家里人着急。"

警察问："宋春玲，罗俊涛说的是不是实情?"

宋春玲自打看见罗俊涛那一刻起，就恍若梦中。她比罗俊涛大两岁，自小在一起长大，可谓是青梅竹马，两家相距不足三百米，双方父亲是一节闷罐车从东北老家拉来的第一代矿工，情同手足。长大后，适逢改革开放的春风席卷大地，她跟着一个男同学与父母决裂，去改革开放最前沿的南方大展宏图，不想，那同学走上了邪道，她百般相劝，非但无效，反而被同学打伤了大腿。无奈之下，她一个人回到了山平市，又不敢贸然回家，不得已，暂时住在一个女同学家。数日都在思考着该如何向父母请罪，思考着该如何将自己的惨状告知父母，正是这个时候，她在不知情的情况下被人拉到歌厅唱歌。让她没有想到的是，一起唱歌的那个人居然是个坏人，非要让她们陪夜。她执意不从，却险些挨打。若不是罗俊涛及时出现，她真的不知道何去何从。意外遇见罗俊涛，这让她又惊又喜又羞愧，方才听了罗俊涛的话，她差一点儿激动得流出泪水，不敢正视罗俊涛，只瞟一眼问话的警察说："是。"

罗俊涛的心里忽然感到一阵温润。见魏永胜早已收敛了此前的嚣张气焰，并不时地抚摸伤口，他很想息事宁人，于是，趁着警察翻看笔录的当儿，态度谦和地说："警察同志，我看魏永胜也不是存心要怎么的，他很年轻，应该没有成家，年轻人看见漂亮女孩子产生那个想法，这也正常，我和他年龄差不多，我能理解他，看能不能不给他定罪，让他及早去医院包扎一下，我怕他的伤得不到及时处理会加重。"

两个警察对视一眼后，年轻警察望着宋春玲问："你是当事人，你的意见呢？"

宋春玲看一眼罗俊涛说："我的意见和罗俊涛一样。"

年轻警察看一眼被感动得频频点头的魏永胜说："罗俊涛和宋春玲，你们两个是识大体顾大局心地善良的人，自己受到欺负还不忘为对方着想，这一点难能可贵，我们的社会就应该多出现像你们这样充满爱心的人，这是社会和谐和稳定的基础。既然你们两个为魏永胜求情，那就不予追究了，你们双方都可以走了。"

走出派出所大门，宋春玲惊魂未定。路灯下，见罗贵和周倩在外边等候，宋春玲低着头不敢近前。罗俊涛拉上宋春玲的手走向爸妈时，宋春玲忽然有种想哭的感觉。她先是紧紧抓住罗俊涛的手，接着又慢慢松开，最后，她停下脚步，远远地望着那一家三口亲热地说话。

"春玲，干啥呢？快过来。"罗俊涛回头喊。

"这孩子，站那么远干什么。"周倩说。

再也抑制不住，宋春玲失声痛哭起来。她揉着眼回头看时，她原先那两个同伴以及长发男子早已不见。

罗俊涛跟着爸妈来到宋春玲身旁时，宋春玲依旧控制不住自己，她的肩头颤抖不已。周倩弄不清这孩子因何啼哭不止，急着问明原因。罗俊涛心里清楚，他拍拍宋春玲的肩膀，又看看周倩说："路边不是说事儿的地方，不早了，赶快回家吧。春玲，你想去哪里住？"

周倩接话说："看你说的，当然是回家住了。"

罗俊涛说："妈，你不知道情况，春玲这次回来还没有给她爸妈说，她还不知道该怎么给爸妈说，这都后半夜了，这个时候忽然回家，不知道会把她爸妈吓成什么样子。"

周倩着急地问："有什么不能跟自己爸妈说的？"

罗贵说："你就不要打烂砂锅问到底了好不好？孩子肯定有她的难处，不然早就回家了。"

罗俊涛说："是呀，我爸说得对。春玲，你看是住我家还是继续住你那个闺密家？"

宋春玲迟疑一下说："我今晚还住闺密家吧，我的行李都在她那里，明天我就搬回家。"

罗俊涛说："爸、妈，你们回家吧，我送春玲去她闺密家，反正她闺密也刚刚回家。"

周倩担忧地说："都这么晚了，你一个人回来？要不让你爸跟你们一起去吧，对了，我们四个人一起去。"

罗俊涛一笑说："妈，你就不要婆婆妈妈的了，你儿子是军人出身，在部队练过擒拿格斗，一两个坏人我能够对付。再说了，现在是严打期间，治安好着呢。放心吧，我没事。"

望着爸妈一步一回头，罗俊涛拉上宋春玲就走，边走边轻声说："我妈一点儿都不懂年轻人，好像她没有年轻过一样，非要跟着，也不怕跟着碍事。"

宋春玲挣脱罗俊涛的手，怀揣一丝暖意问："俊涛，你说的是什么意思呀？我怎么听不懂啊？"

罗俊涛说："没什么，没什么。"

弦月皎洁，路灯幽暗。两人走在梧桐树下，沙沙的脚步声在静夜里传出老远。极少有行人在午夜漫步，伸着头骑车急匆匆驶过的人，多半是上夜班的迟到者，他们或许是睡过了头，或许是被爱人纠缠而忘记时间。

"刚才在派出所里，你给警察说我是你的女朋友，明明不是，你为什么要这么说？"

"我要说你是我姐，我们不一个姓，那也不像啊。"

"我大你两岁，你本来就该叫我姐。"

"你说得没错，我怕警察追根刨底。"

"你可真会随机应变，你小时候就是个机灵鬼。"

"我小时候不敢找你玩。"

"为什么？"

"我怕你不愿跟我玩，对我来说，你是天上的月亮。"

"怎么讲？"

"可望而不可即。"

"瞎说，我比你大得多。"

"就两岁。"

"此一时，彼一时。"

"什么意思？"

"现在的你姐不是从前的你姐了，忘掉你在派出所里说的话吧，警察不会追究的，今晚的事过去了。"

"咱先不说今晚的事，我想知道的是你在南方到底发生了什么事，为什么急匆匆回来，又不敢让爸妈看见？"

宋春玲忽然啜泣起来。罗俊涛见一旁有个石凳，扶着宋春玲先后坐在石凳上，他没有说话，静等这个对于他来说是谜一样的人自己开口。他只知道眼前这个曾经性情孤傲的人推掉过许多月老，执意要跟同班的一个老家是广东的南方人谈恋爱，她父母百般阻拦，最终无果。她毕业后跟随这个南方人去南方发展，为此，她的母亲张菊花气得大病一场，她的父亲宋彦气得拍桌子骂人。据说，宋春玲刚到南方时，顺风顺水，春风得意，不知道为何落魄到如此境地。

许久，宋春玲止住哭声，时不时哽咽着说："到了南方后，我原先以为是去单位上班，谁知道，他跟一个熟人合伙开了一家旅馆，让我管账。这样也行，市场经济嘛，经商也是正路。可是，没过一个月，他就给我找了个别的工作，并不准我再去他那旅馆。我隐隐感觉到这里面有事，也不好意思问，后来才知道人家把旅馆办成那个了，找了五六个坐台小姐，一些不三不四的男人跟苍蝇一样整天围着旅馆转。他也开始经常不回家，他爸妈也不管不问。有一次，我给他洗衣服，竟然发现他的衣兜里藏着一个安全套，这下可把我恶心死了。我跟他吵闹，我跟他讲理，他就动手打我，我一还手，他就敢抄家伙打我，这不，我腿上还有他用皮带抽我留下的伤疤。我看错人了，怪我眼瞎。"

罗俊涛低头看时，见她白皙的小腿上有一道蚯蚓一样的暗红。这道暗红蚯蚓一样在罗俊涛的心头爬行。罗俊涛将右手在那暗红上轻轻滑过，随后抓住宋春玲的手久久没有松开，痛心地说："谁会想到你去南方发展，居然经历了这么多挫折，经受了这么多苦难，你这情况要是让宋叔和陈婶知道了，不知道他们会难受成什么样子。"

宋春玲哽咽着说："所以我不敢回家，不敢面对他们。"

罗俊涛试着劝她："你这么躲着也不是个事呀，你早晚都得回家，都得面对他们，早一天比晚一天好。"

宋春玲叹息一声说："见到爸妈我不知道该怎么跟他们说，我试了好几次都不敢走近家门，只想躲起来，天天都想哭。"说罢，再次嘤嘤地哭起来。

罗俊涛见不得宋春玲痛苦的样子，他看一眼泪人腿上的伤痕，忽地站起身大声说："把你害成这个样子，他的心可真狠，要是被我逮住了，我非得揍死那小子不可。"

宋春玲抽泣着站起来说："俊涛，你别生气了，他骗了我，我再也不想见到他，我们都不要见他。"

罗俊涛问："春玲，你们结婚没有？"

宋春玲说："没有。像结婚这样的大事，我再难，再不敢，也得事先给我爸妈说，没有爸妈在身边，什么样的婚礼都称不上婚礼，反正我是这么想的。"

罗俊涛心事重重地说："走吧，不早了。"

罗俊涛将失了魂似的宋春玲送到她闺密家后，一个人满怀心事地走上了回家的路。

起风了，时大时小。罗俊涛起初没有意识到起风，准确地说，他不知道什么时候起风了，是在他离开宋春玲之前还是之后。当他注意到无数飞虫一样的碎树叶在路灯旁横冲直撞时，才看见脚步起落时有树叶纠缠，大小不一的梧桐叶片或平展或卷曲或完整或破损，哗啦啦冲向罗俊涛的双腿和双脚，风急那会儿，他恍若蹚在深水里，举步维艰。

到家后，他见爸妈都没睡。

第十九章

睡了不足三个小时的罗俊涛，打着哈欠起床后发觉眼圈发黑。赶到单位后，他低着头不敢让领导看见。拿了派车单后，强打精神将一车矿用配件送到六矿。一路上，他脑子里不时闪现出宋春玲娇小的身影，以及有关宋春玲的点滴往事，甜意满满。回到市里时已快到下班时间，他将客货车开到宋春玲闺密家门外，揉着眼睛去敲门。

几乎彻夜未眠的宋春玲见罗俊涛开车来接她，激动得忘乎所以，本来就在收拾东西准备回家的她这会儿竟像个失意者，在床前转来转去，一时不知道该做些什么。

"俊涛，你开慢点儿吧。"宋春玲坐在车里皱着眉头说。

"你还是没有勇气见爸妈吗？有我呢，我陪你回家。"罗俊涛斜视一眼宋春玲，尽力安慰她。

听了罗俊涛的话，宋春玲闭上眼睛，好久没有说话。

谁都能够想到宋春玲的母亲陈菊花突然见到女儿时会是怎么样的状况。她女儿一年前被模糊的爱蒙蔽双眼，宁可与家庭决裂，也要随男朋友奔赴南方，这期间她强忍着没有跟女儿通过一个电话，女儿的来信她也只看不回。

"妈，我错了。"一进门，宋春玲抱住母亲就哭。

陈菊花一时没有回过神来，她的反应相对淡漠。

"妈，我对不住你和我爸，你们为我操碎心，我却一点儿都不争气，我错了。妈——"宋春玲的面颊紧贴她母亲的颈部，宋春玲的泪水流进陈菊花的项间。

宋春玲痛彻心扉的哭喊，终于唤醒陈菊花沉寂已久的母女之情，两个人搂在一起哭得身子抖动不已。

罗俊涛见状，很想劝慰一番，却不知道该说什么好，急得他搓着手在一旁走来走去。

宋彦回来得非常及时，他先惊后喜再相劝，才让母女俩止住哭坐下来。让宋彦吃惊的不仅是女儿的突然回来，还有罗俊涛的出现。他弄不懂罗俊涛因何会和自己的女儿同时出现在他的家里。

而此时的罗俊涛正为那母女俩不哭后干坐着互不搭理而犯愁，见宋彦没有表现出进一步劝慰的意思，罗俊涛润润嗓子说："婶、叔，春玲已经认错了，她在那边不容易，吃了不少苦，她都哭成这样了，你们就原谅她吧。"

宋彦忙说："没有生春玲的气，我和你婶子都没有。俊涛啊，你是不是今天路过火车站，恰好遇上春玲下火车，就把她接回来了？"

罗俊涛愣了一下，不自在地说："是，是。"

陈菊花抬起头，看着罗俊涛说："俊涛啊，这次又是你把春玲送回家。记得你们小时候，有一年春上，春玲跟几个孩子跑到东山那边采蘑菇，天快黑了，别的孩子都回来了，只有春玲没回来，急得我和你叔直跺脚，最后是你摸黑找到春玲把她送回来的。你和春玲还真是有缘啊。"

罗俊涛不假思索地说："小时候春玲不愿跟我玩。"

陈菊花的脸上露出一丝笑容说："她那时候不懂事，她现在就懂事了，恐怕巴不得天天看见你，是不是呀，春玲？"

宋春玲低头嗯了一声。

罗俊涛不好意思地说："那我就知道该怎么做了。"

见罗俊涛就此打住，陈菊花着急地问："俊涛，你打算怎么做呀？"

宋春玲嗔怪一声："妈，你看你吧。"

罗俊涛不遮不掩地说："婶、叔，我说过，春玲是我的女朋友，并且是当着别人的面说的。"

宋春玲赶忙说："你那话不算。我不配。"

陈菊花吃惊地问两人："你们说的是什么时候的事？"

罗俊涛搪塞着及时把话题绕开说："没……没多久。宋叔，我听我爸说，你好像提前退休了。"

陈菊花说："俊涛啊，你说这消息我也听你爸说过，我还听别人说过，你宋叔硬说这是没有的事，他把我给弄糊涂了，我也懒得管他这破事了。"

宋彦忙说："我被抽到局里的检查组了，每天去各个矿检查安全工作。前天，我们去六矿检查工作，我想见见你哥，好久没有见过他了。结果，俊林出差了。"

罗俊涛说："房管科的人去矿上检查安全工作？噢，我哥调到地面工作以后，好像经常出差，说是去外地考察三产方面的事。宋叔，矿务局是不是成立了多种经营公司？下一步，各个矿可能都要搞多种经营。"

宋彦说："是的。根据市场经济的需要以及煤炭市场的变化，山平矿务局正在探索和发展原煤生产之外的其他经营形式，实现由单一煤炭生产向多种经营转变，形成综合经营企业，以提高市场竞争力。"

罗俊涛说："我听车队的老同志说，这也是为了解决富余人员和待业青年的就业问题。据说，不少单位在精减人员，精减下来的人员在家里闲着能不着急吗？有些家庭非常困难，靠一个人上班养着一家子人。"

宋彦说："自改革开放以来，随着煤炭生产技术的不断提高，新设备新工艺新理念逐步应用到生产第一线，以前一个工作岗位可能需要十个人，而眼下，两三个人就能解决问题，剩余的人员怎么办？不能一直闲着，所以，富余人员的再就业是个迫在眉睫的大问题。还有你说的待业青年，每年都有上千矿工子弟走出校门，考上学的走了，没有考上学的怎么办？不能总让他们待在家里一直啃老吧？有的啃还好，关键是很多家庭本来就没什么可啃的。另外，社会上的闲杂人员过多，不利于社会稳定，因此，发展多种经营早已列入各级领导的议事日程。"

罗俊涛好奇地问："宋叔，多种经营都经营什么啊？"

此时的宋彦与在坟场跟老洪下棋时判若两人，他的神态像是当科长时在会场发言一样，讲话有板有眼，条理清晰："所谓的多种经营，就是充分利用企业自身优势，多渠道、跨行业生产销售多种产品，提供多元化服务，降低对单一产品及服务的依赖性，从而提高企业的抗风险能力。可经营的范围相当宽泛，比如生产和销售生产材料、生活用品，比如饲养牲畜家禽，等等，只要在政策允许的范围之内，只要能够产生利润就行，一来能为企业带来效益，二来能安排富余人员就业，对个人对企业对社会都大有好处，就目前而言，这是企业今后发展壮大的正确方向。"

罗俊涛很是吃惊地说："让以前跟煤炭跟机器打交道的工人去养牛养羊养兔子，他们能适应吗？"

宋彦充满自信地说："我是相信他们很快就能适应这样的角色转换，我们的工友在生产一线上就是会打硬仗能打硬仗的人，退出生产一线后，他们照样是这样的人。"

陈菊花试着插话说："你们别光说这些呀，我听着着急，春玲回来了，说说春玲的事吧。"

宋彦看看表说："最好还是先说与肚子有关的事。春玲刚刚到家，好好歇几天再说。俊涛，你在这里吃吧。"

罗俊涛忙说："不了，宋叔，我没有跟我妈说不回去吃饭，我回家吃，你们做饭吧，我走了。"

"多好的孩子啊！"陈菊花说。

陈菊花看看表，不好意思地起身去厨房，并执意挽留罗俊涛。罗俊涛谢过婶子，辞别而去。

罗俊涛慌慌张张赶到家，周倩已经把午饭做好，听儿子说从宋春玲家回来，周倩警觉地问儿子："你去她家干什么？"

"送春玲。"

"春玲还去南方不去了？"

"不去了。"

"跟她男朋友分手了？"

"分手了。"

"你是怎么知道的？"

"妈，你看你吧。"

"你菊花婶子见到春玲后理她不理她？"

"两人抱着哭。"

"哭完呢？"

"哭完都不说话。妈，我快饿死了。"

214

"妈这就给你端饭。"

"他们没有留你吃饭呀？"

"留了，我急着走。"

"你菊花婶子整整一年都没有搭理春玲，春玲这孩子真是不容易，也不知道在南方过得好不好。"

"是不容易，看见谁都哭，心疼人。"

"怪可怜的。"

"所以，妈，我打算把春玲娶回家。"

"你说什么？"

"我想把春玲娶回来给你当儿媳妇。"

"你再说一遍！你是被人家灌迷魂汤了吧？儿子，春玲可是跟过人的，再说了，她比你大着两岁呢，就你这条件，什么样的黄花闺女找不来？"

"妈，你不要激动好不好？这话我都说出口了，当时，话赶到那里了。再说了，她又没有结婚。"

"我不管赶到哪里，反正你不能娶她。"

"春玲知道自己错了，给她爸妈再三认错。妈，你是没有看见她伤心的模样，她哭得简直就要活不成了。"

在儿子罗俊涛要娶宋春玲的问题上，罗贵一直没有表态，或许是不置可否，或许是另有原因，他此时插话显得很是时候："先吃饭行不？"

为肚子，母子俩的争执暂时告一段落。

尽管罗贵没有表态，可一连两天，他脑子里想得最多的就是罗俊涛和宋春玲的事。第三天头上，他接到刘士超打来的电话，让他两口子今晚去小玉春饭店吃饭，宋彦两口子也在邀请之列。刘士超没说让孩子同去，这个心思缜密的人既然没说，凭着罗贵对老队长的了解，那意思分明就是只几个老家伙单独聚聚，而类似的聚会每年都有。

罗贵和周倩来到"小玉春"时，见刘士超两口子已经在房间等候。张艳笑着说："老刘可是把他放了五年的老酒拿来了，一是给你们庆贺，庆贺你们终于分到房子了；二是给宋彦两口子庆贺，庆贺春玲回家；三是给宋彦压惊。"

"压惊？"周倩一脸茫然地问。

刘士超和张艳对视一眼，前者正要说话时，见宋彦和陈菊花一前一后进来，就没说别的，招呼服务员尽快上菜。接着，三家人你一言我一语，说的几乎全是与宋春玲有关的话题。陈菊花一时喜一时忧一时悲。

饭桌上上了四个菜时，刘士超端起酒杯说："我们三家人有几个月没聚了，这第一杯酒先敬宋彦吧，给宋彦压惊。其实吧，退下来是早一天晚一天的事，满打满算，你也就提前了五个月不到，这不算什么事，要紧的是罗贵如愿分到房子了，抛开别的不说，但凭这一点，就值。"

周倩、罗贵、陈菊花，三个人面面相觑。见状，刘士超先是一愣，接着，一下子明白了其中缘由，他看看张艳说："刚才我跟张艳还在纳闷呢，这下我明白了，宋彦一定是没有把提前退休的事给他们三个说明白，是不是呀，宋彦？"

宋彦尴尬地不住挠头，哼唧着旁人听不懂的话语。见此时的宋彦跟平时判若两人，刘士超动情地说："作为你们的老大哥，我平时好像没有夸奖过你们，今天我必须对宋彦说句夸奖的话，宋彦是个真爷们儿！"

罗贵不解地问："刘队长，我怎么越听越糊涂啊，听你的话音，宋彦提前退休跟我分房子有关系，是吧？"

刘士超说："是的，我早就听你们矿上的相关领导说了，我还以为你和周倩都知道这事呢。"

周倩抢话说："刘队长，你赶紧说吧，我都快急死了。"

刘士超激动地说："周倩，你还记得那份证明信吧，就是我托人找你们社区给你开具的那份，用以证明你们目前所住的房子是你们周家祖上留下来的。"

周倩忙说："知道，知道，我把那份证明信交给罗贵，罗贵把信交到矿上房管科了。"

刘士超望着宋彦说："成也萧何，败也萧何。宋彦看过那份证明信后，感觉证明写得过于简单，就在上面动了点儿手脚。尽管他努力了，可二者的笔迹还是有些差别，最终被人发现后，把证明信交到了矿领导手里。私自涂改伪造证明信函，严格地说这属于违法乱纪行为，矿领导念及宋彦是山平矿务局第一批创业者，是为山平矿务局的建设立下了汗

216

马功劳的老同志，决定不再予以深究，劝他提前退休，以堵闲人之口，免得有人盯住不放。"

罗贵气愤地说："原来是这样啊。我敢肯定，把这份证明信交到矿领导手里那个人，还有盯着不放那个人，绝对是房管科副科长秦妮，她是急着当科长才这么做的。你们是没见她坐进宋彦办公室的那个样子，得意扬扬，趾高气扬，一看就不是好人，不定哪天我得扇死她。"

刘士超用酒杯对着罗贵说："你那臭脾气早该改改了。来，喝酒，为宋彦压惊。"

唯独周倩没有举杯，她被刘士超的话惊到了，失魂似的愣着。张艳再三喊她，她这才伸出僵硬的手举起酒杯，却不敢看宋彦，并极力回避着陈菊花的目光。

张艳笑着逗周倩："我说弟妹呀，这房子分到手了，也不说请客的事，非得让我和菊花主动找上门去，你才想起来给我们做顿好吃的呀？你做的葱花油饼，还有杂面汤面条，我和菊花都喜欢吃，我们可都馋着呢。"

周倩本来就是个多愁善感的人，这会儿，她的眼里闪出泪花，赶忙掩饰着说："我也不知道天天忙啥，一天到晚晕晕乎乎的，就知道吃。"

周倩情急之中的这句含含糊糊的话，不经意间回答了所有清清楚楚的问题。刘士超感到非常有趣，大笑不止，举在半空中的酒杯筛糠一样抖动不已，杯中物如同下雨一般，他一个劲儿地说："喝，喝，喝。"

平日里不怎么喝酒的罗贵此时连喝三大杯后，举杯和宋彦单独碰，他红着脸说："老弟，这杯酒我敬你，为了我能够分到房子，你什么都豁出去了，我这人嘴笨，感激的话什么都不说，全在这酒里了。"说罢，仰头喝下。

周倩学着罗贵喝了酒后，带着哭腔说："宋彦、菊花，你们为我家牺牲这么多，还不让我和老罗知道，我真是过意不去，刘队长和嫂子也没少帮我家，你们这份情我周倩今生今世都没法忘记。"

见宋彦依然没有说话的意思，一旁的菊花感觉不表个态实在过意不去，看一眼宋彦，笑着说："宋彦像是喝晕了，我说几句吧。你们三个男的，是坐一节闷罐车来到山平矿务局的，睡过一个地铺，好像还睡过

217

一张木板床，不是亲兄弟，胜似亲兄弟。我们三个女的，比亲姐妹还亲，隔几天不见见面不说说心里话就急得慌。既然咱们三家是这样的关系，谁帮衬一下谁那不都是应该的吗？说客套话就显得外气了不是？说不准哪一天我和宋彦还得有劳你们呢。"

刘士超高兴地说："别看人家菊花平时不声不响的，真要说起正经事来，那是有板有眼，一点儿都不比你宋彦差。菊花之前心情不好，那是春玲的事闹的，现在春玲回来了，一切都云开雾散，来，我们为春玲回来干杯。"

众人将手中杯碰得叮当作响。

听到"春玲"二字，周倩的心像是被什么虫子叮咬一下，她猛一激灵。刘士超自然看不出周倩有什么异样，兴致勃勃地说："眼下，山平矿务局正在响应国家号召，大力发展多种经营，这为春玲的就业提供了众多选择渠道。我们几个都关注一下，看哪个单位什么样的工作适合春玲。菊花、宋彦，你们两个也得问问春玲，在工作安排问题上，也得听听孩子的意见，不能搞一言堂。"

菊花和宋彦恭恭敬敬地答应着。菊花突然间的一句问话，将原本拉到她女儿这边的话题一下子又拉回了方才："刘队长，我一直纳闷，问也问不清楚，既然房管科科长的位置被那个秦妮占了，既然宋彦提前退休了，那他为什么还被抽到局里的检查组工作，每天还按时上下班？"

在座的除了宋彦本人，无不惊诧莫名。

刘士超皱着眉头说："不会吧，我怎么没有听说？"

罗贵急着说："我听坟场的老洪说，宋彦天天找他下棋，上班时间来，下班时间走，我问老洪这是怎么回事，老洪那张破嘴跟贴胶布了一样。"

刘士超眼前一亮说："我明白了。菊花整天为春玲的事犯愁，宋彦不想让菊花知道他提前退休的事，免得乱上添乱，于是，就演了这出戏，一定是这样的，对吧，宋彦？"

宋彦的眼里忽然闪出泪光，他低下头说："都怪我，我什么事都办不好。"

宋彦的话让周倩泪流不止。

好长时间没人说话。六个人僵硬地坐在饭桌前默不作声，让门口的服务员很是诧异，这个面如桃花的小姑娘时不时看看里边，迟疑着想进又不敢进去，招致经过的老板娘低声训斥："不会站好？偷人家东西一样。"

数日来，周倩和罗贵只字不提罗俊涛与宋春玲的事，两人也不像以往那样忙活着托人给罗俊涛介绍对象，这让罗俊涛感到事出反常，他在开车去六矿送货的路上想得最多的就是这个问题。除此之外，春玲在干什么，长辈们给她找工作的事是否有了眉目，也让他时不时地惦念着。

利用工人卸车的时间，罗俊涛撒腿跑向距离矿上不远、由他哥罗俊林负责筹建的特种养殖场。罗俊林因臂膀受伤不得不调离井下后，逐渐对养殖特别是特种养殖情有独钟，他毛遂自荐，远赴山东、浙江、四川等养兔业较为发达的地区考察学习，回来后向矿领导递交了一份《兔子养殖可行性研究报告》，随后跟进一份《兔肉深加工可行性研究报告》，在征得矿领导同意后，将部分家境很差的富余职工组织起来，在山坡荒地上开建兔子养殖场。罗俊涛上次过来时，见人们在垒简易院墙，这次过来，一排排兔舍正拔地而起。

罗俊林挽着衣袖在搭建中的兔舍前接待了罗俊涛。

"喝水不？先说一下，是自来水，我们刚把水管接过来，烧水的家伙还没置备。"

"还是给你省了吧，我车上有。"

"你的工人以前是跟煤炭打交道的，今后让他们养兔子，用挖煤的手养兔子，能养好吗？"

"能挖煤的人，什么都能做。"

"矿上富余人员挺多？"

"一年比一年多。"

"为什么？"

"全局去年原煤产量一千六百万吨，洗精煤二百四十万吨，前年跟去年大致相当，今年估计也增产不了多少，因为环境、条件、市场、运力等是有限的。这两年我们周边出现了上百家小煤窑，在煤炭市场相对

219

稳定的情况下，通配煤矿的煤炭生产肯定受到影响。另外，生产一线用人的逐步减少是采煤技术进步的必然结果，而每个矿上总人数的自然更替是相对稳定的，这样一来，精减下来的人怎么办？所以，我对发展多种经营举双手赞成，这不但能给企业增效，能够提高企业综合抗风险能力，还能安排一定的富余人员就业。当然，我说的多种经营并不单指我这养殖场、砖厂、皮鞋厂、地毯厂等，矿上很快就要开建。目前，山平矿务局辖下的不少矿，眼下都属于一花独放，你看吧，将来必定是百花齐放。"

"哥，你这话听着真像是局领导的会议发言。不管怎么样，得让职工有活儿干，让工人每个月领到工资。你看，你这养殖场东南边，我刚才经过那里，那么多用石块、树枝、秸秆搭建起来的趴趴房，好像都是矿上的工人自己动手建的，遇到大风怎么办？农转非的工人拖家带口的，不给这些人找个活儿干肯定不行，他们的生活肯定苦得很。"

"是啊，国家农转非政策的实施，为广大矿工办了一件大好事，同时，也会出现一系列问题，比如，那么多矿工家属陆续拥进城市，肯定会出现不少找不到工作的，这些人该如何安置？另外，农转非职工之外的矿工家属也并不是人人都有活儿干都能养活自己。所以，发展多种经营，合理安排职工家属就业迫在眉睫，这不但能解决广大矿工的后顾之忧，提高他们的生活质量，还会为社会稳定做出贡献。"

"哥，这怎么能跟社会稳定牵涉一起呀？"

"俊涛，你想啊，很多人拥进城市，他们没有工作没有收入，有的人甚至连住的地方都没有，这些人当中免不了会有个别游手好闲的，他们每天无所事事，能不滋事吗？"

"你说得挺有道理，这种情况不光你们六矿存在，其他矿恐怕都会存在。"

"听别人叫'六矿'，总感觉不够郑重，就像外边的人喊你罗俊涛的小名'涛涛'一样，自己家的人可以这么喊。我们六矿的全称叫六道沟煤矿。"

"这名字太长了，咬嘴。"

"是咬嘴，叫全称显得郑重。"

"哥，说句不好听的话，你这叫自恋。这也说明你对你们矿的感情过于深厚，也表明煤矿在你心目中的神圣。"

"俊涛，你能说出这么有水准的话，说明部队这个大熔炉很能锻炼培养人。"

"哥，我知道你的本意是夸我，可我听着你这话怎么像是在损我呀？好像我当兵以前是个傻子一样。"

"没有，没有，哥可没有这个意思。"

"哥，你的胳膊好点儿没有？还是不能干重活儿吗？"

"它能恢复到目前这个样子已经不错了，至少活动自如，至少不影响我养兔子，只要不干重活儿它就不会疼。"

"那你就不要干重活儿。"

"疼就疼呗，年纪轻轻的，怕什么。"

"不让它疼不是更好？"

"好，好，好。"

"我听咱妈说嫂子怀孕好几个月了，她还是天天站着讲课可不行啊，要不请假休息算了。"

"才四个多月，哪有那么娇气。"

"哥，你分房的事有着落没有？嫂子将来得有人伺候，不能一直住在那十平方米的职工宿舍呀，要是没有着落的话，你跟嫂子商量一下，搬到咱爸分的那套房子里吧。"

"你回家跟咱爸妈说一下，我的房子有眉目了，矿领导说我把养兔场建好后，恰好赶上这次分房，到时候，矿上给我分一套两居室的房子。"

"这太好了，真是时候，你总算熬到头了，爸妈知道了不定高兴成什么样子呢。你结婚时在矿上旁边的村子里租了一间只有几平方米的房子，用五块三合板围起来当厨房，几只耗子大白天就敢在厨房里四处游荡，咱妈去看你们的时候，突然看见这么多耗子吹着胡须瞪着眼，可把她吓坏了。你当时的情况让咱妈心疼得不得了，每次提起这事就流泪。"

"困难的日子总会过去的，过去的事，不提它了。"

"你这养殖场养什么兔子呀？兔产品的市场咋样？"

"我们准备养长毛兔和肉兔。安哥拉长毛兔的兔毛是一种天然纤维，它的纤维细长柔软，黏合力强，质地蓬松，保温性强，是优质的纺织原料，可用于纺织高品质的呢绒制品，比如内衣、睡衣、游泳衣、登山衣等，还可以与其他动物毛合成使用，制成各种各样的服装、饰品以及床上用品等，市场前景相当广阔。肉兔皮经过处理后是上好的制作裘皮外套的原料，还能做地毯和窗帘、帽子和手套。下面说说肉兔。四川被誉为吃兔肉大省，每年吃掉的兔子达到三亿只，其中三分之一是从外省调运，或者是从欧洲进口。在四川，兔肉的做法多种多样——我就不给你详细说了，免得你嘴馋——兔肉早已成为四川人的日常必备，素有无兔不成席之说。兔肉的营养价值是家畜中最高的，有五高三低的特点，高蛋白、高赖氨酸、高烟酸、高卵磷脂、高消化率，低脂肪、低胆固醇、低热量，有荤中之素的说法，被誉为益智肉、美容肉、健康肉。兔肉肉质细嫩，味美香浓，久食不腻。另外，湖南的宁远县也是兔肉的主产区和消费地。"

"哥，你再说我就流口水了。就这片荒坡地，能养多少兔子啊，数量上不去，利润怎么来？"

"你说得很对，养殖行业的附加值相对较低，利润不高，不具备足够的养殖数量就不会产生可观的经济效益，数量是效益的基础，所以养殖场必须实现规模化养殖，把养殖量分散到千家万户去。我们准备采取养殖场加农户的形式，这个养殖场基本上只培育优质种兔，再把种兔销售或者租赁给周边群众，并免费向群众提供养殖技术，提高他们的养殖积极性。为消除群众的后顾之忧，场里会提前与他们签订收购合同，包销他们的肉兔和兔毛。兔子的繁殖率非常高，分散化养殖实施后，不愁数量上不去。"

"照你这么说，养兔的人一点儿风险都没有，你们提供种兔，并负责回收肉兔和兔毛，傻子都能致富啊。哥，我看让咱妈也养兔吧，她退休了，在家一点儿事都没有。"

"你好好说好不好？"

"都知道兔子繁殖快很好养，你们收购回来的兔子和兔毛怎么处理？这数量一定非常可观。"

"养殖场开始正常运作以后，我们马上跟进一个加工厂，将肉兔宰杀后冷冻，等存够一定数量后用冷冻车送往四川。将兔皮工业化处理后，连同回收的兔毛一起销往山东，那里有现成的兔皮兔毛加工企业。俊涛，你所关心的这些问题在我们的可行性论证报告里都有体现。"

见这兄弟俩靠着兔舍说得嘴皮发干，一个中年人将一把铁水壶放在三块立起的黢黑的石头上，找来干树枝将壶中水烧开，然后一手提着吱吱作响的铁水壶，一手捏着两个搪瓷水杯走到这兄弟俩跟前，他把水杯搁地上，哗啦啦给水杯倒满水后，默不作声地走了。

"听着这么复杂，真不知道你当初是怎么学来的。哥，搭建这么多兔舍，将来的种兔一定不少，这些兔子都被圈在各自的笼子里，它们吃什么呀？吃草？这得多少人给兔子割草啊，遇到下雨下雪天怎么办？"

"你的问题可真多。全靠喂草那不得把人累死呀！秸秆的营养价值一点儿不次于草，每年秋收后，农户会有大量的秸秆无处堆放，买一台饲料颗粒机就能变废为宝。"

"你是说把没用的秸秆变成兔子的粮食？"

"是的。颗粒机能将秸秆打碎，然后挤压成花生米大小的颗粒饲料。兔子很爱吃这样的颗粒饲料，每个兔笼里放置两个小碗，一个当饭碗一个当茶杯，一只兔子每天有两把颗粒饲料就够它吃的了，这是不是很省事呀？"

"我都听入迷了，没想到养兔子也有这么多学问。养殖户也得买颗粒机吗？这成本太高了吧？"

"养殖户没必要使用颗粒机，用颗粒机会提高养殖成本，每个家庭养兔数量应该不会很多，下地割几把青草抓几把秸秆就够兔子吃的了。另外，家里的剩菜剩饭也能喂兔子，这些伙计不挑食，很好养。"

"哥，你在轰轰烈烈干大事，我就这么天天开着单位的客货车给各个矿上送货，有点儿不甘心啊。"

"你还小。找到女朋友没有？"

"找到了。"

"叫什么名字？"

"宋春玲。"

"啊？跟宋叔的女儿同名。"

"就是宋叔的女儿。"

"你别瞎说，宋叔家的春玲早就有对象了，现在结婚没结婚还是两说，人家前年就跟着男朋友去南方发展了，说不准都当上老板了。"

"哥，春玲回来了，她男朋友走了邪道，春玲怎么劝都没用，被她男朋友打伤以后彻底死了心。她正在找工作，要在山平矿务局上班。"

"怎么会这样！我为春玲惋惜。你怎么会想到跟春玲处对象？她比你大两岁呀，咱爸咱妈同意吗？"

"刚开始不同意，这几天不说什么了。"

"春玲回来多久了？"

"一周。"

"她才回来一周，你们就谈上了？"

"哥，赶上了，没法给你说当时的情况，我把话说出去了，不能说话不算话。再说了，春玲真的很落魄，让人看着心疼，她是受害者，她过得真的不容易。"

"听你这么说，我更不赞成你和春玲的事，你这不是出自内心的爱，是不得已而为之，是关爱，是同情。"

"哥，我小时候总是喜欢跟她玩，她就是不愿跟我玩。"

"你那是小时候，不能说明什么。"

"哥，我真的想娶她，你别管了，咱爸妈都不说什么了。"

"你不是说咱爸妈当初不同意吗？"

"他们现在不说什么了。"

罗俊林叹息一声，弯腰端起地上两个茶杯，将其中一个递给罗俊涛说："喝口水，我得干活了，说起来没完。"

罗俊涛看看手表，撒腿跑出养殖场。

进了供应站大门，见一辆大货车堵在他的车前，大车司机焦急地东张西望。罗俊涛赶忙致歉："不好意思，不好意思，耽误你卸车了，我这就走。"见大车司机已钻进车里，罗俊涛赶忙启动客货车出了供应站大院。

没走多远，罗俊涛见通往煤场的大路上没有一辆拉煤的汽车，他很是纳闷，就他所知，山平矿务局辖下各个煤矿目前都有地销任务，火运量受国铁计划及去向的影响很大。好奇心让罗俊涛掉过车头去了地销煤场。

看门的是位中年人，一听见汽车声，以为这辆客货车是来装煤的，赶紧把大门拉开，并掏出一支香烟恭恭敬敬递给罗俊涛说："车斗这么小，可装不了多少煤呀。"

罗俊涛摆摆手笑着说："大哥，我不是来买煤的，我是来六矿，哦，来六道沟煤矿送配件的，一路上没看见拉煤的汽车，感到非常奇怪，卸完配件后就来煤场看看。"

看门人尴尬地笑笑，递出去的烟迟迟疑疑地进了烟盒后，不好意思地说："拉煤车都去小煤窑了，人家那里便宜。都叫六矿，六道沟煤矿咬嘴。"

罗俊涛说："小煤窑的窑浅，煤质不咋地吧?"

看门的说："也有深的。"

罗俊涛看时，见高高的煤堆山一样将左前方的办公楼几乎整个儿遮挡，日光下，煤粒闪出晶莹的光。

出煤场不远，有一百多米路稍微向一侧倾斜，且路面不甚平整。听见汽车声，一群提着箩筐拿着铁锨的妇女慌慌张张跑到道旁，眼巴巴望着客货车。罗俊涛很是不解，当他手持方向盘从这倾斜的路段经过时，看见路旁的人们探头盯着他的车厢，随后，悻悻然去了。罗俊涛忽然明白，这些人是在等着拉煤车掉下煤末和煤粒。

炊烟自不远处的趴趴房袅袅升起。

第 二 十 章

即便是周末，周倩仍旧按时将早饭做好，这样的习惯由来已久。罗贵晨练去了，这个老头子除了耳背之外，身体跟年轻时没差多少。罗俊涛每到周末就恋床，等他懒洋洋起床后，早饭也就吃上一点儿，跟猫一样。尽管如此，周倩对于做早饭依然乐此不疲，其意义多少超出了早饭本身。

罗贵回来时，恰逢罗俊涛起床，两人洗漱时稍有争执。罗俊涛说："爸，你洗脸时别扭腰行不？这里不是跳迪斯科的广场，也不怕我妈说你。"罗贵说："你非得等我回来时再起床洗漱，你早起来两分钟又咋地？"

周倩静静地坐在餐桌前，含笑听着父子俩斗嘴。

"妈，你在家没事干，养兔子吧，让我爸给你割草，我给你打下手，等兔子养成了，让我哥回家给你买走，你一点儿都不用担心我哥欠账。"罗俊涛一边吃饭一边开导周倩。

"你去割草不行吗？睡懒觉的时间能割好多草。"罗贵的嘴里塞满油饼，嘟囔着不甚清晰的话语。

"你去你哥那里了？有那么多工人呢，让你哥少干点儿活儿，你哥踏实，肯定是领着头干。"周倩心疼地说。

"说也没用。我哥让我给你们说，他快要分到房子了，两居室的楼房。"罗俊涛说。

"真的呀？你哥可算熬到头了。"周倩又惊又喜。

"妈，你可别再给我说我哥结婚时租房的事了，我都听一万遍了，我不截住你，接下来你肯定还得唠叨这个事。"罗俊涛丢下碗筷抹着嘴说。

"俊涛，你慌着去哪儿？"见儿子要出门，周倩急着问。

"我去找春玲，说好了我俩周末去西禅寺，她想去寺院烧香。"出门时，罗俊涛对着屋内说。

一瞬间，周倩原本不错的心情一下子消失得无影无踪。望着窗外，周倩喃喃地说："也不知道春玲哪里好，让俊涛这孩子跟丢了魂一样，看来他俩是非成不可了。"

罗贵用劝慰的语气说："婚姻大事，只要两个孩子愿意就行，大人还是不要干涉的好，俗话说，强扭的瓜不甜。再说了，宋彦为我们家确实付出了很多。"

周倩叹息一声说："咱俊涛有点儿亏。"

罗贵愣了一会儿，什么都没说，收拾起碗筷端着去了厨房。

罗俊涛骑车来到宋春玲家楼下时，仰头看见宋春玲正在阳台上向下观望，他立稳车子再看，已不见对方身影。

宋春玲走出楼道时显得少气无力，她神情沉郁，面目憔悴。见状，罗俊涛关切地问："春玲，你昨晚没睡好吧？你不要骑车子了，坐我的车子吧。"

宋春玲迟疑一下说："没事，我能骑。"说罢，慢悠悠走向车棚，她走路的样子让罗俊涛非常担心。

忽然想起他平时开的客货车，罗俊涛说："春玲，要不我给我们队长说说，我开车送你吧。"

宋春玲说："用公家的车办私事，还是算了吧，我也不想让你给人家说好话。"说罢，低着头像是想哭的样子。

罗俊涛盯着宋春玲看了一会儿说："春玲，你怎么了？你昨晚上哭了吧？眼都肿了。听我的，把你的车子放回去，坐我的车子去，就你现在这个样子，一阵大风能把你刮走。"

宋春玲没有回答前者，只是按罗俊涛所言把她的自行车推回车棚，随后坐上罗俊涛的车子奔寺院去了。罗俊涛一点儿不知道宋春玲去西禅寺烧香想让菩萨帮她什么。

从山平市区到西禅寺这段路非常难走，尤其是一辆自行车驮了两个人，一是距离远；二是坡度大；三是沿途煤矿多，放眼望去，统配煤矿和小煤窑的煤楼与井架比比皆是，拉煤的有汽车，有拖拉机，还有马车、驴车等，这些车子时不时地交汇，加上道边的行人和自行车，使得本就不宽的道路显得拥挤不堪，汽车驰过，带起的煤尘漫天飞扬。

远远地见山顶之上高高耸立着一座佛塔，佛塔两侧有数间低矮的佛堂，青砖黛瓦，凝重肃穆。罗俊涛将自行车锁在山脚下，和宋春玲沿山间小道躬身而行。

宋春玲走进佛堂后，罗俊涛绕着这座始建于宋代的舍利塔环视一周，恭恭敬敬地膜拜之后，在佛塔四周仔细观看，见空阔的荒地上长满野草，不少殿堂的遗迹依稀可见，碎瓦片、青砖块散落四周。山顶之上，佛塔周围，有如此大的空地，有如此多的殿堂遗迹，足见当年寺院佛事之盛。

山风渐起，吹到佛塔之上，吱吱作声。

宋春玲从佛堂出来时，腮边挂着眼泪。罗俊涛迎上去想要问她为什么掉泪，宋春玲伸手一指，说："我们走吧。"

实在忍不住，在下山的小路上，罗俊涛带着情绪问："春玲，你到底是怎么了？烧香还得哭一场吗？"

宋春玲轻轻说："俊涛，你就别问了。"

罗俊涛大声说："我想知道为什么，你为什么要哭？你来寺院烧香是想要菩萨帮你什么？你为什么就不能跟我说说？天天跟闷葫芦一样，你这样会把人给急死的。"

宋春玲忽然蹲下去，哇的一声哭出声来。

这下让罗俊涛慌了手脚，他支吾着外人听不懂的话语在原地乱转，伸手去拉宋春玲，没有拉动，在他无计可施时，宋春玲站起身钻到他怀里，啜泣不已。

罗俊涛极力安慰宋春玲："春玲，你别哭啊，我什么都不问了，我不该冲你发火，都怪我脾气不好，性子急。"

宋春玲没有说话，只将头死死顶在罗俊涛胸膛，哇哇地哭。罗俊涛明显感觉到宋春玲的手指在他脊背上使劲地抠，他不知道他此时的背部是否被抠出血痕，他感觉到的并非疼痛，而是舒心，是快感。他用力抱紧宋春玲，任由那温热的泪水在他胸膛上肆虐。

不时有香客从山道上上下，有人梗着脖子将脸扭到别处，有人低着头只看脚尖，也有人好奇地盯着他俩，目不转睛。有个中年妇女经过此处时，双手合掌置于胸前，目不斜视地默默走过。一阵雁鸣拖着长长的尾音，在空寂的山谷间传响。蓝天下，雁阵有序，悠悠然飞向远方。

良久，宋春玲止住哭声，却仍有剧烈抽搐时不时撞击罗俊涛的胸膛。罗俊涛疼爱地拍拍怀中的宋春玲，带着歉意说："好了，咱不哭了，放心吧，我再也不问你了。"

宋春玲的声音像是从很远的地方传来："俊涛，我要是说了，今后你不会不理我吧？我知道我配不上你，我们还当姐弟就行，只要你不嫌弃我，我就知足了。"

罗俊涛低下头，将鼻尖在宋春玲松软的秀发上蹭蹭，心疼地说："春玲，小时候，我一直有个梦想，那就是像今天这样抱抱你，我终于如愿以偿了。你别傻了，不管你遇到什么情况，不管你经历了什么，我永远不会嫌弃你。"

迟疑了好大一会儿，宋春玲低声说："俊涛，我两个多月没来例假了，不知道是不是怀孕了。都说西禅寺很灵，我来这里是想求观世音菩萨保佑我不要怀孕。"

罗俊涛不由得惊悸一下。而这惊悸被极其敏感的宋春玲察觉到了，她慢慢推开罗俊涛，揉揉眼说："我们走吧。"

罗俊涛避重就轻地说："人家来寺院大多是祈求观世音菩萨赐予子嗣的，你倒好，跟人家正好相反。是不是怀孕了，去医院妇产科检查一下不就知道了？我说你今天这么反常，原来是这个事闹的，这有什么呀！"

宋春玲一愣，看一眼罗俊涛说："你的心可真大。"

罗俊涛好久没有说话。两人默默走在下山的小路上，彼此没有正视对方，沙沙的脚步声顶替了来时的细语。

走到山脚下，远远地，罗俊涛发现自己的自行车车把上插着一张小纸片，走近一看，原来是半张扑克牌夹在车闸上。没等罗俊涛回过神来，一旁的树林里走出一位老者，老者将那半张扑克牌抽走时说：

"一毛。"

罗俊涛这才明白过来，从裤兜里摸出一枚一毛钱硬币递过去，随后，带着宋春玲奔市区去了。

"我陪你去医院，先检查一下是不是怀孕了，如果不是的话，你不是自己吓自己吗？"

"万一是呢？"

"那就做了。"

"你不恶心？"

"那有什么办法？摊上了。"

"这事本来跟你没有关系。"

"早就有了，在歌厅那天晚上我就已经把话说出去了，你是我的女朋友。后来，当着你爸妈的面，当着我爸妈的面，我都表达了我要娶你的意思，大丈夫一言九鼎。"

"你别傻了，还来得及。那个时候，我还没有给你说我可能怀孕了这件事。"

"我现在也不知道。"

"你可真拗。"

"我妈也是这么说的。她还说，这一点像我爸。"

"俊涛，我不敢去医院。"

"为什么？"

"我害怕，害怕万一是。"

"万一是，做了不就得了。"

"我怕你恶心。"

"真啰唆。"

两人没敢去山平矿务局总医院，唯恐遇见熟人。来到市人民医院后，宋春玲双肩发抖。罗俊涛好说歹说，最后不得不发火，宋春玲这才红着眼圈走进妇产科。望着宋春玲一步一回头那怯弱的模样，想起方才她苦苦哀求的神情，以及他对宋春玲发火时的肆无忌惮，罗俊涛一时间泪流满面。

他怕被熟人看见，赶忙躲到一个比人腰还粗的柱子后面，并最大限

230

度地将脸挨近柱子。他闻到了白灰的辛辣，闻到了消毒液的苦涩。过于接近柱子的原因，使得眼前一坨迥异于白灰的黑黄色斑块显得不甚清晰，他稍稍离远点儿端详，发现那坨黑黄斑块像极了从鼻子里弄出来的东西。

宋春玲出现在罗俊涛视野里时显得不再忧伤，这让罗俊涛一阵轻松，他迎上去急切地问："没事吧？"

宋春玲静静地说："我饿了。"

罗俊涛说："我们去河边吃饭吧，十二点了。"

宋春玲没有说话，坐在罗俊涛的自行车后边，双目空洞。

河堤外有家烩面馆，宋春玲之前来吃过，她说要吃这家的羊肉烩面。她吃面的模样像个孩子，只盯着碗中物目不斜视。她腮边的头发时不时蹭到碗边，比她人头还大出一圈的碗口，在她头下张着。

罗俊涛一边吃面一边轻声问："春玲，医生说没事吧？这会儿没有别人，你再不说就把我急死了。"

宋春玲依旧没有说话。罗俊涛碗中的面还有一半时，宋春玲的大碗里已空空如也，她抹抹嘴望着房顶发呆。

"俊涛，我俩去河边走走吧，你还没有陪我来过河边。"宋春玲见罗俊涛碗里的面所剩无几，平静地说。

"我们这就走。春玲，你的心情很轻松，这我就放心了，这说明你的身体没有什么问题，你是在故意磨我的性子，知道我性子急，真狠啊。"罗俊涛笑着说。

"就得磨磨你那急性子。"宋春玲说。

小河不宽，自西向东穿市而过。两人坐在距水面很近的斜坡上。正午时分，这里行人寥寥，相对安静，能听见自对面不远处的火车站传来的火车的汽笛声。他们的身后是树林，洋槐树或高或低一直延伸到河堤上。右侧不远处的拱桥倒映在水中，时不时有汽车影子模模糊糊地从水面掠过。

"俊涛，今后你要记住我，记住我俩曾经肩并肩在河边坐过。"宋春玲细声细语地说。

"我一定记住，傻子才会记不住。"罗俊涛说。

"我爸我妈，他们就我一个孩子，今后你要对他们好一点儿。"宋春玲眼里闪着泪光。

"你傻了？你的爸妈就是我的爸妈，我怎么可能不对他们好啊。"罗俊涛拍拍宋春玲的肩膀。

"好了。"宋春玲说。

"什么好了？"罗俊涛问。

"我渴了，你能给我买瓶水吗？"宋春玲望着河面说。

"不是才吃过午饭吗？那好吧，我这就去买。"罗俊涛说罢，站起身走向河堤。

宋春玲坐着没动，她不时勾头看看罗俊涛，等罗俊涛的身影完全消失在树林里，她站起身，拍拍臀部，扯扯衣角，双手梳理一下头发，接着，一步步走向白亮的河水。她越走越感觉双腿沉重，步履艰难，她不知道她是怎么了。她不知道明天的这个时候，白亮的河水会把她冲到何处，她不知道河里的鱼虾会不会吃她大腿上的嫩肉。

当她的脚接触河水的一刹那，她觉得身后起风了，紧接着，一只大手钳子一样猛然抓住她的胳膊，将她从河水边沿夹到岸边的草地上。她感觉她没有倒地，而是靠在了热乎的床铺上，她浑身瘫软地闭上了眼睛。

她一点儿都不知道，方才充满疑问的罗俊涛走进树林后并没有登上河堤，而是躲在一棵大树后，悄悄注视着言行反常的宋春玲。当宋春玲一步步走向河水，当罗俊涛最终判断宋春玲这是要自寻短见，他才发疯一样跑向河边。

瞬间开始，瞬间结束，一切恢复如初，像是不曾发生过什么一样，路过的人也只是向他们投来好奇的一瞥。罗俊涛紧紧抱着宋春玲，不由得泪如泉涌。

罗俊涛扶着面色从容的宋春玲走进树林后，将宋春玲的后背靠在树干上，痛心地说："春玲，无论遇到什么事，你都不能这样做，不就是一不小心怀孕了嘛，这是多大个事呀，至于自寻短见吗？做了不就得了？"

良久，宋春玲低着头说："医生不建议做。"

罗俊涛问："为什么？"

宋春玲说："医生检查后，说我怀孕三个月了，还说我的子宫壁非常薄，如果做人流手术，今后不会怀孕的可能性相当大，劝我和家里人商量一下尽量不要做。"

性情率直的罗俊涛不假思索地说："那你就听医生的建议，不做。"

宋春玲着急地说："不做怎么办呀？我还没有成家，肚子一天比一天大，这算什么事啊。走到这一步是我自找的，我已经无所谓了，可我爸我妈的脸往哪里放啊！"

罗俊涛低声说："所以你选择了投河自尽。"

宋春玲的眼里闪着泪光说："没有别的法子，我只有死了才能成全我爸妈。"

罗俊涛气愤地提高声音说："你是个二百五，你死了，你爸妈就光彩了？你是你家的独苗，你死了，你爸妈将来老了谁来养活？老辈人说，人生最大的不幸是白发人送黑发人。你就这么走了，你让他们怎么活？你这不是成全他们，你这是不负责任，你这是存心害他们。"

罗俊涛的话直击对方心灵脆弱处，一直没有哭泣的宋春玲这会儿忍耐不住，扭转身头抵着树干失声痛哭起来。

"哭能解决问题的话你就一直哭吧。"

"你不让我死，你让我怎么活？"

"跟以前一样活。我娶你，过几天就娶你。"

"你缺心眼儿。"

"我不缺。"

"你这是气话，不算数。"

"我想好了，早就想好了。"

"我肚子里的是那个孬种的种。"

"也是你的孩子，孩子是无辜的。"

"你会后悔一辈子的。"

"不会。我会像亲生的一样对待这孩子，只要孩子将来能为我养老送终就行。"

"你是个傻子知道吗？娶我你亏大了，凭你这条件，有多少好姑娘娶不来?"

"我愿意。摊上了,没办法,我说过的话我得兑现。春玲,你不要再说了。"

"我都三个月了,你怎么办?"

"赶紧结婚,怀孕的事我俩谁也不说,天知地知。"

宋春玲转过身来,扑到罗俊涛怀里,喃喃自语:"宋春玲当牛做马也没法报答。"

罗俊涛擦去怀中人脸上的泪水说:"缺心眼儿。"

罗贵分到的房子没怎么装修就成了小儿子罗俊涛的新房。面对前来道喜的亲戚朋友,罗贵、周倩感到五味杂陈。宋彦和陈菊花自然是喜上眉梢。刘士超和张艳不明就里,欣慰之余是赞叹,他们这一辈情同手足,晚辈人又喜结连理,为此,刘士超在婚宴上喝得酩酊大醉。

这一年,对于罗贵和周倩来说可谓喜事连连,前来道贺的人接二连三。罗俊涛的婚事之后,罗俊林喜得贵子,接着,罗俊丽喜得千金,三个孩子商量过一样将喜事搁在同一年里,这确实并不多见。本该合不拢嘴的周倩,喜悦之余,总是时不时地发出一声叹息。接下来,儿媳妇宋春玲的肚子过早隆起更让她心生疑虑,悄悄问儿子时,得到的却是斥责,于是,她不敢再问。不问不等于不想,每次想起这事,免不了心情沉郁,又不敢向外人说起,只得压在心里,使得本来就不太安分的心脏开始频繁闹事,不得不遵医嘱每日服药。

直到罗俊涛的儿子出生,罗贵和周倩彻底身不由己。两个孙子,一个外孙女,不照看哪个,都怕日后落埋怨,不得已,老两口定下规矩,谁把孩子送来就给谁看,不送来的,免谈。如此一来,周倩对大儿子充满歉意,因为远在矿上的罗俊林自然没办法每日将孩子送来,于是,过不了几天就会跑到罗俊林的家待上半天。而周倩一走,留下罗贵一人照看哇哇乱叫的孩子,这老头儿苦不堪言,每日都会破口大骂,而每次大骂之后,还得喂水喂饭学猫叫。

不管怎样,这样的日子在一天一天地过着。周倩偶尔遇到张艳,会不由自主地倒倒苦水。张艳安慰一番周倩后,酸溜溜地怪周倩:"你这是得便宜卖乖。"她的儿子刘阳比周倩的大儿子还大七岁，三十好几的人执意丁克，这让张艳和刘士超颇感无奈。好在刘阳的事业心很强，不到四十岁就当上了煤矿职工大学的副校长，这多少抚慰了两人的心。

阳春三月的一个周末，刘阳再次劝刘士超："爸，你听我的没有错，老同志发挥点儿余热别人不会说什么。再说了，那个小煤窑是我同学家开的，人家求我多次了，再三拒绝人家，感觉面子上过不去。"

刘士超沉吟片刻说："我不是担心别人说我什么，我是不愿涉足那样的地方。"

刘阳笑着说："爸，听你这口气还是瞧不起人家小煤窑，咱都退下来这么久了，这架子也该往下放放了。"

刘士超板着脸说："我哪里有什么架子呀。你们学校为什么就不能给小煤窑提供一些必要的技术支持呢？据我所知，学校里的多门学科都与采煤有关。"

刘阳耐心地说："能是能，关键是人家想请你出马，知道你是山平矿务局赫赫有名的技术人才，德高望重，知道你现在赋闲在家，就天天哼唧我，非得让我做做你的工作。"

刘士超板着的脸舒展不少，走到窗前说："是女同学吧，刘阳，你如今是副校长了，你得注意影响。"

刘阳咧嘴一笑说："是男同学。爸，咱不要神经过敏好不好？我不当副校长就不注意影响了？"

刘士超望着窗外说："我不是这个意思。爸有个心结，自改革开放之前，我们矿务局各个煤矿只需严把安全观、严格遵守各项规章制度、不断提升采煤技术就行，可眼下呢？仅专注于这些已经远远不够了。集体煤矿的崛起，个人小煤窑的泛滥，很大程度上冲击了统配煤矿的生产经营，给统配煤矿的正常工作带来了很大影响。你爸是第一代矿工，山平矿务局从无到有、从小到大都发生在你爸的眼皮底下，现在，在各个统配煤矿面临困难的情况下，你爸却置统配煤矿的困难于不顾，去投身小煤窑的建设中，于心何忍！"

刘阳想了想说："爸，你的心情我能理解，你对山平矿务局的这份情感由来已久，根深蒂固。国有企业，尤其是大型国有企业，在计划经济向市场经济的转换过程中难免会产生阵痛，这是没有办法的事，这注定不会太久，我们有理由相信，山平矿务局的明天照样灿烂。自改革开放以来，民营企业和农村经济得到迅速发展，为我们国家的经济发展带来了新的活力，这是有目共睹的，我们不能因为国有企业暂时受困而否定多种经营的发展壮大所带来的突出成果。"

刘士超看一眼儿子，用温和的口吻说："到了领导岗位上，人的格局会随之改观。"

刘阳惊讶地说："爸，你像是在夸我，我能听得出来，这可不多见。"

刘士超移开话题说："你同学家开的小煤窑煤层自燃发育期大约多少？煤尘指数大概多少？"

刘阳苦笑着说："爸，你这问题太专业了，我回答不了。你去小煤窑看看吧，给他们指导指导，让他们开开眼界。"

见刘士超没有吱声，刘阳试着问："爸，现在就去小煤窑吧，我这就安排车。"

刘士超说："还得你来安排车？"

刘阳说："那就让我同学来接你，我这就给他打电话。"

刘阳很高兴地拨通了他同学的电话，两人简短通话后，刘阳放下电话说："爸，我同学十分钟就到。"

刘士超说："这么快，开飞机？"

刘阳说："爸，你可真幽默。我同学家的小煤窑虽然在西区，可他家就在市里，离我们这里不远。"

随着嘀的一声响，一辆大奔停在楼下。刘阳走到阳台上向下看看说："我们下楼吧，爸。"

刘士超缓缓走出书房说："你妈去你罗贵叔家了，你给她写张字条吧，免得她回来后弄不清我们去了哪里。刘阳啊，你罗贵叔家三个孩子都有孩子了，可把你妈羡慕坏了，你什么时候不让你妈羡慕人家呀？"

刘阳一愣，随即好言安慰刘士超："这哪跟哪呀，爸，什么事都能跟我生孩子联系到一起，这事我会考虑的。"

来到楼下，刘阳指指恭恭敬敬站在车门旁的长发男子说："爸，这

236

就是我同学胡耀武。"

胡耀武赶忙将车门拉开，笑嘻嘻说："刘叔好！我总算拜到大佛了。胡家煤矿能请到刘叔坐镇，是煤矿的福气，也是我全家人的福气，这下我爸可就高枕无忧了。"

刘士超皱着眉头说："不是说好先去看看吗？"

见刘阳盯着自己，胡耀武赶忙说："见到刘叔只顾高兴，一激动就不知道怎么说话了。"

刘阳说："都怕见到大领导。爸，上车吧。"

见刘阳和胡耀武会意地相互笑笑，刘士超没说什么。

刘士超坐进车里才发觉这辆大奔真大。车内的香水味让他很不适应地时不时捏捏鼻子，他一直没有说话，目光中露出鄙夷的神情。胡耀武没有注意刘士超的神态，一味地介绍他家煤矿的建矿过程、生产现状和销售情况。

大奔西行十里地，放眼望去，山洼里，丘陵上，四处散布着高低不一的小煤矿井架，矸石堆随处都是，本就不宽的马路上煤尘飞扬，那些从煤车上掉下的煤经运煤车无数次碾轧后形成的粉末，再经烈日暴晒，就算有飞鸟从路面飞过，都会扇起雾一样的粉尘，车辆过后的景象可想而知。

一辆桑塔纳轿车用极快的速度超越大奔时，刘士超恍然觉得他所乘坐的车子一时间进入了深秋的浓雾中。

司机大骂一声，气愤地说："表哥，破上这辆车吧？"

胡耀武说："刘叔在车上呢。"

司机低声说："那好吧，便宜那龟孙了。"

刘士超轻声问身边的刘阳："破上这辆车是什么意思？"

刘阳正不知如何回答时，司机扭头说："就是使劲撞那龟孙的车。大不了我给我舅说说再买一辆。"

刘士超听罢，闭上眼静静养神。

胡家煤矿的招牌挂在办公区大门边，立在门口的不是保安，而是一只大黄狗。大黄狗伸长脖子看看大奔，摇着尾巴站立一边，目送大奔进到院内。煤矿办公区与生产区仅有一墙之隔，铲车的轰鸣声以及拉煤车辆的嗡嗡声彼此交错。

刘士超简要问了问采面煤层厚度，简要了解一下井下瓦斯情况，接着要看矿上的生产计划、规章制度以及具体的安全措施。胡耀武说："没有。刘叔啊，你说的这些东西不但我们矿上没有，这边的矿上也没有。"

刘士超的眉头皱了一下，什么都没说，这让在场的人感到莫名其妙。胡耀武说："刘叔，我们去井下看看吧。"

见刘士超摇头，胡耀武尴尬地说："想请您这大佛过来就是想让煤矿规范起来，我也觉得目前这土法挖煤肯定不行。"

刘士超终于开口："你们这煤矿投产多久了？"

胡耀武说："一年零两个月。"

刘士超的身子猛然一颤说："谢天谢地。"

胡耀武忙问："刘叔的意思是庆幸？"

刘士超一字一句地说："你们这是犯罪。"

刘阳干着急却没法插话，他不时看看窗外。

胡耀武立马意识到摆脱目前尴尬局面的只有一样东西：酒。他看看手表站起身说："刘叔、刘阳，快到饭点了，我们去镇上吃饭吧。"

刘士超说："还早呢，不吃了。刘阳，我们走吧。"

刘阳看看胡耀武说："爸，刚才听耀武这么一说，我也感到问题严重，这个煤矿存在这么多隐患，井下又有不少矿工在轮班挖煤，我们就这么走了，你能心安吗？"

刘士超叹息一声说："那好吧。"

胡耀武赶忙引路，一行人走向大奔。

山平矿务局有两家统配煤矿在这一带，刘士超多年前常来西区，那时的西区路窄街道少，沿街店铺零零星星、门可罗雀，大街小巷冷冷清清。现如今，集体煤矿、个体小煤窑如雨后春笋般涌出，所需挖煤工数以万计，来自省内省外经济不甚发达地区的劳动力大量涌来，这里早已是人声鼎沸、灯红酒绿，被人称为"小香港"。

"君再来理发店""醉美理发店""温柔乡理发店"等等，理发的店铺随处可见。泰式按摩、中式按摩、洗脚店、歌厅、舞厅、茶社等招牌五颜六色，霓虹闪烁。

在"龙跃大酒店"的门头下，刘士超对着门头注目良久，随后，在胡耀武的引领下走进一个包间。包间的豪华程度暂且不讲，席面让刘士超这个在大型国企某个领导岗位上退下来也算是见过大世面的人惊讶不已，偌大的席面居然没有一个他能认出来的菜肴。胡耀武原以为在他的精心安排下，刘士超会被他的诚意打动，会理解并接受他的良苦用心，不想，刘士超惊讶过后，脸上余留的却是一副不屑的神情。

胡耀武误以为刘士超嫌席面不够分量，指着菜品逐一介绍："刘叔，这道菜叫一掌乾坤，在满汉全席里也称得上是比较贵重的一道菜。熊掌蒸蜜拉，汁流落燕窝。就是将野生蜂蜜放在熊掌上，高温加热，让蜂蜜流进熊掌内部，尽量保持熊掌的原汁原味。这一道菜叫金睛火脑，用猴脑做成。这道菜的做法非常简单，就是将猴子直接敲死后，将猴脑取出来，泼上滚油就行。"

刘士超猛一激灵，下意识地把双手从桌面收到大腿上。他的动作并没引起胡耀武的注意，此人谈兴正浓。

胡耀武见刘士超表情木然，不禁暗自佩服：大人物就是不一样，刘士超果然是个见过大世面的大人物。想到这里，他不再逐一介绍菜品，而是用歉意的口吻说："刘叔啊，这家酒店是我们这里最好的了，我们今天这桌菜是整个西区所有酒店里规格最高的，刘叔要是不合意，还望多多担待。"

刘士超点着头说："很好，很好。"

刘阳见胡耀武为刘士超忙得不可开交，见刘士超表情沉静，话语极少，本不清高，给人的感觉却是很难接近，实在看不下去，他望着父亲说："爸，耀武非常用心，你要是觉得个别菜油水大，那就拣清淡的用。"

刘士超点着头说："好，好。"

酒过三巡，酒店魏经理敲门后款款进来，这位窈窕女郎颔首一笑说："欢迎各位老板光临！小女子魏妮很高兴为大家服务。胡老板的客人永远是我们酒店的上宾，永远是小女子的神。请问胡老板，小女子能给心中的神敬酒吗？"

胡耀武哈哈一笑说："当然。"

酒店经理见多识广，深谙招待之道，搭眼一看就知道哪位是最重要的客人。她端着酒走到刘士超的上首位，抿嘴一笑，甜润的嗓音像从远处飘来："美酒倒进白瓷杯，酒到面前您莫推。酒虽不好情儿重，尊贵客人饮一杯。这位男神优雅端庄，小女子敬男神一杯。"

一股淡淡的脂粉的幽香夹杂白酒的醇香让刘士超不由自主地摸摸鼻子，见那女子贴着他的右肩，屈身将酒杯递到他的面前，他不得不站起身，接过酒杯说："年纪大了，不敢喝酒，我表示一下吧。"说罢，将杯中酒喝下三分之一。

魏经理哪里肯答应，她葱白一样的小手虚托在刘士超的酒杯下方，呢喃一般说："感情深，一口闷；感情浅，喝一点儿。大哥喝了这杯酒，妹子我今天跟你走。"

刘士超静静地说："孩子，你看清了，大叔都六十多岁了。这样吧，你添够三下我喝了，然后你去忙你的。"

刘阳和胡耀武面面相觑。魏经理见状，莞尔一笑，依旧面如桃花，说话时神态自如："看来是妹子服务不周，恭敬不如从命，那好吧，我添够三下。"

魏经理把刘士超的酒杯添满后，刘士超一饮而尽，连说谢谢。胡耀武忙说："还是魏经理面子大，刚才我们给老爷子敬酒，老爷子都是抿抿嘴唇。你去忙吧，有事我叫你。"

魏经理扭着腰肢出去后，刘士超依旧是一副木然的表情，他的目光多半是滞留在对面墙壁上的油画上。

劝酒劝不动，满桌丰盛的菜肴刘士超很少动筷，胡耀武摇摇头一脸的无奈。长时间的冷场后，胡耀武清清嗓子说："刘叔，据我所知，目前山平矿务局正处级干部的月工资也就一千五左右，刘叔要是能屈尊来我家矿上负责一些安全技术方面的工作，矿上给刘叔每月两万的工资。"

刘阳一惊，睁大眼望着刘士超。

刘士超沉静地说："这样吧，耀武，回家后我安下心来义务给你们矿上写一份安全方面的规章制度，以及生产方面的管理规程，你们自己消化吸收就行。我年纪大了，不适应矿上的生活。你出这么高的工资，没有必要，谁挣钱都不容易，钱再多也得省着花，你的心意我领了。"

见刘士超滴水不进，讲的话又无可挑剔，胡耀武无奈地看看刘士超，又看看刘阳说："感谢刘叔的教诲，那就让刘叔费心了。刘阳，你看再给刘叔要点儿什么吃的，这桌菜好像不合刘叔的口味。"

刘士超赶忙摆着手说："不用了，我已经吃好了，老年人饭量小，没法跟你们年轻人比。我们走吧。"

胡耀武将刘士超父子送上车后，歉意地说："刘叔、刘阳，我就不陪你们回市里了，我去矿上有点儿事。"

刘阳问："你怎么去?"

胡耀武说："酒店有车。"

大奔离开酒店后，刘士超担心地问司机："我能想象到你们井下的生产状况会有多糟，在安全措施没有到位的情况下，人身安全很难得到保证，矿工不害怕吗?"

司机说："害怕? 他们是从四川山沟里来的，家里穷死了，在我们矿上干，能挣大钱，害怕也会干。"

刘士超说："应该会有个别胆小怕死的。"

司机说："当然有，他们没办法。"

刘士超问："这话怎么讲?"

司机说："你们去矿上时看见门口的那只狼狗了吧? 挖煤工住的地方还有一只这样的狗，那家伙厉害着呢。个别挖煤工吃不了井下的苦，想走，矿上肯定不放他们走，一天能挣小十万呢，要是放他们走了，其他人跟着学咋办? 不放他们走，他们就试着半夜里偷跑。门外蹲着的狼狗特别通人性，只要听见一点儿动静就四处巡视，一看见鬼鬼祟祟的人就往身上扑。这样一来，想要偷跑的人就老实了。"

听着口无遮拦的司机异常平静的描述，刘士超和刘阳对视一眼，被惊得面无表情，一路无话。

第二十一章

　　山平矿务局辖下的十四个大中型统配煤矿，十年来杜绝了瓦斯煤尘爆炸事故，百万吨死亡率逐年下降，连续五年荣获"全国煤矿安全生产先进单位"称号。为此，山平矿务局专门召开庆祝大会，总结经验，肯定成绩，寻找不足，以利于今后工作的深度开展，局领导对全局今后的工作提出了新的要求，并对各个生产单位寄予厚望。

　　山平矿务局的党建工作也居于全国煤炭行业前茅，《人民日报》对此发表专题文章予以报道。《山平矿工报》被国家新闻出版署批准编入国内统一刊号，正式公开发行，为山平矿务局党建工作的深度开展提供了强有力支持。

　　这一年，在生产经营遇到困难的情况下，先是能源部相关领导到山平矿务局检查指导工作，能源部领导在肯定成绩的同时，希望山平矿务局直面困难，迎难而上，化解矛盾，克服困难，及早渡过前进道路上的一道道难关。

　　接着，国务院领导在各级相关领导陪同下视察山平矿务局，这让全局上下群情激昂，大家深深懂得，无论什么时候，国家永远是广大矿工身后的大山。国务院领导先后视察了山平矿务局辖下的五个重要单位，在进一步掌握基层情况后，要求山平矿务局在搞好煤炭生产的同时，加大将富余人员拿出来搞多种经营的力度，积极兴办第三产业，转换机制，调整结构，走向市场，早日扭亏增盈。

　　山平矿务局立即贯彻领导讲话精神，结合自身实际情况，严格要求基层各单位瘦身的同时，率先精简整顿局机关。机关职能部门由原来的二十九个精减到二十五个，附属单位由原来的十九个精减到十五个，团群组织由原来的八个减少到五个，精减人员占原有人数的三分之一还多。各基层单位认真贯彻矿务局精神，雷厉风行，抓生产，重煤质，降成本，增效益，并加大力度精简了机构和人员。山平矿务局上下一心，共克难关，当年，全局生产利润比上一年增长逾五倍。

减员增效不只是山平矿务局在这么做，帘子布厂及其他企业同样如此。关键的问题是罗俊丽下岗没几天，她爱人赵恒也让回家待安排，这让罗俊丽苦不堪言。

一大早，罗俊丽坐公交车来到六矿，快步去往种兔养殖场。一见到大哥罗俊林，罗俊丽禁不住泪流满面。

见状，正在电话联系四川商家的罗俊林简短说完，放下电话，惊讶地问罗俊丽："你这是怎么了？丢东西了？"

"哥，我下岗了。"

"下岗就下岗吧，孩子小，在家好好带孩子，带好孩子持好家就是大功一件。"

"赵恒也下岗了。"

"怎么会这样！你们厂里为什么就不能兼顾一下呀？"

"是这样的，哥，我所在的车间女工确实太多，新型生产设备更新后，一下子闲下来好多人。"

"赵恒所在的车间也是这样？"

"赵恒本来在车间干得好好的，他也不知道听谁说看仓库轻松，不用干活，他就跑去找领导说情，去仓库当了保管员。谁知道，厂里产品一更换，这个仓库闲置不用了，他和另外一个人没地方去，厂里让他们回家等着，说什么时候这个仓库启用了再让他们来上班。现在经济形势不好，谁知道这个仓库猴年马月才启用，万一永远不启用呢？"

"赵恒他爸不是当过副局长吗？"

"就因为他爸当过副局长才什么事都不顺。"

"这话怎么讲？"

"他爸当副局长的时候得罪的人一火车都拉不完，现在退休了，没人理他就没人理吧，关键是好多人对他家不怀好意，还故意使绊。"

"我懂了。眼下形势不好是暂时的，会过去的。"

"哥，我后悔死了，后悔当初没有听咱爸咱妈的话，我要是在矿务局上班，结果也不会这样。"

"你是不知道，矿务局各个单位下岗的人员也很多，各个单位都在想办法开展多种经营，发展第三产业，分流部分人员，这不，我们这养殖场就一下子塞进来十来号人。"

"一下子分来这么多人，场里用得了吗？"

"用不了也得用。养殖场眼下就那么多活儿，只能是每个人少干点儿，这样都轻松，无非是到月底每人少开点儿工资。好在养殖场效益还行，多养活十来个人不成问题。"

"多亏你当初想了这个好主意，办起这个种兔养殖场，要不然，这几十号人去哪里上班呀！"

"这是矿领导支持的结果。"

"哥，你的人品就是好。"

两人正说时，一阵争吵声从收购加工区传来。罗俊林说："走，跟我一起去看看。"

在肉兔收购区，一个养殖户开了一辆小型拖拉机，送来足有五十只肉兔，正手指着简易兔笼里的兔子与场里的工作人员争得脸红脖子粗。

"兔子多也是错吗？兔子多说明我养得好，技术精。"

"你就不要跟我搅泥了，这几只明显就不是你家的兔子产的，它们就不是一个品种，场里卖给你的种兔是正宗的巨灰兔，又叫比利时兔。你看看你这兔子，跟猫娃儿一样，这肯定是从农村集市上收来的本地家兔。"

"你这是瞎胡猜，我家的兔子还卖不及呢，谁有工夫跑集市上买来再卖给你们，我吃饱了撑的？"

"老兄，咱不吵好不好？谁不知道我们的收购价比市面上的高？谁不知道我们只收卖出去的种兔的后代？"

"没有吵啊，我就是心平气和地跟你讲道理嘛。"

"你自己好好看看，要不你逮一只你的兔子跟我们的兔子比一比，看看它们的耳朵一样不一样，看看它们的眼睛区别大不大？什么都不用说，让事实说话。"

"我家的兔子产什么兔崽我可管不了，我是在我家老宅子里散养的，哪只母兔万一哪一天跑出去跟外边的野兔那个了，这我真的防不住啊，这样一来，它生下来的兔崽肯定不是纯种。甭说墙底下有个茶碗大的排水口，就是你把那排水口堵上，那龟孙也能在墙根儿打个洞钻出去，一院子的兔子，谁有工夫一眼不眨地盯着它们呀。"

罗俊林忍不住笑出声来。罗俊丽不解地问："哥，他们说的什么呀，我怎么听不懂啊？"

罗俊林板起脸说："他们说得多清楚了呀，你还听不懂？不懂就不懂吧，你又不养兔子。"

罗俊林无意中的一句话让罗俊丽眼前一亮，罗俊丽把她大哥拉到一边说："哥，我也养兔子吧，不挣钱怎么行！"

罗俊林愣了一下说："你挺有想法。不过，你得先跟咱爸咱妈说好，不然，他们知道三个孩子里有两个成了兔倌，不骂我才怪。别惹咱妈生气，她心脏不好，一直吃着药呢。"

罗俊丽说："你是为我好，妈疼我，不会生气的。我和赵恒下岗的事还没有给爸妈说，得空两个事儿一起说。"

罗俊林说："那好吧，等你和爸妈说过了，你找个合适的场地，我们兔场给你提供种兔，还有养殖技术，并负责回收兔产品。买种兔的钱你有的话你出，你没有的话我个人给你垫上。我觉得挣钱多少是次要的，关键是闲人得有个事儿做，不然的话，长期闲下去，肯定会得病。"

听了罗俊林这不很带劲的话，罗俊丽问："哥，你给我说实话，养兔到底能不能挣钱？"

罗俊林不假思索地说："能。"

罗俊丽放心地说："我信我哥。"

两人这边说了好大一会儿话，那边的两个人仍在喋喋不休。罗俊林走过去对自己的员工说："洪师傅，这个养殖户送来的兔子有没有病兔？个体重量符合收购条件不够？"

洪师傅说："这些都没问题，问题是有十几只兔子不是我们的种兔的，一眼就能看出来。"

罗俊林说："看这师傅满头大汗的，也不容易。"

洪师傅说："他满头大汗是跟我吵架吵的了。"

罗俊林呵呵一笑说："洪师傅幽默。这样吧，看在这位客户一次送来这么多兔子的分儿上，又是开着拖拉机，一定是远道而来，挺辛苦的，我们就全部收了吧。"

洪师傅说："罗场长，我们要是把他的兔子全部收了，那别人都去集市上买兔子过来卖给我们，怎么办？明摆着我们的收购价比市面上高。"

罗俊林说："你的意见没有错，不过，也不能一概而论。来我们这里卖兔子的至少得是我们的养殖户，他们卖的兔子理论上得是我们种兔的后代。"

洪师傅说："罗场长，我们场里和每个养殖户都签有回收合同，合同上可是明白写着只回收我们种兔的后代。"

面对眼前这个一根筋，罗俊林认真地说："洪师傅，就像这位养殖户刚才所说的那样，他养的母兔私自跑出去跟外边的野兔那个了，这只母兔回家后产下的兔崽，肯定会跟纯种兔存在区别，你能一概说这不是它的后代吗？这位老兄送来的看似杂交过的兔子，你怎么区分到底是外出的母兔生的，还是他从市面上买来的？这好像没办法甄别。"

洪师傅张张嘴，无话可说。

十来个工人一起动手，过秤、付款、宰杀、去皮、兔肉冷冻、兔皮涂盐处理，各司其职，忙忙碌碌，井然有序。

目送前来卖兔子的那位客户美滋滋地数着钱，而后驾驶着他那辆比板车没大多少的小型拖拉机远去后，罗俊林走进新建的冷冻室，见一排排货架上摆满白条兔，他看看入库报表，暗自盘算着哪一天能存够一车的量，然后租一辆冷藏车将冻肉送往四川。他不定期地跟四川一位兔肉经销商联系，随时了解当地兔肉行情，以及那边对白条兔的质量要求。

罗俊林拿来装有消毒液的喷壶，先在自己身上喷过后，将罗俊丽通身喷了一遍，随后，非要带罗俊丽去他们的兔舍参观。罗俊丽松开捂脸的双手，笑着表示同意，大哥对事业的执着让她钦佩，大哥的为人让她诚服。

一只兔子一个家，每个家门口固定着一个饭碗和一个水碗，每只种兔的家里都干干净净。听见有人过来，兔子们一个个将鼻子伸到门口的隔离网上，用鼻子在丝网上蹭来蹭去，弄出吱吱的响声。罗俊林挥挥手，意在给他的伙计们打个招呼，不想，种兔们或许是以为饭点到了，或许只是回应一下罗俊林的招呼，它们一齐用双腿敲击兔笼底部，一时间，这整排兔舍响起咚咚的声音。

罗俊丽感到惊奇又好玩，此时的她更加坚定了养兔的决心。她对一个笼舍里只养一只兔子感到不解，问大哥："一个笼子里就养着一只兔子，这不是浪费吗？"

罗俊林说："好斗是兔子的本性，一个笼子里只放一只兔子，可以避免它们相互咬斗，保证兔皮的完整，只要被咬伤一次，这张兔皮就算不上优质兔皮了。"

罗俊丽说："原来这里面还有这么多学问呀。那饭碗里跟花生米相似的粒粒是什么？"

罗俊林说："颗粒饲料，一只兔子一天喂两把就够了。"

罗俊丽兴奋地说："哥，我这次来本来是让你给我找个活儿干的，现在我改变主意了，我想单干，自己养兔子。"

罗俊林用怜爱的眼神看着罗俊丽说："俊丽，你不要一时冲动，想好了再来告诉我，还要征得赵恒同意，最后，还得给咱爸咱妈说一下。"

只顾兴奋的罗俊丽哪有耐心听这样的话，她就养殖技术等方面的问题问长问短。起初，罗俊林每问必答；后来，他干脆不讲了，一味地咧着嘴笑。

忽然想起离种兔养殖场不远的地方有一处废弃的猪舍，山坡下的村子里一个姓王的村民曾经在山坡上养过十几头猪，后来赔钱不干了，曾经的猪舍就此闲置好些年。

"俊丽，走，我带你去看一个地方。"罗俊林开心地说。

"走吧，我们去哪里呀，哥？"自小就对大哥依赖惯了的罗俊丽依旧对罗俊林百依百顺。

"别问了，走，看看再说。"罗俊林迈腿就走。

远远地见荒坡上一处颓废的猪舍在烈日照射下泛着灰蒙蒙的亮光。两人走近时，见半扇用树枝做成的大门上挂着半块木板，上面的两个字让罗俊林下意识地注目良久。

"兔进。"罗俊林喃喃自语。

"哥，那是免进。"罗俊丽立马予以纠正。

"看我吧，一看见类似的字，就想到'兔'字。"罗俊林尴尬地笑着说。

"哥，你太投入了，满脑子里一定都是兔子，平时，我嫂子没有怪你吧？"罗俊丽心疼地说。

罗俊林忽然感到一阵莫名的心酸。他好久没有说话，只是随意在废弃的猪舍里走了一遭，而后环视一下荒凉的四周说："俊丽，我们走吧。"

罗俊丽感到莫名其妙，她不解地问："哥，这还没怎么看呢，你什么都没有说呢，就这么走了？"

罗俊林说："这里不挨矿上，不挨村子，荒坡上太荒凉。"

罗俊丽问："哥，我们来之前这里不也是挺荒凉吗？那个时候你可没有提起荒凉的事呀。"

罗俊林低着头只顾走路，没有搭理罗俊丽。见状，心里发慌的罗俊丽怯生生地问："哥，我刚才说错话了吧？都是我不好，我不该提起我嫂子。"

罗俊林停下脚步，看着罗俊丽说："哥突然心情不好，这跟你没有关系。想搞养殖的话，你回家跟赵恒商量一下，由他来养，你在家里好好带孩子。"

罗俊丽眨着眼睛问："哥，赵恒要是不同意呢？"

罗俊林板着脸说："那就不搞养殖。像养殖这样的事是男人该干的，与女人无关。你要记住，男人是创造生活的，而女人是享受生活的。让女人在外边担惊受怕、摸爬滚打、吃苦受累，这样的男人不是好男人。"

罗俊丽一时间泪流满面，她拉着罗俊林的衣角说："哥，我和赵恒都下岗了，我们一家三口人都得吃饭呀。"

罗俊林望着远山说："会过去的，一切都会好起来的，这一天不会太久。你放心，单位不会让你们饿肚子，你哥更不会，你缺钱时，哥给。"

罗俊丽揉着眼，碎步小跑才能跟上罗俊林。

到了养殖场门口，见罗俊林依旧往前走，罗俊丽说："哥，这不是到养殖场了吗？"

罗俊林说："哥不留你吃饭了，哥送你去站牌。"

罗俊丽只得跟着罗俊林来到马路边的公交车站牌旁。不少人在这里等车。罗俊林当着众人的面，伸手在罗俊丽的头顶轻轻拍了两下，引起众人瞩目。罗俊丽看看众人，一股热流忽然间模糊了双眼。

一辆客货车从眼前驰过后，忽然吱的一声停在前方的路边。罗俊涛从车上跳下来，让罗俊丽一阵惊呼："哥，是俊涛，那是俊涛开的车。"

罗俊涛老远就高声说："哥、姐，你俩怎么会在这里呀？"

罗俊林说："俊涛，你开车太快了，来矿上送货了？正好赶上，把你姐送回家吧。"

罗俊涛笑着说："好啊，哥。我得赶紧回去保养一下车，明天要去西安接人，我还没有去过西安呢。"

罗俊林说："那你们赶快走吧。"说罢，挥挥手，没等这两人上车，他就迈开大步赶回养殖场。

次日一早，罗俊涛接上组干科卫科长，边开车，边与之闲聊。车子出市区，走洛阳，奔西安而去。

"卫科长，我们单位这次就招这一名高校毕业生，还用得着你亲自出马，我开车把他接来不就得了？"

"小罗呀，这可不是一般的毕业生，人家是硕士研究生，是赫赫有名的西安公路学院汽车运用工程专业的硕士研究生，在学院成绩突出，并有研究成果在身。"

"山平矿务局的主业是煤炭，是跟煤炭打交道的，为什么这么重视非煤专业的人才呀？"

"你是只顾开车，没有心思考虑别的问题。我来问你，各个煤矿的煤是怎么出来的？不是煤矿工人一筐筐抬出来的吧？更不是他们一块块从井下搬出来的吧？"

"那当然。"

"设备，无论是挖煤还是运煤，都得靠设备，哪种设备都不是它们自己来到矿上的，更不是它们自己跑到井下的，靠的什么？车，最离不开的就是汽车。"

"也有用列车运来的矿用设备。"

"你这是抬杠。列车能开到井下吗？你见过直通井下的列车吗？真能开到井下的那不是列车，是皮带。"

"哈哈哈，卫科长可真幽默。"

"生产用车、办公用车、生活用车，用的基本上都是汽车，完全可以这么说，汽车早已成为各单位生产、生活的一部分。别的不说，就说通勤车吧，我们很多煤矿都在郊外，个别煤矿距市区有几十公里，而不少矿工家在市区，能让大家跑步上班吗？所以，汽车与我们的生产和生活密不可分。"

"卫科长，你还得多久才能说到点子上啊？"

"你别急，快了。有汽车，就得考虑汽车的修理问题，就像人一样，没有不生病的人，更没有长生不老的人。如果各单位各自为政，各自成立修理厂，各修各的车，每个单位的车辆本来就不是特别多，车又不是天天坏，那不是造成设备和人员的浪费吗？再说了，哪里有那么多技术好的汽车修理工？如果修理技术不过关，浪费是小，风险是大。"

"可以去市里的修理厂修车呀，这样一来，基层各单位就不用各自养活一帮汽车修理人员了。"

"可以是可以，关键是这得花不少钱，就像吃饭一样，你在家做饭吃跟下馆子吃，能一样吗？"

"我懂了，你说的意思是肥水不流外人田，我们矿务局内部的车辆如果都在局内修理，各单位的汽车修理费也就花在了矿务局内部，我说得对吧，卫科长？"

"你说得基本正确。你明白了局里扩建汽车修理厂、招收高级汽车运用人才的目的了吧？"

"这下我完全明白了。眼下矿务局效益不好，所有车辆在局内定点维修保养，不但能省钱，还可以提高效率。"

"是的，局领导这一决策非常英明。车辆的维修保养是这样，车辆及配件的供应也是如此，这方面的工作已经开始，已经实现了集中化和规模化采购，跟以前的分散化管理相比，这样的集约化，不但能提高用车效益，还能节约成本。"

"卫科长，人家是汽车运用工程专业的高才生，还有自己的研究成果，现在的研究生比较稀缺，人家什么好单位不能去，非要来跟煤炭打交道的山平矿务局呀？"

"山平矿务局这个名字，应该在他童年的记忆里留有比较深的印记，他家乡的人对山平矿务局都不陌生。"

"这是为什么？"

"50年代中后期，我们山平矿务局筹建时需要大批煤矿工人，附近人少，人们对于钻到地底下挖煤心存恐惧，这是他们对矿井的认识存在偏差。不过，那个时候，井下条件也确实简陋，安全问题亟待改观，于是，筹备处就安排人员和车辆去稍远的地方招工。前去招工的张主任前些年曾经在遂平县的梨树村搞过赈灾工作，跟当地人尤其是这个村的负责人比较熟悉，他就给卡车司机引路，直接将车开进了梨树村。他本来认为这里相对闭塞，招一车矿工回去一点儿都不成问题，结果，他苦口婆心，最终只招走一个。这个叫作李二柱的汉子是梨树村最早走出去的第一代煤矿工人，他后来用事实打消了人们对于下井采煤的恐惧，反而让人心生向往，尤其是山平矿务局逐年发展壮大，以及他本人及家庭生活条件的巨大改观让村里人羡慕不已。他向家乡反馈的信息是山平矿务局将来的发展一定让人瞠目结舌，这些值得信赖的消息影响了古老村庄里的数代人，让村里的人对山平矿务局充满期待，包括我们去接的这位研究生。"

"卫科长，你是说我们今天去接的这个人就是那个梨树村的？他叫什么名字呀？"

"是的。他叫李丰。"

"原来是这样啊。"

这样的差事对于罗俊涛来说再舒服不过了，没有时间要求，不担心货物安全，又有领导带队，食宿不用自己考虑，有人陪着说话，解了长途行车之寂寞。他记得有一次独自从上海拉货回来，一路上秋雨连绵，眼望漫漫长路，忽然有一种想哭的感觉。于是，他打开车载收放机听歌，虽然将音量开到最大，仍嫌声音小，在不看表就不知道是上午还是下午的那段时间，他是流着眼泪驾驶汽车的。而这次不然。

次日一早，两人来到气势非凡的西安公路学院大门外面。卫科长联系上李丰之后，办理完相关手续，罗俊涛直接将客货车开到了男生宿舍区。

居然有十来个同学帮李丰搬运东西，一帮人忙碌了很大一会儿。罗俊涛发现车辆后厢里除了一点儿简单的行李，其余的都是书，个别书已被翻阅得破烂不堪，却还是被它的主人精心装在纸箱和编织袋里。李丰含泪谢过他的同学，谢过远道而来接他的卫科长和罗俊涛后，车子离开那十来个依依不舍的人缓缓远去，李丰坐在后排座椅上低头不语。初次相见，李丰的性情和为人以及他身上洗得褪了色的像是干树叶一样的土灰色夹克给罗俊涛留下了相当深刻的印象。

过潼关，进河南，李丰一直话语不多。正午时分，他们的客货车在一家路边小饭店一侧停了下来。另外一侧，停着一辆"上海"牌轿车，轿车的引擎盖被高高支起，一个中年人坐在驾驶室里东张西望，一脸焦急的神态。

走进饭店，卫科长要了三碗烩面。等饭时，那位开"上海"牌轿车的中年人走进饭店，对着正在拉皮筋一样扯面的店家烦躁不安地说："你说的修理工还得多长时间过来呀？你别只顾你的生意，不拿别人的事儿当事儿。"

店家说："你别急呀，这才多大一会儿呀，大中午头的，虽说也就一里路，人家也得一步步走过来不是？"

中年人没等店家把话说完，就很不耐烦地嘟囔一句别人听不懂的话，气呼呼地走出小屋，钻进小轿车嗡嗡嗡地启动马达。那马达声干响一阵后突然打住，很像是一个婴儿，正在嗷嗷啼哭的时候，有一个熟悉的奶嘴塞进嘴里。

中年人啪的一声关上车门，快步走到屋内，对着正在做饭的店家一阵乱吼："你这是在糊弄我，为的不就是挣我一顿饭钱吗？你耽误我这么长时间，你得赔我损失，你知道你耽误我少挣多少钱吗？真是个

252

奸商。"

　　大约是被"奸商"一词羞辱了，店家显得怒不可遏，他停下手中活儿，高声呵斥中年人："你算哪棵树上的鸟啊！别看我这饭店小，我见过的大老板多了去了，哪有像你这样不讲理的人？你的车子坏了，我丢下饭店的生意，骑着自行车跑去给你联系修车的，人家晚来几分钟怎么了？这大中午头的，总得让人家把盛到碗里的饭吃完吧？"

　　中年人不依不饶："一个修车的，他吃什么呀吃这么久，跟慈禧一样一顿饭得有九类三十八道菜吗？"

　　见店家干脆丢下手中的面准备与之大吵，任由锅中水突突乱翻，卫科长赶忙走上前说："等我们吃上面后你们再吵行吧？我的胃不好，饿久了胃疼。"说罢，手捂肚子。

　　两人不再争执的时候，李丰问中年人："我能看看你的车吗？或许我能给你处理好。"

　　中年人白一眼李丰说："你也想挣钱是吧？要多少？"

　　见这人人品不行，卫科长向李丰摇摇头。

　　李丰没有看见卫科长的提醒，面对轿车司机极具侮辱性的话，他不为所动地说："一分不要。走吧，去看看你的车。"

　　李丰说罢径自走向"上海"牌轿车。引擎盖本就开着，他俯身查看发动机，见点火线圈及高压连线上附着一层尘土，显然，这里没有人动过。他伸手晃晃点火线圈，那根插在点火线圈上的线头却掉落下去，他一时心中有数，捏起连线将脱落的一头深深插进点火线圈，并将这根高压连线固定起来，随后，对着走过来的中年人说："你启动一下试试。"

　　中年人一脸不屑地说："车上的电瓶快没电了，你别让我费电了，这鬼地方没法充电。"

　　李丰耐心地说："你试一下吧。"

　　中年人将信将疑地启动一下马达，汽车马达嗡嗡嗡响了几声后发动机居然启动了。看一眼满脸惊讶的中年人，李丰什么都没说，默默走向饭店门口的洗脸盆。

　　中年人从真皮钱包里抽出两张面值五十元的人民币走到李丰跟前

说："这个你收下，你太厉害了。"

李丰双手甩着水说："你好像是吃过饭了，那就赶紧走吧，生意人，时间就是金钱。"说罢，径直走到饭桌前坐下，扭转头看着店家将碎葱放进大碗。

中年人手捏两张人民币尴尬地站了一会儿后，什么也没说，急匆匆去了。

罗俊涛惊讶地对李丰说："我就看了一眼师傅是怎么拉面的，你这边就把车修好了，这也太神了吧？"

李丰淡淡地说："我是瞎碰的。"

卫科长敬佩地说："我把头碰烂，也给人家修不好。"

店家把三碗烩面端到三人跟前说："这种不知好歹的人就不该帮他，有几个钱就不知道他姥娘家门朝哪儿了。不过，我今天算是开眼了，敢问这位高人是什么来头？"

李丰赶忙站起身来，低着头非常谦虚地说："我什么也不是，就是一个穷学生。"

店家竖起大拇指说："你本事大，人品好，不得了。"

李丰说："不敢，不敢。"

离开路边小店时，店家将李丰他们送到车上，而后，跟随客货车步行数步，走到路边的小树下，他用迷茫的目光望着客货车一点点远去。车子走出老远，李丰隔窗回望时，见店家依旧站在路边的小树下，午后的阳光透过稀疏的叶片，落在店家身上，微风吹过，树影婆娑，店家的全身，以及他身前的空地上，光影闪烁，斑驳陆离。

"李厂长，我一直有个想问而又不敢问你的问题，性子急，忍不住，我现在能问吗？"卫科长勾头看着后排座上的李丰，用商量的口吻问。

"李厂长？卫科长这是跟谁说话呀？"李丰惊讶地问。

"当然是跟你说话了，一到矿务局，你就是汽车修理厂的副厂长了，早一天这么称呼你不算什么。"卫科长笑着说。

"这可不敢。卫科长有什么问题只管问，不用客气。"李丰有点儿难为情，很不自在地说。

"目前，山平矿务局遇到了前所未有的困难，由于集体煤矿和个人小煤窑的大量涌现，矿务局的煤炭销量大幅下滑，经济效益逐月降低，工人工资整体下浮，下岗人数有增无减，个别职工家庭负担较重，据说温饱问题都难以为继，居然还出现了个别矿工家属盗窃农民红薯吃的不良现象。李厂长，你有个同村的人在矿上工作，山平矿务局目前的情况你应该是知道的，既然知道，李厂长还是非常执着地来山平矿务局工作，我想知道是什么力量促使李厂长认定目标义无反顾的。"卫科长像极了记者采访。

"因为有挑战，所以才想来。"李丰一脸庄重。

"请李厂长进一步谈谈。"卫科长显得急不可待。

"山平矿务局目前遇到的问题，其他煤炭企业同样存在，也不只是煤炭企业，就我所知，全国许多工业企业都面临着严峻的挑战，这不能一概归咎于集体煤矿和个人小煤窑的大量涌现，不能简单地归咎于竞争的加剧，造成这种局面的原因有国际和国内两大因素。先说说国际因素。随着苏联解体，冷战结束，我国摇身成为世界上最大的社会主义国家，成为西方人的眼中钉、肉中刺，个别国家为独霸世界，彻底消灭社会主义，对我国痛下杀手，展开了全面的经济制裁和封锁，之前大量涌入我国的外国资金瞬间全部撤走，弄得我们措手不及。我们工业底子薄，缺钱缺技术缺人才，对外依赖性较强，这样一来，我国的经济就被拖入黑洞中，这是没有预料到的事。再说说国内因素。改革开放十多年来，中国经济得到突飞猛进的发展，我们以前所未有的速度一度杀入世界 GDP 前十位，但是遇到了一个瓶颈，那就是原来的计划经济已经适应不了当下的快速发展，甚至成了一道障碍，最明显的问题就是产能过剩，通货膨胀加剧，各种社会问题也随之出现，经济发展速度降到了改革开放以来的最低点。在这样的背景下，国家不得不对经济问题进行整顿，一些老牌国企相继宣布破产，财政困难加剧，多数生产企业降薪瘦身在所难免。我个人认为，以上所有问题都是前进道路上不可避免的问题，任何事情都会有波折，都不会一帆风顺，而这些问题都是可以化解的，我坚信，党中央一定有能力有智慧在最短的时间内使中国经济重回快车道。山平矿务局历届领导班子都是能战斗会战斗并最终赢得胜利的强有力队伍，我相信，在这一届高素质领导班子率领下，有成千上万的

255

勤劳矿工为靠山，山平矿务局一定能早日克服困难，顺利渡过难关。同时，我个人也愿意为山平矿务局的奋起与腾飞做点儿力所能及的工作，所以就来了。"大约是被自己的慷慨言辞感动了，李丰说完，面色泛红，泪光晶莹。

罗俊涛和卫科长听呆了，客货车走得慢慢吞吞。

"卫科长，李厂长学的真是汽车专业吗？我本来觉得是，听了这番话，又觉得不是了。"罗俊涛不解地问。

"我也被弄糊涂了。"卫科长惊得满脸问号。

车子回到山平市区时，西坠的火球早已给高高的后山及山下的煤楼涂上了一层橘红。

第二十二章

罗贵早饭后起身去矿上上班，刚开门，见罗俊丽带着女儿赵佳在大门外掏钥匙。罗贵拿手在外孙女头上轻轻拍了两下说："俊丽，你们过来这么早啊。你找钥匙的时间敲门也进去了，你好像经常是这样，扒拉来扒拉去，老半天找不到钥匙，也不知道哪儿来那么多东西。"

罗俊丽一脸委屈地说："爸，你就没有夸过我。"

此时，周倩已出现在门口。罗贵边走边说："你们进去吧，你妈在家，我得上班去了。"

罗俊丽伸手拉住罗贵的胳膊说："爸，你晚一点儿上班吧，我有要紧事给你们说。"

罗贵嘟嘟囔囔回到家里，见周倩面带惊恐之色，他大声问罗俊丽："你这么早回来有什么事？看把你妈吓的。"

周倩缓缓坐到沙发上说："她肯定有事，不会是好事。"

罗俊丽坐在周倩身边说："妈、爸，我和赵恒都下岗了。"

周倩叹息一声说："赵恒也下岗了？"

罗俊丽无奈地说："是。"

周倩像是想起了什么，扭头盯着女儿问："俊丽，你以前不是说你不是下岗是待岗吗？我记得你说你们厂里让你暂时在家休息，随时等候上班通知。"

罗俊丽抓住周倩的一只手说："妈，厂里对其他回家休息的职工也是这么说的。"

周倩长出一口气后说："那你就安心等呗，你是急啥哩，等待上班的人又不是就你自己，我还以为你出什么事了呢，今后你别吓我行不行？”

罗俊丽苦笑着说：“妈，我哪里吓你了呀？我不就是回来得早了一点儿嘛，你至于这么神经质吗？”

周倩神色黯然地说：“我们家这些年没有一件顺心事，时间久了，一遇到反常事，我就会往坏处想。”

罗俊丽不解地问：“妈，你的意思是说我的事不是什么坏事，我和赵恒都下岗了，这不是坏事又是什么呀？”

罗贵插话说：“俊丽，就这点儿事是吧？下岗就下岗呗，这是多大个事呀，大不了爸妈养活你。你妈今天心情不好，你多陪你妈说说话，我上班去了，得迟到半个小时。”

罗俊丽忙说：“爸，你别慌啊，我还有事跟你们商量。”

罗贵转过身问：“你咋不一下说完呢？”

罗俊丽扒拉开腿边的女儿说：“爸、妈，我想养兔子，不干点儿正事闲着心慌。”

罗贵一惊，忙问：“想靠着你哥做点儿事，按说你这想法挺不错，你跟你哥说了没有？”

罗俊丽郁闷地说：“说了，我哥不同意，他说女人家没事干就在家里待着，要养兔子的话，也得让赵恒去养。”

罗贵暗自一笑说：“那你就听你哥的。”

罗俊丽噘着嘴说：“赵恒不干。”

周倩一旁说：“赵恒在家闲着干啥？就那一身膘，要是不干点儿事，他会越来越胖的。”

罗俊丽哭丧着脸说：“我跟他商量了两天，没有一点儿用，他说养兔子太丢人了，他正在找人疏通关系，他一定得去单位上班，挣工资是小，面子是大。”

周倩生气地说：“你哥都不嫌丢人他嫌丢人，他比你哥强到哪儿了？依我看呀，也就身上的肉比你哥多。”

提起罗俊林，罗俊丽满脸喜悦，她激动地说：“妈，我哥可能干了，他把那个种兔养殖场经营得井然有序，他说场里已经发展一百多家养殖户了。我前天去找他时，他说冷冻室里的兔肉快够一车了，他很快就去四川销售兔肉。爸，四川可是天府之国，听说那里的风景好着呢，我哥去办正事，还能顺便看看四川的风景，我想想都替我哥高兴。"

罗贵盯着女儿说："你以为你哥跟你一样贪玩？一心想着事业的人，哪里有心思看风景！"

罗俊丽看看周倩说："妈，我爸到现在还是偏心。"

周倩轻声说："我听你爸说的不是没有道理啊。你今天这么早回来，是不是想让我和你爸给你哥说说，让你哥同意你养兔子？你爸急着上班去呢，想说什么快点儿说。"

罗俊丽一笑说："妈，还是你了解我。"

周倩不温不火地说："我可没说我同意给你说情。"

罗贵赶忙说："俊丽，你听你哥的，好好带孩子吧。"

罗俊丽执着地说："你们不愿意帮我，改日我还去找我哥，我哥是最疼我的人。"

周倩一字一句地说："咱家谁都心疼你。"

罗贵出门时扭头说："依我看，你找你哥也是白找，贪玩的人，尤其是喜欢看风景的人，她能把兔子养好吗？你在家好好歇着吧，大不了爸妈养活你，二十多年都养活了。"说罢，带上门出去了。

罗贵的话让罗俊丽哭笑不得。罗俊丽的女儿赵佳跑过来说："妈，我来养活你。"

罗俊丽把女儿抱进怀里，众人的话让她感动不已。罗俊丽从爸妈身上领悟出一个道理，那就是再苦的日子，一旦习惯了就不觉得苦；再难的事，一旦适应了也就不觉得难。而所有这一切，均取决于你的心够不够强大，取决于你的心里是否有明天，是否对明天充满信心。

周倩拉住外孙女的小手说："看我只顾说别的事，还没问你们吃早饭没有，佳佳告诉姥姥，你们吃饭没有？"

赵佳说："姥姥，我们吃过了，我还没睡醒呢，我妈就把我拉起来吃饭，说有急事。"

周倩说："你妈是猴子托生的，天天都是急，没有她不急的事，你说是不是呀？"

赵佳说："就是，她吃饭也急，她说她嘴里都烫出泡了。"

周倩说："咱不跟你妈学。"

赵佳说："好。"

周倩说："乖，你去里屋玩吧，姥姥跟你妈说点儿事。"

赵佳问："姥姥，你和我妈不是说老半天事儿了吗，怎么还要说事呀？"

周倩说："你去玩吧。"

赵佳说："我这就去玩。"

见赵佳一蹦一跳去了里屋，周倩小声对罗俊丽说："你得空跟俊涛和春玲说说，让他们再要个孩子，哪怕我躲到农村亲戚家给他们带孩子都行。"

罗俊丽说："妈，你又不是不知道计划生育管得有多严，超生的事一旦被人发现了可是不得了，春玲还没有找到工作，你想让俊涛的单位开除俊涛吗？"

周倩说："那怎么办呀？我听人家说，给第一个孩子办个残疾证，这样就可以名正言顺地生二胎了，你和你哥都给俊涛想想办法，给他们的孩子办个残疾证。"

罗俊丽说："妈，你这是听谁瞎说的？国家政策在那儿放着，谁敢在计划生育问题上作假？除非你相当有钱，出个二三十万的，让人家承担责任。关键是这么有钱的家庭能有几个？就我们家这条件，你想都别想。就是很有钱的家庭，你找不对人，钱没了，事儿也没有办成，到头来，打官司都没地方打，连个说理的地方都没有。"

周倩说："那孩子明显就不是俊涛的，俊涛总不能一辈子没个自己的亲生骨肉吧？春玲也真是的，怎么会黏上俊涛呢？你妈每次想起这事儿，心里就跟针扎一样。"

罗俊丽说："妈，俊涛都不说什么，别人有什么办法？他一点儿都不嫌弃那孩子，我们就遂他的愿吧，生米做成了熟饭，说什么都晚了。你也不能怨春玲，春玲早就把她意外怀孕的事给俊涛说了，俊涛接受后两人才开始谈婚论嫁的。"

周倩说："俊涛这孩子傻呀！"

罗俊丽说："妈，这都是几百年前的事儿了，你怎么现在还念叨个没完？人家一家人不是过得好好的吗？一点儿也看不出俊涛对那孩子不好，他一天到晚还乐呵呵的。"

周倩说："那是俊涛缺心眼儿。"

罗俊丽说："不管俊涛缺不缺心眼儿，人家的小日子只要过得滋润就好，你就不要跟着瞎操心了。"

周倩说："看你说的吧，我怎么是瞎操心呀？你说前些天你去见你哥了，他分房子的事有着落没有？"

罗俊丽说："分是分到了，只不过房子还没有建好呢，我哥说快了，再有三五个月就能交工。"

周倩说："这些年你哥可没少受罪，那次井下事故，小煤窑的钻头差一点儿钻到他的心脏。你说他要去四川卖兔肉？你给他交代没有，路上别吃凉的，他的胃不好。"

罗俊丽说："妈，你就别操这个心了，你还不放心我哥？"

母女俩所能虑及的顶多是温饱与冷暖方面的内容，她们谁都不会想到罗俊林远赴数千里之外的某个小县城销售兔肉会否遇到坑害，更不可能想到罗俊林会有生命之虞。

大约是亲人的关爱被一种神秘的力量传输到了自己身上，在去往四川途中的罗俊林忽然间懊悔不已，他像是对司机说，更像是对自己说："我是怎么了，晕头晕脑的，只顾慌着走，临行前忘记给爸妈说一声了，以前每次出远门都会给两个老人说一声的。"

厢货司机是位中年男人，叫雷平，他的小平头看上去像是遵照部队条例理的，听了罗俊林的话，他心头一热说："罗场长一定是个大孝子，跟你比，我可是惭愧得很啊，不怕你笑话，我有两个月没去看爸妈了，也不知道天天忙个啥。"

罗俊林情绪低落地说："你跟我不一样，你本身就是跑运输的，很多时候是身不由己。"

雷平叹息一声说："其实，忙得脱不开身，还有像你说的身不由己之类的话，都是借口，是找台阶。"

"《论语》中有句名言：'父母在，不远游。'我们跟孔子提倡的孝道相距太远了。"罗俊林一阵伤感。

261

"你说的这句话后面好像还有一句，让我想想，'父母在，不远游，游必有方'。这么说才是完整的。孔子的意思并不是不让子女撇下父母远游，而是说你得告知父母你远游的目的地在哪儿，让他们知道你去的地方是安全的，还得把家里的事提前安排得当。罗场长啊，你这次出门可不是一般的远游，甚至不能叫游，应该叫闯，你是在干事业，是在开拓市场，往大处讲，是为山平矿务局、为矿上开创新的增效渠道；往小处讲，是为再就业职工的生计问题奔忙，是为附近的老百姓谋福祉。你想啊，你这个场目前已发展一百多家养殖户，他们有事做事小，能挣钱养家糊口事大，场里不但高价回收他们的兔产品，还为他们免费提供养殖和防疫服务，他们别的心不用操，只需把兔子养好就行，兔子很好养，这谁都知道，他们去哪儿找这样的好事！"雷平这么说时，他的神情像极了某位高校讲师在讲堂上讲课。

"雷师傅啊，你不光车开得好，还是个很有学问很有思想境界的人。"罗俊林敬佩地说。

"不不不，我这是给自己开脱。我再跑两年车就不干了，这么云里雾里地跑，自己受累不说，还耽误了陪伴父母，关键是还让父母为我担心。尽孝得趁早，无论是谁，一旦到了不可逆转的时候，再想尽孝就没处可尽了，到那时，后悔都来不及。钱，多少是个够啊，有吃有喝的就行了。"将尽孝的话题讲到深处时，雷平的眼神显得有些沉郁。

"雷师傅，你的观点非常正确，看得出来，你是一个特别有孝心的人。我个人觉得，尽孝的途径远不止你说的这么一条，另外还有一条，那就是把自己的事业干好，为身边的人谋福祉，让跟着你的人过上幸福生活。你想啊，我们的父母都是非常善良的人，他们不想看到身边的人过上衣食无忧其乐融融的日子吗？这不正是他们所期盼的吗？我们尽力满足老人家的心愿，这也是尽孝。"罗俊林放眼窗外的绮丽风光，说到有关孝道的话题，显得异常激动。

"很显然，罗场长的孝道要远远高于我说的孝道。"

"就孝道本身而言，应该没有高低之分，就像是香客进香，香的粗细并不重要，重要的是虔诚之心。"

闲聊能打发长途行车的寂寞，关键是可以预防司机瞌睡。不觉已是正午时分，雷平见一个涂脂抹粉的小姑娘站路边频频招手，就将车子开到一家小饭店门外说："罗场长，十二点多了，我们在这个饭店吃午饭吧。"

罗俊林摸摸挎包，手指暖水瓶说："好的。雷师傅辛苦了，你去饭店吃吧，我包里有烧饼，你这个暖瓶里有热水吧？"

雷平惊讶地说："有是有，你不能只吃烧饼喝热水呀，又不是就这一顿饭，路还长着呢。"

罗俊林满怀歉意地说："不好意思啊，雷师傅，我就不陪你用饭了，饭店里的饭油水大，我的胃不好。"

雷平压根儿不信罗俊林的话，他颇为认真地说："罗场长啊，我们出发前谈运费时已经说好，路途中食宿自理，那我们就认真一点儿，你既然胃不好，要一碗素面也行，我们各付各的饭钱，你放心，我保证不付你的饭钱。"

罗俊林扒拉着挎包说："雷师傅，我不是怕你给我付钱。"

雷平不解地问："那你是怕什么？怕我蹭你们公家一顿饭吗？这不至于吧，罗场长不是这样的人啊。"

罗俊林一笑说："你不会是怕我喝你的热水吧？开玩笑，你快去吃饭吧，我不习惯去饭店吃饭。"

雷平像是猛然间想起什么，摸摸脑门儿说："你是怕花钱吧？准确地说是不想花公家的钱。"

罗俊林迟疑一下说："养殖场刚刚起步，盈利能力很差，花钱的地方还很多，矿上为场里垫付了不少启动资金，至今没有收回成本，我是场里负责人，我不带头勤俭，怎么去要求职工节约呀？养殖行业本身利润就很薄，也不知道什么时候才能让矿上如数收回投资，一天不收回投资，我的心里就一天不安，你不知道，当初建场时，我可是拍着胸脯给矿领导承诺过要让矿上及早收回成本的。"

雷平盯着罗俊林问："你们矿领导怎么说？"

罗俊林认认真真地说："矿领导笑了笑，什么都没说。"

雷平噢了一声后说："罗场长，你知道矿领导为什么没有说话吗？你知道矿领导的笑意味着什么吗？"

罗俊林睁大眼睛问："雷师傅知道?"

雷平点着头说："罗场长太实在了。你这个种兔养殖场接收了多少个矿上分流过来的职工?"

罗俊林不假思索地说："二十五个。"

雷平接着问："二十五个职工的工资都是你这种兔养殖场开是吧?"见罗俊林点头,雷平顺着话说,"如果没有你这养殖场,这些职工去哪里工作?没有工作他们怎么生活?养殖场把他们接收了,这不但给矿上解决了难题,也给这些职工解决了生活问题,矿领导偷着乐还来不及呢,怎么会急于收回养殖场那点儿微不足道的投资呢?"

见那个涂脂抹粉的女孩子在车门外不住地喊他们下车,雷平对着车外连吼两声后说："我听说山平矿务局的精煤已经开始出口韩国了,这说明煤炭出口很可能只是个开始,国内市场低迷,还有国外市场呢。我还听说矿务局内部电厂很快就要开工建设,要是这样的话,你们矿务局的发展势头是相当强劲的,潜力巨大,我不知道你还有什么可顾虑的。"

罗俊林吃惊地说："你的消息可真灵通啊。是的,山平矿务局卫庄洗煤厂的首批三千吨优质精煤已出口韩国,接下来还有若干批次等待发运。另外,一个坑口电厂很快就要破土动工。还有一个大型煤矿也即将开建,这是个生产焦煤的煤矿,地下储量高,煤质相当优良,等这个煤矿建成投产,矿务局的煤炭结构必定大有改观,焦煤占比大幅提升,在动力煤销售困难的情况下,焦煤肯定会在很大程度上弥补利润空间。焦煤进洗煤厂入洗后成为精煤,无论是国内还是国外,相对于动力煤而言,精煤的市场优势是相当突出的,尤其是山平矿务局的精煤,含硫低,挥发低,强度高。总之,我对山平矿务局的未来没有一点儿顾虑,山平矿务局永远是我心中巍峨的山。我只是着急,对眼下的处境着急,对我这养殖场的发展速度着急,一天没有收回投资,我就一天不得安宁,毕竟那是一大堆钱啊。"

雷平叹息一声说："像你这样的领导干部真是打着灯笼都找不着,那好吧,你就吃你的烧饼吧。"

雷平说罢,打开车门下车。一直在车旁迎着的那位女孩子赶忙伸手给雷平引路。雷平看看这位涂脂抹粉的妩媚女孩子说："小姑娘,你能把车上那位老板请下车用饭的话，我给你们饭店老板说一声，让他给你加奖金。"

姑娘挤眼一笑问："加多少？"

雷平说："五块。"

姑娘说："等好吧您就。"

雷平暗笑着走进饭店时，那姑娘已扒在车窗上对着车内撒娇。估摸着姑娘难以如愿，雷平点了两个菜够自己吃。抽支烟的时间过去，两个热菜均已上桌，雷平悄悄看时，见那姑娘仍在车窗前软磨硬泡。雷平才吃两口，那姑娘就悻悻然走进饭店，紧挨雷平坐下，对着外面一阵数落："那个人又不是老头子，怎么一点儿都不懂风情啊。他哪里像老板？老板怎么会在车里只吃烧饼呀？哥，你是在逗我玩吧？"

雷平笑着说："你离我远一点儿，让我老板看见了不好。他真是老板，胃不好，怕油烟。"

姑娘将信将疑地望着雷平问："那就不管他了，吃了饭，你一人去后边按摩一下呗？"

雷平故作为难地说："不行啊，老板看着呢。"

姑娘举起手指开始端详她多彩的指甲，没再搭理雷平。

雷平和罗俊林于次日下午抵达目的地。目的地位于一个县城的近郊，是一个加工缠丝兔的食品厂，罗俊林是通过一个食品网站联系到这个买家的，其间双方就兔肉质量和价格等问题电话里商谈多次，并最终确定下来。

县城周边全是低山，与中原地区相比，这里的空气显得格外沉闷潮湿，这样的气候并不适合养兔子，兔子喜欢干燥。在中原以及北方地区，一旦遇到无休无止的潮湿天气，兔子的脚底会生疮糜烂，兔子的肺部会感染发炎，这会大大降低兔子的成活率。另外，潮湿环境下，兔子的食物并不十分安全，新鲜的食物中含水量较大，兔子吃后容易拉肚子，而干燥的食物因为天气潮湿容易发霉变质。西南地区阴雨潮湿的天气较多，不知道这里的人们是通过什么措施来提高兔子成活率的。或许，其成活率本来就不高。罗俊林初来乍到，想问而又无人可问，他很想知道的是四川人喜欢吃兔肉是否与兔子的成活率存在某种关系。

厢货车开进一个院子后，厚重的大门被人快速关上。望着那扇比厢货车还高的厚实的铁门，罗俊林忽然感到一丝不安，具体的缘由他也说不清楚。厂院里冷冷清清，不见有人走动，奇怪的是生产车间的大门上居然挂着一把铁锁。此前与罗俊林保持电话联系的廖厂长将两人让到他的办公室，很是热情地让烟倒茶，随后他打电话通知相关人员过来卸车。

"廖厂长，今天不是周末，生产车间的大门怎么上着锁呀？"罗俊林好奇地问。

"罗场长，不瞒你说，食品厂倒闭了。"见罗俊林和雷平不约而同地啊了一声，并相互看着，廖厂长接着说，"不过，我把食品厂的冷库租下来了，主要接收和存放冻肉，然后再批发零售给本县的加工作坊，还有饭店。"

"食品厂倒闭的事你电话里可是没说呀。"罗俊林尽管有些恐慌，可他显得很是冷静。

"这两者有关系吗？你送货，我出钱，以质论价，买卖公道，这就足够了。"廖厂长显得非常轻松。

"你说得也是。我先把我们场里的汇款账号给你，发票和公章都在我包里，我随时可以给你开。"说着，罗俊林从包里抽出一张打有付款信息的纸片递给对方。

"我不要发票，也不给你转账，我收谁的冻肉都是付现金。"廖厂长将那张纸片推到一边。

"这不好吧，公家的事还是转账的好。再说了，一千多里路，我带现金回去怕路上不方便。"罗俊林解释道。

"你是不知道，我真的没法给你转账，我们电话里可是没有谈这样的事。"廖厂长显得不耐烦。

"这还用谈吗？那好吧，听你的。"罗俊林做出让步。

"就来三个人，太少了。"听见大门被打开的声音，接着传来说话声，廖厂长看看外边，然后对着院子喊。

"廖厂长，四点多了，你的钱取出来了吗？我的意思是等卸完货银行就下班了。"见廖厂长准备出去，罗俊林问道。

"我的保险柜里有，可能不够，剩余的我明天给你。"廖厂长说完就要出去。

罗俊林看雷平时，雷平正向他摇头。罗俊林赶忙拉住廖厂长的一只胳膊说："廖厂长，这车是我租来的，人家多等一天就少赚一天的钱。这才四点来钟，卸车的同时你去银行取钱，两不耽误，我和雷师傅可以帮助卸车，这样快些。"

廖厂长扭转身说："是这样的，真是不好意思，今天一大早有人忽然送来一车肉，弄得我措手不及，老客户，不能不收。现在我冷库里全是肉，眼下生意难做，不赊出去不行，我赊出去不少肉，明天一早我去要账，今天已经要回来一些，总不能一天追着人家要两次账吧？"

传来一阵拍车门的声音。雷平望一眼外边说："廖厂长，车厢门上着锁呢，他们打不开，让他们别拍了。我来说句公道话吧，罗场长跟车跑了一千多里地把兔肉给你送来，还不是对你廖厂长相当信任？还不是图的你们双方能长久合作吗？罗场长下面的肉兔养殖户有几百家，我们那里的人又不吃兔肉，你们双方相处好了，你今后一点儿都不用发愁兔肉的货源问题。这次你们双方毕竟是初次共事，还是现货现款的好，欠款赊账那是将来的事，哪有初次见面就谈欠款的事呢？再说了，我这冷冻车一会儿就得一制冷，在你这里等时间长了，不但耽误我的货运生意，还得浪费我不少汽油，廖厂长还是想办法天黑前把货卸了把账结了的好。"

廖厂长挠挠头说："有头发没人愿意装秃子。"

双方沉默了好大一会儿。听见院子里准备卸车的工人的喊叫声，廖厂长对着外边大声说："等一下。"

明摆着，对方至少是个极不负责任的人，这样的人，不足以与之共事。可是，罗俊林又不想失去这个潜在客户，不想和他闹生分。思前想后，他咬咬牙说："廖厂长，相识就是缘，这次不成还有下次，希望我们今后合作顺利。这样吧，既然你今天已经接收了一车货，这批货我给别人送去算了，你让人把大门打开，我们这就走。"

廖厂长瞬间像换了个人一样，把眼一瞪说："你这是作践我，你的车子明明进了我的院子，再从我这里出去投奔别人，你这不是打我的脸又是什么？人家不笑掉大牙才怪呢。我给你说吧，你们的车子出不去了，大门钥匙被人拿走了。"

事到如今已无退路，罗俊林压根儿没想到事情会弄到这一步。他眼前闪现出兔舍里忙碌的工人，闪现出粉碎机破碎秸秆时满屋的飞尘，闪现出养殖户老远前来卖兔子时那张疲惫而又苍老的脸。他想到了报警，但很快又被自己否定了。他懂得，做生意和气生财，忍一时海阔天空，多一条路总比少一条的好，于是，他心平气和地说："廖厂长，到了你的屋檐下，那就听你安排，明天就明天吧。雷师傅，你让冷冻室多冷冻一会儿，别让冻肉开化，然后你去宾馆休息吧。"

雷平叹息一声问："罗场长，你呢？"

罗俊林微笑着说："你的驾驶室一点儿都不比宾馆里差，我就住在你驾驶室。"

雷平执意要陪罗俊林住在驾驶室，罗俊林不让。雷平执意要送饭过来，罗俊林婉言谢绝。无奈之下，雷平给车子的冷冻室大幅降温之后，从大铁门一侧的人行通道出了院子，临行前，他只将驾驶室钥匙给了罗俊林，装满兔肉的后厢钥匙他随身带着，这让罗俊林很是放心和满意。

暮色四合，只遥远的西南方透出一线暗红。这大约是两山当初衔接时故意留下的一道缝隙，供善良的人们在四周暗淡时有光可见。那暗红在西南方滞留很久，当院中核桃大小的灯泡在车窗外忽然间闪亮时，它依旧锲而不舍地坚守在西天的幽暗里，久久才肯离去。

一位中年妇女推着自行车侧身走进大院后，盯着车头端详良久，透过朦胧的车窗，她看见一个男人在驾驶室里吞吃烧饼，在暗淡的灯光映衬下，吃饼人一脸憔悴，面如枯叶。

中年妇女走进屋里，片刻，一阵争吵声挤进车里。

"人家四点钟就到我们这里了，你这不是坑人吗？"

"我有什么法子，我总不能出去抢钱吧？"

"没有钱就不要逞能，我看车牌号了，人家是从河南赶过来给你送货的，一千多里地，你就忍心把人家困在你的院子里，困在货车上？你出去看看，人家在啃干饼，你倒好，喝起马尿来了，你能喝得下吗？"

"我们的钱本来是够的，偏偏一大早有人送肉，老客户又不能不收。

268

我给他说了，明天一早就去要账。"

"你敢保证能要回来？万一要不回来怎么办？"

"要不回来我跳楼行了吧！"

"你跳楼就有钱给人家了？"

"那你说怎么办？"

"喊人，卸车。"

"我的钱不够啊。"

"我的柜子里有，还不够的话，我去银行柜员机上取。都是做生意的，你真不知道出门有多难吗？"

"那好吧，我去喊人卸车。"

廖厂长走出办公室，悄悄看一眼幽暗的驾驶室里正在喝水的罗俊林，推上自行车走了。

传来当当当的敲门声，让车里的罗俊林猛然一惊。他隔窗一看，见有人提着暖瓶站在车边。

"老板，给你送一瓶开水。"廖厂长的爱人说。

"谢谢！那就倒进我们这个暖水瓶里吧。"罗俊林边说边接过对方的暖水瓶。

"孩子他爸去喊人了，马上就给你卸车，过磅后就结账。你大老远送货过来，辛苦了。"廖厂长的爱人一脸歉意。

罗俊林跳下车，两人闲聊了一些养兔方面的话题。见廖厂长领着五个人进来，催促罗俊林将大厢门上的锁打开，罗俊林迟疑一下说："我得把司机师傅喊来，他的车我不懂。"说着，锁上驾驶室车门快步出去了。

罗俊林找了附近两家招待所，这里都没有雷平入住的记录，找到第三家时，登记簿上出现雷平的名字，他让服务员打通房间电话，并让雷平快点儿出来。

卸车同时就过磅，在廖厂长爱人的支使下，卸车人相当卖力。这是个非常和善的女人，为了不让罗俊林担心，她让卸车人将一件件装满冻肉的编织袋逐一摆放在车边，而不是搬进冷库，她抽检之后马上付款，随后将货物入库。

当罗俊林将一沓沓现金装进编织袋，再将编织袋提到驾驶室里时，他长长出了一口气。感谢，辞别，而后让雷平开车出了院子。县城的街上小巷挺多，冷冷清清。罗俊林让雷平将车子停在派出所大门一边说："雷师傅，这里离你住的宾馆不远，你把车停在这里，去宾馆休息吧。"

雷平看一眼派出所大门，心领神会，他知道车在这里，钱在车上要比在宾馆的房间里安全，于是，下车去了。望着雷平远去，罗俊林认真检查一遍车门是否锁好，随后把那个编织袋压在身下，并盘算着是否带着现金回家。最后，他决定等明天银行上班后将现金存入场里的账户，这样一来，一路上就不用操这现金的心了。

迷迷糊糊时，忽听车后有人哀号不已。通过后视镜看不到人影，罗俊林将脸贴在车窗玻璃上，依然看不到哀号者在哪里。他迫使自己充耳不闻，可那哀号声越发瘆人。终于，他心存慈悲地打开车门下去查看，并把编织袋死死抱在怀里。一个巷子口的幽暗里，倒着一位老人家，一股血腥味伴着哀号声生生刺着罗俊林的心。他仔细观察一番，见四周没人，便悄悄走过去，想把老人家扶起。让他没有想到的是，他还没有走到老人家的跟前，忽然感觉他的身子像是被狂风肆虐一般顺风而去，在他身后忽然闪出两个青壮汉子，推着他奔向幽暗的小巷里。

"你要命还是要钱？快说。"一个人捏着声音说。

此时，罗俊林的脑子里一片空白，他不知道自己身在何处，更不明白眼前发生了什么，只模模糊糊地看见一把杀猪的砍刀阴森森横在面前。

"龟儿子，我就知道你们会干伤天害理的事。"一声吼叫更让罗俊林如坠云雾之中。

等罗俊林清醒过来时，见眼前站着廖厂长的爱人，她手拿一根铁棍，气势汹汹。不见哀号的老人，不见青壮汉子，不见杀猪的砍刀，梦一样，罗俊林不住地晃头。

谢过恩人回到车上，罗俊林一夜未眠。

大约是母子连心的缘故，周倩一夜没有睡好。一大早起床后，把早饭做好让罗贵吃了上班。随后，她一人来到周家坟地，先是将爸妈坟上

270

的干草枯叶捡走，接着在坟前坐下，眼望父母高高的坟头，她感觉自己的心出奇的安静。

不远处的荒坡上是矿上的坟场，两间瓦屋孤零零突兀在坟地一侧的高岗上，孤鸟低飞，荒草萋萋。

"爸、妈，女儿来看你们了。"一句话没有说完，周倩一下子泪流不止。

"爸、妈，我不知道是怎么了，我的眼皮跳了整整一个晚上。咱家也就俊林出远门了，我跟他联系不上，您二老在天之灵保佑俊林平安无事吧。"周倩没带香和纸，她呆呆坐在坟前轻声念叨，泪水顺面颊汩汩而下。

"现在，俊丽和赵恒都在家里歇着，也不知道厂里什么时候让他们上班，孩子还小，都不上班，怎么养活孩子呀。好端端的厂，怎么说不行就不行了呢？听说煤炭卖不动，帘子布也卖不动，这什么时候是个头啊。"周倩擦着脸说。

"还有俊涛，多好的孩子呀，偏偏摊上那样的事，这不清不白的跟谁说去！不是看宋彦的脸面，我说什么都不会答应这门婚事。爸、妈，我对不住宋彦，年轻时对不住，到现在还是对不住。你们是知道的，年轻时他对我特别好，要不是菊花出现，我就成了他的人了。前些年发生的事你们就不知道了，我跟你们说说吧。宋彦为了我们家，也可能是为了我俩年轻时候的那点儿情分，他不惜干出违法的事为我家要了一套房子，宋彦为这事背上了一个大黑锅，被矿上免职了，还让他提前退休。每次想起这件事，我心里就特别难受。"周倩说到这里，突然手捂胸口，嘴唇发青，面色发白。

周倩忽然觉得像是被一件利器扎到了胸部，她倒在她爸妈的坟前，感觉像是被恶魔捆住了双腿和双脚，她使出浑身气力，想要挣脱出来，却依然没法动弹，她的意识是在浑身乏力的状态下一点点失去的。

此时，东升的太阳才出来一点儿，就被乌云整个儿遮住。周家的坟地，以及不远处矿上的坟场，一时间显得阴阴沉沉。有风吹过，坟茔一侧的低洼处，经年沉积的干瘪枯叶受风儿蛊惑，发出哗啦啦的声响，而坟上的浅草却基本不动。

271

一只小狗伸着鼻子一步步走到周家坟地，起初它无声无息，等小狗嗅出异样的气息，便仰起头对着瓦屋那边狂吠不止。看护坟场的老洪自然能听见这狂吠，这是他养的狗，他只需听一声，就知道是他的狗在呼唤自己。

老洪循声而去。他被躺在坟前的周倩吓得后退数步，接着，他连喊几声，见对方没有反应，便近前仔细查看。周倩的面色告诉他周倩身上发生了什么，老洪将手指搁在周倩鼻前试试鼻息，再把手放在周倩额头上摸了摸，随后撒腿跑向矿上。小狗可能是意识到了事态严重，它默不作声地奋蹄追赶，紧紧跟在老洪身后。

老洪先是找到罗贵，罗贵打过救护电话，跟老洪一道奔向周家坟地。狗，紧追不舍。没人知道这八条腿疯了一样地奔跑所为何事，愣愣地看着人和狗在矿院里跑进跑出。罗贵即将六十岁，自然是跑在最前头。老洪已七十岁出头，又是老寒腿，趔趔趄趄地跑，居然没有被罗贵落下多远。

蚁穴溃堤，讳疾忌医，其危害不言而喻。周倩被送到医院抢救室抢救时，罗贵焦急地在门口走来走去，他没有心思问跟过来的老洪是怎么发现周倩出事的，也没有想起来将周倩的事第一时间电话告知他的儿女，这让他事后备受儿女责备。告知了又如何？周倩自从被老洪的狗发现就一直没有醒来过，虽然抢救她的医生已倾尽全力。

不只是儿女们没有在周倩弥留之际看她最后一眼，罗贵也是如此，这是一家人永久的痛。

灵堂设在家里，哭声经久不息。周倩的离去过于突然，任谁都难以接受。刘士超一家人前来凭吊，见灵堂里缺少个罗俊林。宋彦一家人前来凭吊时，罗俊林依旧没有在灵堂守孝。大儿子的缺位让本来就令人哀伤的气氛平添更多悲情色彩，让极为痛心的事痛上加痛。刘士超眼含热泪，问了一些出事过程。宋彦则一言不发，木然地望着灵床。

日落西山时，罗俊林被厢货司机送到矿上，他疾步走进养殖场时，被一个工人当面拦下，工人结结巴巴地说：“罗……罗……罗场长，你可回来了，你快回……回……回家吧，家里出……出事了。”

罗俊林的挎包无声地滑落地上，他顺势蹲下去久久没有出声。当他手摁双膝用劲站起身时，轻声问工人："是不是我妈住院了？"

工人满眼是泪，捂着嘴不敢出声。不远处正干活的工人停下手中的活儿，紧张地望着这边。

见状，罗俊林疯了似的跑到路边，站在马路中央，伸双臂拦下一辆出租车。出租车疾驰而去后，扬起一路烟尘。

汇入大路时，偏偏遇上堵车。罗俊林千恩万谢地乞求被堵车辆的司机稍微挪动一下车子，好让出租车能从缝隙中穿过，如此反复，出租车最终挤出车流，飞驰而去。

"妈，我回来晚了。"罗俊林跪倒时，扇得纸灰乱飞。

罗俊林磕头时发出咚咚的声响，这让一旁管事的大吃一惊，赶忙去拉罗俊林。罗俊林被管事的拉起时，额头发紫，血迹斑斑。疼坏了罗俊丽，她拉着哥哥的胳膊哭着说："哥，你别这样了，咱妈看见了会难受的。妈——"

灵堂里哭成一片。

三天头上出殡。刘士超一家、宋彦一家老早就过来为周倩送行，宋彦仍旧跟呆子一样一言不发，他眼窝深陷，眼圈发暗。老洪没来罗贵家，他一直守候在周家坟地，从一大早打墓开始到送殡的队伍到来。大约是考虑到老洪平日的工作跟这一行业沾边，老洪可能精于此道，无论是打墓时还是安葬时，管事的人会时不时地征询一下老洪的意见。老洪不是本地出生，对于这里的安葬规矩不是很懂，他不敢指手画脚，只是不痛不痒地说上一句两句，更多的是说点儿风水上的建议。他一直没有从周倩的离去中摆脱出来，浑浊的老眼里闪着泪光，他不想说话，木然地望着忙碌的人们。狗，眨巴着眼，茫然地站在老洪身边。

当厚重的棺木一点点下到墓坑，当手腕粗的绳子在老龙杠上发出吱吱的声响，身着孝服的人哭声骤然高亢，撕心裂肺，哭声在坟地上空盘桓良久，而后随鸟群去了山的方向。

数日后的一个黄昏，罗贵独自来到周倩墓前，他环顾四周，见周边没有人后，身子一点点矮了下去，盘腿坐在一层新土上，泣不成声。远远地传来几声犬吠。

"周倩，我罗贵对不住你呀，对不住你们周家。老天不公，该死的应该是我，却让你们一个个早早地去了，我怎么有脸活在世上！想当年，是你们周家看得起我，把一个如花似玉的姑娘许配给我，让一个来自几千里以外的愣头愣脑的年轻人早早地有了一个家，让我优于别人提前享受到了家的温暖和爱的滋润，这是多么让人羡慕的事呀。无论从哪方面讲，宋彦都比我强，你们却舍了他选了我，这是宋彦心中没法忘掉的痛。我心里非常清楚，宋彦最爱周倩，只是他没有别的办法表达。你们舍了他，成全了我，我却没有给周家带来什么好处，我是个没用的人，没用到连一套房子都要不来，到最后，反而是宋彦不惜违规违法给我们要到了房子，他却因此被矿上撤职，并提前离开了矿上。仔细想想，宋彦是被我害了，他若不是为了我能顺利分到房子，完全可以在房管科科长的位置上坐到正式退休，他绝不会背着个黑锅灰溜溜离开矿上。我琢磨着，宋彦这么做，主要还是心里有周倩，是看在他跟周倩的情分上。我罗贵对不住宋彦，对不住周家，今生今世都没法报答周家对我的信任，没法报答周倩对我的爱。"罗贵一连哭诉了好长时间，最后，他感觉累了，止住话，顺势仰面躺在周倩的坟前。

瞬间，他看见了满天星斗，看见了星斗在不知懈怠地争相闪亮，而西天的晚霞正一点点儿被群星挤去。他闻到了周家坟地里一棵柏树上生出的幽香，他闻到了薄薄的一层黄土下草叶腐朽的味道，甚至于闻到了周倩棺木上油漆的芬芳。

有那么一刻，他失去了知觉，他很想就这么在不知不觉中渐渐死去，死去的他必定没有痛苦，也没有亏欠。

一声又一声犬吠由远而近，由弱而强。老洪被小狗领着来到周倩坟前时，天色已经大黑。老洪看着地上的黑影说："听见狗叫，我就知道是你来看周倩了。老罗，白天你也能来，怕什么呀，没人笑话你。"

罗贵爬起来，少气无力地说："我都这把年纪了，哭哭啼啼的像什么，让外人看见了肯定笑话我。"

老洪不以为然地说："你说的我不赞成，你不是为别人活着，你愿意说，周倩愿意听，就够了，管别人干啥？"

罗贵说："我说得再多，周倩也听不见。"

老洪说："你放心，周倩能听见。"

罗贵问："真的？"

老洪说："真的。"

见罗贵盯着周倩的坟茔不再说话，老洪说："走吧，去我那瓦屋里坐会儿，我有话给你说。"

罗贵迟疑一下，跟着老洪一步一回头地出了周家坟地。

两间瓦屋，二十来平方米，一间用来住人，一间用来做饭。这里地势稍高，一棵老槐树茂密的枝叶将瓦屋的门前遮挡，老槐树粗壮的树根冒出地面，板凳一样可供人坐上歇息。

来到瓦屋前，罗贵瞅瞅树根，就此坐下，肩膀和头靠着树干。老洪见状，搬出个凳子，坐在罗贵对面。小狗低着头，在一侧走来走去，一副心事重重的样子。

"老洪啊，一眨眼，我们从老家来这里快四十年了。"

"是啊，一晃我都七十多岁了。"

"从明儿个起，我一下班就来这里陪你吧。"

"老罗呀，我喊你过来就是想跟你商量这个事的，你能这么说，说明我们都有这个心。"

"你是说，你本来就想让我来陪你是吧？"

"也是，也不是。"

"你这是什么话？"

"你别急呀。我这老寒腿一天不如一天，天天疼，有时候夜里疼起来就下不了床。孩子们不放心，说多少次了，非得让我搬回去住。我寻思着，年龄不饶人，就我这身子骨，不敢再逞强了。你呢，还没到退休年龄，在哪里都是干工作，你听力不好，我一直担心你在矿院里出什么差错，你要是来这里接替我，听力再不好也不影响什么，只要你陪好这些工友就行，陪他们说说话，给他们的坟上添点儿新土，遇到来烧香的人，他们离开后只用把火完全弄灭就可以了。关键是，你和周倩离得近，你随时都能过去陪她说说心里话。"

"这再好不过了，矿上会同意吗？"

"先得你同意不是？你同意了，我得空去矿上，给矿领导谈谈我的想法，我感觉矿上不会不同意。"

"陪着工友住这里真的不错。"

"你想做饭，这里什么家伙都有；不想做，就去矿上食堂里买，走快点儿十分钟一来回。"

"那好吧，你给矿上说说看，我随时都可以搬过来。"

"我得劝劝你，你得想开点儿，谁都有去世那一天，早晚的事，能多活一天就得开心一天，不然的话，活着干什么？"

"你说的是这个理，我也不住地劝自己，可身不由己啊，我没让周倩过上好日子，每次想起来就难受。"

"什么是好日子？你们还想过什么好日子？知足吧你就，周倩也一定很知足，想想地下那些工友，我们还有什么不知足的？自从住到这里，我的心就非常安静。以前不行，总是着急，总是烦躁，总是心比天高。"

"我想起来一个事，肖长军的儿子这两年来过没有？"

"没有，他儿子估计再也来不了了，上次他儿子过来烧香时不是说了嘛。不过，你帮他养活的那棵柳树苗可是长得不错。你那么用心，既是成全他们父子，也是在为你自己积德，像这样的事多做点儿，对他人对自己都有好处。"

"我俩去肖长军的坟前看看吧。"

"黑咕隆咚的，明天吧。"

"也中。不早了，我走了。"

罗贵站起身，看看夜色中的坟场，辞别老洪，回家去了。

周倩三七这天，周倩的儿女、儿媳、女婿悉数到场，坟地里烟雾缭绕，哭声悲凉。众人拣周倩生前爱吃的食物精挑细选后摆在坟前，各自哭诉着心里话，久久不肯离去。

离开坟地之前，罗贵对众人说："今天人齐，当着你们母亲的面，我给你们说个事，我准备搬到矿上的坟场来住，接替老洪，坟场就在那边，我去守护坟场也等于是上班。"

众人目瞪口呆。

罗俊丽抢着说："爸，你是不是犯迷糊了呀？"

罗贵冷静地说："没有。"

罗俊林沉思一下说："爸，坟地里潮湿，老洪伯伯的腿很可能就是因为那里湿气太重才弄成现在这个样子的，你的腿也不是很好，你可想好了。"

罗俊涛气急地说："是不是老洪伯伯想要搬回家住，找不来接替他的人，这才打起你的主意了？"

罗贵生气地说："俊涛，你说的是什么话呀，这个事我没有受任何人的影响，是我自己想搬到这里住的，矿上不给我发工资我也愿意来。"

众人一时语塞，相互看着对方。

老大罗俊林心平气和地说："爸，你别怪俊涛性子急，说话不会掂量，他也是为你好。不是我们不尊重你的选择，主要是因为你的听力不好，那么大个坟场，就你一人住在那里，万一有个什么事怎么办？我们兄弟姊妹几个谁都不放心。"

罗贵拧着脖子说："还有狗，狗陪我，老洪养的那只狗很通人性，比人都能，它一叫，我的耳朵再不好使也能听见。"

众人面面相觑。他们普遍地感觉是老人的精神受了刺激，不敢再劝，可又不能不劝。心直口快的罗俊丽抓住她爸的手晃着说："爸，如果是老洪伯伯的主意，我去找他说说。如果是矿领导的意思，我哥托人去说说，咱可不能学老洪伯伯，他家房子少，住着挤。"

罗贵甩掉罗俊丽的手说："我说多少遍你才能听懂啊？这事跟别人没有关系，完全是我自己的主意。"

罗俊丽执拗地说："我不信。爸，这事你得听我们的。"

罗贵瞪着眼说："我听你妈的。"

看着众人疑惑不解的样子，罗贵转过身背对他们说："我接替老洪，不光是为了守护矿上的坟场，不光是为了陪伴逝去的工友，也为了陪伴你妈，你问问你妈想不想让我天天陪着她？先不说你妈想不想，关键是我想。"

罗俊丽带头，一家人重又啼哭起来。

罗贵接着说："你爸是个窝囊废，没有让你妈过上好日子；你爸是个驴脾气，没有给你妈说过几句好听的话。你爸现在后悔了，很想每天都给你妈说点儿好听的，我一个人天天往这里跑，别人看见了不笑话我吗？我接替老洪住这里，谁还能说什么呀？"

罗俊丽他们相互看看，终于懂得老人的良苦用心，只是哭得更惨了，一半是感动，一半是心疼。

就这样，罗贵把一家人的意见统一了。

仅仅间隔两日，有人通知罗贵尽快去一趟坟场。罗贵赶到坟场时，老洪激动地说："老罗呀，昨天我去矿上见领导，把我们两个的想法给矿领导说了，矿领导不但满口答应，还当着我的面夸了我们两个，说我们作为建矿之初就来矿上的第一代老矿工，为矿山建设立下了汗马功劳，到了这个年龄，本来该无忧无虑地享受晚年生活，却还在为矿上的后勤工作发挥余热，让人感动。我刚才接到通知，说矿领导一会儿要带队来这里看望我们。老罗呀，这看望是什么意思呀？我们都好好的，又没有什么病。"

罗贵盯着瓦屋门前的老树根说："可能是怕我们老了容易犯迷糊，不知道爱护自己，就像这老树根，你往地下长不行吗？偏偏长出地面，被风刮被雨淋还受冻。"

老洪想了想说："你说得是这个理。"

罗贵和老洪正说话时，传来两声犬吠。两人抬头看时，见煤矿大门的方向，一行人由远而近。

王矿长领着相关科室的五个人来到瓦屋前，分别与老洪和罗贵握手问候，随之顺着坟场里的羊肠小道巡视一周，他边走边问老洪，老洪一一作答。回到瓦屋前的老槐树下后，王矿长极为感慨地对众人说："我每次到这里来，心情总是难以平静，老洪把这里打理得非常好，真的是家园。大家知道，每逢下雨，山上的水顺山坡下来，流速很快，这些坟茔如果不加以护理，不及时培土，用不了多长时间，个别坟茔肯定会被水冲得面目全非，甚至于被完全冲平，可是，大家都看到了，有的坟茔都几十年了，看着跟新的不差多少。要知道，有的坟每年都有家人前来烧香培土，而有的，很多年都没有家人过来打理，因为坟的主人早已没有了家人，想想就让人难过。大家十分清楚，这些长眠于地下的工友，都是为我们矿山建设流尽最后一滴血汗的英雄，他们不少人从建矿之初就从全国四面八方来到我们这里，他们见证了山平矿务局从无到有、从小到大极为艰辛的创业历程。建矿之初的矿井是什么样子，不用我说，我想大家能够想象得到，不少工作靠的是人抬肩扛手搬手扒，最残酷的是安全问题难以保证。这些逝去的工友就是在那样的艰苦条件下创造了一个又一个奇迹，他们把青春和热血留给了矿山，留在了这片热土之上，有了这些前辈的巨大牺牲，而后才有我们矿务局的今天。可以告慰前辈们的是，现在的矿井早已今非昔比。"

讲到动情处，王矿长忽觉嗓子干涩，轻咳两声后接着说："现如今，全局所有矿井的采煤方式均首选走向长臂全部陷落后退式采煤法，一线职工不仅熟练掌握炮采、普采工艺技术，全部练就在复杂条件下驾驭各种综采设备的能力，还将我们自己研究开发的一系列国内领先的新工艺、新技术运用在采煤一线上，如'倾斜煤层综合机械化采煤工艺''抗变形房屋村庄下采煤工艺'等，安全性和效益性都比之前有了质的飞跃。虽然我们矿务局目前在生产经营方面遇到很大困难，煤炭销售量价骤减，这在很大程度上是世界形势巨变造成的，与国家制定的由计划经济转向市场经济等一系列制度有很大关系。山平矿务局不得不审时度势，实事求是地开展工作，单位瘦身，人员下岗、转岗、分流，这给广大职工和职工家属带来了巨大的冲击，给他们的生活增加不小的负担。但是，他们丝毫没有怨言，这让我们非常感动，局长、书记在开会时谈及此事，无不被感动得热泪盈眶。我们相信，有这样成千上万的广大职工为后盾，山平矿务局一定能在最短的时间内渡过危机。任何时候，广大职工和职工家属都是我们的信心源泉，都是我们背后的靠山。"

不知从哪一刻起，人们下意识地自行分开，站向王矿长的两侧，而王矿长的正前方形成一片空地，空地之外是密密麻麻的坟茔，这些坟茔极像是去往那边的老同志蹲在地上认真听讲。像是突然间意识到这些，王矿长热泪盈眶。

稍作停顿，王矿长扭脸看着众人说："老洪身体不好，得回家休养，今后，这里由老罗顶上，他们两个都是建矿之初从东北老工业基地过来的老同志，年轻时，把青春和汗水奉献给了矿山；老了，还念念不忘工友情，愿意用暮年时光陪伴逝去的工友们，这种无私奉献精神永远是我们大家学习的榜样。今天，矿上主要部门的负责人都在这里，老罗，你

279

有什么困难只管找他们，直接找我更好。"

跟随王矿长过来的几个人争相表态，纷纷表示要积极配合老罗的工作，这让罗贵非常感动。

一行人离开后，老洪领罗贵走到坟场深处，东指指西指指，认认坟茔主人，交代些应知事项。最后，老洪指指罗贵，对一直跟在屁股后的小狗说："记住，这位就是你今后的爹，我不当了，让给他了，你要好好孝敬你爹，跟以前孝敬我那样，记住没有？"小狗摇着尾巴，茫然地看着老洪。

第二十三章

《人民日报》在头版报道了山平矿务局完成战略转移的消息，十四万五千名职工仅留下六万两千人坚守采煤主业，其余的人员全部撤至非煤产业，从事多种经营和第三产业，在全国煤炭行业普遍亏损的大背景下，山平矿务局年盈利三亿三千万元，同时，获得煤炭系统诸多荣誉。接着，煤炭工业部同意山平矿务局根据《公司法》改制为国有独资公司，更名为山平煤业（集团）有限责任公司。

集团公司在总结成绩的同时寻找不足，继续挖潜。公司领导普遍认识到，广大职工在这次战略转移中做出了巨大牺牲，应在最短时间内为做出牺牲的广大职工及职工家属给予补偿，并让相关单位尽快拿出相应举措。

这一年是山平集团建矿四十周年，庆祝大会在矿工俱乐部举行，煤炭部有关领导以及山平集团主要领导出席大会。四十年来，山平集团成绩突出，累积生产原煤三亿九千万吨，冶炼精煤四千四百一十吨，工业总产值达二百零七亿元，上缴利税二十六亿七千万元，在全国同行业中名列前茅，为国家建设，尤其是在新中国成立之初百废待兴的关键时候做出了突出贡献。

这是物资公司车队在周四下午的例行学习活动中学习的内容，韩队长戴上老花镜，把他收藏的几张报纸逐一念完后，让没有出车任务的司机谈谈对以上内容的学习体会。他话音刚落，大家纷纷把头低下。

见没有人愿意发言，韩队长说："平时抬杠时一个比一个能说，让你们发言时，这一个个脑袋跟霜打了一样。罗俊涛，你年轻，还在部队锻炼过，你带头说。"

罗俊涛挠着头说："我说不好，让老同志说吧。"

韩队长严肃地说："说不好也得说，你要是特能说，车队也留不住你呀，人家早把你请去当发言人了。今天谁也跑不了，都得说，一周就这半天学习时间，都给我认真点儿。"

憋了好大一会儿，罗俊涛准备发言时，桌上的电话铃响了。韩队长拿起话筒说："是我。知道了，我这就派人过去。"

放下话筒，韩队长盯着罗俊涛，板着脸说："你把车放在修理厂，车钥匙怎么不交到接待人员手里呀？"

罗俊涛说："我给他们了呀，给王班长了。"

韩队长说："王班长请假回老家了，车钥匙在他兜里。"

罗俊涛说："调整减震钢板，用不着车门钥匙吧？"

韩队长说："你的屁股把人家的工具箱堵住了，工具拿不出来，毛毛糙糙的。这是备用钥匙，你去吧。"

罗俊涛接过钥匙，忽然感觉一身轻松。出门前，他看看众人，见有人窃笑，有人羡慕。大约是他脸上明显地挂着侥幸的表情，忽听韩队长大声说："罗俊涛，你快去快回，别在修理厂磨蹭，我说过了，每个人都得发言，谁都跑不了，今天没有轮上的，明天找我单独说。"

罗俊涛是在哄笑声中离开会场的，他骑上自行车慢悠悠去往汽车修理厂，脑子里一直想着韩队长刚才说的话他明天会不会忘记，毕竟他都五十多岁了。

敲击声，电钻声，汽车的启动声，声音嘈杂。油污味，喷漆味，电焊的焦煳味，味道刺鼻。蹲着修，趴着修，躺着也在修，修姿各异。汽车修理厂里车多人多，相当热闹。

厂长李丰挽起沾了油污的衣袖，站在一个吊下来的发动机前与两个人交流。见罗俊涛过来，他摊开满是油污的双手说："不好意思啊，罗师傅，让你多跑一趟，这是我们的工作失误，厂里得进一步完善制度。"

罗俊涛不好意思地说："李厂长不必客气，这不是多大个事，正好，我不用学习不用发言了，我巴不得跑出来。"

李丰笑着说："你这对待学习的态度可是不对呀，上学时肯定不是好学生，政治学习非常重要，一点儿都不能马虎。我来介绍一下，五

282

旗，这位就是把我从西安拉来的罗师傅，车开得非常好。罗师傅，这位是梁五旗，你这辆客货车的减震器技术改造由他负责。"

罗俊涛见梁五旗和李丰刚才一样摊开沾满油污的手，彼此会意地打消了握手的想法。罗俊涛说："我们韩队长听说你们自己研制的新技术，能让客货车在载重量不减少的情况下，大大提高减震效果，他很感兴趣，他说，先拿我这辆车实验，你们要是处理得好，我们车队还有几辆客货车呢。"

梁五旗信心满满地说："你们尽管放心，这是李厂长的研究成果，已经用在不少车辆上了，可以说是成熟技术。"

罗俊涛敬佩地说："没人不放心，李厂长的本事我早就领教过了，在从西安回来的路上，我就心服口服了。"

梁五旗好奇地问："路上？什么时候的事？"

李丰摇摇头说："这是老皇历了，不说了，说正事吧。罗师傅，你把你的车往前提一米就行了，然后你就可以回去继续参加政治学习了。另外，你给韩队长说，我这里还有一项研究成果，是对发动机活塞环进行技术性改造，改造后的发动机，不但动力性显著提高，还能节油，看他感不感兴趣。"

梁五旗幽默地补充说："李厂长说的对发动机活塞环技术性改造，是在车辆大修或者三保时进行，可不是把你们好好的车硬拉过来拆装啊，这一点得说清楚。"

李厂长笑着说："他韩队长又不是个傻子，我和韩队长是老伙计了，这家伙精明着呢。"

三个人笑着各自散了。罗俊涛一点儿都不知道他接下来的经历会让他的人生运势大为改观，韩队长打趣地说他交了狗屎运，他想来想去不知道该如何回答。很多时候，外人看到的只是表象，内中滋味，甘苦自知。

第二天，罗俊涛的客货车被处理好后，他当即就被安排去外地送货。送货与拉货，看似区别不大，可对于罗俊涛来说却是心境迥异。送货时，货到目的地卸完后，等于是完成了任务，他在返程途中一身轻松，想快就快，想慢就慢，想走就走，想停就停，想用多大的劲儿唱歌都没有问题，反正车里就他一人，没人说他神经错乱，即便他把车子停在路边，跳下车在车屁股后跳一会儿迪斯科也未尝不可，只要不妨碍他人通行，只要不怕路过的司机说他精神有问题就行。拉货就不一样了，他在赶往装车地的途中一点儿都不会轻松，他得事先考虑货物情况，得考虑路途情况，还得考虑卸货情况，总之，只要货没卸车，就会心有他念，难得轻松。

卸完货已是暮色四合，罗俊涛在路边小店吃点儿东西，哼着小曲开车返回。车子的减震钢板经过技术改造后，载重量一点儿没少，减震的确绵软不少，驾乘的感觉相当不错。

细小的雨滴是一点点爬满挡风玻璃的。经验告诉罗俊涛，这最初的小雨最容易让柏油路面的耐滑性降低，因为没有经雨的路面难免会有一层尘埃，这尘埃一经少量的雨水搅和，便有了润滑剂的功效。而大雨则能冲刷路面，将尘埃涤荡干净，故而，大雨中的路面并不十分滑，而偏偏下小雨时，尤其是刚下小雨时，柏油路是比较滑的。懂得了这些道理，罗俊涛开车时显得格外谨慎，同时，他胸有成竹。

然而，并非所有人都是如此。

雨夜，四处吸光，车灯照射出去，罗俊涛看到的仅是正前方路面上并不很大的一块区域。经过一段下坡路时，罗俊涛察觉到了异样，具体是什么他也弄不清楚，一闪而过的一棵大树底下，像是有一块相对鲜艳的颜色在雨中晃动。车子走出老远，罗俊涛一直苦思冥想，无论他如何回想，怎么也想不明白那鲜艳的颜色到底是什么，到后来，他甚至弄不清究竟是自己看见了，还是那仅仅是一种幻觉。

一丝不安，一种佛心，渐渐地让他后悔起来，他后悔自己没有及时停车，一看究竟。那会不会是一个女人呢？如果是，在这样的雨夜，他知道这意味着什么。也可能不是，只是他的一个错觉而已。宁可相信有，不可相信无，万一是人呢？想到这里，本来已跑出十公里路的罗俊涛，就地掉头，驱车返回，专注地寻找模糊印象中的那棵树。

路边的树肯定不止一棵，当你不大在意它们的存在时，自然感觉不到树有多少；当你专注于每一棵树时，它居然多得数不胜数。好几次，罗俊涛干脆将客货车停在路边，去树旁寻找印象中的那一抹颜色。四周沉寂，空空如也，只有线一样的雨丝没完没了，淅淅沥沥。好几次，他准备放弃寻找，这是自寻烦恼，没事找事，或许压根儿就没有什么异样的颜色存在，是他的神志出现问题。就在他准备掉头离开时，心中一个声音在谆谆叮嘱他，耐心点儿，再找找，万一是条人命呢？这条路不是重要省道，更不是国道，车辆极少，在这样的雨夜，四周黑咕隆咚的，让人心生恐惧。

迟疑片刻后，他驱车前行，继续寻找。

"大不了我返回到卸货的地方，然后掉转头再走一遭，我就不信我有这么笨。"罗俊涛暗暗跟自己较劲儿。

终于，在车灯映照下，罗俊涛看见一个姑娘瘫坐在大树下，她大约是没有了气力挥手呼救，面如死灰，奄奄一息。罗俊涛向路边看看，一辆桑塔纳轿车侧翻在路沟里，而车子的头部恰恰撞在一块大石头上，车头严重变形。

罗俊涛先将冻得瑟瑟发抖的姑娘抱上客货车，拿出干毛巾将姑娘的面部和长发尽可能擦干，他把车的暖风风力调大，再把温度调高。在热风呼呼吹拂下，姑娘的神志渐渐清醒一些，她手捂胸部，气喘吁吁。罗俊涛知道她一定是胸部受到了重创，至于有没有外伤他不敢多想，面对一个青春期的姑娘，他甚至于不敢去看那个地方，只反复问她能否顶得住，他开快点儿很快就到达医院。

姑娘手里攥着干毛巾，气息微弱地说："你先不要管我，车里还有人呢。"

姑娘能够说话，说明她问题不大，罗俊涛放心地跳下车子，去救出事车里的人。车玻璃已经破碎，司机被变形的车壳卡在车里，动弹不得，可能是头部受到冲击，他的大脑显得不甚清醒，只偶尔呻吟着听不清的话语。而车的后排座位上蜷缩着一位中年妇女，她一动不动，血流满面。

真不知道那位姑娘是如何爬到车外的。毫无疑问，她是在本能的驱使下，用尽全身气力，艰难地爬到路边意欲拦截过往车辆的，怎奈气息微弱，不能呼唤。

罗俊涛瞬间明白了自己该做什么。他把自己的水杯盖子拧开，喂了姑娘一点儿水，随后把水杯塞到姑娘手里。他将他的客货车屁股对着出事车，然后从工具箱里拉出一根拖车绳，用拖车绳挂起两辆车，他的车猛一用力，侧翻的桑塔纳便四轮着地。他收起拖车绳，又拿出一根撬胎棒，将变形的桑塔纳车门撬开，随后依次救出中年妇人和年轻司机。

他的所有动作极为连贯，且井然有序，从容镇定，自然中透着潇洒，敏捷中蕴含机警。所有这些，被客货车里的姑娘看得一清二楚，姑娘将毛巾和水杯抱在怀中，稚嫩的脸贴着车窗。车内强劲的热风顺着车窗玻璃正将她的长发一点点儿吹干，被吹干的还有姑娘粉红色的衣裳。

罗俊涛将中年妇人和年轻司机一一背到车上，然后驱车快速赶往附近医院。他将三人送到医院急救室，并掏出身上所有钱当作押金，他没有把自己的名字留给任何人。当得知三个人已全部脱离危险后，他一身轻松地驱车赶回家去。

忽然感觉阵阵发冷，罗俊涛摸摸头发，这才注意到他的头发和内衣刚才均被汗水浸湿。在赶往医院的路上，因怕受伤的三个人着凉，他的车内一直是高风速高温度地开着暖风，尽管他自己满身是汗。

罗俊林在一个漆黑的雨夜将一个素不相识的姑娘抱进车内，这姑娘也就十八九岁，这样的事若被传扬出去，他一定会名声扫地，宋春玲知道后，必定醋意大发，为了不生余事，他口风很严，没有向任何人说起。

半个月后，韩队长被公司领导喊去谈话。

回到车队后，韩队长将罗俊涛叫到他的办公室，他关上门，神情严肃地问："俊涛，我来问你一个事，你得给我说实话，因为这件事不只涉及你自己，还涉及车队，涉及物资公司，甚至涉及集团公司。"

涉及范围这么大的话题让罗俊涛一阵紧张，他被吓得不知如何回答。见状，韩队长放低声音说："你不要紧张，是什么就说什么，不要隐瞒。有关部门正在排查一个车号，夜间又是雨天，监控不很清楚，据说车型和车号都跟你的车接近。半个月前的一个夜晚，你是不是私自出过车？我好像没有派你的车去县城办事。"

韩队长庄重的表情和严肃的语气让罗俊涛紧张得手心冒汗，罗俊涛的话显得语无伦次："没有，我没有私自出去过，车队不派车，我从来就不把车开出车队的大门，我从来就没有拉过私活儿，根本不知道去哪里找私活儿。"

韩队长松口气说："我相信你不会私自出车，你是军人出身，是个很有素质的人，这一点我心里有数。"

两人正说时，桌上的电话响了，是公司办公室刘主任打来的，问韩队长是不是正在核查那个车号。韩队长说是。刘主任说："你不用费劲了，我刚刚接到上面的电话，现在什么都清楚了，那天晚上出现在县城监控上的那辆客货车就是你们车队的，那辆车的司机在不在?"韩队长说："他就在我的办公室，客货车到底摊上什么事了? 看这阵势，事还不小。"刘主任说："你等我一下，我马上就到车队。"韩队长说："中。"放下电话，韩队长愣愣的，如坠云雾之中。

韩队长走出办公室，在大院里等候刘主任。罗俊涛紧张地跟在韩队长身后。刘主任并不认识罗俊涛，韩队长介绍后，刘主任等不及去办公室，他握住罗俊涛的手动情地说："想不到我们物资公司居然隐藏着这么个品德高尚的人。孔老夫子说过：'权之高者能自强，德之尊者能自美。'罗师傅的德行足以与'自美'匹配，高调做事，低调做人，能低调到这个份儿上，这绝非他人能及，做了那么大的好事，半个月过去，居然只字不提，这得有多么强大的内敛功力啊。"

韩队长不明就里，惊讶地看着刘主任。围过来不少人，大家好奇地看看刘主任，再看看罗俊涛，弄不清罗俊涛到底做了什么惊天动地的事，让刘主任如此赏识。

"你们各自忙各自的事去，没事干就好好看看报纸。"韩队长驱散众人后，将刘主任让到办公室。

"刘主任，你把我弄糊涂了，我是越听越迷糊，罗俊涛到底做什么好事了呀?"韩队长把水杯放在刘主任面前。

"救人一命，胜造七级浮屠。罗师傅救的可不是一命，是三命，这么算下来，应该胜造三座七级浮屠。他的品德不仅仅体现在救人上，他相当低调，不图名利，这一点难能可贵。雨夜里搭救三个奄奄一息的人，把人送到医院后，不但为素昧平生的人交了抢救费用，还执意隐姓埋名，没有把他的任何信息留给人家，在得知所搭救的人全部脱离危险后，他一个人默默地离开了医院。当时下着雨，医院里的监控看不清车牌号，是大街上的监控拍下了客货车进出医院大门时的影像，相关部门根据影像资料以及当事人描述，终于查出这辆车的所属单位。"刘主任喝一口水，润润嘴唇。

"刘主任，我听明白了，罗俊涛的确是做了一件大好事，不但救了人，还为我们公司争了光。我们车队要组织一系列活动，号召大家向罗俊涛同志学习。"韩队长满脸荣光。

"你说完了？"刘主任疑惑地问。

"我说完了，请刘主任指示。"韩队长微笑着说。

"山猪吃不了细糠。"刘主任一脸庄重。

不知道是韩队长的笑声感染了罗俊涛，还是罗俊涛第一次听到这么风趣的话，觉得新奇又有趣，他哈哈笑了几声，笑后，感觉方才绷紧的神经一下子松弛不少。

"格局不够。不过，这情有可原，因为你不知道罗师傅搭救的人是什么背景。"刘主任的话很有层次。

"刘主任，这小子不会是把市领导的亲戚给救了吧？"韩队长吃惊地问。

"省领导，是省里一位重要领导的家眷。"刘主任看一眼门口后，低声说。

韩队长和罗俊涛不约而同地啊了一声，两人相互看看，一时间不知道该说什么。

"据医院抢救室的医生说，这三个人如果晚送来二十分钟，他们的生命很可能就此了结。罗师傅，抛开救人这一块不说，你挽救了三个人的生命，回来后为什么只字不提？"刘主任对这个问题一直难以理解。

"刘主任，这不是多大个事呀，谁遇上了都会出手相救的，我不知道这有什么可说的，一点儿都不值得炫耀。"顾虑归顾虑，罗俊涛说的也是实话。

"你回头写一份个人简历给我。"刘主任站起身说。

"干啥用？"罗俊涛愣头愣脑地问。

"你傻了？"韩队长手指罗俊涛说。

刘主任微笑一下，一言未发。

送走刘主任，韩队长对罗俊涛说："傻人有傻福，你小子交狗屎运了。晚上喝两杯，我得提前给你庆贺庆贺。你等着吧，好事会争先恐后地找上门来。"

罗俊涛不知道韩队长说的好事指的是什么，满脑子里想的都是喝酒的事，韩队长酒量大，他怕自己招架不住，韩队长说的"两杯"绝不是两杯。

就在韩队长准备大张旗鼓地宣传罗俊涛的光辉事迹时，他又接到了刘主任打来的电话，刘主任的话耐人寻味："韩队长啊，按说罗俊涛的感人事迹很值得大张旗鼓地宣传和学习，考虑到省领导的家眷是公车私用，相关部门的意思是在激励和宣传方面还需酌情把握。这意思你懂吧？"

韩队长连声说："懂，懂。"

放下电话，韩队长一脸茫然，他忽然觉得似懂非懂，不懂的是这"酌情"二字该如何把握，喝酒究竟是在酌情的左边，还是在酌情的右边？

韩队长是个比较守信的人，庆贺酒还是请了，车队的相关领导和骨干参加。而报纸和文件却只字未提罗俊涛救人的事迹，很多天过去了，各单位也没有召开与此有关的会议，面上看，像是压根儿就没有发生过这样的事。罗俊涛上班后忙着拉货送货，下班后忙着照看孩子，雨夜救人的事很快也被他遗忘殆尽。被他遗忘的还有刘主任交代他的话，他没有将自己的简历写好交过去。本来，他的简历就没法写，过于简单，一句话就能概括：当兵和开车。

接下来发生的两件事让罗俊涛惊诧莫名，不知所措。一是他被公司党委任命为车队党支部书记，跳过副科级，直接升任正科级，接替正在办理退休手续的老书记；二是他收到一个从外地寄来的包裹，打开一看，里面装着一个崭新的 BP 机，关键是这个 BP 机已经办理过上网手续，随时能用，本机号码早已显示在 BP 机收到的信息里。他仔细辨认包裹上寄件人的地址，字迹模糊，看不清楚。

不知所措的还有韩队长，他前些日子还把罗俊涛呼来喊去的，曾经逼着罗俊涛在会议上带头发言，如今，罗俊涛在级别上跟自己平起平坐了，从党内职务上讲，他还在罗俊涛之下，角色的转换让他从习惯上一时难以适应。好在他从没有给罗俊涛出过难题，他对这位退役军人的综合素质一直非常满意，还曾经在会议上表扬过罗俊涛。

　　罗俊涛当上党支部书记后，自然不用天天开那辆给他带来福报的客货车了，他把车钥匙交给韩队长之前，在人们异样的目光里，他挽起衣袖，将客货车里里外外擦拭得干干净净，交接时显得依依不舍。他非常别扭地坐在老书记的办公室里，感觉不好意思。望着桌子上蹲着的电话机，整理着桌子上的报纸和文件，还有几份党委布置的工作安排及学习计划，罗俊涛有那么一阵子感觉这一切不太真实。

　　"罗书记，你把你的BP机挂在皮带上呗，那样看着更神气。"仓库保管员是个女的，他对罗俊涛称呼的改变，让罗俊涛恍然间没有意识到人家是在称呼自己。

　　"罗书记，挂在你右前边好看点儿，像我这样挂。把你的BP机号给大家说一下吧，方便有事呼你。"韩队长摸着自己腰间的BP机说。

　　"我不能用，更不能挂皮带上，我没有买BP机，这个一定是别人寄错了。"罗俊涛说的确实是心里话。

　　"别人寄错了？我信了好吧，大家都得相信咱们罗书记说的是真话。"保管员说完，干笑着出去了。

　　韩队长笑着正要说话，罗俊涛手中的BP机不合时宜地响了几声，跟蛐蛐的鸣叫一般。韩队长凑近看时，见BP机上显示以下文字：罗书记好！回个电话好吗？电话号码我这就发过去。韩队长看罢，意味深长地说了句："消息可真灵。"他边说边往门口走。

　　罗俊涛张张嘴不知道该说什么好，可他十分清楚的是，大家误解他了，他真的没有说谎。

　　这到底是怎么回事？是谁在捣鬼？他呆呆地坐在桌子前，想来想去终究也想不出个头绪来。当桌上的BP机再次响起时，他看见了上面显示的电话号码。正要拨号时，电话却突然响了起来，让罗俊涛猛然一惊。

电话是公司办公室打来的，公司有个临时会议，请各支部书记马上赶到公司会议室。罗俊涛把 BP 机放进抽屉，带上门后给韩队长说了一声，然后，骑上自行车去了。

等罗俊涛开完会回到自己的办公室时，与 BP 机最后一次响起时间隔了两个小时。他想都没想，就用自己办公室的电话拨通了 BP 机上显示的号码。

"喂，哪位？"

"是罗书记吗？我叫钱娅丹，被你救的那个女孩儿。"

"啊？"

"你别紧张，罗书记。大恩不言谢。你好吗？"

"我很好。听说你们都脱离了危险，我就放心了。这个 BP 机是怎么回事？"

"是我送给你的。"

"为什么？"

"方便联系。"

"这个电话号码是你办公室的？"

"是我们学院大门外的公用电话，怎么了？"

"从这个 BP 机最后一次响起到现在整整两个小时了，你怎么知道我会这个时候打过去？"

"我一直在电话旁边等着呢。"

"你等了两个小时？"

"嗯啊。"

"你这孩子傻了吧？"

"嗯啊。"

"我是说你不该这么等，我去开会了，多亏是开到刚才，要是开一整天呢？"

"两天我也等。"

"真是个傻子。"

"嗯啊。"

"你叫我罗书记，你怎么知道我姓罗？那天晚上我可什么都没说，

291

你怎么知道我当书记了？还知道我的收件地址。"

"暂时保密，将来见你时给你说。"

"还要见我？"

"嗯啊。"

"你算了吧，好好学习吧。"

"又不是现在见你。"

"你快上课去吧，我还有事。"

"那好吧。"

罗俊涛放下电话，拿起 BP 机反复端详。

第二十四章

罗贵离开坟场时，身后跟着他的小黄狗。他在矿上食堂买了六个馒头，却听来两个消息。一个是在煤炭市场疲软的当下，每个人都可以成为一名销售员，都可以为矿上销售煤炭；二是特殊情况下可以磨账，可以用煤炭换回矿上需要的同等价值的物资。这两个消息本质上是一码事，都是为了拓宽煤炭销售渠道，以减轻库存压力。

矿上现在困难到这个份儿上了？罗贵带着这样的疑问，提着一网兜馒头慢悠悠向煤场走去，他想看看如今的煤场到底是什么样子，真的像工友们所说的那样没有个下脚的地方吗？想当年，矿上一直是开足马力出煤，三班倒，二十四小时一刻不停，根本不用考虑煤炭的销售问题，本来就不是很大的煤场，想存煤都是个困难事，拉煤车彻夜排队等候装车，个别用煤户不惜托关系走后门，只为多发几车煤。用煤大户，比如电厂和水泥厂，首选的当然是火运，排不上火运计划的宁可用汽车一点点拉，也不想让煤场的煤落在别人手里。

可是，眼前的景象却让罗贵大吃一惊。煤场分明比之前扩大很多，原先比足球场还大的一片荒岗如今也成了煤场，山一样的煤堆黑压压堆得比楼顶还高，树梢只到煤堆腰部，真像工友们说的那样，但凡能下脚的地方都是煤。

煤场的老范认识罗贵，他见罗贵提着馒头过来，奇怪地问：“坟场要用煤是吧，你也不推个车子过来，条子呢？”

罗贵心事重重地说：“我过来看看，不用煤。”

老范幽默地说：“我说嘛，提溜个网兜咋装煤！”

罗贵不解地问：“怎么会库存这么多煤呀，说卖不动就卖不动了，难道那么多电厂都改用秸秆发电了？要不就是用树枝发电了？别的矿也是这样吗？"

老范盯着网兜里的馒头说："你大儿子不是在六矿上班吗？你问问他，看他们矿上是不是这样，都好不到哪儿去。会上说，一是过剩；二是疲软；三是无序竞争。"

罗贵着急地问："啥疲软？"

老范挤一下眼说："不是你，也不是我。看看你的馒头吧，你敢用网兜装着来这里，你以为煤场是后厨？"

罗贵低头一看，像黑色的网一样的煤尘一波波扑向他手提的网兜。也就一点点风，几乎感觉不到，这煤尘就敢借故离地飞行。罗贵下意识地抖抖手，那馒头四下摇晃。狗糊涂了，用诧异的目光盯着馒头，茫然不知所措。

罗贵急匆匆离开了煤场。

尽管周倩的坟并不很高，对于罗贵来说，她在周家坟地里却显得格外醒目。罗贵几乎每次去矿上食堂买吃的，返回时总会情不自禁地走进周家坟地，这次他也没有例外。他走到周倩坟前时，示意小狗将头抬高，然后让小狗咬住网兜，他从网兜里掏出一个馒头一分为三，把一块放在周倩坟前，另外两块被他放在岳父岳母坟前。他返回周倩坟前，对着坟茔轻轻说："周倩，你别嫌馒头上有煤灰，放心，不硌牙。你吃吧，我走了。"说罢，低头接过网兜。

小狗跟在罗贵身后，一步一回头。

远远地见一个中年人从坟场那边迎面走来。罗贵跟这人不太熟悉，见此人高高的鼻梁上架着一副眼镜，头发梳理得一丝不乱，且乌黑发亮。罗贵正要开口问他，中年人却先他问道："请问，老洪叔去哪里了？"

罗贵说："老洪不在这里了，由我来接替他。你是哪里的？是专门找老洪，还是过来烧纸的？"

中年人说："我从上海过来，给父亲送些纸钱，今天是他老人家的忌日，我每年的这一天都来。"

罗贵问："烧过了？"

中年人说："烧过了。来一趟太难了。"

罗贵说："是啊，上海太远。"

中年人说："叔，给您商量个事行吗?"

罗贵说："你说吧。"

中年人直截了当地说："叔，我能不能多跟您留下点儿钱，麻烦您在明年的这一天给我父亲送点儿纸钱? 岁数不饶人啊，我身体也不好，两地又没有直达车，来回地转车，来一趟很不容易，我越来越觉得力不从心了。"

罗贵说："你不用客气，这不是什么难事。"

中年人十分感动地说："太感谢您了。"说罢就要掏钱。

罗贵灵机一动说："你不用谢我，也不用掏钱，你帮矿上卖点儿煤吧，矿上的煤现在很不好卖，看你这派头，应该是个大领导，或者是个大老板什么的，关系网肯定不错。"

中年人一愣，像是被罗贵的话激住了。片刻，他开心地说："在坟地边上谈买卖方面的事，稀罕，稀罕。大叔抬举我了，我不是大领导，也不是大老板，不过，卖煤的事说不准我还真能帮上忙，我一个同学是一家电厂的一把手，我们两个还是高中同桌呢，他不会不给我面子的，我回去后马上跟他联系，您把您的联系方式留给我。"

罗贵高兴地说："一会儿我回屋就写给你，是我大儿子的电话号码，你打给他也一样，我这里没有电话。你要是能给矿上的煤找个销路，全矿人都会感谢你的，给你父亲烧纸的事，我喊几十个人过来都没有问题。"

中年人哈哈大笑。他笑过以后说："谢谢大叔! 您的心意我领了，不过，没必要来那么多人。煤炭是不可再生资源，前些年一直是紧俏货，想不到现在也成滞销品了。面上看，这是我们国内经济方面出现了问题，其实，这在很大程度上是由西方国际炒家的贪婪本性造成的，他们为榨取各国财富，不惜置民众于水火之中。"

罗贵惊讶地问："你是做什么工作的?"

中年人笑着说："我在经济研究所工作。"

罗贵噢了一声说："怪不得你懂这么多。国际炒家那么嚣张，我们国家有办法对付他们吗?"

中年人不假思索地说:"肯定有。他们是蚍蜉撼树。您这就把您的联系方式写给我吧,我得走了,车还在那边等着呢。"说罢指指矿门口,一辆出租车等候在大路边。

两人来到瓦屋,罗贵把罗俊林办公室的电话号码写给中年人,中年人将他的手机号留给了罗贵。送中年人离开坟场,目送他坐进出租车,回屋捏起那张写着方世昆和一串手机号码的纸条时,罗贵见纸条下压着两张五十元现金,他急忙拿起钱出屋,出租车已消失不见。

因担心方世昆烧纸后没有将火完全熄灭,罗贵领着狗走进坟场。小黄狗警觉地向前蹿出数步,然后一阵乱叫。罗贵瞪它一眼后,狗温顺地跟在他的身后,两眼却睁得老大,直勾勾盯着前方。罗贵瞬间明白了狗是感觉到了什么。

一个衣衫褴褛的矮个子女人在大口吞咽坟前的供品,她手里攥着个苹果,嘴边沾着蛋糕屑。这女人四十岁上下,头发脏乱,沾着枯叶,像是树上的鸟窝,她目光呆滞,面部污浊不堪,看上去至少得有一个月没有洗脸。

看吃相知道她是饿久了,见坟前还有一块蛋糕没有被女人吃完,因担心她噎着,罗贵和颜悦色地说:"你别怕,慢慢吃,我去给你弄点儿水喝。"

罗贵端来一碗温水递给女人时,女人浑身一颤,惊恐地缩着身子乱喊乱叫。狗一听,想要上前——尽管它弄不清眼前发生了什么,却被罗贵拍了一掌,它随后站一旁不敢乱动。罗贵想让矮个子女人安心吃饱,他领着狗走向瓦屋。

等罗贵拿了个他新买的馒头再次来到坟前时,矮个子女人已经将碗里的水喝完,坟前的供品也被她消灭得一干二净。罗贵把馒头递给矮个子女人,并示意她离开这里。女人伸出肮脏的手接过馒头抱在怀里,摇摇晃晃离开了坟场。

罗贵对着坟茔说:"老伙计,你别生气啊,你儿子给你送的纸钱你收好就行了,至于那点儿供品,别在意,你也算是吃过了,你吃剩下的都让那个女人吃了,吃就吃了吧,她不吃,迟早也是被耗子吃了。你在那边催催你儿子，让他给矿上多销售点儿煤，他能多卖煤，我就给你多送纸钱，你花不完就送给别人，反正有不少工友在你身边。"

之后，罗贵领着他的小狗走向瓦屋。

这天傍晚，罗俊林将二十只冻兔肉装进袋子放在摩托车上，准备给市区的两家饭店送去，忽然听见他办公室的电话响了，他慌忙跑进屋拿起话筒。

"喂，我是种兔养殖场，你有什么事？"

"对不起！我打错了，我找罗俊林。"

"你没有打错，我就是罗俊林。"

"这不矿上的电话吗？怎么会是养殖场的？"

"是矿上的养殖场，我在养殖场工作，你是哪位？确定找我吗？听你的口音像是南方人。"

"我是上海人，是你父亲把你的电话号码写给我的，他想让我帮忙卖煤。你把煤的指标数据尽快发给我，你记一下我的 BP 机号，5670008，对，对。"

"我记下了。我不清楚你是要哪个矿的煤炭指标，是我所在的这个矿，还是我父亲所在的那个矿？"

"肯定是你父亲所在的那个矿啊，我是帮他销售煤炭，不是帮你，你经营的是兔子，这不对路。"

"真是难为我父亲了，他那么大年龄了，也开始操心卖煤的事。让你费心了。"

罗俊林放下电话，久久难以平静，他不知道父亲怎么想起来托人为矿上销售煤炭，更不知道他是怎么认识这个上海人的，父亲一向本分老实，工作几十年了，轻易不去求人。想得到最可靠的煤炭化验指标，最好问矿上，罗俊林准备明天一早落实清楚，然后，发给上海那个热心人。

一个年轻工人站在办公室门口，见罗俊林望着电话发呆，轻声问罗俊林："罗场长，你跟饭店联系好以后，我去送肉吧，你的胳膊有旧伤，骑摩托不太方便。"

罗俊林说："这两家饭店是我朋友给介绍的，头一次跟他们打交道还是我去好些，今后你们年轻人可以多跑跑。我们得尽快开辟这条销售渠道，争取给所有大饭店都供应兔肉，本地销售和外地销售相结合，这叫两条腿走路。"

年轻人说："我们发展的养殖户越来越多，矿上不少轮换工的家属也开始养兔子了，有人说如果养得好这比上班都挣钱，给他们解决了生活问题。养殖户越多，我们回收的兔子就越多，兔产品的销售压力也会跟着增大，不增加销售渠道就是不行啊，开辟饭店用肉这个渠道真是不错。"

年轻人边说边帮罗俊林将兔肉捆好，然后，他用十分敬佩的目光看着罗俊林骑上摩托车出了养殖场。这个年轻人名叫杨岁末，今年正好三十岁，据说是出生在年尾的最后一天，他家长就以此取名。罗俊林不知道是什么原因，矿上会把这么年轻一个人安置在养殖场。

罗俊林将兔肉分送给两家饭店后，已是华灯初上。闻见街两边饭菜的香味后，他忽然感到饥肠辘辘。他是忍着饥饿压制着食欲抄近路返回矿上的。漆黑的小路上，摩托车暗红的灯光极像一根烤熟了的冒着腾腾热气的香肠，那诱人的香味让他不由得舔舔嘴唇。他在摔倒那一瞬间，恍然觉得他是倒在一层香肠上，那黄腾腾的颜色跟烤肠别无二致。

本就不宽的小路上，农民晾晒的玉米籽几乎将小路占严，表面跟冰块一样光溜的玉米籽，在罗俊林的车轮进入后，它们争相分开，摩托车走得还算稳当。快要走出这片光滑时，他的前轮猛地一溜，人和车同时摔倒在地。着地的偏偏是他的左臂，这只被钻煤机深深吃入过的胳膊再遭重创时，他没有感到疼痛，只顾着观察摩托车是否摔坏。他在搬起摩托车时，双脚时不时地打滑，以至于挣脱玉米籽的纠缠颇费周折。等他发现摩托车并无大碍，骑上车后才感到左臂疼痛。不见血就没事，明天就好了，说不准到家后就不会再疼了。他这么安慰着自己，仔细辨认着道路，小心赶往矿上。

第二天上午，矿领导的电话打到了养殖场，他让罗俊林去他办公室谈话。放下电话后，罗俊林的心怦怦乱跳。是他的工作出现了什么偏差吗？不会是矿上又要向他的养殖场塞人吧？他没敢多想，快步奔向矿院。

"罗场长，你请坐吧。我们开门见山，我先给你谈谈目前的经济状况和煤炭市场所面临的问题。国际上，西方金融寡头疯狂收割亚洲财富，造成亚洲很多国家损失惨重，甚至于民不聊生。我们国家的抗风险能力虽然相对较强，可也避免不了会受到冲击，因为各国经济是密切相连的。我们国内，随着煤炭产业的快速发展，特别是小型煤矿批量上马和低水平重复建设，煤炭产量大幅增加，一度跃居世界第一的位置，你是知道的，这世界第一意味着什么，这种快速增长必定导致产能过剩，这是其一。其二，受国际因素影响，我国经济陷入低谷，能源需求增速自然放缓，煤炭作为主要能源之一，市场疲软在所难免。其三，在煤炭市场供过于求的背景下，企业之间过度的、无序的内部竞争越发激烈，这种无序竞争的结果必定导致煤炭价格持续下跌，给企业的生产经营造成极大的困难。国际和国内因素叠加，造成了当下煤炭市场的极度疲软。好在国家正在努力改变现状，我们相信，这样的局面很快会得以改观。"矿领导看着罗俊林，信心满满地说。

"是的，我们国家体制的优越性，是我们不怕任何艰难险阻的可靠保障，我们一定能尽快走出低谷。"罗俊林顺着矿领导的话这么说时，内心既感动又不安，同时心存疑惑。感动的是矿领导对他一人的谈话一点儿不啻在大会上的发言，足见矿领导对他的重视程度有多高。不安的是，矿领导这么重视他，他却没有为矿上做出什么突出贡献，愧对领导信任。疑惑的是，矿领导这么郑重其事地给他谈话，不会是单纯地谈谈经济形势和煤炭市场的情况吧？

"你说得很对，我们的体制优势非常明显，曙光就在前头。目前，集团公司领导、运销部门领导、各个矿上的主要领导，正分批次带队走访老用户，开发新用户，煤炭销售正朝着健康的方向发展。在具体销售环节上，我们矿上准备充实销售队伍，加大销售力度。你在很短的时间内，就把种兔养殖场经营得井然有序，不但为矿上安排了三十来个富余职工，还为矿上带来不少经济效益，这足以证明你罗俊林还是有一把刷子的，我们当初没有看错你。"矿领导循序渐进的谈话方式充分体现出高超的谈话艺术。

"领导过奖了，我至今没有干出什么像样的成绩，愧对领导信任，我得继续努力，不辜负矿领导的期望。"罗俊林隐隐感觉到矿领导的用意，谦让之后是表态。

"鉴于你的工作能力十分突出，经矿领导班子研究决定，把你调离种兔养殖场，安排到煤炭销售部门工作，你有什么想说的没有？"矿领导微笑着问。

"我个人以大局为重，服从矿上安排。只是种兔养殖场初具雏形，还需要进一步完善和扩大，不知道矿上准备安排谁来接替我？"罗俊林一脸依依不舍的表情。

"想让你推荐一个得力的人。"矿领导和悦地说。

"感谢矿领导对我的信任！给我点儿时间行吗？"罗俊林受宠若惊。

"当然。"矿领导点着头说。

罗俊林走出矿院，一种莫名的失落感让他一度想要掉泪。他为种兔场付出了太多心血，还险些把小命丢在销售途中。回到种兔场后，他把自己关在屋里，很久没有出来。见墙上的表针指向十二点半，他换上工作服，拿起门口的喷壶，用消毒液在自己身上喷了一遍。

他走进兔舍时，值班的王大嫂远远地看着罗俊林。下班时间，养殖场里非常安静，连兔子咀嚼颗粒饲料的声音都听得清清楚楚。罗俊林无声无息地走在兔舍里，他屏住呼吸，唯恐惊扰兔子们进食和午休。走到墙角时，他忽然蹲下去，泣不成声。他一点儿都不清楚自己是怎么了，为什么会忽然想哭。

杨岁末怀里揣着一个小兔崽走进兔舍，他轻轻走近罗俊林，吃惊地问："罗场长，你怎么了？胳膊疼还是肚子疼？"

罗俊林尴尬地站起身。见眼前这位身材高挑、手掌摊开时足有切菜板那么大的一个人，怀里揣着一个馒头大小的小兔崽，这看上去显得很不协调，他很不自在地对杨岁末说："是小杨啊，我没事，哪里都不疼，不知道怎么了，忽然觉得有点儿心酸。今天不该你值班，你怎么还没走啊？怀里揣着个兔崽干什么？"

杨岁末抚摸着怀里的兔崽说："你没事就好。我正准备下班回家呢，看见你一个人进了兔舍，就想过来陪着你走走。这只兔崽被母兔不小心踩伤了腿，吱吱乱叫，走路有点儿难，我怕别的兔崽欺负它，还怕它再被踩着了，就把它单独养起来了，等它伤好了再放回去。"

就在这一瞬间，罗俊林敲定了合适的举荐人选，而在此之前，心中的三个人选让他举棋不定。他像是自言自语地说："善心，比金子珍贵。善心，是一个人成就大事的精神源泉。小杨，如果你是这个种兔养殖场的场长，我想听听你接下来的工作思路，你说说看。"

杨岁末瞪大眼睛说："罗场长，这大中午头的，你就别逗我了，我哪里是当场长的料呀。"

罗俊林笑着说："你是不是当场长的料跟工作思路是两码事，说说怎么了，怕别人学去吗?"

杨岁末退无可退，只得硬着头皮说："我认为还是得顺着以前的路子走，稳中间，抓两头。"

罗俊林吃惊地说："稳中间，抓两头，我是头一次听到这个说法，你说具体点儿。"

杨岁末干笑一下说："我们场里现在就是这么做的，只不过是我把它总结成这六个字了。稳中间就是把种兔的质量稳定下来。另外，从种兔培育到饲养管理，以及种兔的销售价格等，都要严格执行制度，不大起不大落，稳字当头，因为销售种兔的利润是我们场整体收益的重要来源之一，这中间环节至关重要。抓两头就是抓好兔子的回收和兔产品的销售。回收兔子时一定要严把质量关，因为好斗是兔子的习性，哪一只兔子被咬伤过，这张兔皮就卖不上价格，兔皮隐藏在兔毛里，不容易被发现。兔产品的销售，就像我们现在这样，开辟多个渠道，免得哪一条路子受阻时我们慌了手脚。"

罗俊林激动地说："别看你杨岁末平时不哼不哈的，谈起工作思路来头头是道啊，不错，不错。"

杨岁末别扭地说："还不都是跟着你学的?"

这个年轻人不但工作思路清晰，还很会说话，关键是他有一颗善良和谦虚的心，这让罗俊林非常满意。

罗俊林回到家里，本来想第一时间将工作变动的事告诉爱人，见郑秋正给儿子罗见成盛饭，儿子的额头上醒目地趴着一块新鲜的伤痕，罗俊林的心猛地一沉，想说的事瞬间忘去，他盯着罗见成说："又挂彩了？下次你跟对手说，别朝明面上来，背上屁股上都行。你爹小时候也是脸上脖子上经常带伤，这样不好看，你得比你爹强才行。"

罗见成滴溜几下眼珠子，没敢吭声。

罗俊林见茶几上放着两份考卷，拿起来逐一看过后，坐在沙发上一言没发。

罗见成悄悄瞟一眼罗俊林，赶忙勾下头紧紧盯着饭碗。

罗俊林重又拿起考卷说："语文七十五分，数学八分，儿子，你可有点儿偏科呀。"

刚把罗俊林的饭碗放在餐桌上的郑秋，忽然憋不住，扑哧笑出声来，边笑边为儿子开脱："这主要是我的责任，我是五年级的班主任，只顾管那些调皮的大孩子，对儿子却疏于照管，从今以后，我得把很大一部分精力搁在儿子身上。俊林，你快吃饭吧，一会儿就凉了。儿子，快吃。"

罗见成偷看一眼罗俊林，见罗俊林站起身走向餐桌，他这才张开大嘴。

吃完饭，罗俊林抹着嘴说："矿上准备让我离开种兔场，去煤炭销售部门工作。"

郑秋深感意外，她不无担忧地说："现在的煤不好卖，销售工作很难做。你把心血都用在了种兔场，种兔场好不容易才有今天的规模，换别人能干得下来吗？"

郑秋的话包含多重含义，有担忧，有肯定，似乎不含埋怨。罗俊林听罢，心里五味杂陈，他感觉对不住这个家，尤其是在孩子教育问题上他没有尽到父亲的责任。想到这里，罗俊林满怀歉意地说："就因为煤炭销售是目前的瓶颈，所以，集团公司上至董事长，下至销售人员，都在为煤炭销售费心劳神。我们矿上充实销售队伍是形势所迫，困难肯定有，再大的困难也是暂时的，等集团公司渡过难关后，我得腾出心思好好抓抓孩子的教育问题。我的继任者你不用担心，这个人不但能力强，人品也好。"

郑秋拿出个盒子说："俊林，我给你买了个 BP 机，你先用着，等年底我把钱攒够了，再给你买个手机，今后我和儿子就再也不用担心找不着你了。"

就在一瞬间，罗俊林泪流满面。他赶忙站起身，走到窗前。模糊的玻璃上，两道水痕滑落而下。

郑秋见状，不解地问："俊林，你怎么了？"

罗见成走近罗俊林，痛心地说："爸，你别哭了，我再也不跟人家打架了，今后我一定好好学习，不惹你生气。"

罗俊林扭转身，摸着儿子的头说："我还得忙些日子，有可能比以前还要忙，甚至会长时间待在外地。你是我们家里的男子汉，你不但要照顾好自己，还得照顾好你妈；不但要把自己的事情做好，还得帮助你妈把家里的事情做好，这是男人的责任，是对自己的负责，是对家庭的负责。"

罗见成的眼里闪着刚毅的目光，他紧紧攥着小拳头说："爸，你放心吧，我今后一定要遵守纪律，好好学习，不但不让我妈为我操心，我还得保护好我妈，就像你一样，成为一个真正的男子汉。"

罗俊林满意地点着头。郑秋的脸上像哭又像笑。

第二十五章

　　这初冬的第一场雪无论如何都来得稍早了一些，明明树上还滞留着春天的颜色，硬实的秋虫还敢在前天的路灯下漫步，今日一早，雪却无所忌惮地将远山、近岭、煤堆、道路、屋顶，均匀地罩上一层银白，昨夜从煤车上滑落而下的煤块，让人想起非洲朋友戴了一顶白色绒帽。雪的消融则显得不尽一致，当树上的新雪化成水珠滴落而下，当道路呈现本色，那煤块却像平地长出的蘑菇一样，依旧被白绒绒的雪帽遮罩，被遮罩的还有背后的远山和附近的屋顶。

　　罗俊林坐上一辆桑塔纳轿车出了矿院。这是矿上专门为煤炭销售部门配置的新车。目前，煤炭销售已成为大会小会上必不可少的话题，是人们见面必说的内容。罗俊林让司机老黄开着车到煤场门口绕上一圈，他见山一样巍峨的煤堆上浮着白绒绒的残雪，斑斑驳驳。之后，他在路边一家熟食店买了一只烧鸡，然后离开了矿上。

　　司机是一位销售员兼任，这个年龄偏大的老同志，开车时的神态异常专注，即便说话，或者是挠头、摸脸等，他的目光始终盯着正前方，没有一丝偏移，看上去机器一样古板，车开得自然十分稳当。

　　"罗经理，还有别的事吗？"

　　"老黄，去我爸那里一趟，给他说一下上海那个用煤户最近要来矿上签合同，让他有个思想准备，我顺便把烧鸡给他，然后我们直接去豫南的岸北水泥厂。"

　　"好的，罗经理。用煤户签合同还得给老爷子说吗？"

　　"是老爷子联系的用户，我帮他谈的，基本谈成了。"

　　"老爷子太厉害了，居然拉了个上海用户。六十多岁的人也在为矿上卖煤的事操心，真是难为他了。"

"如今是全民销售，八仙过海各显神通。"

"罗经理，老爷子不是在看护矿上的坟场吗？他怎么也干起销售来了？"

"是啊，他是在看护坟场，就是因为他在看护坟场，才遇到这么个机会，不能说是遇到，应该说是找到。"

"鬼魂托梦？是老爷子逝去的工友给找的用户？"

"什么呀！是他逝去的一个工友的儿子来给他父亲上坟，不知道老爷子怎么会突发奇想，托这个上海人帮矿上卖煤，他本来没抱多大希望，没想到的是，这事快要成了。"

"老爷子可是给矿上立了大功，矿上可得好好奖励奖励老爷子。心里不时时惦记销售的事，不可能突发奇想。"

"这说明老爷子实实在在是在为卖煤的事操心，人在坟场，心在矿上，说不准他做梦也梦到过卖煤的事。"

"罗经理，你是不是梦到过？"

"是啊，我昨晚就梦到了，在跟用户争执，他说我们矿上的煤质量差，价格高，急得我出了一身的冷汗。呸呸，我们今天出门谈生意，一大早的，不兴说这个。"

"如果人人都像你们父子这么执着于煤炭销售，煤场应该不会积压那么多煤，跟你们相比，我可有点儿惭愧啊。"

"煤炭市场疲软是大环境造成的，大家都尽心尽力做销售，并不一定就能扭转乾坤，这事没那么容易。不过，话又说回来，都不努力，在家里仰着脸看天，那一定是死路一条。"

罗贵的听力显然大不如前，走到瓦屋前，罗俊林连喊三声爸，尽管一声比一声大，罗贵仍旧低着头收拾他的菜园。菜园不大，菜的品种却不少，萝卜、白菜、大葱、菠菜等，一垄垄规规整整，平日里他几乎不去买菜。当罗俊林走进地头时，罗贵最先看见了一只脚，接着，他大声训儿子："俊林，你这孩子吓我一跳，怎么不喊我一声啊？"

罗俊林忽然感觉心头一酸，他小时候在油灯下磨蹭着学习时，但凡是咬指甲抠耳朵之类的细小声音都能被他爸听到，随之招来一声训斥：

"懒驴上磨屎尿多。"

罗俊林赶忙说："爸，我刚才喊你了，是我的声音太小了，我今后大点儿声。"

罗贵走出菜地说："外边冷，屋里说。"

罗俊林吃惊地问："爸，你这菜地里怎么连一点儿雪都没有啊？泥都不粘脚。"

罗贵望一眼远山说："雪小，山上才那么一点儿白，地气暖，下来就化了。"

爷儿俩坐在火炉旁，罗俊林大声说："爸，我一直没有时间给你说，我调到销售部门工作了。今天出差路过这里，主要是给你说一下上海那个客户的事，怕你惦记，上海那边基本谈妥了，最近他们就会派人过来跟矿上谈合同。"

罗贵着急地问："那兔场怎么办？"

罗俊林用安慰的口气说："你放心吧，爸，已经有得力的人接任，他会干得比我好。"

罗贵一脸宽慰地说："你跟上海那家用煤户谈好了就行，这也算是你爸为矿上办了一件实实在在的事。"

罗俊林用崇敬的目光望着父亲说："爸，你从建矿之初就辞别故乡，不远万里来到矿上，你为矿上办了太多实实在在的事了。你现在过了退休年龄，还在发挥余热，还在尽心尽力为矿上干着实实在在的事，除了你和老洪伯伯，还有谁愿意日日夜夜守护在这荒凉的坟地里？爸，你一直都是我心中的榜样。爸，你一直都是你儿子的骄傲。"

罗贵的脸上露出一丝不易察觉的微笑，他把吱吱作响的水壶从炉子上提下来说："我住在这里是为了陪工友。"

罗俊林的眼里噙着泪花，动情地说："爸，你这些长眠于地下的工友，都是为矿山建设而逝去的，你日日夜夜陪伴他们，这是出于情意，更是为矿上做的实实在在的事。"

罗贵摆摆手说："这事不说了。你出差得几天？"

罗俊林说："我也不知道，这取决于那边的事是否顺利。上海那边的人过来跟矿上谈合同，肯定会先来这里找你，让你带着他们去矿上。"

罗贵说："你让他们直接找矿上不行啊？"

罗俊林说："爸，人家是看在你的情面上才愿意购买矿上的煤，这个情面自然得留在你这里。如今是产能过剩，到处都是煤，人家在哪里不能买煤？现在是买方市场，急着给人家送煤的人挤破门。再说了，矿上除了你，人家认识谁？"

罗贵摇着头说："我起先想着能把矿上的煤卖出去就行了，没想到这里面还有这么多道道啊。"

罗俊林继续开导着他父亲："爸，你得先去矿上见见相关领导，把上海客户要来谈合同的事说一下。"

罗贵说："那好吧，我听你的。"

辞别父亲，罗俊林来到车前，临上车，他扭转身面向不远处巍峨的高山注目良久。

毗邻淮河的岸北水泥厂此前用过山平集团的煤炭，量还不小。随着集体煤矿和个人小煤窑的大量涌现，两年来，岸北水泥厂没有从山平集团拉走一车煤炭，集团辖下的运销公司及多家煤矿不断派员前去洽谈业务，均被对方以各种理由婉言谢绝，就这样，这个曾经的用户成了一块难啃的骨头。罗俊林获悉后，自告奋勇，执意要去一趟是非之地再啃啃这块难啃的骨头。他先是找来此前对这家用户的销售记录仔细研究一番，做到心中有数，随后带上介绍信去往水泥厂。

罗俊林并没有仓促进厂，而是在附近的宾馆住下后，用房间里的电话联系上此前有业务往来时的经办人，恳请对方下班后约个地方聊聊水泥方面的情况。在水泥市场也相对疲软的形势下，对方没有拒绝。就这样，一个巧妙的接触机会出现在眼前。罗俊林暗暗告诉自己，一定要想办法抓住这难得的机会，很多时候，机会只有一次。

水泥厂的业务员姓张名武阳，他对和罗俊林的会面颇感兴趣。眼下的情况是水泥和煤炭属于难兄难弟，这家岸北水泥厂的日子也并不好过。

双方互换了名片，张武阳端详着罗俊林的名片，眉头紧皱。酒过三巡，见罗俊林一直不提业务上的事，只谈些天气风俗之类的话题，张武阳有点儿按捺不住，他试着问："罗经理，你们山平集团基建项目肯定不少，每年所用水泥的量一定很大，可是，你们集团公司有自己的水泥厂啊。"

罗俊林继续与对方碰杯，又是满满一杯酒下肚后，他红着脸说："我们内部水泥厂只生产350号和450号的水泥，井下用的600号速凝水泥我们没有。"

张武阳急不可待地说："我们有，我们厂生产的600号速凝水泥多项指标还优于国标。"

罗俊林不紧不慢地说："你回头把你们600号水泥的具体指标发到我的BP机上，我的BP机号就在我刚才给你的那张名片上。我回去后，马上和相关部门沟通，尽快给你回话，请放心，我一定尽心尽力促成水泥供销方面的事。"

张武阳笑着说："那我就恭候佳音了。我们接下来是不是该谈谈煤炭方面的事了？"

罗俊林一愣，双方随之哈哈大笑。罗俊林笑着说："张经理这么说，我可有点儿不好意思了。"

张武阳举起酒杯说："不用不好意思，谁让我们两家是难兄难弟呢，用我们老书记的话讲，要多与兄弟单位接洽，患难与共，共克时艰。来，干杯。"

罗俊林给张武阳满上酒说："两年前，我们两家合作得相当不错，我翻阅了一下销售记录，自水泥厂投产，每个月都没有空白过。我这次过来是想让两家再续前缘，希望张经理从中斡旋。"

张武阳为难地说："罗经理十分清楚，不说其他地区，就你们山平市周边，小煤矿不下一百家，那些煤矿虽然很小，煤质不一定就差，人家的开采成本低，煤价自然就机动灵活。对于我们水泥厂来说，我们烧的是煤，不是煤矿，所以，煤矿的大小和优劣不是我关心的事。"

罗俊林点着头说："张经理说得很有道理，换位思考，我也赞成并拥护你们的选择。不过，我们山平集团已经改变了以前的经营模式，早日实行市场化经营，煤炭价格的弹性空间还是蛮大的。从煤层结构和深度上讲，从开采技术和规范化作业上讲，从煤炭质量的稳定性上讲，我们山平集团的优势还是非常明显的，要远高于小煤窑，这一点张经理一定十分清楚，煤质方面的问题我就不再说什么了。"

张武阳压低声音说："你说的这些大家心里都清楚。你可能不知道，我们水泥厂是一家集体企业，婆婆太多。"说到这里，他赶忙打住。

罗俊林不想知道别人隐私，只是一味地劝酒。等他自己神志不清时，对方也开始舌头发硬了。罗俊林本想及早让对方回去休息，最后碰杯后说："张经理忙碌一天了，我们把这最后一杯喝了，我就让司机送你回去休息，再续前缘的事还望张经理多多费心。"

张武阳硬着舌头说："明……明……明天我就找领导，你等我电话。你是不知道，婆婆多了难办事，送煤的都是关系户。"

罗俊林瞬间明白了岸北水泥厂目前的供煤情况。他让司机把车开到门口，他把驾驶室后门打开帮助张武阳上车，随后他自己坐在副驾驶座位上送张武阳回家。

"罗经理，你……你……你回宾馆吧，司机送我回家就行。"

"不把你送……送……送回家，我不放心啊。"

"你……你……你也没少喝，你走路都不稳了，说话还结巴。"

"我……我结巴？没……没有吧，是你不稳还是我……我……我不稳？"

两人同时哈哈大笑。罗俊林让司机在一家药店门口把车停下，让他给张武阳买些解酒的药装兜里带回家吃，随后把张武阳送到他家门口。

回到宾馆房间，罗俊林吐得一塌糊涂，感觉肝肺快要被吐出来一样。

第三天，罗俊林忍受着没有完全消退的醉酒带来的附带反应，耐心等待张武阳的消息。上午过去中午等，中午过去下午等，夜色苍茫时，依旧没有等到张武阳的通知。

司机老黄着急地问："罗经理，这人靠得住吗？"

罗俊林耐心地说："我感觉靠得住，靠不住也得等，我们暂时没有别的补救办法，已经走到这一步了。老黄，你看着表，再等他十分钟，如果时间到了还没有收到他的消息，我就打他的电话问问什么情况。"

老黄叹口气说："好的。罗经理呀，你应该让别的人开车跟你来，我这破姓不适合谈生意。"

罗俊林愣了一下，忽然笑着说："你姓黄，我们的事就得黄是吧？照你这么说，那姓贾的人嘴里就没有真话了？"

话音刚落，罗俊林的 BP 机响了。原本攥在手中的 BP 机这会儿居然逃出手心，啪的一声扎地上。罗俊林慌忙捡起 BP 机翻看。是张武阳发来的消息，让罗俊林回个电话。罗俊林抓起身边的电话打了过去。

"是罗经理吧，我是张武阳，先得感谢罗经理昨晚的盛情，你的细心和周到不但感动了我，我的爱人也深受感动。"张武阳的话语间是满满的真诚。

"张经理太客气了，我们的身体都没事就好。"

"我们领导出差了，我等到现在也没见他回来，让你等了整整一天。"张武阳不好意思地说。

"都这么晚了，张经理还在办公室里等，为了我的事耽误你下班，给张经理添麻烦了。"罗俊林诚恳地说。

"快七点了，我不等了。关键是我不知道领导明天会不会回来。"张武阳为难地说。

"你赶快回家吧，张经理，都这么晚了。你们领导明天回来不回来我都等，我巴不得在这里多待几天，淮河边的风景可真好，我好不容易有机会过来看看。"罗俊林这么说时，丝毫没有显示出违心的味道。

罗俊林哪里有心思看风景！他耐心地守候在电话旁，还把 BP 机抓在手里，唯恐它响的时候没有及时听见，他一会儿一看 BP 机，吃饭时放手边，解手时用牙咬住，就这样，一直等到日暮黄昏，他始终没有等来张武阳的任何消息。

罗俊林突发奇想，对老黄说："收拾东西，退房。"

老黄惊讶地问："罗经理，我们这就回家吗？不等了？"

罗俊林说："谁说不等了？在车里等。"

老黄不解地问："罗经理，你的意思是我们睡车里？"

罗俊林说："是。不知道要等几天，住宾馆太浪费，矿上现在非常困难，我们省一点儿是一点儿。"

老黄想说什么，见罗俊林已经在收拾洗漱工具，便不再吱声，收拾起自己的东西跟随罗俊林出了房间。

　　前台服务员说，两点至六点退房收半价，现在刚过六点，算是照顾你们了，还收半价吧。罗俊林叹口气说："那行吧。"随后他和老黄将手中的东西放进车里，去路边店吃了晚饭，就顺着马路一直溜达，溜达到疲乏时回到宾馆停车场，钻进车里。刚刚睡着，敲窗子的声音将罗俊林震醒，他眯着眼睛听老黄跟门卫交涉着让他深感无奈的话题。

　　"你们不能睡车里。"

　　"我们退房了。"

　　"天黑了退房，稀罕事，退房了也不能睡车里。"

　　"那我们睡哪里？"

　　"睡房间呀，车停这里就得睡房间。"

　　"我们退房了。"

　　"退房了也不能睡车里。"

　　"那我们睡哪里？"

　　"你这人怎么这么死脑筋呀，这不又转回来了吗？都睡车里，我们的房间给鸟儿睡？"

　　"那怎么办？"

　　"登记去。"

　　"我们刚退房。"

　　"那就走呗。"

　　"这么黑，能去哪儿？"

　　"这我管不着。"

　　"别说了，走走走。"

　　罗俊林睁开眼睛说："老黄，走吧。"

　　老黄把车子开出宾馆的停车场，刚刚停在窗敞的马路边，就听见后排座上罗俊林发出了均匀的鼾声，扭头一看，见罗俊林将棉衣领子竖起来，缩着脖子，双手揣在胸前睡着了。他暗自叹息一声，把靠背向后放放，闭上了眼睛。淮河边上虽然没有下雪的痕迹，可毕竟也是冬季，夜间的寒意众多细针似的对付着老黄并不厚实的衣服。有衣服的因素，更有年龄的原因，渐渐地老黄有点儿支撑不住，于是，他启动了发动机。

311

开了一阵子暖风后，车内温度回升不少，他赶忙将发动机熄火，他知道这舒适的温度意味着什么，他知道身子的温热是拿油钱换来的，而不断地开暖风应该比住宾馆的费用还要高，罗俊林知道后一定心疼。

他们的车内刚刚储存了一点儿温度，老黄又不得不打开窗户听候外边的人盘查。窗子一开，那温度像是笼子里的鸟一样急着往外跑。本来就没有睡熟，他被敲击窗子的声音惊醒，见一辆治安巡逻车停在他的车前，一个警察一只手握着警棍，一只手伸到老黄跟前说："身份证。"

老黄赶忙掏出自己的身份证递给警察。警察认真看过后，又要过罗俊林的身份证看，之后问："你们两个是干什么的，这深更半夜的怎么会把自己锁在车里？"

老黄看一眼罗俊林说："我们来水泥厂办事，今天事没办完，明天办完就返回。"

警察说："明天要是办不完呢，还睡车里吗？天冷，注意身体，该省省，不该省别省。"警察离开时对同伴说："估计是皮包公司的人，为了充门面，借钱也得买辆好车用。"

老黄很想说我们不是皮包公司，我们是堂堂正正的国有企业，是新中国成立之初就开建、为新中国社会主义建设做出特殊贡献的大型国有企业。他见罗俊林闭上眼又要睡去，就什么也没说，瞪着那辆警车一点儿一点儿远去。

罗俊林收到张武阳的通知是在次日的下午四点钟，张武阳让罗俊林尽快来厂里面见雷经理，雷经理刚到办公室。

罗俊林和老黄赶到水泥厂时，雷经理的办公室里已进去两个人，其中一个是女同志，于是，他们就跟张武阳一起站门外耐心等候。张武阳说他已经将罗俊林的情况和意向向雷经理汇报过了，雷经理没有提出任何异议，只等见一面将事情敲定，预计十分钟时间足够了。不想，里面的人说起话来没完没了，尤其是那位女同志，居然跟雷经理拉起家常来，甚至将十年前的事端出来细嚼一遍，把张武阳急得转来转去。

罗俊林与雷经理会面时已是五点多钟。雷经理是个爽朗的人，他在与罗俊林握手的同时开门见山地说："山平集团实力雄厚，是大型国企，我们很愿意与你们这样的企业合作。我听武阳说了，你们需要 600 号水泥，放心，我们会全力保证，不但保证质量上乘，还得保证价格最低。我们两家企业以前合作过许多年，是吧？武阳，我们还得继续合作下去。你们需要的600号水泥的具体手续，武阳，明天你带罗经理去销售部门办理。"

就在张武阳一边答应着一边专注地等待雷经理的下文时，雷经理已坐回原位，不再说话，低着头整理他桌上的文件。张武阳和罗俊林对视一眼后说："雷经理，山平集团想给我们水泥厂继续供煤，罗经理已经等你两天了。"

雷经理抬起头说："看我这记性。罗经理啊，供煤的事好说，大不了我们双方货换货。现在不早了，我们吃饭去。你可别小看我们厂的小食堂，一点儿都不次于外边的大饭店。"

罗俊林忙说："雷经理出差刚回来，我们就不打扰了。"

雷经理站起身意味深长地说："你们想要供煤的事不是还没有最后敲定吗？"

罗俊林没有弄懂雷经理的意思，他一脸张皇。看张武阳时，他见对方正无奈地示意他一起出去。此时的罗俊林一点儿都不知道这位雷经理有个嗜好，他喜欢看人醉酒时的模样。

水泥厂的食堂有多个单间，酒文化几乎每天都会在这些房间里演绎。罗俊林自小不胜酒力，可此时的他没有丝毫惧怕，在这样的场合，在肩负着重大使命的关键时刻，他的心里没有酒，他一直思考的问题是供煤合同上的具体细节，还有一个问题是他该如何向自家的物资采购部门推荐岸北水泥厂的600号水泥。至于雷经理提出的货换货的意向，罗俊林并不赞成，他一直在寻找机会与之交涉，至少到目前他还没有找到合适的交涉机会。

在交涉机会没有到来之前，酒来了，排山倒海，让罗俊林在极短的时间内失去了意识。他们喝的是白酒，53度的白酒，酒杯却是高脚的喝啤酒用的大个玻璃杯，雷经理将两人面前的高脚酒杯注满白酒后，一斤装的酒瓶里仅剩下三两多点。雷经理端起酒杯举到罗俊林的面前时，恍然间，罗俊林像是看见了一个白色的气球在眼前晃悠。他小时候和罗俊涛、罗俊丽玩过气球，他把越吹越白的气球伸到罗俊丽的脸上时，不忘记用手指将饱满的气球弄出吱啦啦的响声，他看着罗俊丽缩着头紧捂耳朵的样子，感到非常开心。他自然是不会将气球挤破的，相反，唯恐气球突然间爆炸，吓着妹妹。这是一种复杂的心理感受。雷经理将两个气球一样的酒杯碰响后，仰起头把自己的酒一饮而尽，之后，将空酒杯伸到罗俊林眼前。此时的罗俊林心里依旧没有酒，填满心田的是煤炭供货合同的具体内容。他端起气球一样的酒杯咕咚咕咚把酒喝完后，听见了雷经理的鼓掌声，还有老黄的埋怨声。他勉强坐稳，愣愣地看着雷经理往酒杯里倒酒，当雷经理问他行不行时，他不假思索地说行。他听见了老黄在给雷经理解释什么，他的手接近酒杯时，已经坐不稳当，勉强端起酒杯后，仅仅喝下一半，然后，手一耷拉，酒杯砰然落地，他也随之倒在地上。不巧的是，他的手掌压在碎玻璃上，鲜血直流，他却全然不知，嘴里还支吾着没人听懂的话语，边支吾边挠脸，一时间，脸上满是血迹。见状，雷经理开心地哈哈大笑，他起身去拉罗俊林时，白净的脸很像是一个蒸开了花的馒头。三个人共同使力才将罗俊林安置在凳子上，可是，罗俊林的身子像是被抽走了骨头似的绵软，烂泥一样缺乏支撑，摇晃的样子仿佛孩子们玩的摇头翁。摇头翁最终还能够稳住不倒，在这一点上罗俊林不如摇头翁。

眼看没办法继续下去，不得不过早散场。雷经理让老黄将罗俊林背到车里，望着桑塔纳车血红的尾灯一点点儿远去，他开心的同时又感觉若有所失。

老黄将车子开到先前住过的那家宾馆的停车场，见看门的快步向他走来。

"你怎么又来了？不能睡车里，你还是快走吧。"

"我不睡车里了，我去开房间。"

"你今天有钱了？"

"我哪天没有钱，你不要小瞧人好吧？"

老黄说罢，关上车门走向宾馆的前台。等他出来时，那位看门的人盯着车内问老黄："这才几点呀，天还没黑，人可就喝成这样了，你们在哪儿喝的？"

老黄冷冷地说："这事儿也归你管吗？"

见看门人吃了没趣儿后悻悻然走向岗亭，老黄背起罗俊林吭吭哧哧地走向他开的房间。

次日下午，罗俊林醒来后的第一件事便是查看他的 BP 机，见张武阳的留言是这么写的：罗经理，请你睡醒后来厂里签合同。罗俊林赶忙起床洗漱，走动时依旧感觉飘飘忽忽。

一路上，罗俊林细细揣摩着张武阳的留言，禁不住问老黄："张经理让我们去签合同，他没有说清楚是煤炭合同还是水泥合同，我心里没底。"

老黄的话让罗俊林忐忑的心安定不少，老黄气愤地说："昨晚雷经理把你灌成那样，要是还不让我们供煤，那可真是不够意思了。你放心吧，罗经理，人的心都是肉长的。"

正如老黄所言，张武阳拿出的是一份供煤合同，同时说明，水泥合同等煤炭供应正常后再具体落实。罗俊林瞬间卸去了为水泥厂的水泥寻找销路的压力，他望着这份煤炭合同，忽然感到一阵眩晕。

等条件谈好，签完合同后，罗俊林浑身瘫软。

返回山平市的路上，罗俊林躺在后排座椅上，神志恍惚，像是经历了一次死亡。他暗暗责怪自己：这次出来也就喝了两场酒，人家都没事，我就不行，我怎么这么笨。

第二十六章

　　罗俊涛在有了 BP 机后又有了一部手机，他成了他们罗家最早用上手机的人，尽管比罗俊林用上手机也就早了一个来月。罗俊林的手机是单位配发的，一是为奖励他在兔场经营及煤炭销售上取得了卓越成绩，二是为他今后的工作提供便利。在各单位不会轻易为一般工作人员配备通信设备的情况下，在罗俊涛的工资大都上交到家里的背景里，罗俊涛的这些通信设备之来源成了一大疑问，他本人一口咬定都是单位配发的，家里的人除了他的爱人宋春玲，其余的人都比较相信他的话。家里的人是这样，外边的人也是，毕竟罗俊涛身上有着一层神秘的光环，他的救人故事十分特殊，且被有意遮掩，越是遮掩越神秘。

　　这天是罗贵的生日，由罗俊丽出面在"杏花楼"安排了一桌酒席，罗家三代十口人齐聚一堂，让罗贵喜不自胜。

　　"甭说单位给俊涛配一部手机了，配十部也该，黑灯瞎火的冒雨救下三个人，这不光是能耐，也是佛心。"罗贵耳背，他说话的声音不自觉地就比一般人高出不少。

　　"爸，没有人怀疑俊涛的话，反正我是什么都没有说，不信你问问俊涛，不管是他的 BP 机还是手机，看我问过他什么没有。"宋春玲发现罗贵一直看着她，且声音这么高，以为是矛头对向了她，急着解释道。

　　"爷爷呀，我妈说的可不是真话，我听见过我妈当面问我爸 BP 机的事，我妈当时那眼神，比我们老师还吓人。"罗俊涛的儿子罗见勋说。

　　"勋勋，你给你爷爷说说，你妈是怎么问你爸的，再给姑姑学学你妈的眼神好吗？"罗俊丽一旁笑嘻嘻地说。

"好。有一天我妈拿住我爸的 BP 机问我爸，这 BP 机真是单位发的？我怎么觉得不像啊？"罗见勋说罢，用小眼斜视着罗俊丽，像是带钩的目光惹得一家人哈哈大笑。

"你的记性可真好，这是几百年前的事了呀，我都不记得了。"宋春玲在罗见勋屁股上打了一巴掌。

"不说这事了。俊丽，你那生意行不行啊？我觉着不靠着个单位不是个事呀。"罗贵看着罗俊丽问。

"爸，我们厂上市后效益有所好转，上市公司的名气越来越大，从业岗位越来越多，以前待业在家的人员正陆陆续续重新上岗，赵恒也被厂里召回去了。我是不想回去了，好不容易做点儿生意，生意刚刚有点儿起色。"罗俊丽说。

"俊丽呀，你还是回单位上班吧，单位才是我们的靠山，下海经商也就听着时髦。"罗贵固有的思维方式让他对子女做生意颇有成见，之前是，现在还是。

"爸，让我再试试吧，反正有赵恒上班挣工资，怎么也饿不着我和孩子。"罗俊丽耐心安慰着罗贵。

"春玲，你的工作找好没有？以前孩子小，在家安心带孩子也是正事，现在孩子大了，得找个工作干。"罗贵看看宋春玲，又盯着小儿子罗俊涛，他的意思分明是像安排工作这样的大事，该由男人来做。

"爸，让我跟着俊丽干吧，也学学怎么做生意。"宋春玲不很恰当的话让罗俊涛连咳两声。

"你更不能去做生意，你是个柔弱的人，俊丽风风火火的，看起来还像个做生意的料。不过，俊丽呀，新鲜新鲜就行了，将来还得去单位上班。"罗贵依旧坚持己见。

"爸，你放心吧，春玲的工作我已经托人了，估计会被安排到劳动服务公司上班。"罗俊涛心不在焉地说。

一家人边吃饭边说话，其间话题的转换让罗俊涛感觉一身轻松。没有人知道的是，他的 BP 机和手机早早地就被他调成了静音，他担心那个女孩子不合时宜地弄响他的机子。

罗俊涛的手机也是钱娅丹寄来的。毫无疑问，名牌 BP 机和名牌手

317

机给罗俊涛带来了莫大的自信，更给他带来了诸多的便利，同时，也给他平添了不小的心理负担，他在这舒适与不安中徘徊，又不愿拒绝。他在那个雨夜救下那三个人的时候，一点儿都没有想到日后会生出这么多让他不安和快乐的事，他感动中带着歉意，却又欲罢不能。

在去卫生间的时候，罗俊涛悄悄看看手机，手机上没有未接电话。查看 BP 机时，两行留言惊住了他：罗书记，我是娅丹，我到山平火车站了，我想见见你。

罗俊涛忽然想起钱娅丹第一次给他留言，那时候他去单位开会没能及时回复，钱娅丹居然在她学院大门外的公用电话旁等了他两个多小时。罗俊涛的手机是她给寄来的，手机号也是她选的，她没有打他手机，依旧是在 BP 机上发信息，罗俊涛不知道她是出于什么考虑。他赶忙回过去两个字：收到。这孩子不好好上学，突然来山平市干什么？事先怎么不给他说一声？罗俊涛暗暗埋怨钱娅丹。

感动，激动，不安，心急如焚，回到餐桌前的罗俊涛魂不守舍，如坐针毡。席间接连不断的劝酒、喝酒、唠叨、废话连篇，使得罗俊涛心烦意乱，如芒在背。

好在罗俊林单位有事要及早赶回矿上，为罗贵祝寿的午宴不到两点钟就在欢笑声中早早结束。罗俊林一家人离开后，罗俊涛说单位下午要开会，随后骑上自行车去了单位。

罗俊涛把自行车往墙边一靠，匆匆出了单位。没有载人的出租车显得格外少，平时不是这样的，罗俊林干脆把手举到半空，一直没有放下来。感觉像是过去了半个世纪，他终于拦到了一辆没有载人的出租车。

他感觉不一定能认出钱娅丹，那天雨夜救她时，她的长发披散，面色蜡黄，且脸上被泥水涂抹，还有夜色的因素，使得罗俊涛对她的记忆显得模糊不清。可这一点不妨碍两人相认，罗俊涛一下出租车，钱娅丹就跑向他的身前，罗俊涛不知道钱娅丹怎么会把他记得这么准。

钱娅丹的眼里闪着泪光，她怯弱地站在罗俊涛身前，频繁地撩着腮边的一缕垂发，显得极不自然。就在罗俊涛不知道该如何开口时，钱娅丹朱唇一动问："你都好吧？"

罗俊涛见钱娅丹把这四个字完整地说完后已是泪流满面，他不解地问这个单薄的女孩子："我都好。娅丹，你怎么了呀？你吃饭没有，不会是还饿着肚子吧？"

见钱娅丹下意识地舔舔嘴唇，罗俊涛心疼地说："你傻了？都两点半了，怎么不去吃饭呀？"

钱娅丹揉着鼻子说："我怕你来了见不着我。"

罗俊涛带着责怪的语气说："我又不傻，我不会等你一会儿吗？我们都有手机，可以随时联系对方。"

钱娅丹看着罗俊涛说："那我也不想先吃饭。"

罗俊涛指指左边说："走，吃饭去。"

罗俊涛前面走，钱娅丹孩子似的跟在他身后。她本身就是个孩子，未满十八岁。她吃饭的动作特别舒缓，像猫一样地挑来挑去，这或许就是她身子单薄的原因所在。她吃一口看一眼罗俊涛，让罗俊涛不得不把目光望向门外。本来，他有不少疑问要问钱娅丹，比如她来这里干什么，比如她为什么要给他寄 BP 机和手机，比如这些通信设备是不是她自己买的。担心影响她吃饭，罗俊涛什么都没问，一会儿注视着饭店外匆匆而过的人们，一会儿注视着一只小狗在树荫下锲而不舍地啃着一块早已被它啃得溜光发亮的鸡骨头。

钱娅丹抹着嘴说："我吃好了。"

见一碗羊肉烩面剩下的足有半碗，罗俊涛笑着说："猫都比你吃得多，再吃点儿，饿到现在，快三点了。"

钱娅丹把头摇得跟拨浪鼓似的。

罗俊涛摇摇头问："娅丹，你来这里干什么？"

钱娅丹想了想说："我想去我爸当年战斗过的地方看一看，你能陪我一起去吗？"

罗俊林吃惊地说："肯定能。是你爸让你来的吗？"

钱娅丹用天真的语气说："当然不是。"

罗俊涛好奇地问："你爸在山平市工作过？哪个单位？"

钱娅丹皱着眉头说："黄龟山水库，还有四棚楼，我爸年轻时在这里大干社会主义。"

罗俊涛想了好大一会儿，然后笑着说："我明白了。黄龟山水库是

319

60 年代建成的，肯定是你爸年轻时为支援山平市建设，在黄龟山水库出过力流过汗。四棚楼本来就是一栋小楼，是山平市建市初期最高的标志性建筑，后来，人们把它当成了地名。应该是你爸对黄龟山水库和四棚楼记忆犹新，回忆往事时说起过这些名字，被你记住了。"

钱娅丹低下头说："就不兴人家问他吗？"

罗俊涛没有听懂钱娅丹的话，他还有不少问题急于弄清楚，给钱娅丹的茶碗里续上水说："你多喝点儿水。娅丹，我们就见过一次，还是在下着雨的晚上，救你们的时候黑灯瞎火的，你恐怕看都没有看清我，刚才我一下车，你一下子就认出我了，你的眼神怎么这么好？"

钱娅丹轻声说："也不全是靠眼神。"

罗俊涛问："那还靠什么？"

钱娅丹红着脸说："不说行吗？"

罗俊涛笑着说："当然。不早了，走，我陪你圆梦去。"

顺宽敞马路西行数公里就是黄龟山水库。两人打的来到水库边，然后顺蜿蜒小路步行向西。钱娅丹望着一望无际烟波浩渺的水面，沉默不语，她只是一味地迈着小步，走在罗俊涛的左手边。她很少去看罗俊涛，偶尔看看水面，更多的时候则是把目光滞留在自己的脚尖上，像是对沙沙的脚步声颇感兴趣似的专注于她的鞋子。罗俊涛找话问她时，她就说上一两句，多半的时间里，她安静得让罗俊涛无所适从。

下雪了，不是鹅毛一样的雪片子，也不是沙粒一样的硬疙瘩，而是若有若无像雾像雨又像风那样的、小得不睁大眼睛寻找就休想瞧见的那种。路面上自然不会变白，针尖大小的雪触到脸上与落地上一样，不留踪迹。然而，渐渐地，地面的颜色开始变重，一个小时过后，湿了。

"天快黑了，你该回家了，我们回吧。"钱娅丹轻声说。

"那好吧。你的梦圆了吧？"罗俊涛问钱娅丹。

"圆了，今晚就能睡得着了。"钱娅丹依旧看着脚尖。

"你真是个孝顺孩子。"罗俊涛说。

"你说什么？"钱娅丹看一眼罗俊林。

"我是说，你来你爸曾经战斗过的地方体验生活，肯定有一种特殊的情感在里边，从某种意义上讲，这也是尽孝。"四目相对后，罗俊涛一阵慌乱，他的话显得语无伦次。

"你怎么知道我是为了尽孝？"钱娅丹的反问让罗俊涛一时间摸不着头脑。

"难道不是？"罗俊涛问。

"这里真好，等我大学毕业了，我要来山平市工作。"钱娅丹用迷离的眼神望着水光潋滟的水面。

"噢，噢。"罗俊涛不置可否地回应着。

暮色渐重时，两人走到大路边，大约过了十分钟，终于拦到一辆黄色出租车。

出租车在市区内的山平宾馆外停下后，钱娅丹不让罗俊涛下车，让他赶紧回家。一个女孩子大老远地跑来，怎么也得一起吃顿像样的晚饭，罗俊涛执意要下去。钱娅丹抢先下车，堵在车门口央求再三，随后转身跑进宾馆。

次日，罗俊涛一早来到山平宾馆时，钱娅丹已经退房。罗俊涛赶忙翻看他的 BP 机，见上面留有一行小字：罗书记，我坐上返程的火车了，得上课。

罗俊涛当即拨通了钱娅丹的手机。

"娅丹，你这么早就返回学校，怎么不提前给我说一声啊，我好送送你。"

"不让你送。"

"为什么？"

"我会哭。"

"为什么会哭？"

"信号不好，挂了，再见。"

罗俊涛一头雾水。

春节过后，坟地里虽然已有细嫩的草芽零零星星冒出土层，周遭空气中却依旧是寒意料峭。临近中午，罗贵揣手儿站在瓦屋前温暖的阳光里，出神地望着坟地里袅袅升起的蓝烟和黑蝴蝶一样低飞的纸钱。那是一对来自附近县城里的姐妹来给她们的父亲烧纸，姐妹俩悲伤的念叨声，早已出现听力障碍的罗贵肯定是听不见的。

送走那对姐妹后，罗贵去坟前检查，没有发现灰烬里留有暗火。两人是本地人，没有将供品全部留下，只有零星的细小的肉块、剥了皮的香蕉、饼干和面包散落在灰烬周边。

"老伙计，看你的闺女多孝顺吧，给你送了那么多钱，还有不少好吃的，你就好好享用吧，我也该去做饭了。"罗贵说罢慢吞吞走向瓦屋。

正午前还是暖阳融融，午后却是阴云密布。午睡中的罗贵被一声沉闷的雷声惊醒后，睡意未消，听着这早春的雷声和随之而来的哗哗的雨声，罗贵翻了个身后又呼呼睡去。

等他起床后，窗外已是一派灰暗，黄腾腾的水流顺坡而下，蛇一样逶迤而去。罗贵担心坟茔被强劲的水流冲击而受损，他打着雨伞走进坟地，仔细查看。接近上午那对姐妹烧纸的坟前时，眼前的景象让罗贵一阵心痛。先前来过的那个瘦小的疯女人在坟前捡拾食物，不知道是哪位好心人给她的身上罩了一件宽大破旧的雨衣，这雨衣穿在她身上，像是挂在衣架上。雨衣漏水，女人的衣领处已经湿透，一缕湿漉漉的长发绳子一样耷拉到项间，她蹲在坟前捡拾着食物，然后将食物及食物上粘连的纸灰狼吞虎咽地吞下。罗贵看得出来，女人好久没有吃东西了，他非常担心这冰冷的不甚干净的食物进入她的肚子后会在里面兴风作浪。

起初，女人没有感觉到有人走近她，当她一抬头看见罗贵站立一旁时，身子猛一抽搐，下意识地后退数步，跟跄着险些摔倒。她勉强站稳后，用浑浊而又胆怯的目光巡视罗贵身后。罗贵马上意识到女人是害怕他的狗。女人上次来坟地寻找食物时，黄狗还在，黄狗的汪汪声吓得她魂飞胆战。而这次，她再不用惧怕黄狗的叫声了。数月前，罗贵的黄狗被人毒死吃掉了。那天午夜，罗贵听见黄狗汪汪叫了几声，接着是一片沉寂，睡意中的罗贵似乎隐隐听见黄狗低声哼唧着像是在啃食食物，之后就再也没有了声息。罗贵清早开门后连喊几声，在黄狗没有迎向他的时候，他瞬间意识到了不好。他不安地四处寻找了一个多小时，逢人便问，却始终没有黄狗影子以及黄狗的任何音信。当他回到坟场，在距离狗窝不远处的一个低洼地，看到了一个黑乎乎的鸭蛋大小的东西，等他辨认清楚后，最终明白了黄狗的归宿。那是一个毒狗丸，表面散发着肉香，里面却含着剧毒成分。罗贵一时间老泪纵横，小黄狗是老洪给他留下的，亲人似的陪伴着他度过了无数个春夏秋冬，可如今，却被人毒死后弄走吃掉了。

没有看见黄狗，女人的眼里没有了惧怕，可身子却战栗不止。罗贵知道那是被冻的，女人漏水的雨衣内，一定是衣服尽湿。尽管女人听不见别人说话，罗贵还是微笑着跟她没话找话说，以此让女人丢掉戒心，他最终赢得了女人信任。

罗贵把女人领进瓦屋后，将炉火烧得很旺，随后帮女人脱去雨衣。女人的衣服仅胸前一块是干的，其余地方全被雨水打湿。在她固有的意识里，雨衣就是防雨的，不存在漏水不漏水一说，所以，即便雨衣上布满破洞，她却依然将雨衣紧紧穿在身上。虽然炉火很旺，女人的身子依旧战栗，这让罗贵很是担忧，他找出一盒感冒药放在一旁，生怕女人突然间发烧咳嗽。他用干毛巾擦拭女人湿漉漉的头发时，女人项间一块糜烂的地方让他痛心不已。见糜烂处有抓伤的指痕，罗贵断定这一定是她长期不洗澡，此处发痒，然后她就用手不知轻重地抓破了皮肤，随后造成感染。罗贵从抽屉里找出一瓶碘酒，用棉签蘸上碘酒抹在糜烂处时，女人的身子抽搐了一下，面部并未表现出痛苦的表情。

望着处理过的伤口，罗贵说："妹子啊，我本来想带你去矿上的澡堂洗洗澡，洗完澡后我们去食堂大吃一顿，看你这伤口啊，是没法洗澡了，那就在我这里吃饭吧。"

女人呆呆地望着罗贵，嘴里咿呀着谁也听不懂的话语，眼神里闪着泪光。虽然熊熊炉火就在身旁，可她的身子仍旧战栗不止。见状，罗贵咬咬牙，闭上眼将女人的衣服全部脱掉，然后将她安置在被窝里。罗贵这么做时，女人十分配合。看一眼被窝里一脸惬意的女人，罗贵的心怦怦乱跳。他把女人湿漉漉的衣服举到熊熊炉火上一点点儿地烤，瓦屋里弥漫着类似于蛛网一样的蒸气，晨雾似的飘忽不定，只是没有晨雾的味道清新。衣服完全烤干后，罗贵把干衣服扔到床上，示意女人穿上，随后他快步去了厨房。

罗贵热了三个馒头，煮了两碗稀饭，炒了两个小菜，一荤一素。当他把饭菜端到小桌上时，发现女人非但没有自行穿衣起床，而是神态安

323

详地睡着了。为了让女人安安静静地睡个好觉，罗贵小心翼翼地给火炉换过煤球后，缓慢地把饭菜端回厨房，他站在厨房里用了晚饭。

外人无从知道疯女人是什么时候睡醒的，无从知道她是几点钟吃的晚饭，更无从知道这一夜瓦屋里都发生了什么。

第二天清晨，雨过天晴，朝霞初露时，薄雾笼罩坟场。

早在晨曦未露时，罗贵就老早起来将早饭做好。两人吃了早饭，罗贵将厨房里能带的食物挑了又挑，拣好的装满一网兜塞到女人手里，然后，他独自出屋，环视四周后又回到屋内，这才拉着女人一道走出瓦屋。女人极不情愿地跟着罗贵走到坟地的南头，在罗贵示意她赶快离开时，她依依不舍地一步一回头。在罗贵看来，这个女人一点儿不像个不正常的人，尽管她常在这一带活动，周边的人都说她是个疯子。

送走女人后，罗贵慌慌张张地回到瓦屋，进门前，他下意识地偷看一眼不远处的周家坟地。

整整一天，罗贵的神志处于恍惚中。

次日黄昏，罗贵不经意间听到一个令他痛心疾首的消息。他在矿上食堂买馒头时，听一个用餐的工人说，经常在这一带乞讨的那个疯女人淹死了，这人带着埋怨的口气说，死人在水里泡着也没人管。罗贵结结巴巴地问："你说的是真的吗？在哪儿？"那人一惊，说："千真万确，在东边村头的水塘里。"罗贵手里的馒头砰然落下，他撒腿就跑。

罗贵跑到水塘边时，已经有好心人将死者捞出。水塘边集聚不少围观者，几个妇女凑一起议论纷纷。

"这疯子真可怜，也不知道是谁家的人，也没人管。"

"好像是外地人。"

"她经常去坟地里找吃的。"

"每次看见她，我都会给她个馒头。"

"我也是。今后再也不用给她吃的了，唉！"

"天都黑了，怎么没人管呀？"

"有人给火葬场打电话了，火葬场那边说今天太晚了，明天来车把死人拉走。"

罗贵一步步走近死者时，见女人的脸已经发青，尽管如此，他还是

324

蹲下去，用手指去试女人的鼻息。他听见一旁的人说："老哥，别摸了，人都硬了。"

罗贵不再顾忌什么，他将两个手掌伸到女人身下，然后将女人轻轻托起来，一步步向着坟地走去，旁若无人，他没有听见人们七嘴八舌议论的什么。

当罗贵迈着沉重的脚步走进坟场时，他这才感觉到泪水已经在他脸上流出两道冰冷的水痕。他托着女人冰冷的尸首走进瓦屋后，忽然感到双腿发软。他将女人轻轻放到床上，拉开被子非常仔细地把女人包得严严实实，随后，他坐在女人身边，泣不成声。前天晚上的这个时候，他正为女人烘烤衣服。前天的雨夜里，女人可是惬意地躺在这张床上的，仅仅过去一天，如今已是阴阳两隔。

不知道过去多久，罗贵揉揉眼睛晃晃头，他的脑子一下子清醒不少。他没有顾及咕咕乱叫的肚子，冒着严寒，腋窝里夹着手电筒，手拿镢头和铁锨，缓缓走向坟地深处。

没有月亮，没有星辰，黢黑的夜空故意使绊似的，让罗贵为女人打墓时伸手见不着五指——在没开手电筒的情况下。尽管如此，罗贵最终还是把墓坑挖好了。当他搓着几乎冻僵了的手回到瓦屋时，显得小心翼翼，就在那一刻，他感觉到女人仍在他的床上熟睡着，就像前天夜里那样的满脸惬意。

罗贵洗洗手，然后将冻僵的手伸到火炉上。他不住地活动着手指，当手指灵活自如时，他静静地来到床前掀开被子，首先把手指轻轻放在女人的鼻孔前，随后再摸女人手腕上的脉象，最后失望地捧住女人冰冷的脸号啕大哭。

罗贵拉起被子把女人的尸首蒙上后走到火炉旁，愣愣地坐着，暗红的炉火在他波浪似的脸上留下不同的色泽。肚子里嗷嗷乱叫，他全然不顾，一直坐到晨曦初现。他揉揉眼，走到床边，最后看一眼女人，随后用被子把女人包严，再找来一根绳子，将被子捆扎结实，抱起来走向墓坑。

罗贵含泪将女人安葬在坟地的一角，此时，天已大亮。远远地，传来公鸡迟到的报晓声，此起彼伏。雨后的清晨，湿气较重，漫过坟地的

325

鸡叫声显得沉闷异常，至少是不很高亢，像是响器班在相对窄小的屋子里演奏哀曲。

罗贵没敢将女人的坟跟工友的坟弄成一样。从严格意义上讲，女人的坟不能叫坟，它没有坟头，仅是稍微高出地面的长条形小土丘。还有个异样的地方，那就是罗贵把他精心养护的两盆竹子摆放在土丘之上。

唯恐有人来他这里，罗贵神色张皇地尽力将坟地和屋内恢复到原来的样子，不让别人看出什么。之后，他坐回火炉旁，闭目养神。饥饿，劳累，加上彻夜未眠，罗贵只觉得浑身瘫软，头昏目眩。俗话说，怕处有鬼，咬处有嘴。就在罗贵准备吃几口东西后大睡一觉时，他的女儿罗俊丽忽然出现在瓦屋门口，或许是过于突然的原因，罗贵被吓得猛一缩身。

"你这孩子，也不说一句话。"罗贵埋怨道。

"爸，人家都喊你好几声了，你是怎么了呀？"罗俊丽盯着罗贵的脸问。

"没什么，没什么。"罗贵赶忙把头扭向一边。

"你吃饭没有啊，爸？"罗俊丽在屋内四处打量。

"就准备做饭呢。"罗贵神色慌张。

"爸，你平常可是老早就吃完早饭了。那床碎花厚被子呢？天还冷着呢，这床被子太薄了。"罗俊丽走到床边问。

"不冷，不冷。"罗贵一边敷衍，一边去厨房。

"爸，你先别去做饭，我在问你呢，你那床厚被子呢，我怎么找不着啊？"罗俊丽的音调高了不少。

"哪一床啊？你别管了，盖啥都不冷。"罗贵含糊其词。

"爸，盖不盖我得知道那床被子在哪儿放着啊，那可是我一针一线亲手给你做的。"罗俊丽显得非常认真。

"我把那床被子送给一个要饭的了，那个要饭的太可怜了，冻得不像样，谁见了谁心疼。"罗贵一脸不耐烦的样子。

"把旧被子送给他还不行啊？你可真舍得。"罗俊丽一边摸着床上的旧被子，一边大声埋怨罗贵。

罗贵没再搭理罗俊丽，到厨房弄饭去了。等他把一碗荷包蛋和一个火烧端到瓦屋时，发现罗俊丽在鬼鬼祟祟地四处寻找什么，见罗贵进来，罗俊丽赶忙装成若无其事的样子。罗贵没有说话，低着头自顾吃饭。

"爸，你吃饭吧，我该去矿上办事了。赵恒到北京出差，带回来两只烤鸭，我给你送来一只，在这儿，你看看。"罗俊丽指着柜子说。

"哦，哦，俊丽呀，你去矿上要办什么事呀？"罗贵像是没话找话说。

"办磨账手续。"罗俊丽边说边走。

"什么叫磨账啊？"罗贵感到新奇。

"各单位都没钱，就兴起了相互磨账。简单点儿说，磨账就是货换货，比如把煤给人家，人家没钱付，就拿人家的东西抵煤款，各自算好各自的账。"罗俊丽停在门口耐心地说。

"你怎么掺和到磨账里面去了呀？你不是在做电料生意吗？你可不要瞎糊弄。"罗贵说。

"爸，看你说的吧，我怎么会瞎糊弄啊，哪个矿上都得用电料，兴人家，就不兴我托关系把矿上的煤弄出来，然后用我的电料抵账吗？我加点儿价设法把煤卖掉，差价不就出来了，两头得利。"罗俊丽一脸得意。

"你可别坑矿上啊，煤炭不好卖，矿上日子不好过，咱得帮助矿上及早渡过难关才是。"罗贵语重心长。

"看你说的吧，爸，我怎么会坑矿上啊？虽然我不像我哥那样属于第二代矿工，可我也是第一代矿工子女呀。我走了。"罗俊丽快步走向她的踏板摩托车。

罗俊丽离开后，罗贵长出一口气，接着，哈欠连天。他没有收拾碗筷就准备上床睡觉，关门时，两个人不合时宜地出现，让罗贵苦不堪言。

刘士超微笑着说："老罗呀，你这个时候关什么门呀，有好事？我进去瞅瞅。"

宋彦带着埋怨的口气说："我和刘队长要是不来这里找你，就永远都想不起来找我们是吧？"

刘士超说："听说你儿子给你送来好几瓶好酒，我和宋彦得帮你品鉴一下，看这酒到底有多好。"

罗贵把他们让进屋内，指着棋盘说："哪里有好几瓶啊，就两瓶，我一瓶都没动呢，我们中午把酒消灭了。你们两个下棋吧，我得睡一会儿，昨晚没睡好，瞌睡死了。"

刘士超说："宋彦的棋要多臭有多臭，跟他下棋提不起劲儿，我得跟你杀两盘，罗贵，你别磨蹭了。"

罗贵苦笑着说："我没有拿秤啊。"

宋彦大声说："刘队长说的不是拿秤，是磨蹭。"

罗贵侧着耳朵说："他也大声点儿。"

宋彦说："已经不小了。"

刘士超说："你别磨蹭了，快点儿拿棋盘。"

罗贵将棋盘放好，在棋盘上摆放棋子的时候，眼皮子重得石门一样开一次挺难，他险些将他的棋子越界摆在对方的营地里，时不时地打着哈欠看看他的床，如坐针毡。

两人下棋五分钟没到，刘士超摆摆手说："去去去，你睡觉去吧，晚上弄啥了呀。宋彦，咱俩下。"

罗贵逃过一劫似的长出一口气，然后，挨上床就睡着了。

第二十七章

　　经历了从计划经济向市场经济转变所带来的阵痛，经历了亚洲金融危机的冲击，山平集团上至董事长、总经理，下至一般员工，所有人体现出来的大局观和柔韧性，是保证这艘大船抵御惊涛骇浪驰向理想彼岸的不懈动力。好在国家正逐步加大改革力度，帮企业及早解困。就煤炭系统而言，一系列改革正逐步铺开，推进政企分开，调整煤炭结构，相继实施关井压产、减人提效等，支持企业上市融资，并对非法开采、不具备基本安全生产条件的小煤矿予以关停，对国有重点煤炭企业实施债转股、基本养老保险省级统筹，保障下岗职工基本生活，对资源枯竭、扭亏无望、资不抵债的矿井实施政策性破产，推动煤炭销售三不政策——不付款不发煤，不给商业汇票不发煤，不还欠账不发煤，扩大煤炭出口，改革煤矿安全监察管理体制等政策措施。两年多时间，全国煤炭市场供求基本平衡，煤炭经济出现转机，仅全国的小煤窑就陆续关闭了百分之七十三，由原来的八万多个减少到两万两千个。

　　在此期间，山平集团公司开始在企业内部推行全新的管理办法——资产经营责任制。在扩宽动力煤销售渠道的同时，加大与知名钢铁企业的合作力度。在焦化公司成立后不久，八矿洗煤厂正式投产，使得山平集团公司的大型洗煤厂达到三个，为提高煤炭附加值，整体提升煤炭效益打下了坚实基础。在厦门举行的第四届中国投资贸易洽谈会上签订利用外资协议项目四个，总投资额超过一亿五千万元人民币。在注重内部挖潜的同时，加大安全生产投入力度，辖下十一个矿获国家"行业级安全生产质量标准化矿井"称号。在国家强有力政策的有效推进中，在各方共同努力下，山平集团公司整体效益开始显著提升，职工的收入及生

329

活条件明显改善。

随着又一个新的焦化项目工程开工建设，及省内外多个兼并重组企业纳入山平集团公司，公司的跨行业多元化经营格局粗具规模。这一年，山平集团公司十三项主要经济指标创出历史新水平，原煤产量突破三千万吨，销售收入实现一百一十亿元，成为省内第一家销售收入超百亿的煤炭企业。

党支部书记罗俊涛在周四下午的政治学习课上，非常认真地组织大家学习与以上内容相关的报纸和文件时，他显得神采奕奕。按照惯例，学习了报纸和文件后是个人发言环节，之所以这么做，是出于两种考虑，一是让大家加深对形势和任务的记忆和理解；二是为了锻炼大家的语言表达能力，而每到这个环节，大家的头都跟霜打的茄子一样，蔫蔫地低着。

"平时一个比一个精神，一个比一个能说，一到开会学习时，一让你们发言，就都蔫了，今天是每个人自愿发言呀还是让我点着名来呀？"罗俊涛笑着说。

见有人挠头，有人抠脸，有人悄悄窥视一旁的人，有人憋着笑不敢动弹，罗俊涛说："那我就开始点名了，点到谁谁先说。"他话音刚落，衣兜里的手机丁零零响了。一看手机，是钱娅丹的来电，他愣了一下，犹豫着接还是不接。众人齐刷刷抬起头时，罗俊涛接通电话说："我在开会呢，晚一会儿给你打过去好吧，挂了啊。"

女保管员瞬间听出罗书记的话音有点儿异样，嘴角微微一翘，不易察觉的微笑映在脸上。恰好被罗俊涛看见，罗俊涛顺势说："还是李师傅觉悟高，经常起表率作用。李师傅，你先讲吧，大家都打起精神来，认真听李师傅发言。"

李师傅先是一惊，接着做个鬼脸，嘿嘿一笑说："那好吧。通过今天的政治学习，我懂得了'背后有山，永远心安'的道理。这些年国内国外的形势都不好，市里很多单位很多人过得都很差，可我们单位再难，每个月的工资也是照常发放，我们每个人都不愁吃穿，我们要懂得感恩，感恩国家，感恩单位，感谢罗书记的正确领导。"

罗俊涛赶忙接话说："你这最后一句最好是省掉，其他的讲得很好。

知道感恩就会促生动力，动力是干好工作的基础。认清形势，明确方向，增强信心，提高工作积极性，这都是我们政治学习的目的。挨着说，别让我一个个点名了。"

因惦念钱娅丹，担心这孩子又是什么都不做地单单等候他的电话，罗俊涛并没有要求每个人都必须发言。散会后，罗俊涛回到他的办公室，第一时间拨通了钱娅丹的手机。

"娅丹，你在哪里？"

"山平市。"

"别逗我。"

"是真的。"

"最近这几年你每次过来玩，都是事先给我说一声的。"

"我这次不是过来玩的，所以没有事先告诉你。"

"逻辑上没错。你来山平市干什么？"

"上班。"

"啊？别逗了。"

"真的，我已经在山平市报社办理过报到手续了。"

"你一个堂堂的名牌大学新闻专业硕士研究生，来一个地级市报社上班？"

"怎么了？"

"我是说，就你这条件，你哪里不能去？"

"我为什么要去'哪里'？"

"一线城市，二线城市，好地方太多了。"

"适合我的只有一个，山平市。"

"为什么？"

"不为什么，就为我的心早已在这里。"

"听不懂。你这孩子一向意气用事，你将来会后悔的。"

"不会。"

"你爸妈同意吗？"

"同意。"

"你既然早就确定要来山平市工作，为什么不事先给我说一声？"

"我怕你阻挠。"

"我真的无话可说了。"

"那你就不说吧，只用请我吃饭就行，我现在就饿了。"

"好吧好吧。"

"你得来报社门口接我。"

"下班时候人多。"

"我不管。"

"那好吧。"

钱娅丹上大学这些年每年至少来山平市一次，利用假期时间，她在罗俊涛的陪同下，去了几个历史文化景点，她对山平市丰厚的历史文化颇感兴趣，也说过将来想来山平市工作。罗俊涛本以为她是一时兴起，不想，她居然真的将自己的未来交给了这个地级市，这让罗俊涛感到匪夷所思。

罗俊涛骑着摩托车抵临报社门口时，见钱娅丹正站在路边一棵粗大的梧桐树下东张西望。钱娅丹一上车，就用右手紧紧拽住罗俊涛的衣角，这个生性怯弱的女孩子像是唯恐掉下车去。担心遇见熟人，罗俊涛一边驾驶摩托，一边大幅度扭一下身子，想借此挣脱钱娅丹的手。可是，这个不谙世故的孩子始终不肯松手，使得罗俊涛一路上低着头不敢看人。

"娅丹，你想去哪里吃饭？"罗俊涛勾头问。

"我们还去黄龟山水库吧。我第一次来找你的时候，我们去的就是那里。记得那次还下着小雪，若有若无那种，想一想都美死了。"钱娅丹喜滋滋地说。

在出市区的最后一个红绿灯处等红灯时，罗俊涛看见一个熟人，趁着那人没有注意他，他赶忙掏出一副墨镜戴上，同时大幅度扭动一下身子。

"干吗呢，你想把我晃下去呀！"钱娅丹埋怨的同时，非但没有松手，反而抓得更紧了，这让罗俊涛哭笑不得。

好在那个熟人骑的是自行车，并且是在人行道上，只顾仰着脸看天，并没有注意到戴着墨镜的罗俊涛。等绿灯一亮，罗俊涛加大油门，摩托车飞也似的冲向前去。随着钱娅丹一声惊叫，罗俊涛从后视镜里寻找那位熟人时，已寻他不见，于是，绷紧的心弦一下子松弛下来。摩托车在轻快的突突声中，下大路，走小路，一直走到库堤下肥美的水草边。

"请你吃鱼吧，那边有个小鱼馆。"罗俊涛望着夕阳下火红的水面问钱娅丹。

"不吃吧，你就这么陪着我看水吧，真美啊。"钱娅丹站立水边，如痴如醉地说。

"你老早就说你饿了。"罗俊涛笑着说。

"那是老早的事了。"钱娅丹的声音像呢喃。

"那好吧，那就先看水，我们晚一会儿再去吃鱼。"罗俊涛也被眼前的景象所吸引，他目不转睛地望着水面上橘红色的涟漪慢悠悠由远及近，一圈圈荡漾开来。时不时有飞鸟飞抵水面，噙一口春水后，扑棱棱找夕阳去了。

两人站立水边，夕阳西下的时候没有人从此经过，鸟儿飞走后，只剩下有节奏的哗啦哗啦声，那是水波抚慰岸边的声音，清亮、甜美。

"罗书记，你抱抱我吧，就像许多年前抱我那样。"钱娅丹的话像是从遥远的地方飘过来似的。

"你不要开玩笑。"罗俊涛心头一惊。

"你是抱过我的第二个男人，我爸是第一个。"

"那又怎么样？"

"我想让你再抱我一下，我常常回想起你搭救我时那温热的怀抱。"

"两码事。"

"抱不抱吧？"

"不抱。"

"你不抱我，我就跳水，你还得下水救我。"

"你是个憨子。"

"我妈也是这么说的。抱不抱吧？"

钱娅丹说完，义无反顾地走向水面。

罗俊涛原以为这个天真的孩子是吓唬他的，不想，她真的向水而去。在优越家庭里娇惯过的孩子大约就是这样的，想到此，罗俊涛伸手拉住钱娅丹，顺势把她抱在怀中。他瞬间感觉到了怀中人一起一伏的心跳，一起一伏的还有她啜泣时的模样，她孩子一般娇气任性。

当水面上的橘红快速消退后，暮色渐重。两人坐在草地上，望着银亮的水面，罗俊涛直言不讳地说："娅丹啊，等你的工作稳定下来后，你得及早找个男朋友，参加工作后就不再是个孩子了。"

钱娅丹幽幽地说："不找，我决定终身不嫁。"

罗俊涛惊讶地说："那可不行，你不能意气用事。"

钱娅丹瞅一眼罗俊涛说："罗书记，你放心，我不会影响你的家庭生活，我们定个君子协定吧，你一年抱我一次就行，我非常知足，我们一个月就见一次面，你看行不？"

直到现在，罗俊涛才察觉出眼前的钱娅丹是多么的幼稚，尽管她已经二十好几。罗俊涛耐心劝慰钱娅丹："一身孩子气，你父母不在身边，有个男朋友陪着，你就不会觉得孤单，无论去哪里，有个人跟着，至少能壮胆。"

钱娅丹噘着嘴说："你就别劝我了，劝也没有用，我再也不是个孩子了，我的事情我做主，我早就决定了，我要向法拉奇学习，当一个自由自在的传奇女记者。"

罗俊涛好奇地问："法拉奇是谁？"

钱娅丹一脸崇敬地说："法拉奇是意大利人，被誉为世界第一记者，这不仅因为她有不凡的战地记者经历，更是因为她的犀利采访风格和深刻见解，她一生未婚未育，可这一点儿不影响她光彩耀眼。她曾经是二战游击队员，亲历越南战争、印巴战争和中东战争，两次荣获世界级新闻大奖，她的采访对象包括邓小平、基辛格、甘地夫人、玛丽莲·梦露等知名人物，誉满全球新闻界。"

罗俊涛耐心地说："人家是人家，我们是我们，你别跟人家外国人比，你起码得替你爸妈想想，长大了不成家，你觉得没有什么，爸妈可受不了。"

钱娅丹不假思索地说："爸妈没有怎么反对我，不像你，你比我爸妈还爸妈。"

罗俊涛笑着说："没有怎么反对你，那是他们觉得你幼稚，浑身还透着孩子气。"

钱娅丹任性地说："反正我不管，我就要学习法拉奇。"

罗俊涛叹息一声说："你是我遇见的第二个奇特的人，第一个是刘伯伯的儿子，叫刘阳，四十好几了，还是不要孩子，立志要当丁克族。"

钱娅丹天真地说："我不觉得这有什么不好，丁克的人可以有更多的时间和精力享受生活。"

罗俊涛急了，提高嗓门说："人人都像你们这样，我们国家将来可就没人了。"

钱娅丹拍拍罗俊涛的肩膀说："大书记呀，咱去吃饭吧，我真的是饿坏了，前胸贴后背。"

钱娅丹这话看来是真的，饭菜端上来的时候，她先是对着过热的食物呼呼呼连吹几口气，然后是狼吞虎咽，毫无顾忌，她的吃相一点儿不像个姑娘。

两人从水库回到市区已是华灯初上。离报社门口尚有一段距离，罗俊涛停下车让钱娅丹自己走回去。这个涉世未深的孩子眨巴着眼睛说："这还没到呢。"

罗俊涛手指前方说："就剩一百米路了，我开大灯给你照着，你只管走吧。报社给你安排有宿舍是吧？"

钱娅丹噘着嘴说："就剩一百米，也不把人家送到地方。我跟一个姐姐合住一间宿舍。"

罗俊涛指着前方说："快走吧。"

钱娅丹走在摩托车灯的光柱里，三步一回头。地面上，她的身影越来越长。她在走进报社的大门时，扭转身子，把小手举过头顶，对着摩托车晃了又晃。

歉意和不安在罗俊涛进家后越发强烈，他没敢正眼去看宋春玲。当宋春玲和他们的儿子罗见勋齐刷刷从沙发上站起身来走近他时，他瞬间感到了家里的气氛有点儿异样，此时，客厅里的电视没有开，儿子也没去他的房间学习，这两个人像是有意等他回来似的。当他的目光从两人脸上扫过时，他发觉两张脸上均布满惊恐的神色。

"你俩怎么了？"罗俊涛不解地问。

"见勋被人盯上了。"宋春玲惊慌地说。

"你是侦探剧看多了吧，别再看那些冗长的电视连续剧了，那玩意儿逮住就是五六十集，没完没了，一直看下去，人会变得神神道道的。"罗俊涛边说边走向里屋。

"我妈说的是真的，爸。"罗见勋跟在罗俊涛身后。

"你也看连续剧了？"罗俊涛停下脚步问。

"你先不要急着去换衣服，坐下来听我们说说呗。"宋春玲的情绪渐渐稳定下来。

"见勋，你一向是个听话的孩子，这次是不是干什么坏事了？"罗俊涛坐在沙发上，用慈祥的目光望着他儿子。

"爸，我没有。"罗见勋的语气十分坚定。

"俊涛，你儿子是什么样的人你还不清楚吗？你别那么说儿子。"宋春玲心疼地把手搭在儿子的大腿上。

"到底遇到什么事了？"罗俊涛着急了。

"我……我，妈，你说吧。"罗见勋望着身边的宋春玲。

"俊涛，你看你把儿子吓的。是这样的，今天下午放学后，见勋跟往常一样一个人走近路回家，他发现一个人一直跟着他，从学校门口开始，鬼鬼祟祟的，起初，见勋没有在意，快到我们小区时，这孩子多了个心眼儿，他没有直接进小区，而是绕到别处去了。那人观察一会儿，仍旧不近不远地跟着见勋。见勋担心这个人是坏人，害怕坏人知道我们家住在哪里，他就靠在一棵大树上不走了。一会儿，那个跟踪他的人走近他，悄悄问他："你妈是不是叫宋春玲啊？"见勋问他："我妈不叫宋春玲，我不认识你，也不认识你说的那个人，你是谁呀？一直跟着我干什么？"那人说："我没有跟着你，我们两个顺路罢了，我是你妈单位的同事，你别多心，我没有别的事，看着你长得很像你妈，就好奇地问问你。"我们见勋可聪明了，他听出来那个人的话漏洞百出，因为我就没有正式上班，没有什么工作单位，只是在他姑姑罗俊丽的公司里守摊

336

儿，哪里有什么同事，再说了，我们母子俩长得根本不像。见勋弄不清楚这个人是好人还是坏人，弄不清楚他到底想要干什么，就磨蹭着掏出一本书慢慢翻着看。等那个人离开后，并确定他不在附近时，见勋才警觉地一边观察，一边快速跑回家。"宋春玲说得气喘吁吁。

"爸，我想起来了，那个人见一片树叶落在我的书包上，就帮我把树叶捏下来，他顺势在我书包上捏走了一根头发，不知道他捏我的头发干什么。"罗见勋皱着眉头说。

"他捏走了你一根头发？你是说他把树叶扔掉了，没有把你的头发扔掉是吧？"罗俊涛一时警觉起来。

"我感觉是这样，头发细，我看不清楚，好像他捏我头发的两个指头一直没有松开。"罗见勋认真回忆着。

"一根头发又不是一块砖，掉地上还得扑通一声响吗？别疑神疑鬼了，见勋，你学习去吧，把你房间的门关上。"罗俊涛这么说时，一脸释然的样子。

"去吧，见勋。俊涛，我总觉得这事不是那么简单，你想啊，无缘无故的，那人跟踪见勋干什么？另外，他怎么会知道我的名字呢？"宋春玲仍旧放心不下。

"你小声点儿，别让儿子听见了。"罗俊涛指指儿子房间，接着说，"春玲啊，你不要紧张，有我呢。该有的自然会有，该来的自然会来，一切都是最好的安排。"

"俊涛，你这么说我更紧张了，听你的话音，这里边像是真有事似的，你不要吓我呀。"宋春玲面带怯色。

"儿子争气，经常在班里考第一，一定是被重点学校看中了，想挖墙脚。我看呢，这小子将来是个清华的料，到时候你就偷着乐吧。我得洗个澡，你不出去跟那帮老娘儿们蹦跶一会儿？"罗俊涛说着起身去了里屋。

宋春玲翻来覆去想着她儿子今天遇到的这件蹊跷事，哪里有心思锻炼身体，琢磨着罗俊涛的话，总觉得这件事不像他说的那样，可一时又没有别的人可以征询，就愣愣地坐着，用空洞的眼神盯着没有开机的电视机发呆。

罗俊涛故作轻松地走进卫生间后，他的脑子里满是那个陌生人捏走罗见勋头发的事。直到洗完澡，他最终也没有想出个什么道道来。入睡前，他的眼前忽而是钱娅丹天真活泼的模样，忽而是那个陌生人手捏头发的姿态。

"你的心可真大，居然睡着了。"罗俊涛迷迷糊糊听见宋春玲的说话声，睁眼看时，见对方倚在门上望着他。

"俊丽的生意最近怎么样？"罗俊涛闭着眼睛问。

"我真佩服人家俊丽，生意越做越大了，倒腾煤就没少挣钱，现在又在倒腾矿用物资。"宋春玲羡慕不已。

"那可够你忙的了，她又招人没有？"罗俊涛翻个身。

"人家的生意用不着人，我也就是守个摊儿，这叫聋子的耳朵——摆设。"宋春玲看看门外，忽然压低了声音。

"她做生意不用人？这事儿新鲜。"罗俊涛睁开眼。

"我俩都是死脑筋，我们全家人的脑子凑一起也比不上俊丽一个人的脑子好使，人家就不用自己送货，更不用自己存货，直接让生产厂家把矿用物资送到指定的矿上就行，她给矿上开发票，款项自然回到她的账户上，她只用跟矿上处好关系就行。"罗俊玲这么说时，带着酸酸的味道。

"她这是代理业务，不会长久的，她供应的物资不会是大宗物资，肯定是零星的临时用品。集团公司有规定，大宗物资要统管，由物资公司统一调配。"罗俊涛打着哈欠说。

"你的瞌睡可真多，儿子的事怎么办？"宋春玲问。

"什么怎么办，这也叫事儿吗？睡吧，你别管了。"罗俊涛拉上被子把头蒙上。

接连两天，罗见勋上学放学时，罗俊涛都悄悄地远远跟在他身后，罗见勋所说的那个跟踪他的人并没有出现。最近单位事情多，一忙起来罗俊涛便将儿子的事忘得一干二净。可是，第四天上午，一个陌生人的出现，彻底将罗俊涛早已平复的心绪搅和得乱七八糟。

此人的本地口音里捎带着一点儿南方的味道，让罗俊涛一时间弄不清他是本地人还是南方人。门卫将陌生人领到罗俊涛办公室后，他第一时间自我介绍说他是从广州过来的，名叫苏洪，受人之托有要紧事想单独跟罗俊涛聊聊。门卫一听，看一眼罗俊涛后，非常知趣地走开了。

罗俊涛以为此人是为工作上的事而来，他为客人倒杯热水后说："什么事，你请讲。"

苏洪低声说："我们老板一连生了两个孩子，都是丫头片子，还准备要孩子的时候，不行了。"

罗俊涛尽管弄不清这样的开场白意味着什么，可他还是耐着性子听苏洪说下去，并好奇地插话说："计划生育管得这么严，他是怎么生的第二胎？还想要第三胎呀？"

苏洪叹息一声，无奈地说："还能怎么生？偷生呗。可惜呀，可惜，我们老板这辈子再也生不了。"

罗俊涛不解地问："他年龄大了？"

苏洪看一眼门口说："不是他年龄大了，是那玩意儿被弄断了。"

罗俊涛睁大眼睛问："哪玩意儿？"

苏洪指指自己的下面说："就是这玩意儿。"

罗俊涛皱了皱眉头说："还是不说这个吧。你找我到底有什么事？不会就为说你们老板的那个玩意儿吧？"

苏洪尴尬地笑着说："跟这有关系。我们老板很早就知道是你把宋春玲娶了，他让我给你们送来一块金砖，贴补家用。"说罢把手伸进西服的内兜。

罗俊涛一惊，忙说："慢点儿，你们老板是谁？"

苏洪支支吾吾地说："我们老板以前跟宋春玲好过，后来，宋春玲离开了他回到山平市。我们老板一直跟她联系不上，不过，他从别人那里知道了宋春玲的情况，知道宋春玲嫁给了你，还生下一个儿子，他还知道一些其他情况。"

罗俊涛用蔑视的口吻说："他还知道宋春玲的腿上现在还留着他打的伤痕是吧？"

苏洪带着歉意说："你说的这情况我真不知道。"

罗俊涛顺着他的话问："那你知道什么？"

苏洪压着声音说："我知道罗见勋的 DNA 和我们老板的 DNA 是一

致的。"

一股怒火瞬间涌上罗俊涛头颅，他厉声说道："看不出来，你苏洪真是个爷们儿，居然敢只身来我单位谈这样的事，你不怕我打断你的腿？"

苏洪不慌不忙地抬起头，面不改色地说："你不会，我们老板说，你是个真爷们儿，当初，你明明知道宋春玲已经怀孕，怀的是别人的孩子，你还是排除干扰，义无反顾地娶了她，你是个不折不扣的纯爷们儿。我的腿即使被你打断，甚至把命给你，我也心甘，只要我们老板能够如愿。"

罗俊涛忍住怒火问："你们老板想干什么？"

苏洪不遮不掩地说："认下这个亲生儿子，我们老板说，有根留下来，他百年后就能瞑目。"

一时间，罗俊涛感觉像是吞下一只苍蝇似的恶心。

见罗俊涛闭着眼睛没有说话，苏洪一边掏金砖一边说："这块金砖你先收下，这是我们老板的一点点小意思。我们老板的家业算下来快一个亿了，家业自然是传男不传女的，不知道我把我们老板的意思传达清楚了没有？"

此人的意思再清楚不过，他们老板拥有近一个亿的家业，膝下两女无子，并且再无生育能力，如果罗见勋能够认下他这个生父，那么大的家业将来自然非他莫属。罗俊涛伸手指指苏洪说："你赶快把金砖装回去，这东西跟我们罗家没有一点儿缘分，代我谢过你们老板。我知道你们老板的底细，不是我瞧不起像他那样起家的人，关键是人各有志。他的家业再大，那是他的，跟我没有半点儿关系，至于罗见勋愿不愿认他，那是孩子自己的事，由孩子自己做主，我不强加干预。孩子还没成人，现在学习压力很大，还要面临考学，我不想在这个时候给他添乱。孩子还不知道自己的身世，我也不想让他过早知道，等他长大成人了，他想怎么选择都行，我尊重他的意见。你最近跟踪过他，已经给他的情绪和学习造成了负面影响，我希望这是第一次，也是最后一次。"

苏洪不甘心地说："我尊重你的意见，不会再见孩子。不过，这件事牵涉你的爱人和孩子，尤其是你爱人，我希望你能跟她谈谈，听听她的意见。"

罗俊涛不假思索地说:"这是我的家事,请你不要干预。"

苏洪争辩道:"这是你的家事,可也并非与我们老板没有丝毫关系,所以,我希望罗书记再想想。"

罗俊涛压住火气说:"你可以走了。"

苏洪起身掏出一张名片放在罗俊涛桌上说:"上面有我的联系方式,我希望早日听到罗书记的答复。"

见罗俊涛眼睛盯着电脑不再说话,苏洪无声地出去了。罗俊涛的眼睛望着电脑屏幕,思绪却在苏洪身上,他不知道这个不卑不亢沉着冷静的人是如何打听到罗见勋的,他既然能找到罗见勋,就一定能找到宋春玲,宋春玲得知苏洪的用意后,精神必定崩溃,这个生性怯弱的人好不容易从年轻时的创伤中恢复过来,刚刚过了几年平静日子。该如何阻止苏洪搅乱他的家庭生活,这是罗俊涛不得不面对的一道难题。

多年的军旅生涯让罗俊涛不习惯于将悬而未决的问题拖延下去,无忧无虑,轻松清净,这无疑是最好的生活状态。他思虑片刻,拿起电话拨通了苏洪名片上的手机号,让对方尽快返回他的办公室,有要事相商。

罗俊涛没等对方落座,便直截了当地说:"刚才我给宋春玲打电话沟通过了,她的意见跟我的意见非常一致,必须得等孩子考上大学后,才能将他的身世告诉他,并尽力促成他与你们老板相认,眼下,不能打扰他的学习和生活。我可以给你写个字据,便于你回去给你老板交差。"

苏洪从胸前的衣兜里摸出一根录音笔说:"不麻烦罗书记写字据了,你的话都在这里了。"

罗俊涛惊讶地说:"这样不好吧!"

苏洪叹息一声说:"没办法,还望罗书记体谅我的难处,吃人家的饭就得殚精竭虑地为人做事。来日方长,罗书记,我们后会有期。"说罢,他和罗俊涛握握手,辞别而去。

中午在家吃饭时,罗俊涛轻松地说:"见勋,果然被我说中了,你的考试成绩和在校表现被重点中学知道了,人家想要把你挖过去,被我拒绝了。从做人的角度上讲,我们不能这么做,你们学校辛辛苦苦把你培养出来，我们如果另攀高枝，这有悖道德规范，对你们学校也很不公平。"

宋春玲的脸笑得跟春花一样，她幸福地望着罗俊涛问："这是真的吗？我们儿子太厉害了，怪不得前些天有人跟踪见勋，原来是想要摸清儿子的情况啊。"

罗见勋将信将疑地说："既然想要摸清我的情况，那他为什么不跟我把话说开呀？还鬼鬼祟祟的。"

罗俊涛不假思索地说："那是因为你还小，人家去我单位找我了，有事情肯定是先和家长谈。"

宋春玲高兴地说："儿子呀，你爸说得没有错，没什么事，你就安心学习吧，你一直都是你妈的骄傲。"

罗见勋边吃饭边点头应着。

暂且不说罗见勋是否仍有疑问，罗俊涛这善意的谎言至少让宋春玲丢掉了先前的顾虑，她如释重负。

第二十八章

在罗俊涛的巧妙周旋下，一家人的生活又恢复如初。这样平静的日子让宋春玲很是满意，领着一份固定工资，不耽误忙活一日三餐，安安心心，相夫教子，对于宋春玲来说就是人生极致。看着儿子丢下饭碗走向他的房间闭门学习，看着丈夫抹抹嘴坐在沙发上翻阅报纸，她每次收拾餐桌上碗筷时的那种感觉，不啻完成着一项项壮举。

罗俊涛的手机忽然响起时，宋春玲刚好把三个饭碗摞起来抱在手里。当罗俊涛啊的一声惊叫并猛然跳起时，餐桌上传来哗啦啦的瓷器撞击声。宋春玲惊愕地看罗俊涛，见罗俊涛正慌忙穿鞋，准备外出。

"有急事，我得去单位。"罗俊涛急匆匆走了。

天色灰暗，大雨如注。罗俊涛赶到车队时，韩队长几乎同时赶到，接连赶来的还有铲车司机和吊车司机。几个人都没进屋，韩队长就在走廊上交代任务："我刚刚接到救援命令，大家迅速戴上头盔和防护口罩，开上铲车和吊车马上出发，四矿矸石山爆炸崩塌，附近一些住户被矸石掩埋。"

罗俊涛问："货车用不用去？"

韩队长说："暂时不用。"

韩队长坐上吊车，罗俊涛坐上铲车，他们匆匆赶往矿上。

四矿矸石山的意外爆炸崩塌出乎所有人意料，这种情况在全国都极为罕见。矸石山高度达到八十米，长度和宽度将近三百米，建矿四十多年来的煤矸石基本上都堆积在这里。煤矸石本来就是石头，井下采掘过程中难免会夹带些许煤末，就像出土的花生一样，或多或少会带点儿土屑。天降暴雨，加之矸石山没有征兆地内部自燃，冷热交汇，使得矸石

343

山里面发生物理化学变化，造成了此次爆炸崩塌。

罗俊涛他们赶到四矿矸石山附近时，见相关人员已经将周边戒严，集团公司的救护队和矿上的救护队以及总医院的医务人员已经到达，矿山救护车和医院救护车灯光闪烁。罗俊涛向负责戒严的工作人员说明来意后，他们的吊车和铲车快速开进现场，听候负责人调度指挥。

似乎是天公发觉了天雨给凡间的救援者带去的是诸多不便，他旋即将雨停下，这给救援的人们减轻不少负担。

救护队的专业人员在图纸上圈定了被掩埋的住户的准确位置，救援人员以及挖掘机向圈定的位置开进。夜幕下，个别地方有明火闪烁，烟雾和水汽将救援现场搅和得一派混沌。唯恐被掩埋的人受到二次伤害，救援人员不敢让机械设备过早接近被掩埋的房屋，他们或手拿救援器械，或用戴了手套的双手，快速扒开矸石堆，寻找房屋，寻找埋在房屋里的人。罗俊涛见此情景，迅速跳下铲车，加入徒手救援者的行列。

废墟里传来微弱的呼救声。罗俊涛跟随专业救援者一边大声安慰被埋者，一边俯下身去向目标靠近。一个十来岁的孩子第一个被成功救出后，众人信心大增。罗俊涛的身上不知道什么时候起了火，那是被矸石层里没有熄灭的明火燃着的，他迅速将火拍灭后，继续救援。这样的救援本身就充满着矛盾。炙热的矸石需要洒水降温，可洒水势必会给下面的被埋者造成二次伤害，关键是没人知道谁的脚下有人。工程机械的使用也是如此，虽然人工作业远不及工程机械快速便捷，可一旦使用工程机械，废墟中的人的人身安全就很难保证，因此，对工程机械的使用是慎之又慎。

数辆救护车不停地拉着被救出的人赶往医院。大约是天公今晚吃酒过多的缘故，他误认为凡间的救援工作已经结束，于是，就将先前积压的雨水倾泻而下。

午夜时分，暴雨再次降临，这无疑给救援工作带来极大困难。忽然间，一个熟悉的身影出现在罗俊涛的视线内。起初，罗俊涛并不相信，这个生性怯弱的丫头怎么会现身在属于男人的地方，这么危险的救援现场不应该有女性出现，即便是记者。他跑在钱娅丹身旁厉声说："钱娅丹，你怎么敢来这里采访？赶快离开，这里太危险。"

钱娅丹弯腰护着笔记本说:"我怎么就不能来?救援现场就是一线记者的战场。"

罗俊涛追问一句:"你是怎么知道的?"

钱娅丹说:"我听门卫说的。"

罗俊涛推一下钱娅丹说:"你离这里远一点儿。"

罗俊涛的话还没落音,矸石山那边猛然传来一声山崩海啸似的巨响,随之,煤矸石夹杂着暴雨从天而降,矸石山二度爆炸坍塌。此时的钱娅丹,刚刚被罗俊涛推了一下,脚下全是乱石,又是站在矸石堆的斜坡上,才将身子站稳的她,在毫不知情的情况下,被罗俊涛高大的身子整个儿压在了身下。那声巨响早已将她的耳朵震得嗡嗡直响,她在被罗俊涛压在身下的一刹那仍然不知道方才发生了什么,她当时背对着矸石山,并没有看见碎石被掀起,巨浪似的奔涌而来是怎样的阵势。起初,钱娅丹并没有感觉到罗俊涛的身子有多重,可是,就在一瞬间,压在她身上的身子却猛然加重,使得她一时间几乎喘不过气来,渐渐地,她在罗俊涛的身子下一点点儿失去了知觉。对于钱娅丹的昏迷,罗俊涛全然不知。

救援现场的救护人员、救援设备均被厚重的煤矸石瞬间埋没,矸石中夹杂着火光,烟雾弥漫,昏天黑地,能见度极低。当第二批救援人员赶到时,暴雨已经将零星自燃的煤矸石浇灭,四处响着恐怖的吱吱声。

所幸罗俊涛和钱娅丹所处的位置在斜坡上,煤矸石铺天盖地落下后,大部分顺坡滚下,罗俊涛的后背只在受砸时承受着巨大压力,随着没有附着力的煤矸石向下滚落,罗俊涛背上的压力卸去不少,可他依然昏迷不醒。如果不是他的身下还有个绵软的身子垫着,为他缓解了不少冲击力,如果不是钱娅丹醒来后推他喊他,真不知道他什么时候能够醒来,甚至于不知道他还能否醒来。

罗俊涛被身下的钱娅丹推醒后,他猛地一用力,虽然身上压着他的煤矸石滑落一些,可他的身体依旧难以挣脱出来,好在他的蠕动被救援人员及时发现了。

两人被救出时,钱娅丹被罗俊涛压得面色铁青,呼吸急促,有罗俊涛护着自己,她别处并无大碍。罗俊涛起初是下意识地用手撑地,在煤矸石扑向他们的瞬间，罗俊涛的双臂支撑着很大一部分重力，这在很大程度上守护了钱娅丹的身子。他的头部和背部被矸石块砸破，流着鲜血，在暴雨冲刷下，显得还算干净。被救护车送往医院时，两人意识清醒不少，只是浑身瘫软，没有气力看对方一眼。罗俊涛在吸氧的同时，救护车上的医务人员忙着为他处理着伤口。疼痛，从他恢复意识起，从脚到头，波涛般汹涌。幸运的是，过大的石头仁慈地放过了他，砸在他身上的石头不会超过羊头大。

并非所有人都这么幸运，这次意外事故造成多人遇难，另有上百人受伤。救援工作于当天下午全部结束。

针对四矿矸石山的实际情况，相关单位使用注浆法，辅以高温区域表面喷射浆液、挖掘沟槽、表面覆盖等方法，通过降温和隔氧来防止矸石山再次自燃。同时，集团公司要求辖下的各个煤矿立即行动起来，采取相应措施，排查隐患，严防此类事故再次发生。

医院的检查结果显示，罗俊涛周身有十处伤口，有的需要缝针，除此之外，右肩部骨折，骨折的位置居然跟罗俊林当年在井下骨折的位置没错多远。

这天，哥嫂来医院看望罗俊涛时，罗俊涛开玩笑地说："哥，我们这才叫亲兄弟呢，连受伤的位置都错不了多远。"

罗俊林摇摇头说："你的危险性更大，砸在你肩膀上那块石头不算很大，可也不会太小，不然砸得不会这么狠，多亏是砸在了这里，再偏一点儿就砸上脑袋了。不过，你的脑壳子特别硬实，咱不怕，你小时候我带你去矸石山捡煤块，你从半山腰滚下去一点儿都没事，还是脑袋先着地。"

罗俊林的爱人郑秋嗔怪道："看你们两个吧，没一点儿正形，都伤成这样了，还贫嘴。"

罗俊涛高兴地说："嫂子，我可听说我哥快当副矿长了，他给你说过没有？"

郑秋白一眼罗俊林说："人家的嘴可严了。你说的是真的吗？你听谁说的？"

罗俊涛说："小道消息，不过，无风不起浪。"

罗俊林说:"八字没一撇呢,人家也就考察了一下。"

罗俊涛说:"能被考察就有门儿。"

郑秋说:"那我今晚得给你哥加个菜。"

罗俊涛说:"一个太少吧。"

郑秋说:"那就加两个。俊涛,我听说你救了一个小女孩儿?她是报社记者?"

罗俊涛说:"是。一个半夜三更去事故现场采访的记者。"

郑秋盯着罗俊涛追问:"你还没说是不是个女孩儿呢。"

罗俊林瞪一眼郑秋说:"干啥呀你是?"

见电视台的人扛着摄影机站在病房门口,罗俊林赶忙收着话。女记者一脸歉意地问:"不好意思,打扰你们了,我们是市电视台的,请问能采访一下罗书记吗?"

适逢罗俊林站起身,罗俊涛指指凳子说:"请坐吧。"

罗俊林说:"俊涛,你嫂子还有课,我们先走了。"

郑秋说:"你好好养伤,我们抽空再来看你。"

两人说罢,带上门去了。

女记者坐下后直奔主题:"罗书记,是您救了我的同行。当时,爆炸掀起的煤矸石像巨浪涌向你们,您是最先发现的,您却没有迅速选择安全的方式躲避,也没有快速离开危险地带,而是选择了扑向我的同行,用自己的血肉之躯为我的同行搭起一道安全屏障。请问,您当时是怎么想的?"

罗俊涛想了一下说:"说实话吗?"

女记者莞尔一笑说:"当然。"

罗俊涛爽快地说:"什么都没想。"

女记者捂一下嘴说:"最好不这么说。"

罗俊涛看一眼摄像机说:"这是实话。要不就不要采访了,本来这就不是什么事。"

女记者为难地说:"这是我们的工作,请罗书记理解。您的光辉事迹已经见诸报端,这一点儿都不是小事。"

罗俊涛啊了一声说:"那一定是新闻报道,我没有接受过报社采访。"

女记者笑着说："看来我是幸运者。罗书记，您救人时即便什么都没有想，纯属下意识，您最好也不要这么说，我的意思是我们这么如实报道出去，有碍新闻效果。"

罗俊涛故作为难地说："这就难办了，我是军人出身，不会说谎话。我看就算了吧，不用报道了。"

女记者不甘心地说："我刚才采访了参加此次救援的另外两位同志，他们的事迹同样感人，可是，总觉得没有您的事迹光鲜，有亮点，毕竟您救的是一位女记者。"

罗俊涛机警地说："这样更刺激一些是吧？"

女记者尴尬地说："也不是。"

罗俊涛忽然哎哟一声，咧着嘴说："疼死我了。记者同志，我们改日采访行吗？"

女记者迟疑一下，站起身说："那好吧，您就好好养伤吧，我们告辞了，保重。"

电视台记者前脚出去，宋春玲后脚进来，前后三拨人轮番过来，跟商量好似的。

"电视台的来采访你了？"

"没有。"

"我明明看见他们从这里出去了。"

"我不愿接受采访，就把他们糊弄走了。"

"你是怎么糊弄人家的？人家可是电视台的，多少人巴不得上电视。"

"我不想上电视，人各有志。"

"依我看，你是怕影响不好。"

"什么影响？"

"那么多人不救，偏偏去救女记者。"

"你说的什么呀！"

"还不是吗？你以为没人议论你？"

"身正不怕影子斜。"

"那你为什么不接受电视台采访?"

"全身疼。"

"哼。"

很多时候,你想着力宣传的事,却鲜有人知;相反,你不想让人知道的事,却家喻户晓,甚至于满城风雨。众所周知的原因,罗俊涛很想使他救人的事就此平息,不想,媒体虽然没怎么宣传,此事在单位却成了热门的话题。也难怪,他似乎与救人有缘,短短几年时间,连救数人,并且两次救的都有女孩子,尽管没人知道他救的女孩子是同一个人,更没人知道这个人是因他而来山平市的,可并不妨碍人们就此话题津津乐道,乐此不疲。

罗俊涛在医院住了十天,然后回家疗伤。两个月后勉强能上班时,他出乎意料地被调到山平集团天一实业公司任副总经理,副处级。临行前,原单位少不得为他庆贺一下,饭桌前,众人七嘴八舌,热闹非凡。

"首先,祝贺罗总高升,来,为罗总高升干杯。"韩队长第一个发言,在他的倡议下,酒杯碰得当当响。

"这称呼听着别扭,没有原先的好听。"罗俊涛喝完第一杯酒后显得不知所措。

"你算了吧,这叫得便宜卖乖,要不咱俩换换?大家同意不同意?王师傅,你说。"韩队长逗趣道。

"我同意不同意有什么用?这又不是我能任命的,要是我能任命的话,在座的都得是个正处级,韩队长嘛,恐怕得是集团公司的副总一级才行。"仓库女保管员王师傅的话让在场的人笑得前仰后合。

"还有我呢,我还得跟韩队长平级,就像以前那样,他当队长,我当党支部书记。"气氛活跃开来,罗俊涛深受感染,跟着开起玩笑来。

"那可不行,你的职位得比我高。"韩队长一脸庄重。

"这是为什么?"罗俊涛满脸认真的样子。

"因为你的觉悟总是比我高,你的能力总是比我强,你的运气也总是比我好。就拿这次救援来说吧,我可是跟你一块儿去事故现场的,还有张师傅、牛师傅两个,我和他们两个都是坐在车里等着相关领导指挥调度，然后按照要求干活儿，你却自己跳下车去，跟救护队的人一起用手去扒矸石堆，深更半夜的，在那么危险的地方你还能遇到女记者，这真是个奇迹。"韩队长的眼里满是羡慕的神色。

"韩队长，听你的话音，那个女记者要是被你遇上了，矸石山崩塌时你也会把她压在身子下，是吧？"没去救援现场的货车司机邱师傅一脸坏相地说。

"越说越没正形。"女保管员嗔怪道。

"报社怎么会派一个小姑娘去那么危险的地方采访啊？"经女保管员责怪后，邱师傅脸上的坏相消退不少。

"哪里是报社派去的呀，人家是听报社门卫顺嘴一说，骑上自己的自行车就赶去了，那门卫家住这一带。"韩队长用敬佩的口吻说。

"这位女记者不简单，很敬业，充满爱心，跟我们的罗书记一样出色。"女保管员由衷而发。

"王师傅说得很对，他们两个人的精神都值得我们大家好好学习。刚才那第一杯酒是为了庆贺罗总高升，这第二杯酒嘛，祝贺罗总身体康复，来，大家共同干杯。"韩队长看一眼罗俊涛的肩膀说。

"韩队长这么一说，我这肩膀又开始疼了，我少喝一点儿吧。"罗俊涛喝下半杯。

"杯数够就行，喝多喝少你自己把握吧。"韩队长举着空酒杯说。

"酒能消炎，罗总，这前三杯你得喝了，后面的让王师傅替你喝，她离你最近。"对面的牛师傅挤着眼睛说。

"我看行。这第三杯酒，希望罗总常回来看看，别忘了这些弟兄姐妹，一起摸爬滚打这么多年，不容易，这是缘分，来，干杯。"韩队长这么说时，眼睛里依稀闪着泪光。

"喝够四杯酒吧，这第四杯，我祝大家，祝我们车队，四季平安。"罗俊涛将第三杯酒一饮而尽后，接着倒上第四杯，喝完后显得异常激动。

韩队长和罗俊涛的神情感动了在场的所有人，大家为自己身处这个温暖团结爱意融融的大家庭而庆幸，同时，为他们的罗书记去别处任职而不舍，此时的房间里没有了方才的说笑声，众人一个个表情凝重。

原单位为罗俊涛的升迁庆贺后的第二天，罗俊丽在"杏花楼"设宴为弟弟道喜，她开着新买的轿车把罗贵接到酒店时，罗俊林一家、罗俊涛一家早已到齐。罗俊丽的爱人赵恒将自己珍藏多年的三瓶老酒拿来，一大家人齐聚，热闹非凡，三个孩子罗见成、罗见勋、赵佳不约而同凑一块儿交头接耳，大人们的话题自然是围绕着罗俊涛展开。

　　罗俊丽自然是最活跃的一个，一是性格使然，二是她公司的生意做得风生水起。宴席开始前，她半真半假地说："看俊涛这势头，用不了几年，弄个正处是一点儿问题都没有，咱可说好啊，你得给我的公司找点儿业务做。"

　　罗贵起初没有听清女儿的话，他让罗俊丽大声点儿，等他弄清楚女儿的意思后，对着罗俊丽大声说："俊丽啊，你可不能坑俊涛，不能坑俊涛的单位。"

　　哄堂大笑。

　　罗俊丽抓住罗贵的手说："爸，你糊涂也不是这么个糊涂法呀，你从小就护着俊涛，到现在还是这样。我的公司想跟俊涛的单位发展点儿业务，这是再正常不过的事了，哪个单位都不会生活在真空中。我又不是坏人，我怎么会坑他们呀，况且八字还没一撇呢，这不就是说说嘛。"

　　罗俊涛笑着说："姐呀，咱爸是怕你挣钱太多没地方放，再有就是怕你累着，不想让你太拼，这都是为你好。"

　　罗俊丽噘着嘴说："你说的意思我可没有听出来。上次我去矿上送发票，顺便去看咱爸，他一听说我正跟他们矿上做生意，一下子把眼睛瞪得多大，说什么来着？对，他说的还是刚才的那句话，'俊丽呀，你可别坑矿上啊，矿上的日子不好过'。好像我是凶神恶煞一样，好像满世界就我聪明，他们矿上的人都比我笨似的，也不想想，就我这本事能坑谁呀，矿上的人一个比一个精明，他们那么好坑吗？"

　　罗俊林赶忙打圆场："俊丽呀，你听不出来吗？咱爸这是在变相夸你呢，他的意思是说你的脑子你的能力都比别人强。咱爸好像还没有夸过我呢。"

　　罗贵突然大声说："你们都说的什么呀，也不大声点儿？"

　　宋春玲笑着大声说："爸，他们的声音已经够大了，回头我给你买个助听器吧。"

罗贵侧着脸问："助听器？什么是助听器？"

宋春玲凑近罗贵说："就是帮你听声音的东西。"

罗贵摇摇头说："我不用，我的耳朵好着呢。"

罗俊丽小声说："倔老头儿。"

罗贵忙问："你说啥？"

罗俊林忙说："爸，俊丽说你得搬回家住，你一个人住坟场大伙儿都不放心，你都办完退休手续这么多年了，该回家里好好静养静养了。"

罗俊涛适时插话说："爸，我哥说得对，你早就该回家住了，你上次得病下不了床，要不是春玲给你送衣服及时发现，那多危险啊，你就听一回大家的意见吧，爸。"

赵恒掂量着说："爸，大家都是心疼你，担心你一个人在那里吃不好，你就回家住吧。"

罗贵耷拉着脸说："你们都别劝我，我不回家住，坟场需要我，矿上需要我，那些死去的工友需要我。"

罗俊林摇摇头说："那好吧，大家都别劝咱爸了，就让他坚持到最后吧，反正也等不了多久了，我听说市里要扩建北环路，新的北环路经过矿上的坟场，到时候，坟场里所有的坟有人迁的就迁走，没人迁的只能就地掩埋，坟场不存在了，咱爸也就回家了。"

罗贵瞪大眼睛说："敢，我看谁敢毁坟！"

罗俊林耐心开导罗贵："爸，矿上也得服从市政建设需要，更别说个人了，这个觉悟我们得有。"

罗贵抖动着手说："你妈的坟不碍事吧？"

罗俊林心头一颤说："爸，你放心吧，我妈的坟没事，离路远着呢，二者又不在同一个方向。"

罗贵小声说："俊林啊，瓦屋要是不碍事的话，那我就住在瓦屋里，我想陪你妈。"

好长时间没人说话。三个孩子不约而同地静下来，茫然地望着大人。服务员进来送菜，见满满一桌菜却没人动筷，房间内异常安静，她轻轻把双手托着的菜盘子挤上餐桌，不解地左右看看，然后无声地出去了。

赵恒咳嗽两声说："爸，孩子们都眼巴巴地瞅着一桌子菜，你不发话都不敢吃。你看看我这酒，整整十年了，我拿出来好几次都没舍得喝，今天咱把它解决了，给俊涛庆贺。"

罗贵盯着酒瓶子看了一会儿问："狗窝里也能放得住盛干馍？"

笑声满屋。门外的女服务员好奇地从门缝看向屋内。

赵恒咧着嘴说："看你说的吧，爸，我正准备戒酒呢。"他边说边给众人杯子里倒酒。

罗贵扭头问："为啥？来，来，来，喝，喝。"说罢，一饮而尽。

赵恒说："工资上不去。"

罗俊林的爱人郑秋说："赵恒，你就装吧，你家还指望工资？人家俊丽都是大老板了。"

赵恒说："俊丽越是能干，我越是感到自卑。"

郑秋说："你们男人怎么都这样。我们校长的男人是个开货车的，来学校时见人都不敢抬头，跟偷了人家东西似的。你们帘子布厂前几年就是上市公司了，上市后，效益不是很好吗？工资怎么会上不去呢？"

赵恒说："嫂子，我们单位早就不叫帘子布厂了，现在叫腾马集团公司。公司刚上市时，效益确实不错，这不是遇上亚洲金融危机了嘛，腾马集团跟你们山平集团还不一样，我们对外贸的依赖性比较强。爸，来，我们共同干杯。"

罗俊林放下空酒杯说："赵恒啊，据我所知，你们集团公司目前所遇到的困局，金融危机的影响只是其一，还有一个原因是扩张太快，从而面临巨大的资金缺口和融资压力，不过，从长远看，金融危机的影响即将过去，企业扩张所带来的整体效益会进一步呈现。"

没等罗俊林的话落音，罗贵不耐烦地说："你们不说我听不懂的话好不好？见成什么时候考大学呀？"

罗俊林呵呵一笑说："爸，你大孙子一个月后就该考大学了，你放心，他会让你满意的。"

罗贵没有听出来大儿子的话中之意，他看着罗见成问："见成啊，咱得考煤矿大学。"

罗见成器宇轩昂地说："爷爷，你放心吧，我一定报考中国矿业大学，不仅如此，毕业后我必须回我们山平集团工作，把我的所学奉献给爷爷所在的单位。在我看来，这不仅仅是体现价值、奉献社会，更是尽孝。"

罗见成的话很像是他小时候的一双小嫩手，很快就把他爷爷的脸搓出道道笑纹来。罗贵激动地说："见成真听话，这孩子将来比你们几个都有出息。"

罗俊丽给罗贵的碟子里夹着菜说："爸，我们几个可不是没有出息呀，也没有谁不听你的话，更没有谁敢跟你较劲儿，你一根筋地要住在坟场芝麻大的瓦屋里，我们谁都没有把你拽回家，你还让我们怎么样？咱得讲理啊。"

宋春玲捂着嘴说："见成的成绩在他们年级里一直处于前十名位置，不考清华北大有点儿亏吧？"

罗贵生气地说："哪里亏了？就你会瞎说。"

罗俊涛笑着说："今天都得听咱爸的。姐，不对吧，你不是说这场酒是为了庆贺我升迁吗？我可没有听见一句庆贺的话呀，也没喝一杯谁的庆贺酒。"

众人争先恐后起身，笑逐颜开地给罗俊涛敬酒。

第二十九章

罗见成如愿地考上了中国矿业大学，所学专业是采矿工程，他要重走他父亲罗俊林年轻时在矿井下走过的路。这个自小就颇有主见的年轻人在这些年的高校学习期间，成绩一直名列前茅，这让罗俊林和郑秋很是满意。

这些年，山平集团的变化之大让人目不暇接。新建数个循环经济重大项目工程，重组、兼并、收购多家省内外企业，内容涉及盐业、精细化工、新能源、新材料及其他煤炭延伸产品，煤炭产业蒸蒸日上，非煤产业蓬勃发展，多元化经营格局初步形成。尤其是和腾马集团重组后，通过优势互补，形成了经营合力。在省委、省政府大力支持推动下，重组完成后的中国山平腾马集团迎来了新气象，为抵御接踵而至的全球金融危机所带来的巨大冲击集聚了全新的巨大潜能。值得一提的是，在重组成立的中国山平腾马集团挂牌仪式上，省主要领导悉数参加，为这一喜庆的日子平添了庄重色彩。

为减少环境污染，缩短运输距离，减轻运输压力，也为合理利用洗煤副产品，集团公司下属的配煤中心正式成立。同时，通往一家大型火力电厂的地下输煤通道工程开工建设，该工程完工后，配煤中心的煤可通过地下运输皮带直接输送到十三公里处的火力电厂。

在重组腾马集团之前，山平集团的成功上市，为企业做大做强奠定了坚实基础。

趁着罗见成刚刚毕业的赋闲时间，罗俊林丢下饭碗就开始给儿子大谈近年来集团公司的全新变化。回顾过往，展望前景，罗见成激动不已，他庆幸自己当初的选择，并信誓旦旦地立志意欲在来日大展拳脚，让爷爷这第一代矿工和爸爸这第二代矿工不担心他们后继乏人。

这些年，罗俊丽的女儿和罗俊涛的儿子也都分别考上了理想的大学，毕业后均分到山平集团工作。一大家子三代人，数十年孜孜以求奋斗在他们身后的大山脚下，日复一日地重复着差别不大的工作，乐此不疲，这让八十岁高龄的老罗贵感到十分欣慰，这在很大程度上弥补了这些年屡次发生在他身边让他痛心疾首的事。

先是老队长刘士超和他爱人张艳的先后离世，老两口去那边前后仅隔一年。当罗贵在三个孩子陪同下去殡仪馆参加刘士超的葬礼时，他一滴眼泪都没有流，他用浑浊的目光望着不甚清晰的老伙计的遗体，一言未发，满脑子里装的都是他与老队长相处时的依稀往事。两人自二十来岁相识，50年代中期，被一节闷罐车咣咣当当拉到这大山脚下，数十年来彼此几乎没有分离过，即便是退休后，老队长也时常去坟场找罗贵对弈。罗贵在殡仪馆时倒是没什么异样，可他回来后，却每天坐在老槐树裸露的树根上，泪眼模糊。

老伙计宋彦的告别别有意味。那是半年前的事，在宋春玲搀扶下来坟场找罗贵对弈时，宋彦显得忧心忡忡。那是个深秋的午后，东北风肆虐时，尘土和枯叶如何都斗不过那份强劲，最后不得不被风高高扬起，在灰暗的天空中飘来荡去。宋彦把棋盘摆好后，似乎无心与他下棋，两人把棋盘上的棋子拨弄来拨弄去，一盘棋下得没完没了，始终没分胜负。

见女儿宋春玲急得在门口转来转去，宋彦慢悠悠地说："春玲啊，你是不是有事呀？你要是有事的话你就先走吧，我和你爸再下一会儿棋。"

宋春玲和蔼地说："爸，我没有事，我今天的任务就是陪两个爸下棋，你们只管下吧，我走走。"

宋彦盯着棋盘说："你晃来晃去的，让我头晕。"

宋春玲苦笑一声说："那好吧，我坐下。不过，我虽然不是很懂象棋，可也知道那么一点儿，你们这是什么走法呀，这是下棋吗？依我看，这跟磨石头子儿没什么区别。"

宋彦说："你不懂，我们这是在说话。"

宋春玲不解地问："说话？你们说了吗？我怎么没有听见呀？好像谁的嘴都没有张开过。"

罗贵低着头说："你不懂，这才叫下棋。"

这才叫下棋。宋春玲反复琢磨着罗贵的话，她始终也弄不清两个爸葫芦里装的是什么药。

一个小时过后，宋彦丢下手中的棋子说："老罗啊，这是我最后一次陪你下棋，我后天就去省城住院，我怕我再也回不来了。"

宋春玲眼圈一红，赶忙打断宋彦的话说："爸，你别瞎说了，你不吓人好不好？"

罗贵愣愣地望着宋春玲说："这么大的事，你们怎么不给我说一声啊，嫌我老了不中用了是不是？"

宋春玲忙说："不是的，爸，今天上午才定下来去省城做手术，原来想着让俊涛今天晚上给你说，谁知道我爸今天中午就嚷着要来这里找你下棋。"

罗贵嗯了一声后问："你爸的病是老毛病了，都这把年纪了，非得做手术不可？在我们总医院治疗不行吗？"

宋春玲心情沉重地说："我托人打听了，省里这家医院是专科医院，比较专业。我们先去住院，等检查后听医生安排，很可能得做手术，不做更好。"

宋彦若有所思地说："就听孩子们安排吧。"

罗贵用安慰的口气说："那你就去吧，省里条件好。"

宋彦站起身说："跟你一下棋，我这心情就好多了。不早了，春玲，我们回去吧。"

三人走出瓦屋后，宋彦下意识地看一眼不远处的周家坟地。罗贵望着坟地说："老宋啊，你去跟周倩说一声吧。"

宋彦的手明显地抖动一下，他看一眼罗贵，嗯了两声。走出数步后，见罗贵没有跟过来，他扭头问罗贵："你不去？"

罗贵站在老槐树下说："你去吧，我不去了。"

宋春玲搀扶着宋彦缓缓走向周家坟地。来到周倩坟前，宋彦望向瓦屋，见老槐树下没有了罗贵的身影。

357

宋春玲自然知道她爸和她婆婆年轻时的那段往事，她很想走开，就像她公公那样，让她爸和她婆婆独处一会儿。可又怕她爸一个人在这里旁生意外，于是，尴尬地把目光望向远山。她原以为她爸会跟她婆婆说些什么私密的话，不想，她爸站立坟前一言不发，只是双腿发颤，嘴唇一个劲儿地哆嗦。良久，宋彦说："走吧，春玲。"

宋春玲回过身，见她爸已成泪人。风，撞在她爸树皮一样的脸上，生生将豆大的泪珠击出老远。

想哭却强迫自己忍住，宋春玲挤着眼扶着她爸一步一步走出周家坟地。热泪顺着她的眼角簌簌下落。

并非像宋彦先前感觉的那样，他最终还是平安地走出了医院，安全回到家里。然而，在回到家里卧床半年后，他便撇下亲人驾鹤西去了，这给罗贵本就凹陷松弛的脸上平添了更深的皱纹，让老罗贵比失去刘士超那会儿更为痛心，毕竟他们最为要好的三个人，如今只剩他一个。

这期间，为配合市政建设，矿上同意市里相关部门的拆迁意见，为不影响北环路修建，矿上先前的坟地要立即搬迁。矿上的后勤部门逐一通知那些早年逝去的矿工的后人，请他们务必在期限内将坟茔迁走。好在这些矿工后人非常配合，数月内，诸多坟茔被悉数迁走。

或许是虑及房屋拆迁需要赔偿等问题，或许是考虑到坟场的地已经够修路所用，坟场一侧罗贵所住的瓦屋并没有被列入必迁范围，不过，市里的意思是最好是拆迁，不然有碍观瞻。起初，矿上相关部门屡次通知罗贵搬走，他们的理由是瓦屋以及屋内配置属于矿上资产，如今坟场没有了，自然无须有人守坟，瓦屋也因此失去存在价值，应该拆迁。矿上每次来人催促，罗贵就用手中拐杖指着来人一顿咆哮。

这天，矿上的魏书记亲自过来，就在瓦屋前老槐树下与罗贵来了一次促膝长谈。

"老罗呀，我们都知道，你是矿上的元老，是新中国成立初期最早一批来到矿区的前辈，为矿山建设立下过大功，退休后，还念念不忘那些逝去的老工友，自愿住在这里日日守护着坟茔，你这种高尚品格让我们深受感动。前些年，在矿上的煤炭销售面临巨大压力的关键时候，你身在坟场，心系矿上，利用有人前来给父亲烧香的机会，托付人家为矿上销售煤炭，据我所知，你发展的那家客户，如今还在大批量用着我们矿上的煤。你的所作所为让我们十分崇敬，我代表矿领导，代表矿上广大职工向你表示由衷的感谢！"魏书记情真意切的话语让跟他一块儿过来的人深受感染。

"魏书记呀，你可不要这么说，我干不了什么大事，就做了这么一点儿小事，不值得你这么表扬。"罗贵激动地说。

"你做的就是大事呀，对你的表扬你受之无愧。你都八十岁高龄了，身体又不是很好，如今还住在这低矮的瓦屋里，让人心疼。我今天过来，一是看看你，好久没见你了；二是想找你谈谈，想让你搬回家住。"老书记的话语重心长。

"谢谢魏书记惦记。我还是住在这儿吧，这么多年，住惯了，挨着矿上住，这心里踏实。"罗贵不经意间说出的话让魏书记一时间眼睛湿润。

"我怕你住这里生活上不方便。"魏书记低声说。

"很方便的，魏书记，你不要担心，我想做饭就做，不想做饭就去矿上食堂里买，离我们矿上近点儿，住在矿区旁边，总觉得心里有着落。"罗贵望着煤矿的方向说。

"方主任，你给保卫科交代一下，让门卫不定时地来这里看看，老罗每次去矿上食堂买吃的，任何人不得过问，更不得阻拦，谁不听我就处罚谁。"魏书记起身时眼泪汪汪。

"好的，魏书记，我马上去办。"年轻的方主任一脸茫然。

罗贵对煤矿这份深厚的感情着实打动了魏书记，考虑到市里并没有硬性要求拆迁瓦屋，魏书记也就没再坚持让罗贵及早搬走。他再三叮嘱罗贵注意身体，随后领着人走了。

集团公司的环保大会在矿工俱乐部召开，煤炭板块、非煤板块主抓环保工作的领导干部悉数参加。集团公司领导带领大家学习了中央领导对环保工作的重要指示，学习了省市各级部门关于搞好环保工作的具体实施意见，最后是集团公司的具体实施措施和各项具体要求，要求各单位要充分认识到环保工作的重要性，因为环保工作关系到自然资源，关系到可持续发展，关系到人类健康和生态平衡。

会议结束时接近中午，罗俊涛在开车回家的路上突然接到矿上魏书记的电话，他赶忙将车停在路边。

"罗总啊，有个事情我不得不跟你商量。矿上本来已经答应老爷子继续住在那间瓦屋里，可是，我们刚刚接到市里通知，北环路两侧要增设十米宽的绿化带，这样一来，老爷子住的那间瓦屋就不得不拆除了。我上次当面承诺过老爷子，让他继续住在那里，如今再去说服老爷子搬走，实在是张不开口啊。罗总要是肯出马的话，我得请你来矿上喝两杯。"魏书记在电话里把事情讲得很是透彻，人情也在里边。

"魏书记，我首先得感谢你，感谢矿上长期以来对老爷子的关怀。老爷子哪里都好，就是脾气不行，全家人怎么劝他都没用，劝轻了他跟没有听见似的，劝重了他就跟你瞪眼。既然是市里有要求，我们无论如何也得服从大局，你放心，我就是挨一顿打也得把老爷子弄回家去。"罗俊涛笑着说。

"要是挨打的话，我也过去陪着你挨打。"魏书记的情商之高让罗俊涛感慨不已。

"放心吧，魏书记，我这屁股小时候就被老爷子打过不少次，也不差这一回了。你的那个，肯定较贵，就算了吧。"罗俊涛虽然和魏书记相识不久，可两人的交情非同一般。

"哈哈哈，那好吧，你就复习复习吧。我这里有瓶好酒，等你来喝。"魏书记收尾的话说得合情合理。

"一定过去。"罗俊涛见不远处有个交警正向他这边张望，赶忙挂了手机，启动车子。

午饭后，罗俊涛开车去找丈母娘陈菊花，适逢刘士超的儿子刘阳也在丈母娘家，于是，他好奇地和对方开起玩笑来："是刘大校长啊，好久没见了，是哪阵香风把你给吹来了？"

刘阳指指门边一个编织袋笑着说："你没看见还在那里活蹦乱跳吗？老大个儿，刚刚钓的鱼，给婶子送来尝尝鲜。"

罗俊涛问："怎么不放家里吃？"

刘阳说："你嫂子闻见鱼腥味就反感，她是吃鱼吃怕了。"

罗俊涛问："你是不是天天往家里拿鱼？"

刘阳说："不是天天，是周末，工作日得工作不是？"

罗俊涛说："今天可是工作日啊。"

刘阳说："你记错了，今天是周末。"

罗俊涛说："你过得可真潇洒，副校长当着，还一点儿不影响周末去郊外钓鱼。"

陈菊花一旁插话说："阳阳啊，婶子还想劝劝你，你和苏娜不要孩子可是不行啊，你们什么时候能玩够啊？"

刘阳不屑地说："婶子，咱不说这个话题行吗？国外丁克族老多了。"

陈菊花埋怨道："你可不能跟人家学，人家那是国外。"

罗俊涛适时扭转话题说："妈，人各有志，你就别再劝他了。说说我的事吧。妈，我想让你去劝劝我爸，人家那边等着拆房子呢，他还是拗着不愿搬回家，我们谁都劝不了他，我估摸着，妈，你行。"

陈菊花一笑说："俊涛啊，你先别给你妈戴高帽子，这个倔老头儿啊，我看谁也劝不了，我也不例外，你还看不出来吗？最近这两年，他是越来越糊涂了。"

罗俊涛继续哄着丈母娘说："妈，我还不知道你的为人吗？你一定行，我爸肯定听你的，我们去试试吧。"

陈菊花的脸像是怒放的一朵花，站起身说："试试就试试，我就不信治不了这个倔老头儿，走。"

刘阳开心地说："我跟你们一起去，罗叔哪里跟你们说的那样啊，我每次见他，他的话都是有板有眼的，句句在理。"

罗俊涛无奈地说："那是你没有惹着他。"

三人快到瓦屋的时候，远远地见老罗贵坐在门口老槐树凸起的树根上，他背靠大树，脑袋冬瓜似的耷拉着，冬日的暖阳从老槐树鹰爪一样的枝条间漏下，在罗贵灰色的皮帽上留下一层霜一样的白光。修路的推土机老黄牛似的伸着脖子哞叫，这哞叫在罗贵听来，跟蚊子飞过的声音不差多少。当距离罗贵咫尺之遥的推土机推到坚硬的地基时，原有的哞叫声突然变大，被掐了脖子似的发出爆炸一样的声响，老罗贵这才把他的脑袋略微抬起，用迷茫的眼神百无聊赖地看一眼哼哼哧哧屁股冒烟的推土机。

在走向瓦屋的时候，罗俊涛低声对陈菊花说："妈，我爸心肺功能不好，血压也高，别让他过于激动。"

陈菊花说："妈知道。降压药他一直在吃不是？"

罗俊涛说："吃着呢，不过，他忘性大。"

到罗贵跟前时，刘阳最先开口："罗叔，罗叔，你醒醒。"

见罗贵没有反应，罗俊涛把脸凑近罗贵耳朵说："爸，我妈和刘阳来看你了。"边说边用手抚摸着老人的肩膀。

罗贵的身子抖动一下，睁眼看看，然后猛地站起身。罗俊涛说"你慢点儿"，话音未落，只见罗贵一头栽倒在地。罗俊涛连喊几声没有答复，跪地上仔细观察，老罗贵已失去知觉。

刘阳赶忙拨打了120。罗俊涛和陈菊花手忙脚乱，一时间束手无策。

救护车响着笛声赶来时，路上施工的工人停下手中的活儿，紧张地望着这边施救的人们。当救护车离开后，矿上的门卫匆匆忙忙赶到瓦屋，焦急地望着救护车快速远去。

心肺功能衰竭，加上脑溢血，罗贵的抢救工作异常艰难。好在集团公司总医院在急救方面具备特殊技能，他们精心抢救三天之后，老罗贵开始有了知觉，渐渐地，眼皮也能动弹了，这给全家人带来莫大的慰藉。

一家人商量后，罗俊涛开车去瓦屋前，把属于他父亲自己的东西挑选着放进车里，然后打通了魏书记的手机。

没等罗俊涛说话，魏书记着急地说："罗总，我正要给你打电话呢，我出差刚回来，现在快到总医院大门口了，听说老爷子已经苏醒了，我这就赶过去看看老爷子。"

罗俊涛感激地说："感谢魏书记惦记！不过，老爷子还在抢救室里，你过去也见不着他。"

魏书记说："那就见见你。"

罗俊涛说："我不在医院，我在瓦屋这边，我把老爷子的东西装车上，你们明天就可以拆房子了，现在也行。"

魏书记说："那怎么行！得征得老爷子应允啊。"

罗俊涛说："他都病成这个样子了，即便身体能恢复，我们说什么都不会再让他住在瓦屋了，毕竟是八十岁的人了。"

魏书记说："那好吧。你多久能到医院？"

罗俊涛说："我还有别的事，你不要等我，也别去医院了，刚出差回来，早点儿回家歇歇吧。"

魏书记说："也好。老爷子什么时候从抢救室出来，你及时告诉我一声，我得代表矿上去看看老爷子。"

罗俊涛说："好的。谢谢魏书记。"

不是第二天，而是数日后，矿上才派人跟修路的施工人员一起来到瓦屋。他们先是把瓦屋门口的老槐树锯断，而后开始搬运室内家具。

老槐树距地面一人高的地方有个洞口，大约是被雷公击伤过，洞口黑黢黢的。当老槐树被人放倒之后，那洞口内居然露出数根森森白骨，可以肯定的是，这是人的骨头。见状，在场的人无不大惊失色，似乎这森森白骨能将活人拉往那边似的，人们纷纷后退。

"不会是狗的骨头吧？要不就是牛的？"

"都不像，肯定是人的。"

"是谁死在树洞里了？"

"咱可不敢瞎说。"

就在人们议论纷纷时，负责抬箱子的人一时惊慌，将本就老旧不很结实的木制箱子摔在地上。那箱子顶部的木板不合时宜地张开了嘴，立时，箱子里露出几根骨头，和树洞里的骨头不差上下。这让在场的人惊呼不已，没人敢再干活，一个个愣愣地望着白骨，显得束手无策。

抛开树洞里的骨头不说，原本放在罗贵床底下的木箱子里怎么会有人的骨头？要知道，木箱子顶上就是罗贵的床，罗贵居然每晚都睡在尸骨之上，人们百思不得其解。想就此扔掉，却又不敢，唯恐这里面藏着凶杀案。于是，矿上的人将这里的情况反映给了保卫科。保卫科的人赶来后，职业本能让他们迅速保护好现场，随之报告给了公安局。

经公安局专业人员鉴定，树洞里和箱子里的骨头都是人骨头，这一

363

点毋庸置疑。凶杀，当这个字眼浮现在人们的脑际时，几乎没有人怀疑老罗贵。

"这瓦屋里住的是什么人？"公安局的人问。

"一个八十岁的老同志。"保卫科的人说。

"他人呢？"公安局的人一边拍照一边仔细查看骨头。

"在医院抢救室，他突然发病。"保卫科的人神色慌张。

"苏醒过来没有？"公安局的人问。

"好像苏醒过来了。"保卫科的人说。

"走，去医院。"公安局两个民警边走边说。

一行人赶到医院，在征得罗俊林同意后，一个民警征询一下医生意见，又向医生要来一件白大褂，他穿上白大褂，和罗俊涛一起走进抢救室。

"爸，我是俊涛啊，你能听见我说话吗？"罗俊涛轻声说。自从在他父亲那里发现白骨，他的脑子一直处于僵硬状态，除了极力配合公安人员之外，他似乎没敢想别的。

"嗯，嗯，嗯。"极其微弱的声音从罗贵嘴里游出。

"老先生，你住的瓦屋门前的树洞里，存放的是谁的骨头啊？保存得可真好。"公安人员诱导着问。

"肖……肖长军的。"罗贵说。

"你床下的箱子里的骨头是谁的？"公安人员接着问。

"一个疯女人的。"罗贵吃力地说。

公安人员原本还想问点儿什么，见老罗贵的头轻轻歪向一边，于是罢了。

从抢救室出来，公安人员把罗俊涛叫到走廊尽头问："肖长军是谁？你知道吗？"

罗俊涛长出一口气，一身轻松地回答："肖长军是我爸的一个工友，一节闷罐车拉来的东北老乡，去世几十年了，埋在矿上的坟场里，他家里没有后人了，所以，市里要求迁坟时，也就没有人过来把他的坟墓迁走。"

公安人员若有所思地说："这么说来，是老先生在修路的推土机下

364

把这位肖长军的遗骨捡起来存放在树洞里的，这么推理是既合情又合理。"

罗俊涛激动地说："一定是，一定是。"

公安人员接着问："疯女人是谁？"

罗俊涛摇着头说："不很清楚。不过，早些年有个疯女人经常在煤矿附近讨要吃的，后来听说她掉进水塘里淹死了，其他的我就不清楚了。"

公安人员问："水塘？你说的这个水塘在哪里？"

罗俊涛说："就在瓦屋东边不远处的斜沟村。"

问话的公安人员扭头问身边的同事："都记下了？"当对方说记下了后，他又接着对罗俊涛说："等我们核实清楚后再跟你联系，请将你的手机号留给我们。"

罗俊涛照办后，公安人员匆匆去了。

或许是回光返照，或许是冥冥之中有股神秘力量不想让罗贵蒙受不白，才使他勉强开口讲出这几句让人听得见的话语，当时，没人知道这几句话居然成了罗贵的临终遗言。自此之后，再也没人能够让他说话，这位二十来岁就来到矿山，把毕生的青春、血汗和真情厚爱给予矿山的人，就这么撒手人寰了。一家人痛不欲生，哭号震天。

罗贵去世后，山平市突降大雨，往年的冬季极少有这么大的雨，并且是连下三天。

第三十章

亚洲金融危机过去不久，世界金融危机接踵而至，这让原本正在恢复元气的山平腾马集团再遇寒冬。

不少用煤企业受挫，外贸出口受制，对山平腾马集团的煤炭生产和化工材料出口两大板块均带来了巨大的冲击。对此，集团公司领导班子研究决定，领导班子成员年薪降低百分之二十，为应对当前严峻的经营形势做好表率。同时，全力贯彻党中央、国务院的战略部署，积极落实去产能、去库存、去杠杆、降成本、补短板五大任务，着力提升供给体系质量。针对当下煤炭市场低迷、产能过剩的情况，集团公司经过慎重论证，决定调整产品结构，提高精煤销售比重，推出了大精煤战略，旨在以市场为导向，以客户为中心，以效益最大化为目标，充分挖掘精煤产品的质量优势，推动山平腾马集团公司高质量健康发展。

在生产经营工作会议上，集团公司副总经理李丰的讲话条理清晰，针对性极强："我国的煤炭资源虽然相对丰富，但精煤资源的占比仅为27.65%，属于稀缺性资源，产能增长又缺乏资源支撑，市场供应相对紧张。而我们山平矿区的煤炭资源是冶炼用煤，这些煤种具有低灰、特低硫、低磷、高黏结、结焦性能强等特征，是炼焦的基础和骨干煤种，这种天然的资源优势为我们进一步提升精煤产率创造了很好的条件。为此，集团公司经过慎重考虑和充分论证，前瞻性地提出了大精煤战略。为尽快落实精煤战略，各单位要统一思想，提高认识，积极做好以下四个方面的工作。"

参会的各单位领导同时认真地做着记录，一支支笔在笔记本上摩擦出的吱吱声在安静的会议室里循环回荡。罗俊涛无论是在认真听讲还是埋头做笔记时，都不敢正眼看李总，他不知道自己为什么从小就害怕见领导，尽管二十多年前他就认识李总。那时的李总刚从学院毕业，李总的为人和才学很早就给他留下相当深刻的印象。

在罗俊涛听来，李总的声音跟那时并无二致："一、转变思想观念。要正确判断我国煤炭行业的发展趋势，深刻认识集团公司煤炭产业发展的局限性，转变思想观念，找准自身优势，明晰转型方向，统一思想认识，将精煤战略纳入'十三五'发展战略规划，从生产布局、矿区调运、资源配置、洗选加工、市场开发等多方面系统谋划，确保煤炭板块尽快脱困转型。二、统筹高效协调。统筹好电煤、精煤两个煤种，根据两个煤种的市场变化，以经济效益测算为依据，灵活制定煤炭选配方案，动态调整转换量，确保高附加值煤炭产品产量最大化。统筹好内部外部两个市场，统筹好内部外部两种资源，把现有的洗配煤能力发挥到极致。三、提升综合价值。大力提升原煤入洗率，重视中煤、煤泥以及煤矸石的潜在价值，调整好自身利用和统一销售的关系，提高整体效益，同时，加大高附加值新产品的开发力度。四、全力扭亏脱困。坚持效益优先原则，突出精煤这一效益中心，积极拓展市场空间，提升高价区销售比重，减少资源配置的中间环节，做好产销协同，大力提高资源配置效率和效益。"

李总的讲话结束后，其他领导也做了相应发言。

怕什么来什么。会议结束后，罗俊涛和孙总一起在门口遇上李总，李总对两人说："孙总、罗总，虽然你们天一公司的工作处于整个精煤产业链的最末端，可你们肩上的担子一点儿都不轻，工作量一点儿都不小。洗煤副产品由你们统筹配置、统一销售，你们那里一旦哪个环节出现问题，影响的可不只是这些副产品本身，而是上游的三大洗煤厂。洗煤厂的副产品如果不能及时出厂，那么洗煤系统就得停产。而洗煤系统一旦停产，其上游的煤矿也得随之停产或减产。从这层意义上讲，你们公司的重要性一点儿都不次于矿上。"

孙总感动地说："请李总放心，我们一定全力保证精煤战略不从天一公司这里出现一点儿问题。回去后，我们首先要组织学习，提高认识，然后重点监督检查责任制的落实情况，从制度上严格把关，坚决杜绝一切漏洞。"

孙总说完后，李总看着默不作声的罗俊涛说："罗总，你不表个态吗？"

罗俊涛哼哼唧唧地说："李总啊，我一见领导就紧张，浑身不自在，这是我的老毛病了。孙总说得非常到位，我想说的跟孙总说的是一样的。"

李总笑着说："以前就跟大闺女一样。"

李总说完，和两人分别握手后去参加另一个会议。

这一年的冬季，大气中的雾霾特别严重，市区稍微好点儿，出了市区，三百米开外，所有的东西一概看不见，除了雾霾还是雾霾。正值全国上下大力治理大气污染之际，山平市环保部门突然加大治理力度是情理之中的事。尽管有人说山平市的雾霾是从外地刮来的，主要是从西北方向顺风而下来到了山平市，没有证据证明山平市的大气污染是由当地生产企业造成的，可这一点儿都不妨碍环保部门对辖区内各生产企业的检查、处罚以及监督治理力度。通知单、处罚整改单时不时被送到山平集团相关单位，尤其是负责经营洗煤副产品的天一公司，还有负责承运的铁运处，相关单位领导终日忙于开会、检查、督导、整改，疲于应付。

天一公司在市区周边的矿区铁路专用线两侧分布有多个货场，集团公司三大洗煤厂每日所产的大量副产品均在这些站台货场卸车中转。环保监管力度的突然加大，让东线货场负责人钟辉苦不堪言，对每天都来监督检查的罗俊涛大吐苦水："罗总啊，你看看，处罚通知书又下来了。"说时，把一张盖有大红印章的单子在罗俊涛跟前晃晃。

罗俊涛不用看就知道那单子上写的什么，他耐心安慰钟辉："我们得理解人家环保部门的难处，人家也是没有办法。你看看，这都快中午了，我们头顶上那一坨鹅黄明明就是太阳，可就是见不着阳光，我们自己都觉得确实该整治一下大气污染了，这么下去不得了。"

钟辉一脸无辜地说："我们的煤矸石和湿煤泥都是洗煤厂从水里捞出来的，现在还滴着水呢，它们怎么会变成雾霾呢？除非它们有孙猴子的能耐。我要是煤矸石和湿煤泥的话，有人硬说我污染了大气，给洁净的天空弄去了雾霾，我非得冤枉死不可，不跳楼才怪呢。"

罗俊涛哈哈一笑说："你的口才真行。想发牢骚你就接着发吧，只要不让人家听见就行，等你把牢骚发够了再去按要求整改，不过，你得快一点儿。"

钟辉笑着说："环保部门早先的要求是覆盖、洒水，我们都一一照办了，现在他们又让建大棚，罗总啊，这大棚是动动嘴就能建成的吗？这一是需要时间，二是需要资金，所需资金还不是小数目，一动就得上千万，关键是他们得容我们按部就班地来呀。"

罗俊涛笑而不答。

钟辉接着说："他们口头通知我，如果不建大棚就把货场大门外的小路挖断，不让汽车通行。罗总啊，一旦把路挖断，所有汽车进不来，货场里的煤矸石和湿煤泥怎么运出去呀？货场就这么大面积，以前库存的运不出去，新的怎么进得来？新的进不来，洗煤厂不给憋死才怪。"

罗俊涛问钟辉："我们要往好处努力，往坏处准备，我问你，如果路断了，你这里还能接收多少天的煤矸石和湿煤泥？你如实告诉我，以便我和孙总心中有数。"

钟辉不假思索地说："最多两天。"

罗俊涛着急地说："怎么会这样？"

钟辉苦笑着说："没办法呀，罗总，冬季气温低，用煤户的晒场里湿煤泥干得非常慢，半个月晒不出来一场。要命的是，环保部门的人经常去检查，要求所有煤产品不能露天存放，一旦发现晒场里的煤泥没有及时覆盖，就得被罚款；还要求个体户尽快建大棚，不然的话今后不能放煤泥。你想啊，罗总，湿煤泥被覆盖了，怎么晒干？不是人家不愿建大棚，关键是湿煤泥放在大棚里不见阳光，它怎么干？"

罗俊涛思考一下说："我得把你这里的新情况尽快向孙总汇报一下。我这就去西线货场看看，看那里能存放多少天的副产品。你尽快按环保要求去做，必要时主动找人家沟通沟通，你懂了没有？一定要想办法加大力度减少库存。"

钟辉苦涩地摇着头。

罗俊涛说："走，去站台那边看看。"

369

铁路站台北侧堆放的是洗煤厂洗出来的煤矸石，南侧堆放的是洗煤厂的洗煤水沉淀挤压后生成的湿煤泥，都跟山一样高。见状，罗俊涛着急地问钟辉："库存这么多，得赶快拉走啊，怎么不见拉货的汽车过来呀？"

钟辉为难地说："我也急呀，罗总，环保部门不让白天装车，站台上的所有煤产品，必须得用篷布盖得严严实实。还有，拉煤的车不让白天跑，路上查得严。"

罗俊涛低声说："够呛。"

钟辉仔细品味着罗俊涛的这句话，始终也没有品味出他的上司是否有埋怨他的意思在里边。

就在罗俊涛匆匆赶往西线货场落实储量时，孙总在办公室正思考两个方面的问题，一是尽快协调环保部门，请他们尽力把条件放宽到极限；二是抓紧时间落实新的更大的货场，以备不时之需。

尽管大家懂得环保工作的重要性，也知道政府部门对环保工作的重视程度，却还是低估了这一年的环保稽查力度。

山平集团的大精煤战略实施后，洗煤副产品产量大幅度增加，再有天气的叠加因素，天一公司的仓储和分销压力陡然增大。罗俊涛和孙总一样，这些日子非常害怕夜间手机铃响。前半夜，他们多半是在办公室里度过；后半夜，他们把手机放在枕边，唯恐手机铃声小。

就这样，平稳度过了半个月。在相关部门调配合理的情况下，五个货场的运营没有出现什么问题，可孙总和罗俊涛的心却一直都在悬着，不敢稍有懈怠。

最终，问题还是出现了。最先是集团公司总调度室在午夜时分把电话打给了孙总，要求天一公司的铁路货场尽快接收湿煤泥，田村洗煤厂因煤泥憋仓已经停产。罗俊涛接到孙总的电话后，两人即刻赶往东线货场。今天白天的情况是其他货场均已饱和，只有东线货场在正常运转，能满足湿煤泥的正常卸车。这里的问题如果不及时解决，后果不堪设想。

途中，集团公司李总打来的电话让孙总一时间羞愧难当，孙总毕竟当着李总的面做过保证，掷地有声。李总的批评虽不严厉，可他的电话

370

一到，无论他说什么，或者是什么都不说，对于孙总来说都是一样的难堪，及时接收洗煤副产品毕竟是他的主要工作，保障洗煤厂正常生产是他该尽的责任，对此，他责无旁贷。

远远地，见东线货场外空货车排出足有一公里的长队，这在平时是极为罕见的事。孙总和罗俊涛近前看时，见大路通往货场的衔接通道被钩机挖断，路灯下，一群等待装货的司机在旁边焦躁不安地窃窃私语，货场负责人钟辉站在路沟的对面，正跟一个陌生人商量着什么。

见孙总和罗俊涛出现在路沟对面，钟辉先是一惊，紧接着他越过路沟，来到两人跟前，感动地说："孙总、罗总，这三更半夜的，你们也不休息呀？"

见孙总把头扭向一边，罗俊涛示意旁边的司机回避一下，然后低声说："钟辉，我来问你，你这里出这么大的事，你为什么不向公司汇报？"

钟辉委屈地说："都半夜了，我不想惊动你们。"

罗俊涛说："你以为我和孙总每天都按时休息吗？你知道不知道洗煤厂已经停机了？"

钟辉惊慌地说："洗煤厂停机了？憋仓了？"

孙总正色问钟辉："这些汽车都是过来装货的吧，你尽快安排装车，尽快把路沟给我推平。"

钟辉为难地说："孙总，环保执法队可不好惹呀，他们挖路时再三强调不让货车通行。刚才我正跟一个亲戚商量，让他出面协调，他一个同学是执法队的副队长。"

孙总厉声说："钟辉，你马上把路沟推平，尽快装车，并及早通知铁运处向这边带车，及早让洗煤厂恢复正常。环保那边，我明天一早就去找他们，今晚出事我负责。"

李总的身影出现在钟辉对面时，钟辉以为他是货车司机，就一直与孙总交谈，并没有理会对方。

忽听身后有人说话，并且是李总的声音，孙总和罗俊涛赶忙转过身，见李总不知什么时候已站在他们身后的货车旁，李总说话的声音低沉稳重："今晚的事今晚解决，我这就给环保部门的领导打电话。"

李总打完电话，对孙总说："填吧，快点儿。"

孙总让钟辉马上把铲车调过来，尽快填沟。钟辉慌慌张张跑向站台，他在紧张之余，只觉得一头雾水。

李总回身示意他的司机把车内的一个纸箱子搬过来，他指着纸箱说："牛皮火烧，热着呢，你们一人吃一个吧，天冷，暖暖身子。"

孙总和罗俊涛深受感动，两人几乎是在同时说："谢谢李总关心！我们不冷，也不饿。"

两辆铲车填沟时，轰隆隆的声音响彻苍宇。在众多货车司机听来，这就是最好听的音乐。

见李总专注地看着铲车忽进忽退，将原先用钩机挖出来的土重新填回沟内，孙总说："李总，你先回去吧，都凌晨两点钟了，这里有我和罗总盯着呢。我们没有把工作做好，这样的事还得让李总出面，真是不好意思。"

李总说："我再等一会儿。"

李总一直站在树下的暗光里，望着两辆铲车将路沟快速填平，望着一辆辆货车依次开进场内，他这才与孙总和罗俊涛打个招呼，然后坐进车内，回市里去了。

经过上上下下方方面面的共同努力，山平集团公司的大精煤战略经过开始阶段的艰难适应，已经处于稳步推进中，且大显成效。随着新技术、新工艺、新设备的不断涌现，不仅洗煤行业的机械化程度在逐年发展，采煤行业的自动化、智能化设备也在不断更新。

罗俊林的儿子罗见成从中国矿业大学毕业后，子承父业主动要求去井下采煤队工作，短短数年，这个执着踏实的年轻人已经被矿上提拔为副队长，这让罗俊林欣喜之余，不忘给儿子灌输老一辈矿山人的吃苦耐劳精神。他在饭桌上故意板着脸说："设备再好，没有人也是枉然。矿工的素质最为重要，如果责任心不强、没有担当、害怕吃苦，采煤量也是上不去的，所以，老一辈矿工的奋斗精神你们不要忘记。"

罗见成瞥一眼罗俊林说："爸，我看着你一点儿都不老，怎么说起话来跟我爷爷当年一个味儿呀？"

郑秋一旁笑着说："儿子，你就让你爸唠叨唠叨吧，据说，这是一个人开始变老的标志性语言。"

　　罗俊林一瞪眼说："我老吗？你嫌我老了是吧？"

　　罗见成接话说："爸，你不要轻易攻击人。我妈没有说你老，我听着呢，我妈的话指的是你的话本身，而不是人。"

　　罗俊林据理力争："我的话哪里老了？你给我说说。"

　　罗见成放下筷子说："说说就说说。爸，你应该知道，近年来，随着煤矿机械设备的不断发展，我们集团公司一直致力于自动化采煤系统的逐步完善，越来越先进的采掘设备应用到采煤一线，采煤工正在逐步从繁重的体力劳动中解脱出来，说句现代一点儿的话吧，劳作中的智慧含量越来越重。我爷爷那时候的刨、挖、扛、抬等简单劳动，和你们那时候更多依赖于炮采相比，如今的采掘技术已经不可同日而语了。爸，我不知道我这么说你能理解接受不能。"

　　罗俊林立刻与之辩驳："见成，你先理解了我的话以后再让我理解你的话吧。我刚才给你说的是一种精神，这种精神是一种无形的力量，能撼天，能动地。你说的又是什么？无非是设备如何先进的问题，从本质上讲就是两码事嘛。"

　　罗见成把罗俊林的茶杯放到他跟前说："爸，我完全理解并同意你的观点，我会把你说的那种精神发扬光大的。"

　　见罗俊林脸上露出一丝欣慰，罗见成接着说："爸，这些年你一直奔波在煤炭销售一线，对井下的采掘情况缺乏了解。现在，个别矿自动化综采工作面已经实现计算机程序化控制，实现了工作面无人跟机作业，实现了设备自动诊断和报警，这大大改善了工作面环境，提高了综采工作面劳动效率，一个十人以下的生产班，一个月能产 13.75 万吨原煤，这在你们那个年代是不可想象的吧？"

　　着手收拾碗筷的郑秋看看一脸茫然的罗俊林，给儿子挤挤眼轻声说："儿子，你猜我今天给学生讲课讲的是什么内容？夏虫不可语冰。"

　　罗见成随即把脸扭向身后。

　　看一眼偷笑着离开的郑秋，罗俊林不解地问："见成，你妈说什么？"

罗见成忍住笑说："我也没听清。爸，我给你商量个事吧，有人想给我介绍个女朋友，你看我见不见？"

罗俊林警觉地问："哪个单位的？"

罗见成说："工商银行的。"

罗俊林不假思索地说："不见。"

恰逢郑秋从厨房里出来，她大声问："为什么不见？见成，你怎么不给我说呀？那女孩子多大了？"

没等罗见成答话，罗俊林抢着说："除了山平集团，别的单位的女孩子咱都不见。"

郑秋大声说："俊林，你怎么跟咱爸一样啊？我看你是越来越像咱爸了，都是一根筋。"

罗俊林瞪着眼说："一样有什么不好？"

罗见成站起身说："你们不吵行不行啊？"

罗俊林停了一下说："山平集团装不下你们吗？为什么要找外边的？我们集团公司长期坚持'以煤为主，相关多元'的发展战略，目前的主业已经涵盖了煤炭开采、尼龙化工、煤焦化工、煤盐化工、新能源新材料等，职工达到十五万多名。见成，我就不信，在这十五万多人里，你就找不来个适合你的女朋友，为什么非要在外边找？"

罗见成苦笑着说："爸，谁给你说我非要在外边找啊？有人想给我介绍个银行的女孩子，这不正跟你商量着见面还是不见嘛，跟你沟通怎么就这么难呀！人家说自古父子间存在代沟，起初我还不信呢。"

郑秋一旁插话说："儿子呀，妈觉得这不是代沟的问题，说轻点儿，这是你爸对山平集团的那份情太深；说重点儿，这是大男子主义在作祟。你别跟你爸计较，你爸这是从你爷爷那里继承下来的情感基因，他们早已把山平集团当成了立命之本，山平集团就是他们的脊梁骨，是背靠的大山。"

见罗见成若有所思地望着窗外，郑秋接着说："儿子，你最近见过见勋和赵佳没有？见勋在新能源公司上班，赵佳在盐业公司上班，他们单位的女孩子应该比我们矿上多，妈回头给他俩说一下，给你物色一个漂亮女朋友，这样一来，不就堵住你爸那张嘴了吗？"

大约是一家人或多或少存在着某种契合似的，郑秋的话音刚落，罗见成的手机响了，罗见成笑着说："说曹操曹操到，见勋的电话，我不跟你们两个瞎聊了。"说罢，一边对着手机说话，一边走向自己的房间。

　　"曹操？哥，你在看《三国演义》吗？"

　　"哪里呀，我在跟你伯伯和伯母斗嘴呢，正好说到你，你的电话就来了。"

　　"这么巧？你们斗嘴也不忘捎带上我呀，他们说我什么了？不会是背地里夸我吧？"

　　"咱不臭美好不好？你从广州回来了？"

　　"刚刚到家就马上给你打电话。"

　　"什么情况？"

　　"那土豪领我看了他家别墅，看了他的公司，还把手机里三千万存款信息拿给我看。你猜他怎么说？他让我去他公司工作。广州是不错，他也有点儿钱，这一点儿不假，可这就是让我离开山平集团的理由吗？真是笑话。"

　　"你别用'土豪'一词称呼人家，这不好听，他毕竟是你的亲生父亲。看得出来，他对你是一片真心，希望你将来能够接班，子承父业，那是人家的心意，没有什么错。"

　　"他是没有错，我也开口叫他爸了。关键是就他那一瓢水，养不了多少鱼，他的公司也就十来个人，做的还是传统生意，我感觉没有什么前途。他之所以手里有俩钱，还不是在改革开放初期，趁着各方面政策不完善，凭借不怕死的胆子，偷钻政策空子，挣了点儿钱嘛。"

　　"你的意思是继续留在山平集团工作？"

　　"那还用问吗？"

　　"也好，毕竟我们集团的前景不可限量。"

　　"是的。我给你说个事，赵佳想给你介绍个女朋友，是新分去的一个同事，武大毕业，她怕你太挑，不敢给你说。"

　　"今天是怎么了？你知道你伯母刚才为什么提起你吗？她想让你和赵佳给我介绍对象，说你们单位的工作环境比矿上好，女孩子肯定多。哈哈哈，这可真巧啊。我不怎么挑啊，不说了，我这就给赵佳打电话。"

罗见成的电话足足打了半个小时，这让坐在沙发上看电视的郑秋时不时地看一眼她儿子的房门。

这几个人在为罗见成的婚事操心的同时，罗俊涛也在为钱娅丹的婚事苦口婆心地说服她。

钱娅丹的电话打来时，罗俊涛正在西线货场蹲点，他站在铁道枕木上对着手机说："你说什么？大声点儿，我这边车辆噪声大。又到该我请你吃饭的日子了？你的记性可真好。不过，这次恐怕得隔过去了，这几天我都得在货场待着，这些年，环保压力一直都很大。"

钱娅丹吃惊地问："什么货场？"

罗俊涛提高声音说："煤矸石和湿煤泥货场，就是你那篇长篇报道里主要提到的那个货场。"

钱娅丹用歉意的语气问："那个货场现在归你管？你怎么不早说呀？"

罗俊涛没好气地说："早就归我管。你很厉害，很能干，一篇监督环保治理内容的报道发出去，立刻引起轰动。你这一报道不当紧，我这边可就惨了，环保相关部门的人三天两头往我们这边跑。不过，这样也好，逼着我们加大整改力度，毕竟环保工作是国家的既定方针，是造福子孙的百年大计。"

钱娅丹用哭丧的声音说："真是对不起！我不知道这事归你管，你也不给我说一声。"

罗俊涛赶忙安慰钱娅丹："你没错，这是你们的社会监督职责所在。不过，你今后最好多关注我们山平集团的正面消息。我问你，你找到男朋友没有？"

钱娅丹着急地说："你不要转移话题呀，咱不说这个事行不行？你比我妈还婆婆妈妈。"

罗俊涛笑着说："你家大人不在身边，我就得多问问这个事。你得尽快找对象，不想想自己多大了，我儿子、侄子、外甥女，都开始谈对象了。"

钱娅丹不想与罗俊涛谈论这方面的内容，她择机将话题拉回到方才的内容上，高兴地说："你刚才的话如醍醐灌顶。我怎么只会把目光盯在负面消息上呀，弘扬正能量也是我们报纸的职责所在。我听你的，今后一定多关注正面消息，尤其是多关注山平集团的正面消息。"

旁边一对铁轨上，火车起步前的汽笛声一如老黄牛的哞叫。罗俊涛赶忙登上站台，和钱娅丹的通话就此完事。

远远地，见一个熟悉的身影在煤泥堆旁走来走去，并时不时捏起一块煤泥仔细搓揉。此人是集团公司配煤中心新任董事长梁五旗，很久以前，罗俊涛还是客货车司机时两人就熟悉。罗俊涛赶忙走过去，用敬佩的目光望着梁五旗说："我没有猜错的话，梁董事长正在琢磨湿煤泥直接用于配煤的可行性，这个问题如果能够解决的话，不但能给你们配煤中心节约不少成本，还能为我们卸掉不少环保压力。"

梁五旗笑着说："理想很丰满。这湿煤泥的水分太大，至少得有二十五个水。湿煤泥的处理，目前除了常规的烘干和晒干，不外乎深度挤压和使用添加剂，可这两项技术又有各自的弊端，我们得进一步研究、实验，在不具备绝对优势的情况下，这些技术是不能草率使用的。"

罗俊涛伸手礼让一下说："梁董事长，去我们办公室说吧，我想详细了解一下这些技术，你们不保密吧？"

梁五旗故作神秘地说："一般情况是不能泄密的。"

当火车的汽笛声再次响起时，两人并肩走向屋内。

这一天对于罗俊涛来说意义非凡，他从梁五旗那里学到不少配煤方面的知识，更为重要的是他给钱娅丹的建议让对方此后的新闻报道内容更加全面。

自此以后的很长一段时间里，钱娅丹时不时有山平集团的正面报道见诸报端。

若干年后的一个黄昏，罗俊涛主动拨通钱娅丹的电话，随后接上她去往水边。两人来到此前多次光顾的那家小鱼馆时，见这里已是鸟枪换炮，先前黑黝黝的小木桌现在换成了洁净的玻璃桌面，极为出彩的是，店家在平房顶上搭起一个简易亭台，人坐亭台，放眼远方，水库尽收眼底，适逢夕阳西下，水面波光似火，渔舟沉静，水鸟放歌。

"找好没有？"

"打住，打住，还是跟我妈一样。"

"娅丹，你得学学开车，多少年轻人都会开车，关键是有了车，你下去采访要方便得多。"

"我妈说了，女孩子家不一定非得会开车，只要会坐就行。你这可是头一次主动约我，太阳也没从西边出来呀。"

"我是急着为你庆功，你全面客观报道山平集团的那篇长篇报道被多家媒体转载后，在山平集团引起很大轰动；尤其是你采访我们李丰董事长的那些内容，更是反响强烈，广大职工群情激奋，对集团公司的前景信心满满。"

"读者的眼睛是雪亮的，其实不用我报道，大家也能看出来李丰担任董事长后山平集团所发生的巨大变化。'中国尼龙城'的建设技术和规模已经是国际一流。围绕'一块煤'研发出来的新材料就有一千多种，一个千亿级的尼龙新材料产业集群正在形成。你们集团公司目前的焦煤、尼龙、新能源正形成三足鼎立之势，发展前景不可限量。"

"不错，不错，你对我们集团公司的评价还算客观。"

罗俊涛要了个"一鱼三吃"，两人边吃边聊。远远望去，此时的夕阳，仿佛是燃烧着熊熊烈焰的炉口。而水库边，一个渔者将高高的架子放进近水里，他头戴遮阳帽，石像一般静坐在近水的木架上，目不转睛。

在水库的北面，新城区建设已粗具规模，市委、市政府搬迁到这里数年后，山平集团的总部也将如期落户新城区，届时，一个全新的新城必将以非凡的姿态迎来送往。

不知从什么时候开始，月亮已从东方冉冉升起。望着水中月频频晃动，聊着山平集团"一块煤的裂变"，不知不觉已是九点多钟。罗俊涛起身时，钱娅丹意犹未尽。

罗俊涛开车返回老城区，途经矿区铁路时，恰逢一列运煤车由远而近，两人望着黝黑的列车在月光下向东方驰去。

2025 年 1 月 3 日

图书在版编目(CIP)数据

山在后 / 董新铎著. -- 北京：中国文史出版社，
2025. 6. -- ISBN 978-7-5205-5232-5

Ⅰ. I247.5

中国国家版本馆 CIP 数据核字第 2025QV7596 号

责任编辑：卢祥秋

出版发行：**中国文史出版社**

社　　址：北京市海淀区西八里庄路 69 号院　邮编：100142
电　　话：010-81136606　81136602　81136603（发行部）
传　　真：010-81136655
印　　装：北京联兴盛业印刷股份有限公司
经　　销：全国新华书店
开　　本：720×1020　1/16
印　　张：24.25　　字数：357 千字
版　　次：2025 年 6 月第 1 版
印　　次：2025 年 8 月第 1 次印刷
定　　价：68.00 元